德国四季

梁东方 著

花山文艺出版社
河北·石家庄

图书在版编目（CIP）数据

德国四季 / 梁东方著. —石家庄：花山文艺出版社，2020.1（2023.6 重印）

ISBN 978-7-5511-3436-1

Ⅰ.①德… Ⅱ.①梁… Ⅲ.①游记—作品集—中国—当代 Ⅳ.①I267.4

中国版本图书馆CIP数据核字（2019）第035827号

书　　名：德国四季
DEGUO SIJI

著　　者：梁东方

责任编辑：王李子

责任校对：贺　进

装帧设计：陈　淼

美术编辑：胡彤亮

出版发行：花山文艺出版社（邮政编码：050061）
（河北省石家庄市友谊北大街330号）

销售热线：0311-88643217/96/99

印　　刷：北京一鑫印务有限责任公司

经　　销：新华书店

开　　本：880×1230　1/32

印　　张：14.25

字　　数：300千字

版　　次：2020年1月第1版
2023年6月第2次印刷

书　　号：ISBN 978-7-5511-3436-1

定　　价：69.00元

序

□老　哲

老友东方的大作《德国四季》即将出版，邀我作序。我乃无名之辈，明摆着不能为其文字增重；加之刚到柏林不久，系首次踏上德国的土地，对于这个陌生的国度还远不够了解，亦不足以评价他十多年来对德国的认知与体验。这两条不利，我想东方自然知道。本来在出国前，曾要求他把这本书印出来赠我，准备带进行囊阅读，未能如愿；如今他把书稿清样的电子文档发我，还以写序相嘱，害得我这个向来不读电子书的人，用手机屏幕看完了三百多页的文字，生平第一次读完了一本非纸质书。

1987年冬天与东方相识，后来朝夕相处虽只两年，但他却是我这一生少有的几位至交之一。三十多年来，生活在不同的城市，却时常见面。2006年夏天他去德国留学，我开车送他到首都机场，一年后回国，他的样子变化很大，人瘦了一圈。我开玩笑地问，是不是德国食品太贵，每天吃不饱，饿成了这样。关于在德国的见闻，每次见面也谈，但从未细论，我也一直不知道他在欧洲的详情。读完了他这本归国多年之后写成的书，终于了然。

中国人崇尚留学已经超过一个世纪了，只要有机会有条件，谁不愿意出国去留学一番，至少是四处走走看看吧。出国留学到底要学什么？不必疑问，当然是专业，进国外大学念本科或者读研，除了外语要求，就是专业测试，被录取说明你具备了继续学习这个专业的能力，才能取得资格。但留学在我看来，也许最重要的，是学习外国人对待生活和生命的态度，另外一种文化在处理人与人、人与社会、人与自然的关系上积累的种种经验，他们在自己的文化和宗教里形成的传统，这些为何与我们自己的文化和社会有如此之大的差异；在跨语种和跨文化的差异里，我们个人究竟如何选择。假如不存在选择，只能按照自己早已熟悉和习惯的那样一种世代相传的生活方式过一辈子，那又何必留学。当年鲁迅留学东京，就怀着到异地寻求异样的人的巨大热情，仙台学医虽半途而废，但异国他乡的生活方式，尤其是生命态度，还是在鲁迅的一生中打下深刻的烙印。相比之下，专业知识技能不过是谋生手段，洋博士文凭不过是求职的一张纸而已；世界观、人生观、价值观这类不好衡量的东西在一个人身上的变更，才是留学生涯最应该有的收获，也是一个人能够学到的最大的本领。

东方以不惑之年留学德国，属于老留学生无疑，时间也只短短一年，但收获之大，在我看来，却超过许多留学多年的年轻人。他的心态犹如青春期的青年一般，不仅向新的人生经验和崭新的生活方式敞开胸怀，而且勇于尝试和善于接受。德国的生活方式，德国人与自然的关系模式，以及德国文化中的种种趣味和精神指向，极大地改变了东方这个人，或者说重塑了他这个人。离开德国后的十多年，他一直生活在国内，但德国的影响始终没有离去，而是成了他这个人身上的一个有机的组成部分，一直伴随着他，影响着他的行为和理念。

从这一结果往前看的话，他早年的那些自然倾向、性格趣味及天生癖好，都是为这一德国经历进行的准备，假如没有那一年的强度很大的人生历练，今天的他很可能是一个完全不同的人。在固定的文化环境里，当然会造就出一些与这一文化环境不那么协调的边际人，他们由于这样那样的原因，似乎与这一文化有些格格不入，但却仍不得不勉为其难地继续生活下去，以自己特有的方式与这个谁也无力改变的环境周旋。假如幸运使你突然有了另外的眼界，被投放进另外的国度里过着一种完全不同的生活，而这种生活又碰巧是你无限向往和深深认可的，那么再回到过去的环境里来的时候，你肯定不能重新变成那个原先的自己了。在你的身上，潜移默化的改变已经发生，无论怎样，你已经是另外的一个

人了。为此付出代价是可以预料的，在适应旧环境上你会遇到更大的困难，生活中也许会有更多的麻烦，但你不得不带着这个更新的自己重新上路。

在《德国四季》的行文中，在那些文字所流露出的热情和忧郁中，我时时能读到异域文化的影响。这也是对外交流的意义所在吧。他那种类似于新生的喜悦，对于旧的环境的和过去的自己的依恋，那种割舍不断的联系与某种自相矛盾的情感上的纠结。假如说，旅行真的可以改变一个人，如何评价这样的旅行就因人而异了。四十岁的一个男人，能够改变的，该是源自内心的个人精神世界的成长。一个人在精神上的成长，是没有一个终点的。人生不过这几十年有限的时光，成败得失往往就在你对个人之成败得失的理解、自省与取舍当中，是没有共同的标准的。而东方是自谦自检自律的人，他对万物的谦卑之心，他的胸怀，奠定了他目光和视野的宽阔，以及探寻未知道路上的自省，建立个人精神世界的时候的敏捷丰盈。

世俗意义上的成功和成就，也许令今天的年轻人趋之若鹜。但是不知从什么时候开始，我们暗自竟然有了更高的自我期许，不就生活的范，不选择大众认可的道路，要努力活成自己。几十年下来，“男儿生不成名身已老”，生活中虽然是一把年纪，内心却从来不知老为何物。东方的《德国四季》，记录了他十多年前在德国一年的生活阅历，更抒写了此后十年他对自己这段生活

的回忆、消化和反思，既是他的一个新的自我的出生记录，同时又是这个自我，经过十年的反思沉潜之后，终于成长和成熟起来的生动写照。

我们年轻的时候，那是三十多年前的往事了，不约而同地同时又都是无师自通地热衷于单车骑行，各自都颇闯荡过一些地方。共同的对于自行车的热爱，曾经为我们之间的友谊增添了很多令人回想的内容：郑州的大街小巷，周边西流湖尖岗水库黄河岸边，都是我们骑行过多次的地方。随着年龄的增长，近二十年我基本上不再骑车远行了，东方还一直保持着这个习惯。其中的部分原因，我想应该来自他的德国经历。德国是很鼓励自行车骑行的，不仅在城市的道路建设上规划了自行车专用道，而且火车、城市轻轨、地铁上面都允许个人带自行车乘坐，这给骑行者带来了极大的便利。德国对于骑行的要求也非常严格，自行车必须安装照明设备，前后灯都得有，骑行者必须戴头盔，而且在自行车道路上禁止逆行，这些规定的目的，在于最大限度地保障骑行的安全。三十年前的中国，还没有私人轿车的概念，一辆属于自己的自行车，就是年轻且一无所有的我们远走高飞最切实的自由了。现在回想起来，那个青春时代的浪漫之旅实际上非常辛苦，而且相当危险。我曾经在1986年花380元买了一辆赛车，那时候这钱等于自己十个月的工资，骑着它独自北游漠河，在属于汽车的公路上一走一个月，时常与载重卡车擦肩而过，有时连续在盘桓的毫无遮拦的山路上一走几百公里，竟然连头盔都没有给自己预备。最多的时候，一天可以骑行200公里，仅仅靠手里一本64开的袖珍版地图册，向着完全的陌生之地义无反顾地前行。现在我们为汽车修建了大量的高速公路，自驾游成为人们度假的一种时髦的方式，哪怕去忍受长时间的拥堵人们也在所不惜。曾经号称自行车王国的地方，已经很少考虑在城市道路中给自行车规划出一条窄路以方便它们的通行……

到柏林满一个月了，赶上秋末冬初季节，万木凋零，经过了充分发育的红叶、黄叶从树枝上缓缓飘落，这一过程是漫长的，有某种红颜辞镜花辞树的从容与优雅，不像中国北方那样，西伯利亚寒流凶猛来袭，一夜西北风怒号，第二天树叶掉个精光。由于受海洋的影响，欧洲内陆的气候温和，冬无严寒，夏无酷暑，农作物病虫害较少，降水量大且稳定，实际上很适合农业的发展，远离台风地震等不可控的地质灾害，人们对于自然的无常之感普遍缺乏感受，容易培养永恒的观念。这些气候上、地理上的特点，很可能直接造就了欧洲文化的某些品格，而差异极大的气候，使我们自己的文化走上了不同的道路。这些差异，不见得一定要分出高下，但是他们对于人类性格和心理尤其是集体无意识的影响，还是巨大的。平生第一次生活在高纬度地带，太阳永远斜射着，即使中午十二点，也不在头顶上。空气纯净，云在天空中千变万化，我总是看见那奇妙的光线在空气里飞行，而不是一览无遗的朗照，惊讶于这样的光，我会长久地注视天空，身不由己地受到那里上演的光的戏剧的吸引。这种飞翔着的光线，我最早见之于欧洲伟大的油画作品，如今在自然界每天见到它，才知道那艺术的来源，并赞叹自然的不可方物。德国人对于自然的态度，很符合中国道家的主张，叫作无为。果树上的果子，任其成熟坠落，不采摘，当然更不会在此前修剪其枝；对于横倒下来的大树，听任它横在丛林中，不移动，不干预。湖边不修建台阶之类的，水跟岸的关系是自然形成的，渐入式的。这些得自于观察的经验，很多在东方的书里得到了印证，他十多年前看到的事物，就是我今天看到的。变化当然会有，但延续性更重要，那种德国式的生活方式或者说生命态度，是贯穿始终的，对于一个外来的旅行者而言，随时随地可以很直观地感受到。

德国的工业产品，早已为中国人所熟知，宝马、奔驰、大众汽车，西门子的医疗设备和家用电器，还有德国足球，世界杯和德甲联赛那绿茵场上的战火，令许多德国球星的名字无远弗届。我个人对德国的认知一直以来跟阅读歌德和尼采分不开，歌德的伟大，也许在于他第一次向世人展示了一个欧洲人的气度和境界，而非他身上的德国性格。少年维特身上狂飙突进式的浪漫情怀感伤情绪，接续的正是卢梭的《忏悔录》和《一个孤独漫步者的遐想》，小说出版后风靡欧洲，连拿破仑这个普鲁士的征服者的行军背囊中，也带着一册。浮士德所象征的人类对于未知事物的无止境的探索，到今天仍是科学进步和艺术创造的巨大动力，欧洲五百年来经过宗教改革、文艺复兴到启蒙运动、工业革命，终于把它的影响力和价值观念传播到全世界，不管你知不知道、承认与否，我们全都生活在欧洲人的发明创造成果中，而且一刻也离不开这些彻底改变了世界的产品。为什么偏偏是欧洲做到了，歌德的《浮士德》里包含着答案。

尼采对德国人的批评，堪比鲁迅之于中国人，极尽挖苦讽刺揭露之能事，而目的只有一个，促其悔改，欲其自新，踏上更生之路。20世纪的一百年里，世界上经历了戏剧性命运起伏转折最大的国家，莫过于中国和德国了。而德国向我们展示了强大的自新能力，两次世界大战的战火蹂躏，尤其是二战的失败，一座座城市被夷为平地，在战后的废墟上重建家园，又经历了东西方冷战四十多年的国土被分裂，直到20世纪90年代，才重新统一获得再生。这个重新统一的德国，在世界大国中毫无疑问是最年轻的，也是活力四射的。在最近的三十年里，世界上最引人瞩目的建设行为，应该非中国和德国莫属。他们以各自的方式，在持续地建设着自己的家园。

东方从一个活力之国来到另一个活力之国，很快以自己的方式抓住了德国的特点，一年之中四个季节的变换，恰好对应着地域的移动，夏天的萨尔布吕肯、秋天的莱比锡、寒冬的马格德堡，以及春天的汉堡，使他对德国的观察和感受，没有局限于一地。更重要的是，他在内心里，一直在跟德国的灵魂对话。这是阅读《德国四季》的任何读者，都时时可以体会到的。他总是一再地通过对于周围环境的感受和体验，深入到那个令他魂牵梦绕的德国情结中，也许有不够客观冷静或者准确细致的地方，但那是他心目中的德国，很可能比德国当地人的德国，还要更德国一些。

我自己也有过类似的体验，在从法兰克福到柏林的高速列车上，整整四个小时，我一直在通过电脑视频（使用列车上的wifi）用耳机听音乐，巴赫、贝多芬、勃拉姆斯、舒伯特、马勒，这些大师的作品，全部都是听过不知多少遍的东西。三十多年前使用卡带式录音机和磁带开始的持续至今的对于古典音乐的爱好，曾经给予我多少欢乐啊。沉浸其中的我，完全忘记了周围的一切，仿佛在自己的书房里，或者在音乐厅。偶尔环视周围，短暂地从音乐里挣脱出来，才又意识到这是在德国的火车上。

而我对面坐着一位中年男人，看上去像白领阶层，一路上在专心致志地阅读一本英文书，可能是美国人写的畅销书，书名叫作《21世纪的21堂课》。这样不知不觉就到达柏林了，收耳机关电脑的时候，我突然有一种想法，我大概比这个车厢里的任何一个德国乘客更加热爱德国音乐，我差不多敢于下这样的判断。至少在过去的四个小时里，我跟那些伟大的德国乐思以我自己习以为常的方式交融在一起，把这些珍藏多年的心仪之物温习了一遍。在柏林的这一个月里，一旦我专心做某件事，沉入某个想法，包括此刻正在电脑上写作，就完全忘记了身在异国，事实上在一多半以上的时间里，我根本不是一个观察者，对于周围很多的事物，我倾向于浑然不觉，听任其自然而然地存在着。住在柏林，还是住在北京，对我而言，区别不大。而阅读东方的《德国四季》，激发了我想更多地观察这个国家，观察它的种种细节的愿望。对于那迟迟不会到来的柏林的春天，我的心底里升起一种殷切的盼望。

读到全书快要收尾的地方，才见到了他在柏林的观感，施普雷河、菩提树下大街以及博物馆岛，去得次数多，已经相当熟悉；因为我女儿就读的洪堡大学，与博物馆岛毗邻，她既上课还要参加乐团排练，一天到晚忙得不亦乐乎，我们想见她的时候，就约在大学或者博物馆岛见面。东方曾经驻足观赏过的白湖，离我的居所不远，只要出门，坐车就会路过这个面积不大的湖。夏天到来的时候，这个湖是可以游泳的，这使我颇为期待，在漫长的冬季，我不得不每天都到比白湖远好几倍的室内游泳馆去。自行车已经买了，真正的骑行却还没有开始，也许在等春天到来的时候；单车闯天涯的热情，在我的身体里早已熄灭多年，由于阅读东方的《德国四季》，终于重新点燃起来。

我和东方的作息相差极大，他向来早睡早起，我正好相反。到德国之后，自己有所收敛，但也总在十二点之后才会上床。柏林跟北京有七个小时的时差，早起的他和迟睡的我，每天都有两三个小时重叠的时光，可以从容地交流说话，我们却不轻易使用这一便利。

自觉不自觉地，东方在行文中时常会把中德两国加以对比，一百多年来的中西交流或者说文化碰撞中，这也是一个难以避免的思考方式。与晚清民初那几代早期留学人员一样，在对比中，对于自己国家的发展多有建议，这其实正是他们爱祖国、爱人民的一个很突出的证明。中国人对于西方的了解的确是一代比一代更加深入，观察也更为详尽了，同时对于自己本民族文化的自我认知和省察也越来越准确。俗话说，他人是自我的一面镜子，没有比较和对照，就没有办法认清自我，国家和民族从道理上讲同样如此。

作为20世纪60年代出生的我们这一代人，也算经历过“文革”岁月，做过红小兵，在成年人完全没有个人自由的年代里度过了自己童年的无忧时光。我们的青春岁月沐浴在改革开放的春风里，仿佛获得了前所未有的自由，真的可以选择自己的人生，不知何时播下的英雄主义情怀，在我们内心的深处悄然生长。东方的写作，对于我所言说的这种情怀，始终有极大的克制，也时常有情不自禁地流露；而对于我们自己民族传统习俗的人生规划和陈陈相因的种种，则大胆地提出了质疑。我相信他的书对于一切不满足在封闭的环境里自我陶醉，向

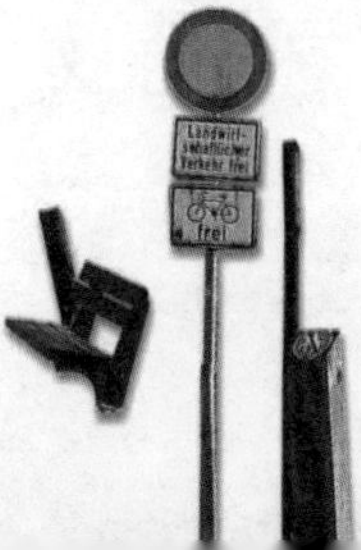

现成的生活模式就范的人，均有不同程度的启发。

以上是我个人的阅读心得。朋友的价值，就是你可以分享他的人生阅历，通过他的生花妙笔、锦绣文章，感受和体验那曾经带给他的喜悦与哀愁，以此扩大我们自己的眼界和思考，丰富我们有限的人生。很多年前，我曾经把东方定义为一个苦行僧式的享乐主义者，读过这本书之后，我更加确信自己的判断，而且还进一步了解到，这个享乐主义的苦行僧身上的德国元素。

2018年12月于柏林

目 录

Contents

自　序

不想把出国的经历写成流水账，但是真正开始写起来以后发现这是很难避免的。因为想着把出国过程中所有经历的，不一样的细节都记录下来，而这种不一样又几乎是时时刻刻伴随着全部行程的。首先是路途的异样使我们的感官被充分调动起来，从一开始的准备，到上了飞机以后的飞行过程中的每一分钟都变得相当漫长，都变得很严肃。严肃到了像是去进行一次生死未卜的出征，旅程中的不确定程度近乎直接涉及了生死这样重大的不安——当然我的这一论断是和我自己的经验直接相关的，和我的飞行恐惧症直接相关的。

在这种情况下，一切在日常中习以为常的东西都会被这好不容易才有一次的出国旅行者看得很是仔细乃至烦琐。而当这种在不知不觉之中被放大了的敏感连续呈现的时候，难免就有了流水账一样的外在形式。看着既往的那些流水账式的游记，我充分理解他们不得不那样写的必然，也相信那些平淡的流水之中实际上有很多他们不好说出来，也没有习惯说出来的为数众多的密集感觉，那些感觉因为形不成意义，构不成有意味的文字，或者仅仅是因为被习惯所不容而被迫舍弃，只剩下了乏味的行程记录本身。

有鉴于此，关于自己在德国的这一年里的感觉记录，也就采取了一种比较随意的笔记形式，不为行程本身所拘泥，或者能避免一些流水账式的呆板和自恋吧。不过现在说起这一年，实际上已经过去了十年，十年前的夏天出发，九年前的夏天回来。这样的一年时间，在人生已经过去了的若干个一年中显得非常特殊，所以即便时过境迁了很久，但依然历历在目。正因为这一年的经历对我的影响深远，而自己心中理想的记述又不应该人云亦云，所以即便自己这样有以文字记录生活的习惯的人，也是在十年之后，才终于有了用文字进行收束与整理的决心。

其实这种试图书写的尝试已经进行过不止一次两次，每一次都因为种种原因而被放下，直到现在，又一次，已经是十年后的又一次。记得在从德国回来第三年的时候曾经开过一个这样的头儿："在德国的一年已经过去了两年多的时间，两年多重新回到国内的生活因为与既往无数个年月里在国内的生活对接得非常自然，所以中间那隔断了时空一般的德国一年的经历，就已经仿佛是完全没有发生过一样地无声无息地沉没了。如果不是有些当时留下来的只言片语的记录，一切都已经像是一个似有若无的影子一样缥缈不实了，只剩下了关于当时刻骨铭心的风光景象，与心路历程的隐隐约约的回忆的碎屑。一段在文化上与自己生于斯长于斯日日浸泡于斯的天然的本土意识彻底隔断的异国他乡的生活；一段因为脱离开了既有的一切，从而也第一次能够比较明确地重新看待自己、看待自己和自己的故土在这个多文化的星球上的位置的岁月；一次总长度一年之久的长途旅行，所到之处都是平生从未涉足的地方，总之还有着太多太多可以回忆，可以讲说的地方。”

这一段话现在拿到这里也依然是成立的，算作开篇。

抵 达

刚刚登上飞机，系好安全带，就已经开始怀念脚踏大地的生活了。但是飞行已经是义无反顾的事情，无奈地让自己尽量处于一种昏昏然的状态，也许才是唯一明智的做法。飞机掠过沙漠一样的北方，俯瞰下去，沙盘一样的大地上，道路或者河流甚至山脉，都以一根漂在水里的线状的逶迤婉转着，飘带一样地在向着两端无限延伸。这个巨大而危险的怪兽，时时刻刻都靠着命悬一线的发动机的隆隆声在这一切之上掠过、掠过。等隆隆的煎熬过了十来个小时，终于降落下来的时候就已经是传说中美好异常而又遥不可及的异国他乡了。

只要飞过了俄罗斯，欧洲大地突然就变得规则与鲜艳起来。那些褐黄色的沙漠样的地面没有了，取而代之的是绿色，是黄色，是条分缕析的清楚与道路纵横的笔直；房屋都像是积木，车辆都像是最规矩的游戏里的道具。飞机还在降落的时候，透过舷窗俯瞰到的这一切就已经让人赞叹不已，几乎彻底忘记了飞机正在经历与起飞一样危险的降落时刻。

语言不同，行为方式不同，穿着打扮不同，千百年来与你、与你的家族、你的种族几乎没有产生过任何交集的另一个民族、另一群人，赫然出现在你面前，而且你立刻就要融汇到他们的日常运转的轨道上，被淹没到一片渺然里去了。这是一件多么神奇的事情，相比之下，那巨大的怪兽隆隆地飞上十来个小时的让人心惊胆战的代价，也似乎是可堪忍受的了。你终于站在欧洲的坚实的不隆隆响着、震颤不已的土地上的时候，会有一种由衷的成就感，一种掺杂了喜悦的解脱，一种进入自由之境一般的成功。

当地时间的下午，飞机终于抵达了法兰克福机场。飞机在起飞、飞行与降落的十来个小时过程中，没有出现一点点差错，没有在任何一个可能掉下来的时刻掉下来！自己每过一会儿就抬头看看前面的大屏幕上的飞行轨迹的努力似乎起了关键性的作用，好像正是自己的努力才使这次从一开始就已经让人本能地在恐惧中度过的飞行过程平安顺利似的。自己“维系”一架庞大的飞机安全航行的努力过于持久，所以浑身都已经筋肉酸痛；至于说这趟飞行中究竟有什么格外令人恐惧的事情，那倒是没有，因为只要是飞行就已经足够了，飞行本身所带来的恐惧于自己就已经是最大的恐惧了。至于在飞行过程中又发生什么不测，那其实在我这样已经在头脑里把最恐怖的事情想了一万遍的人来说，反而是不出意料的、果不其然的、引不起什么更高的恐惧来的了。现在早已经完全不能回忆起当时坐在自己身边的人的模样了，也忘记了当时那种因为要与完全陌生的旅客并肩而坐十来个小时，而不得不记住的，他们的衣服或者表情的一些没有任何意义却一定要往你的眼睛里钻的细节。当这样的细节被自己不在意地很快忽略掉的时候，一般来讲也就能说明你的旅程臻于轻松之境了。

偶尔拉开舷窗上厚厚的硬质窗帘，顶住强烈的紫外线，勉强强瞄一眼白云下面沙盘一样的褐黄色的大地，以及那上面一条条弯弯浅浅的线所代表的河流和道路。刺得人眼睛生疼的紫外线的强烈光照立刻就让人再次意识到自己现在实际上已经脱离开地球表面，正悬在空中，能不能再次回到地面上，继续自己曾经在地球表面上的幸福生活，尚未可知。如果还有那样的机会，哪怕是让自己徒步将飞机飞过的所有地方走上一遍，也没有什么不能接受的。飞行让人一再确认：脚踏大地是多么幸福的一件事情。

携着这样的白捡回一条命来的兴奋，和因为双手一直非常紧张地在为整个飞机用力，而现在突然放松反倒一下子变得怎么也用不上力的滑稽，下了飞机，站到来接驳的大公共汽车上；那大公共汽车不仅门是异常宽大的，而且门槛也竟然是可以放低的，等人们上了车再把门槛收高。这个细节使人意识到了发达国家的发达，让人觉到了一种除了飞机降落的时候看到的蓝天白云和道路田野井然有序的特征之外的不一般。入关非常顺利，一句德语的“你好”使入境章盖得很干脆，也没有任何检查，就已经走在欧盟的、德国的大地上了。想起来几年前第一次来德国探望妻小的时候的入关程序的烦琐，不知道是不是仅仅因为会讲几句德语而竟然有如此的便利的？当时有一个来德国做厨师的国人在前面就是因为不会说德语也不会说英语而被长时间地耽搁住的。入关的时候会点儿所入关国家的语言，自然是有助于对方的认知，但是顺利与否还有一个更大的因素，那就是偶然。检查不检查你携带的东西，问不问问题，问多问少，肯不肯很顺利地在你的护照上盖上入境章，都存在着很大的偶然性。

入关顺利，不过在“会客点3”左等右等，怎么等也不见那个说好了来接的人。打过投币电话，对方接了，却不是要找的德方机构的人。以至于数次怀疑自己所站的位置到底是不是“TREFFENPUNKT 3”。等转来转去，再转回那里的时候就突然有一个动作非常利索的女人走了过来：嗨，是你吗？我说是。她立刻掉头就走。赶紧跟上去，问是那家德国机构的人吗，她在快速的走动中回身一点头，一笑，说是。她的快速还有她不肯多说的匆忙里，显示着她有事在身的果断与敏捷，也透露着一种因为预知到和你语言不很畅通而来的特意的简捷。

我们以飞快的速度到了门外，到了一辆类似救护车的大车跟前；开了后门，刷地一下拉出一个活动梯子，我拽着大箱子从梯子宽大的斜坡上很轻易地走进了车厢。所谓现代化往往就体现在这样的人性化的设计上；为了人的方便，设计是可以不遗余力的。

在从法兰克福去萨尔州的路上，高速公路两侧倾斜的山坡上正是麦子金黄的时候，看来是临近收割的季节了。金黄色的麦浪——用到这里是不大合适的，因为它们在夏天的黄昏里基本上是一动不动的，更像是趴在山坡上的一组组色块。这些色块与山峦上黑色的森林结合起来，不断地向车里吹送着一种以前经验中的大自然里所没有的湿润、清新的气息。

这时候自己才明确地意识到，从下了飞机，准确地说是从飞机接近地面能看清楚大地上棋盘一样的道路与河流、居住区与城市的时刻开始，就已经在自己的头脑里出现了的那种感觉，其实就是儿时刚刚睁开了眼看世界的时候的那种充满了好奇与喜悦的感觉！嗅觉异常灵敏，视觉明显不够用，东张西望的好奇与观赏总是有一种应接不暇的忙碌，新生的感觉、重生的感觉将人整个沐浴到了一种如诗如画的幻境里了。

当时自己头脑中就已经有了未来的画面，就是自己骑车或者徒步在这样的山峦之间行进！德国的天空是浮云朵朵的，是清新的，是自然还保持着自然的本色的原始状态的。这是德国，是欧洲给一个从异国他乡来的人的第一个冲击，而往往就是这个冲击就已经让他折服了：至少是可以呼吸呼吸未被污染的空气，看一看没有雾霾的天空与大地了！有了这么一个基础，那所有的旅行经历就已经有了最基本的收获。

出租车在一个路口（Ausgang）下了道——不论上道还是下道都没有收费站，德国的高速公路是免费的，没有停车收费的麻烦，不仅可以省钱，更节省了大量的时间。汽车进出高速公路自由自在，全无障碍；这种制度将国民在自己的土地上的自由做了最直接的演绎。

汽车在山间小公路上拐来拐去，小公路似乎仅容一车而其实对面来车也绝对能错开；山坡上的树林看上去已经遮盖到了弯弯曲曲于丘陵之间的小公路上，但是车到跟前却无一例外都是畅通无阻的。路面没有破损的地方，没有意外的沟坎，道路维护得非常到位，行驶非常平滑流畅。

车到了一个不超过十户人家的小村子。这是先送另一个同车的人回家；车在接了我以后又接了另外两个人，大家一起坐在车上我才意识到这不是德方机构的公车，而是他们租来的出租车。这第一位下车的乘客是刚刚与我同机从中国回来的，他的家门口站着一个穿着短裤的棕红肤色的女人。她显然已经知道男人归来的消息，站在院子里等着。虽然穿着短裤，但是还在腰里围了一件衣服，所以黑红黑红的腿并没有以正面示人。她望见自己的男人归来，脸上并没有显示出特别的兴奋，只是过来贴了一下面颊。两个人之间有那种一切都已经很熟悉而也都有准备的默契。她的棕红色的肤色给人留下了深刻的印象，后来的事实证明，这确实是德国女人追求的健康与美丽标准色。他们拉着行李往回走的时候，还是没有忘了向我们这继续自己下一步的行程的人挥了一下手。对于一个异国他乡的人来说，他们所有的一举一动都可能会显示也许是只属于这个国家的模式与特征，都是值得观察与记录的。而一想到在以后的一年时间里将有无数个这样观察与记录的机会，兴奋之情就在胸中澎湃不已了。

德国夏日的黄昏里完全没有我们通常的夏天所习惯了的那种溽热，相反却是一种类似中国春天的夜晚不冷不热的状态；穿得很薄也不会冷，穿得稍微厚一点也完全可以，是十分宜人的气候。空气里始终弥漫着一股面包将熟的温暖的香甜味道，让人感叹人类的生活原来还可以如此普遍的惬意。这是已经很少有了的梦幻一样的古典意象，只存在于我们根据祖先的诗词歌赋所想象出来的空间里。

自己是最后一个被送的人。这辆依维柯似的车在山路上连续奔驰着，黄昏十分漫长，西边天上久久地都有着黄昏的辉光，即使阴影里已经相当黑暗，那天空上的光芒还是没有完全消失。后来才知道，夜里十一点这里才会最终黑下来。

女司机对这里的路显然驾轻就熟，偶尔说上一句半句，我听不大懂她就重复一下，然后自己笑起来。车进萨尔布吕肯，在山路上左旋右转，进入一片似乎是大型商场的所在地的时候她随口说了一句“萨巴萨”，我还不明就里。她笑了笑，说你不知道。日后才明白，这里是一家大型超市和服务中心，和每个生活在这个城市里的人联系紧密。在德国，一个城市一般也就只有一两个这样的中心，再多了就没有那么多的顾客了。这样的购物中心既是他们周末买东西的必到之处，也是每逢某个日子举行旧物交流、举办跳蚤市场的场地，还是孩子们与年轻人看电影、玩游戏的所在；一定程度上讲还是大家进行社交活动，与陌生人谋面的地方。

车在山坡上的一处公路边上停下来，女司机按了她的驾驶位置上的一个按钮，行李箱后面又伸出来那个滑梯，把大行李顺着滑梯滑到地面上以后她就告辞了。在她扭身离开之前，自己忍不住还是问了问，我的目的地在哪里？她叼着烟，冷静而简略地一指旁边山坡上的一栋灯火通明的中国式的板楼说：就是这里。

说完她就非常职业地开车走了。我站在路上喘了喘气。此时此刻，站在一个和自己没有过任何关系的这异国他乡的夜里，十分奇妙。即将开始的一年，与以前所有的人生完全不一样的一年，就是从这一刻开始的。

顺着登山道一样的阶梯一件一件地把行李搬下去，集中到了有大玻璃门的大楼入口。按了门铃，接待者是一个眉眼很灵活的似乎并非德国人的第三国人。我的德语水平这时候其实并不重要，因为他完全知道我所来的目的是报到，显然他是有事先通知的。他拿出一个本子来让我签字，然后拿钥匙，搬行李，上电梯，上到一定层数，敲开了门，里面的客厅里坐着一圈中亚学生。其中有一个女的，被一个男的紧紧地搂着，一起和我打招呼。门卫显然是对他们俩之间的关系一清二楚的，对他们以这样亲密的姿态一起出现在男生宿舍里一点都不觉得有什么可奇怪的。顺嘴说着那种德国式的轻松的招呼和笑话，气氛相当融洽。这是德国人、是现代德国文化在接人待物、在互相接触的时候的一种普遍规则。

这是个三室一厅的单元房，我被安排到了其中一间。房间里有属于自己的卫生间，卫生间的角落里有一个完全用玻璃罩起来的整体浴室，麻雀虽小五脏俱全；一个公共厨房，在客厅里。后来发现，这栋楼里大多数房间的结构都是一人一个小单元，十平米左右的总面积，里面厨房、卫生间、卧室一应俱全；是一种欧洲很典型的学生公寓的格局，虽然简单但是什么都有，二十四小时热水、电、双气加卫生间和整体浴室、书桌椅子台灯，墙上往往还有一幅油画、一块留言板。这样的房间格局在以后德国各地的学生公寓里又都住过，大同小异，非常实用；既不浪费，又充分尊重了个人的私密性，生活起来非常方便。

窗外是山林密集的树梢，更远的地方是山坳里的萨尔布吕肯市区连成片的灯光，还有更遥远的地方，丘陵起伏，一层层的弧线；那些弧线即便是在夜里似乎也能被看得很清楚，吸引着人一直那么看啊看啊，百看不厌。在这异国他乡的美妙凝视里，一切的劳顿与奔波突然就都找到了自己的归宿，都有了被容纳与接受的理由。满足的喜悦与尽可想象的期待同时灌注到兴奋的神经里，真是美妙。一时之间内心里充满了感激，感激支持自己出来的妻与子，感激德国的这个学习项目，感激天地之间始终在正常运行着的一切……

一切都是新鲜的，从空气到房屋，从外面的星空到邻居们怪异的打扮和语言。乘坐飞机进行时空转换的眩晕与扑面而来让人应接不暇的数量众多的新鲜异样，使自己无论如何也不能安然入睡。即使勉强睡着了，脑子里也还是这一两天里混乱错杂、颠来倒去的景象。地理空间和人文景象再加上周围的人和事的剧烈变化，让人消化起来颇费周折，很久很久都陷于一种由喜悦做了基调的纷乱之中。

萨尔布吕肯的夏天

来自中东的茶

到达萨尔布吕肯以后的开始几天是休息时间，但是自己心里却迫切地想着要到已经开班三周时间的小组里去上课。不过德国人凡事都是有规则的，刚来的时候要给一周时间倒时差和熟悉环境，是一个必须被遵守的惯例。而且自己后来很快就明白，那么急迫地想去上课是完全错误的，后面有的是你不想上课但是又必须得去上课的时候呢。到达一个全新的地方，却错误地认为去上课就是表达自己对于这种新鲜的激动最好的方式；这实在是多年以来被教育出来的本能，领略这个全新的世界里的环境和人文种种，对一切的新鲜做最直观的观察与了解，享受异域的风景，这才是我们学习本能之前的更自然的本能。

人们在新生活、异于以前的生活开始的时候总是充满了希望与憧憬，以为新生活必然会有诸多优于过去的生活的新鲜之处；这往往不假，不过什么样的新生活其实也是难以完全避免其存在的问题的，你在享受新生活的时候必然也会接受新生活的问题。

生活的改变固然是我们所期待的，尤其是在既有的生活模式已经持续了太长太长的时间，我们早就期待着人生发生一点改变的时候。但是，总的来说改变并不直接意味着更加称心如意，改变的喜悦之后很快就会是改变的烦恼。这一点在所有人的经历中几乎很少例外，也正是我们作为个体的人真实生活的写照。但是就人的本性出发，这样的规律总结一点都不会妨碍我们在获得了新生活的机会之初的那种分分秒秒的喜悦之情。

除了从机场到宿舍一路上应接不暇的最新鲜的观感之外，一觉起来，直接接触的就是住在同一个单元里的那些中东人士了。与中东人如此近距离地接触，在自己的人生经历中自然是第一次，他们虽然和自己一样来自遥远的亚洲，但是在国人的感觉里他们已经属于高鼻深目的异族了。但在德国他们同样作为亚洲人的身体特征显现出来，这也使人在不知不觉中就与他们有一种比较亲近的感觉，虽然这样的亲近可以被更直接地理解为同是学生的同学之谊。他们在国外的环境里显然也是比在国内要开放很多的，那一对男女在公开场合里毫不避讳的搂抱亲吻之类的亲昵之举，绝非其在国内的公共环境里所能有。他们身体的激情与他们的眉目一样，比国人要更棱角分明更外露。那女人凹凸玲珑的腰肢与小巧的脸型、大大的眼睛在如此近距离的出来进去都可以看到的场合里，给人以很强烈的惊艳之感：她的小背心（眼镜还挂在小背心的正中间，更拉低了领口的位置）配高腿牛仔裤和半高跟的拖鞋的打扮是完全欧化了的，不仅脖子完全外露，而且胳膊、腿都有面积不小的裸露部分。德国的环境让他们立刻就入乡随俗地拥有了新的自由，这样的自由不仅将一向被压抑的身体解放出来，而且让精神在可以纵情的驰骋里获得了一种节日一般的狂欢之感。相比之下，中国人，尤其是在很多其他的中国人都在场的情况下的中国人，就要收敛和保守得多。

和这几位中东的同学的接触限于客厅里的桌子旁，因为餐厅是共用的，大家一般看到有别人在用的话都会在房间里等着，一直到别人做好饭走了，自己再去做。因为我们在这里学习是吃食堂的，所以客厅里的餐具一般很少用，大家动炉灶一般都是做热水，或者微波点什么。只有周末的时候食堂不开门，那些不出去旅游的人才在屋子里开火做饭。这样一来，大家共同的可以围桌而坐的场合与时间就是晚上回来以后的一点儿时间了。

在我刚刚到达的第二天的晚上，终于迎来了和他们围桌而坐的机会。因为知道我是中国人，他们就主动介绍了自己的国籍。他们兴奋地说起叙利亚——这个当时远没有现在印象深刻的国家；说的是中国和叙利亚之间的传统友好，因为国家的传统友好，人和人之间也就天然地友好起来。这似乎是一种自己能感受到的直接得益于国家的福利，让人很是意外，意外的喜悦。

他们请我喝了中东的一种茶，一种类似中药的茶。茶都是碎末，用的是塑料杯，喝的方法也是用有着金属扁嘴的塑料管吸着喝。

中东应该是不出产茶叶的，他们喝的这种碎末茶大约是出于一种传统的饮用习惯，是将进口的茶叶做了符合自己口味的加工以后的特殊形式。这种茶喝起来有一种薄荷糖的味道，清凉中夹杂着一股浓郁的甜腻，与国人传统观念中的茶相去甚远；而吸管的喝法也完全是针对其中的茶叶碎末所采取的巧妙回避。吸管靠近嘴的一端是一个扁扁的不锈钢嘴儿，中间有一个红色的球状圆

来自中东的茶

宿舍客厅是各国同学聚谈的地方

形连接。整个结构像是一个缩小版的水烟袋。吸管的末端是一段有更细密孔眼的不锈钢，这保证了从其中喝上来的都是茶水，不会有碎末，而为了寻找不被碎末挡住吸管口的位置，又可以适当延长喝上茶水来的时间，不至于让人烫了嘴。

他们看着我认真地用吸管体会、咂摸、研究着他们的传统饮品，都不禁面带微笑。这样的微笑可能真是觉着我的样子有点可笑，也可能仅仅是出于一种善意的礼貌。出国以后的一大感觉就是外国人的笑比我们多得太多，即便是同为外国人的我们之间，也往往更多地用微笑来传达互相之间的礼节。这首先因为语言不通，都不知道对方说什么语言，而共同学习的德语还都不熟练，不足以传情达意；其次，就是对自己现在所处的，到欧洲来学习的这种状态的满足与喜悦之情的自然流露，当然还有一层是入乡随俗，即向着本地人、德国人那种说话时的，尽量面带微笑的习惯靠近。

喝着这种新奇茶，用简单的德语交流着关于各自民族传统的一些认知。我回自己房间去拿了筷子，给他们展示了一下，并详细演示了一下使用方法。他们兴致勃勃地看着我示范使用筷子的方法，然后纷纷拿过去比画，大约是既觉着神奇也觉着可笑……比画完了以后顺手就把筷子扔到了垃圾袋里了。真可惜，因为我从国内只带来了两双筷子，刚到就少了一双，以后一年时间里不知道有没有请人吃饭的时候，到时少了一双筷子就很不方便了。

客厅里的国际交流时间一般都以半小时为限，大家一起度过了这一段睡觉前的休闲时光后就各回各屋了。每间屋子里都有独立的厕所，理论上是不用必须再出来做什么了。德国那种只能采用上倾角度打开的窗户外面，是森林的树梢和树梢下面广袤的丘陵河谷地带的一片灯火闪烁的城市。从窗缝里吹进来的夏夜的风，温暖而又清凉。这种奇妙的温暖而又清凉的感觉，是国内那种灼热的酷暑中难以想象的。站在这样难以想象的舒适里，回味着刚刚的交流，人一直还在从走下飞机到现在持续了两天的兴奋里，久久难以平复下来。

不同国度不同语言文化背景的人，在这个对所有人来说都是异国他乡的地方相遇，在完全没有利害冲突的前提下表现出来的就都是人类成员之间同在地球、同为人类的原始的善意。这种善意大约就是我们一直提倡的国际主义，或是人类的共同价值观使然。在这样的接触中，人会有一种放松的、解放的、开阔的、豁亮起来的感觉。这样的感觉让人每天都有新鲜美好兴致勃勃的意趣，它与那令初来乍到者陶醉的美好空气、美好环境一起，成了与既往的生活迥异的符号：每一天都是崭新的，每一天都是有意思的，每一天都是生命赐予我们的美好时光。

据说这属于刚到德国的时候人们一种普遍的欣喜阶段，接下来是认识阶段，然后就是沮丧阶段。从欣喜到沮丧大约是三个月时间。这样的说法对于一个正陶醉在愉快之中的人来说是完全不以为然的，每时每刻的愉快还应接不暇呢，怎么能想象有什么沮丧呢？

黑森山上的瞭望塔和萨尔布吕肯大学

在这个最初的欣喜阶段里，别人上课的时候，自己就去周围转，转了市区转森林，德国的一切在自己眼里都是既熟悉又新鲜，虽然似曾相识但是毕竟没有这么从容地观赏过。每天都有大量的新鲜感觉，每天都是兴致勃勃的。这一周时间似乎是成年以后的一个难得的白日梦，外在的气息与味道，环境中的整体气氛，一切都带有如梦如幻的意思。等时差导致的头晕彻底消失以后，等把周围的一切都了解了个大概的时候，既往的生活与环境便开始一点一点地离开了自己，自己好像一直都是生活在这里一般地拥有了眼前的一切。在飞机时代，环境转移给人带来的喜悦，按说已经变得不再像历史上那样的重要与重大了，但是那不过是整体而言；对于敏感者来说，这样的跨越大洲大洋的生活环

境、生活方式的改变无疑还有着相当重大的意味，从身体到内心都有一个重新适应与感受新颖，甚至是获得更新生命力的过程。这个过程对于自己来说，伴随着的人与环境改变的因素很多，其中最重要的就是居住环境中的黑森林。

准确地说从法兰克福机场出来，汽车一上高速公路，高速公路两侧高高的森林就给人以十分的惊讶与震撼之感：高大的森林在德国的土地上居然像是庄稼一样很随便就生长在飞机场的附近！及至很快适应了这种大地上到处生长着森林的景象之后，在

从宿舍窗口俯瞰萨尔布吕肯

萨尔布吕肯醒来的第一个早晨，透明的阳光将山坡上的高大的森林树梢上的树脂味道吹进窗户，让呼吸变得格外澄澈的感觉，就再次让人陶醉了。森林所提供给人类的绝不仅仅是视觉上的美，更有身心各个方面的，可以说是无边无际的享受。

从到达德国的时候开始，一直到一年之后离开，一种非常奇异的感觉时时会在屡屡面对未受污染的大自然的时候出现，那无疑是一种激动，是一种惊喜，但更是一种疑惑：疑惑自己难道真的重新像自己的祖先那样置身于纯净的未受污染的大自然的环境中了？！空气在透明的情况下居然会形成那么辉煌灿烂的景象，阴晴雨雪不管任何天气情况，大地和植被，山川和平原，建筑和道路，人类的一切和自然的一切，原来竟都是如此之美，如此可以让人百看不厌，如此甘愿可以将全部的一切都抛弃掉而只置身于其间，就已经心满意足！

有幸在这由无数参天大树组成的黑森林里行走的时候，深切地感觉到这之前几个月用全部的时间来刻苦学习德语的付出，是值得的。当时停止了自己的写作与阅读，甚至放弃了长期养成的在随身的小本子上随时记录感受的习惯——仅仅是因为它是用汉语书写的，会破坏专心致志地学习德语的整体氛围。三年前那一次来德国的住与行，远远没有这一次从容优裕。最初下决心来参加这次国外学习的决定是正确的，不仅工作需要，更应和了自己内心的渴望。

这几乎将我们所在的教学点彻底淹没的大森林，是环绕萨尔河谷里的萨尔布吕肯市区周围山地森林的一部分。森林从山脚下开始，与道路和房屋之间的界限很是分明，所有没有森林的地方都像是森林专门让出来的，为人类的方便而服务的。与其说是城市外面有森林，不如说是森林里面有城市。通往森林的所有路径都是敞开式的，完全没有墙壁和栏杆，更不会有售票处。这在我看来已经是极大的不可思议了，我们被景区收费收得已经习惯了，面对这么一片浩淼的森林，居然不必买票、随便出入，先就觉得不可思议，不可思议得好了。

晚饭以后慢慢地跑到森林里，森林高大而密集的阴凉一下就将夏天的全部燠热挡在了外面。后来有雨中跑步的经历，第二

宿舍后面的森林

编码的树

天起来一看，地上的鞋满是污物，但是那些污物居然都是碎叶木屑而无半点泥土。因为道路之外的地面上都是厚厚的落叶；落叶中新生的小叶小芽和匍匐生长的花草，还有半人高的灌木将一棵棵几十米高的大树衬托得更加高大。树脂的味道，雨露与树叶充分接触以后的植被的气息，还有山体在森林的养护中所渗透出来的强大的凉意，一下就将人带到了一种幽然的深山老林里的氛围中。这样梦幻一样的地理实现，在万里之遥的德国完成。从这森林里只消跑步几分钟十几分钟就能回到人类聚集的城市里！这样的森林与人居融合的景象，是我们那种只能将遥远的屈指可数的森林做探险目的地式的到达的可怜情形中，所无法想象的。走在森林里，目光总是不由自主地前后左右上上下下地打量，打量在山坡谷地之中既遮天蔽日又无序排列的粗大树干之间的联系和区别，打量枝枝杈杈的方向与走势，打量潮凉的气息最具体的所从来处，打量森林、打量自己，莫名的兴奋一直持续着，狂欢式的喜悦长久地伴随着自己，在很长一段时间里怎么都不能相信自己是走在大森林里了，处于这种因为身处庞大的森林里而愉悦不已的状态中。

森林中粗大的树木都有编号，钉在树干的金属牌子上明确地写着阿拉伯数字。路口有指示牌，休息处有木头桌，森林中的路径通向什么地方，那个地方有多远等信息一应俱全；木头桌椅都是货真价实的纯木制作，往往只将桌面椅面抛光找平，其余皆保持着原木状，让人感觉好像就是原地找来的原料粗粗一加工就用上了一般。因为雨雪和露水的侵蚀，那些平展的木面上都有着一种褐色的与木头的质地非常贴合的岁月之痕，让人觉着它们并非单纯的木头，而更负载了大量的时间与人类信息。所有的树木即便是倒下来的大树也不能随意处置，森林里有很多这样的树，就任其在不挡路的前提下躺着，甚至有的地方还会因为倒树拦路而宁肯让道路做一个自然的绕行。倒树的树干上所生的青苔、木耳与灵芝样的盘状结节都让人大开眼界。后来才慢慢了解到，在德国，任何大自然里的野花野草和这样的野生菌类都不允许随便采摘，德国人认为那样就破坏了自然的原状，损坏了环境的完整性，也剥夺了野生动物赖以为生的食粮。这和我们的习俗完全相反，我们一般都是把这些事情当成亲近自然的行为、当成乐趣、当成勤俭。

森林的路径上偶尔也有骑车或者跑步的人经过，迎面而来的时候大家互相点头致意，一闪而过，一切就又立刻恢复了原来深邃的平静。这样的点头致意让初来乍到的我们不大习惯，我们都已经习惯了对陌生人的漠然，但是在德国，在城市繁华区之外的地方，尤其是在狭路相逢的情况下，陌生的路人之间也是要点头致意的。它貌似没有什么意义，你不可能就此和人家成为朋友，成为可以攀谈起来的熟人，但是当你也融到这种行为方式里去以后就会了解到其间的妙处：人和人之间，尤其是陌生人之间的这种善意的瞬间传达，会在双方的心情上营造出一种难得的愉悦，使身心两方面的健康指数瞬间得到提高。

静寂无人的森林里，幽暗的树影互相叠加以后所形成的不见天日的树墙参差遮挡的状态，使独行者不由心生恐惧。而事实上这森林里据说不仅有鹿，有狐狸，还有蛇，偶尔目睹的人或者仅仅是从别人那里听说有的人，就会神乎其神地描述那些动物突然出现的时候的吓人景象，后背发凉、两肾收紧、头皮发麻、脚步慌乱之类的症状是森林中活动的人们都有过的经历。森林以其不变的静谧，显示着无所不在的威严，而这些说辞更让在森林里独行的人有了些惊弓之鸟的意思，加上森林中道路纵横曲折，很容易迷路，尤其在黄昏来临以后就更是神秘莫测，很有压迫感了。一次在傍晚的时候上山，在夜幕降临以后下山时无论如何都找不到上山来的那个路口了，只好又无奈地走回黑漆漆的林中，返回山顶，严格按照来时的路径一点一点地向回走才走了出去。往往是在夜色里终于从森林中走出来以后回头一看，就已经开始佩服刚才的自己，居然有那么大的胆量深入那黑压压的森林深处！很多时候森林中的人还互相成为恐惧的对象：在夜色降临的森林里，在陡峭曲折的山路上突然看见有荧光一闪，原来是穿着跑步服的德国年轻女人正在穿过；在我发现了她的同时她也发现了我；在我感到恐惧的同时，她也已经惊慌；于是就赶紧不约而同

瞭望塔下的桌椅

地都换了路径向着不同的方向而去了。

尽管如此，森林这种在我的生命历程中非常罕见的自然景观还是极大地吸引着自己，每天都会徜徉流连，到森林里跑步的时间也由最初的一个小时很快就增长到了两小时，甚至三四个小时。森林对自己的吸引力比异国他乡的人更强烈，它显然是比所有的文化上的新鲜都更有魅力的。

森林覆盖着周围所有的山峦，山的另一边有零星的几户人家组成的村庄，或者叫作别墅群，还有著名的萨尔布吕肯大学。我们宿舍所在的这座山的最高峰上，在所有的森林之上耸立着一座高高的瞭望塔。瞭望塔是白色建筑，塔门敞开，楼梯顺着中间的直柱盘旋而上，直到最顶端的观光台。塔上的牌子说明，瞭望塔建于1931年，1984年重修。后来随着在德国境内走过的地方的增加，慢慢了解到，在风景地带建瞭望塔，是德国人的一种公共建筑传统。山区有，平原上也有，甚至是沼泽地或者湖泊河流边上也会有。它们一般都是木塔，既可观景也可以戒备火情，还是游人躲雨避风、做短暂休憩的地方；当然，也成了很多游人留言的好地方。到此一游，或者谁谁谁爱谁谁谁的话随处可见。这倒和中国没有什么区别，自然其中用中文写下的留言也不在少数。

萨尔布吕肯森林中的这座瞭望塔已经充分注意到了自身可能承载的这种旅游观光的功能，在塔下专门开辟了一大片空地，广置桌椅，还有大树树干横卧在草地上以方便人们靠坐。很多烧黑了的炭火痕迹和饮酒野餐的味道依稀在这里弥漫。德国年轻人在森林聚会的传统由来已久，在夏天的森林里消磨掉黄昏时光是他们的传统；唱歌跳舞、喝酒野餐，自由而充分地享受着生命的乐趣。

走在这样的地方，看着人家曾经欢乐的现场，森林的气息浸润过来，与这些人类的味道混合以后，有一种异常奇特的不是自己的人生经验里所有的新鲜与异样。这一刻我非常清醒地意识到了这是国外，这是与自己的家乡大不同的异国他乡，这里的人们有着我们所普遍没有的人生质地。

在森林中跑着步上山，汗水和呼吸都已经浸透了高大植被幽深的湿凉味道，而登塔改变了运动方式，就显得很像是休息一样轻松了。走到塔顶上，急急地奔到最靠近边缘的地方，放眼望去，在萨尔布吕肯周围的丘陵河谷地带中，这个位置就是最高的地方了。站在塔顶上可以向着任何方向看一圈的观光玻璃墙后面，整个萨尔布吕肯沿着萨尔河谷铺开的新老城区尽收眼底。天际线上的山峦曲线基本上都为森林的树梢组成，虽然森林的树梢也是顺着山脊的自然走势绵延铺展着，但是看上去总还是有些毛毛茬茬的锯齿形状的不规则，而正是这些属于大自然本身的不规则，将人带回了那种大约是一代代的祖先都曾经目睹过的纯粹的大自然的景象之中。何况所有的树梢上还有飘着的一层岚气，像中国山水画里那样的岚气，恍惚间这就是一幅真正的山水画了。

在后来德国的四季经历中，又有很多机会目睹这样类似山水画和油画的景象，比如阳光从乌云后面穿透下来，剑一样地照亮黑暗的大地上某一小部分的情形；比如金黄的油菜花和绿色的麦地在山间错落地铺展着形成整齐的绣毯一样的大地景观，等等，都让人一再地确认：其实所有的绘画作品都是有充分的现实依据的，都是上天赐予人类的这个大环境中的某一个瞬间而已。

如果不上山顶而是绕山而跑的话，就能转到山的另一侧，另一侧茂密的森林覆盖的山谷里开辟出来的空地上耸立着一片楼宇，几条进出其间的道路完全掩映到了森林里。这里就是成立于1948年的萨尔布吕肯大学，虽然建校时间不是很长，但是萨尔布吕肯大学已经是排名很靠前的世界名校了，很多专业都是世界顶尖水平的。因为距离法国、比利时都很近，本地又有着法国的文化传统遗存，所以其国际化的教学与就业程度都是德国其他内地的州立大学所难望其项背的。这样一所早有耳闻的大学不期然地出现在傍晚跑步的时候，被自己从森林里遥望到的时候，真是让人有一种不经意就踏入了神仙府邸的兴奋。在我们的经验里，对一所国际名牌大学的向往从来都是从口耳相传的信息里获得的，往往都会在最终达到这学校之前经历了漫长而实务的准备和尽可能的想象，像现在这样直到看见了学校才意识到这就是那曾经耳闻过的地方，实在绝无仅有；自然也就有了一种因为绝无仅有而来的格外的兴奋。后来，在异国他乡的地理经验与文化范畴里这样的"不期然"一再出现，让人非常充分地体会到了远离家乡的愁绪之外的一个大大的补益，那就是可以实现，甚至可以在不经意中就实现在国内的时候很难实现的对新鲜的地理环境与文化环境的接触和了解。在我们大多数时候都是囿于一地的庸常生活里，这样的机会实在是太罕见了，太值得珍惜了。

德国的学校和其他单位一样都是没有围墙的，不仅小学、中学没有，大学也没有。从山坡上的森林里出来实际上就已经置身到了大学的校园之中。大学和周围的环境没有界限，大学也是环境的一个组成部分。建筑是环境中的建筑，环境也是建筑中的环境，互相融合，互为补益，真正做到了重返农业社会那种天人合一的人类生存的最高境界。

在校园里跑着，一边跑一边看，给人留下很深印象的是校园的教室门前的水生植被，那些经年累月生长在那里的芦苇和茅草，过去的与新生的一层层叠加着站在水里，一起构成门前的野趣小景，完全呼应了周围森林庞大的自然气息。而路边上那些生长着红色果实的大树和广告栏上可以撕去一条电话招租之类的贴纸，则是显示这里是大学的不多迹象中的一种。校园里几乎看不见人，只在外面的大路边上看见有等公共汽车的人，规规矩矩地排着队，等待着那些会定点到达的车辆；其中有穿着"纱丽"脑门上点着红点儿的印度人，也不乏华人模样的年轻人。他们同样年轻的面孔上，都有一种在自己家乡的时候大概不容易有的平和与平静以及在平和平静背后的怡然。

从外观上看，在这样的地方上大学一定会有一种类似修行般的远离尘嚣的意思。窗外浩瀚的森林和与城区隔离的山谷位置，决定了其缥缈在上的精神生活的定位先有了一个地理定位，整体环境都会逼着于其间就学的人走进精神生活之中去，全身心地投入到学习里才可能克服孤独寂寞的侵扰，拥有长期学习与生活下去的安然。这种优美的自然环境里的学习场所，类似中国古代的书院，是人在年轻的时候最为理想的求知与钻研场所。人需要热闹，但是更多的时候还是需要清净甚至清冷。在有着良好的大自然风貌的地方的大学，恰恰很好地为年轻人开创了这样的机会。

大学的好坏除了所谓有没有大师之外，还有一个重要标准，就是校园里或者校园周围、校园所在的地方是不是有大片优美的自然环境或者比较好的大规模的园林。这些地方是让青春自由舒展的所在，

萨尔布吕肯大学

是可以漫步、可以徜徉、可以谈恋爱、可以郊游、可以聚会、可以抒发年轻的浪漫与不和现实过分贴近的梦想的场所，是一个可以做梦的空间。年轻人没有在青春的年纪里做过梦，并且一定程度上将梦与现实混同起来，那是很遗憾的，也是不健康、不健全的。这样的地方其实和课堂、和图书馆、和老师是一样重要的，它们给年轻人以健康成长所必需的环境养料，为他们审美的人生旨趣打下了一个最美好的基础。如果年轻的时候能有机会在萨尔布吕肯这样位置的大学里学习、生活几年，那的确会是让人终生受用。

这样的环境加上跑步时候身体的机械运动让人在不知不觉中就进入到了一种白日梦状态：仿佛自己正在千里迢迢地来萨尔布吕肯大学入学，在办理入学手续以后正走在去认识教室的路上；仿佛自己已经在宿舍里苦读了一天，正舒展着筋骨在校园的小路上跑步，准备跑到山上的森林中去换换气，去呼吸呼吸深远的植被气息，就像现在，眼下自己正在做的一样……

因为到德国以后就已经养成了跑步手拿相机的习惯，所以在整个跑步游览萨尔布吕肯大学校园的过程中，手里的照相机几乎就没有闲着，将这恍惚是自己前世或者后世上的大学的景象一一拍了进去。离开大学跑回森林里，因为头脑都在一种观光的兴奋与愉悦里，所以即便有很多上坡路也会在不知不觉中被忽略，可以一直向上跑却并不觉着累并不觉着在过分陡峭的地方需要缓步。

在再次跑过那个隐蔽处的高坎的时候，那个令人头皮发麻、后腰发紧、浑身上下所有的毛孔都禁不住一抖的浮雕，再次出现了。被一层层的腐殖土盖满了树根的幽暗的森林黑影里，一块

森林中的雕像

并不多有的岩石上雕刻着一个戴着钢盔的人头像。头像的鼻子已经有所缺损，眼睛也模糊了，充满了时光悠久的痕迹，因为长期无人光顾而显得格外凄凉；小树在雕像的头顶上已经长了很高很高，地面上的落叶与积土也已经快埋到了他的下巴，仿佛是一个从地里伸出头来的人！尽管沧桑陈旧但是依然坚毅挺拔，带着一种年轻人舍生取义的决绝与义无反顾，没有一点悔意。自己努力克服着瘆人的气氛带来的压力，小心地走过去，仔细地看了头像下面的字迹并拍了下来：纪念为了我们的土地而牺牲了的年轻人，1914—1918；1941—1945。

年轻人的生命结束在自己家乡的山坡森林中，不死的话就应该在山脚下的大学校园里读书的。眼前的森林里立刻就浮动着无数枪战的场面，应声倒地的年轻人抽搐着做生命最后的挣扎，鲜血满地。当然也许这里不是他们死去的第一现场，但是何以要在如此隐蔽处做这么不很正规的雕像纪念呢？当年的萨尔布吕肯发生了什么？在这森林里有没有过枪战？那些战斗的前因后果是什么？而德国人对两次世界大战中自己牺牲掉的国民的这种独特纪念方式又说明了些什么呢？这些问题后来在自己漫游德国东西南北乡间小镇森林原野的过程中，才逐渐有了答案。

当时在如此优美的森林环境里，在到处都是甜美的大自然风光与彬彬有礼、面带微笑的善意的人文环境里，突然看到这个雕像，才再次意识到德国是有着深厚的历史的国度，这里是饱经沧桑的土地，现在所有的一切都是痛定思痛反复寻找自己的发展之路的艰难结果。

“萨尔河上的很多桥”

对周围的地理未完全熟悉前的居住状态是盲目的，也是幸福的。可以每天去各个方向探索，每天都能发现新的地理与人文的风景。这样的兴奋在德国一直持续着，在任何一个地方的居住都没有超过四个月时间，即使最长的四个月时间其实也是不能像长期定居者那样将四面八方方圆五六十公里之内的所有道路村庄，所有树木河流，所有丘陵沟壑都走上一遍的，何况其中感觉到特别好的地方还要去不止一次呢。

这样的兴奋在德国开始的第一个城市是萨尔布吕肯，在最初

萨尔布吕肯的一座桥

的一周中，除了每天在傍晚的时候跑进森林之外，白天一般都会去城里转一转。而这里的夏夜黑得很迟，一般到了晚上十一点的时候天光才会真正暗淡下去，所以晚饭过后到睡觉之间往往还有四五个小时的户外活动时间。

萨尔布吕肯市区在山下的河谷地带，准确地说是紧挨着萨尔河两岸的谷地。萨尔河在这一地段做着蛇状的自然弯曲，河水之上有古老的桥，有崭新的桥，有公路桥，有步行桥，有很多桥；实际上萨尔布吕肯的德语意思就是“萨尔河上的桥们”或者是“萨尔河上的很多桥”。同学们在一起闲谈的时候曾经编出过这样一个谜语：萨尔布吕肯的反义词（打一中国县名），谜底是“吴

（无）桥”。在地球上，在这个人类聚居的唯一星球上，有以“很多桥”命名的城市，也有以“无桥”命名的地方。人类文化差异导致的地名的多样性与统一性之间的张力关系，颇可玩味。

这个德法边境上的古城，在历史上曾经几次在德法之间易手，所以有着不少法国文化的影响，很多人都会说法语，做派上也相当法国化，比如男人在脖子上缠一个小小的围巾，女人的姿态之中也似乎比德国内地要妖娆和柔软那么一点点。

萨尔河上的桥们既方便了萨尔布吕肯城区两岸的交通，也自然地沿着桥与河形成了很多优美的休闲带。大树遮阴，流水汤汤，红男绿女侧卧河坡，或者拿着一本书享受阳光，或者围拢在一起又唱又跳（音量是限制在不扰人的程度之内的），或者闲坐对谈享受友情、爱情，处处都是一幅幅人间之乐的美妙画面，真仿佛置身于影视镜头之中或者绘画作品之中了一般。既往的生活里，从来都缺少这样祥和而融融之乐的户外环境和人际氛围，我们所应该享有的安然于环境中的机会，实在是太过稀缺了。

后来又在德国的四季里多次在不同的地方目睹这样的祥和欢乐的景象，感佩人家的生活质量的同时也有不少同学曾经当场发誓回国以后也要过这样的生活，不过一旦时过境迁也就都成了遥远的记忆，少有真的在自己生活里去实践的人了。很多时候，祥和与愉悦的确不单纯决定于个人，更决定于环境。

以古桥为中心的老城区集中了古老的市政厅和教堂建筑，萨尔布吕肯宫、路德维希大教堂、美术馆、博物馆。雄伟笨重、经年累月而容颜未尝稍有变化的古桥、教堂、市政厅，还有小块石头竖着埋入地下铺成的马路等等石头建筑，被常年丰沛的降水淋湿以后的锈色印迹形成了一种带着青苔的斑驳。栗子树之类高大的乔木，和在秋天长满小小的红色果实的灌木点缀其间，使这些人类古老的痕迹都已经融入自然的节律之中，成为春夏秋冬的一部分，成了萨尔布吕肯人习以为常的生活背景。

作为遥远的初来乍到者，往往首先会面对教堂高耸的塔尖而仰望着感佩，随后便又惊喜于包括市政厅在内的，所有公共建筑随便进出参观的自由了！这让人以最直观的方式感受到了一个公民社会、一个纳税人社会的自由权利。所谓自由的感觉就是从这样的小细节上油然而生的。人在世界上、在社会上的自由感，在诸多概念与理论的总结与归纳之外，所从来处往往就是这样最切身的生活中的观感与体验。

人们总是会对自己没有的东西很自然地表现出好奇来。教堂的高大威严、肃穆安静让人未进其门就已经充分地自我矮化，经过犹疑是不是会随时蹦出一个要票的人来拦路呵斥之后，终于意识到这里没有，然后便在谨慎地噤声以后小心地脱帽缓步，眉眼低垂的姿态不需要别人教导就已经熟练掌握了；信仰的威仪使人小心。

教堂即便是在周六周日的时候也已经人不多了，真正进去做礼拜的人寥寥无几，而且都是中老年人。偶尔有年轻人进去，匆匆忙忙地投币五毛或者一元然后拿了蜡烛点上，之后默默地站在那里在心中说着什么，一旦说完掉头就走，迅速消失在大门一闪带进来的一瞬间的光亮里。这种完全仪式化了的“烧香磕头”的模式使人非常惊讶：居然可以将一种信仰与对这种信仰的表达缩减到如此蜻蜓点水一样的程度？后来看到资料说欧洲的宗教信仰者特别是那种传统的忠实信徒，实际上在逐年减少，很多教堂都因为人口减少而信众也减少的原因被慢慢地废弃了。一时间教堂的再利用问题被提上了议事日程，有的改造成了图书馆，有的改造成了饭馆，还有的改造成了福利机构；好在欧洲没有拆除建筑的习惯，那些教堂的尖顶还在以它们装点了地平线的美丽姿态矗立在欧洲的村庄与城镇的上空，依旧是无家可归的人或者露宿的漫游者可以最后依靠的地方，依旧是远行者归来的时候在很远很远的地方就能望见的风景，一成不变的风景。而也正是这种一成不变的风景为欧洲人的家乡感提供了最切实的地理观感与依据。

从一个教堂出来，遇到一个中年男子搀扶着自己颤巍巍的母亲从汽车上下来，因为正好迎面而对，便打了招呼，于是互相交谈了起来。当他们知道我来自中国的时候表现出很大兴趣，还说自己家里的什么什么人现在就在中国！于是合影留念，老人脸上闪现着一种似乎已经久违了的兴奋。自己也感觉到一种与异国他乡的人进行直接交流的快乐，只是因为语言问题不能深入地随意地交谈，所有的谈话都只局限于最简单的信息传递上，这让人很觉遗憾。和这位老人的合影后来自己洗出了照片，并按照当时留下的地址邮寄过去，可是再无回音。不知道是自己写错了地址还是有了什么别的意外——后来自己在德国多次和人合影，也多次邮寄照片，或者在邮箱里传递照片，几乎都没有再获得回信，实在有点纳闷。交流仅止于此，语言的隔膜带来了文化上的断裂，这是自己在德国学习生活中最大的困窘。让人经常会怀念在国内的时候即便是与陌生人交流也只需要只言片语，就已经互相明了对方的表层的与内心的想法与思维逻辑，甚至于之所以有这样的想法和思维逻辑的现实生存状态上的普遍原因。从一种文化中来，突然降临到另一种文化中去所产生的文化的断裂的感觉，在几年前第一次来德国的时候有过体会，而这次在初来乍到的时候不会是什么问题，即便遇到了问题也会为发现新的文化的兴奋所遮蔽，一切的发酵与副作用都会在三个月以后才真正出现。三个月，这是过来人的良言忠告，也的确是后来在自己身上出现了的一个定数。它在三个月以后伴随着凄凉的秋天一起降临，让人产生了被我们的传统称之为“悲秋”的状态，直到冬天到来才慢慢好转。那个状态事后想想实际上是因为置身在纯净的大自然里才会发生在敏感的人身上的，虽然与文化断裂有关，但是更与纯净的自然里的强大的秋凉的衰落信息有关。此是后话，会在秋天一章里详说。

在到达德国的最初这段时间里，所有的离愁别绪都还和自己无关，面对从未置身过的这样纯净的大自然，这样既充分人性化又绝对保持着原始风貌的良好环境，这样应接不暇的新鲜的文化感受，每天都在身边出现，每天都会给自己带来异样的惊喜。

在被通知去领取助学金生活补贴的时候，我找到了那间挂着牌子的屋子，人家迎接了我，会计显然是早有准备地微笑着把有零有整的钱一一数给我，然后用一个信封样的包装袋装好再递给我，最后还给了我一块糖，一块显然不是官方而只是属于她个人的糖。“给我的？”我用笨拙的德语不敢相信地问。“是”，她点点头继续微笑着答。对于我当时的不胜惊讶，她显得很从容，从容之中自然是透着一种因为达到了她意料之中的效果而有的喜悦。不用活动、不用找人托关系送礼、不用来来回回地找上多次，让你彻底在办事人员面前没有了一点尊严，人家就这么痛快地把钱给了；自己还对这个感到意外呢，这后面的一块糖所带来的甜蜜就更加让人惊喜了。

这细节也许只是她们接人待物的一种“潜规则”，属于一种不成文的传统，但是也无疑显示了这个会计本人，这个具体的人的好心情以及对我、对我这个具体的人的善意。这是自己第一次如此切近地领略德国式的善意——如果将陌生人面对面的时候要打招呼的情况排除在外的话——十分让人感动。因为在一向的日常生活中，尤其是这种至少是公事公办甚至需要请客送礼人家才会给办事的场合，对方的善意是很难这么平白地获得的。这种情形不用远了，就在某些国内驻德的机构里的服务台前就能看见，她们在对待德国人的时候一副堆出来的笑，对待自己的国民的时候就立刻恢复到冷漠的公事公办状态里去了。

当然这样的面孔在德国也并非没有，刚刚下了飞机取了行李过海关，往往会有类似的待遇。警察在那里日日面对外国人，逐渐就有了职业病一样的冷漠面孔了。但是他们不知道，那样的冷面孔对于我们来说早就有了免疫力，一点都不会觉着有什么意外。反倒是警察在大街小巷执勤的时候的那种男女搭配方式，还有普遍的和颜悦色的文明执法、劝告执法的样子，让人深感亲切、甚为感佩。德国的警察、德国的公务人员不知道是不是有为民服务的口号，不管有没有，他们在实践中都很好地体现着这一标准。

在德国，类似这位会计这样在很痛快地办事之外的一块糖所表达出来的真诚的善意，每每都能让人久久感动，永远难忘。后来，这块糖一直都在我的行李中，一直陪伴着我，成为我对德国所有美好的记忆的重要出发点之一。

当然，这一阶段的经历与感受也并非都是这么美妙。在萨尔布吕肯美术馆参观的时候，就遇到了一点小小的问题。一个胖胖的女人，又像是保安又像是解说员的胖女人，先是说不能背着双肩挎，必须手里拎着，又说手里的水必须装到包里去。这都是可以理解的，因为背着包有可能影响别的观看者的视野，而手里拿着水则对画展构成潜在的威胁。让人不大能接受的是她那种“你怎么连这也不知道”的不耐烦的态度。她因为别人的不懂或者疏忽而生气，而居高临下，让别人也在改正的同时收获了源于其态度的不悦。即便是在德国，也并非每个人都是和蔼的。我们生活的地球，文明程度的高低只有相对而言的意义，在具体的细节上，你永远难以预料将要面对的是什么。

漫长而又短暂的一周时间很快就过去了，对周围的环境有了初步了解后，自己也就该结束每天都如梦似幻的畅游，而归队开始上课了。

在德国由德国老师上课，是有很多可圈可点的地方的。上课的时候，老师用的不是粉笔而是一种带颜色的水笔。一些老师用力向垃圾桶里扔笔的声音，总是显得非常突兀，让我们这些在认真听讲的学生们一惊，体会到这个身强力壮的民族在肢体动作上难以细腻化的果断与有力。那些笔没水儿了，或者说只是在黑板，不，白板上书写不流畅了，接近没水儿了，就被他们这样毫不迟疑地扔掉了。这也是西方对于物之为用的一种习惯，只要是失去作用了立刻就扔，绝不足惜。

这种声音很大的扔掉的动作，除了受连续讲课身体里淤积的气息左右，用力甩出去什么以畅通自己的喉咙和身体的其他部位的原因之外，据说主要是受美国消费文化的影响，以毫不吝惜地将也许还勉强能使用的东西扔掉来显示自己的潇洒与不恋旧，显示自己对于消费经济具体化的支持。而实际上，在这里，这个声音很大的扔笔的动作里，似乎还暗含着他们中的一些人某种程度上对这一批又一批的外国学生的不满。他们表达这种对外国学生的不以为然的方式有很多形式，比如在任何情况下都面无表情，对你的话完全置若罔闻，听而不闻，视而不见，扔笔只是其中小小的一种。虽然外国学生给他们提供了就业机会，但他们中的一些人仅仅是为了挣工资才来应聘这份工作的，没有德国传统社会里的那种职业化的敬业，更不用说在这个职业上能获得自我确认的自足与尊严感了。

这样的时刻被你重新意识到的时候，就会突然将原来已经松弛了的神经再次绷紧，原来人家对有着一副挥之不去的亚洲的面孔的你，一直是这么看的啊。这种敏感大约出国的人都在潜意识里或多或少地存在着，从不示人，仿佛根本没有而其实时时处处都紧绷着。

当然，这只是极其个别的人，我遇到的多数老师并不是这么个样子的。多数老师都很敬业，都不遗余力地反复教授着大约相当于我们的幼儿园老师面对娃娃们说的一些话。不论是知识还是语言，德语在我们这些娃娃水平的外国人这里都是高山一样的难题。

自己因为德语程度而被安排补课，老师是一个毕业年头不会太久的年轻女士。她有着德国女人普遍的胖壮和与那样胖壮的身体不大相符的性情上的温和与细致。补课有时候被安排在教室里，有时候就在教室外面大树下的木头桌椅边上，两个人面对面或者肩并肩地看着一册课本，手把手地指着念着，绝对堪称谆谆

右侧建筑为萨尔布吕肯缓坡丘陵森林中的杜伊斯堡中心

教诲了。她还主动借给我德国歌曲的DVD光盘，用来学习德语。那盘德语歌曲被我刻录到了电脑里，转移到了移动硬盘上，带回国内，一直到现在还在听。现在听不仅是为了温习德语，更是为了让那熟悉的曲调将过去的时光呈现。

另外借给过我光盘的还有玛雅老师。听说我喜欢黑塞，就主动拿来了黑塞的诗歌朗诵光盘给我转录到电脑上。要知道，在德国转录光盘是一件不大合法的事情，一般老师不会主动让你转录的。但是玛雅老师不是标准的德国人，他的打扮是法国范儿的，在脖子里系着一条小小的围巾；他也的确是住在法国，每天来德国上班。他的表情丰富生动，多次邀请学生们去他法国的家中过周末，并联系酒庄，让大家一起去买便宜的葡萄酒。

还有一位矮个子的“ZU TEUER”老师。他没有结婚，没有去过柏林；所谓“ZU TEUER”是德语“太贵”的意思，是我们给他起的外号，因为他说起任何事情来都会很生动地举起双手，说“ZU TERUER”。没有去过柏林是因为“ZU TERUER”，不开汽车也因为“ZU TERUER”，我们于是就想他没有结婚难道也是因为ZU TERUER？他与学生温和无间的举止态度，都更像中国偏僻乡村中的教师，时间久了会让你觉着他根本不是外国人，而就是从你家乡来的一个同胞。

这一周，通常只在吃饭时间在食堂才会遇到的同学们，终于开始在一个教室里并肩听讲了。将目光从德国新鲜的环境里转过来才发现，这上学的环境远不如外面的德国环境那么单纯与洁净。以至于辅导老师私下询问，为什么你们不如别的国家的学生那么欢声笑语的阳光？

也许一切都是因为虽然还没有来得及深入接触，但是却是注定要在以后的一年里作为同学一起学习、一起生活的现实。一些人的目光与心绪即便在如此优美的环境里也还没有学会向外，向外学习与享受。这是我现在的总结，不过当时的头脑是远没有这么明晰的，一切都是混沌的，类似孩子在一个新环境里的那种带着几分陌生、带着几分莫名的欣喜的混沌。这是成年人重新回归学生时代的一种撒欢式的自由和回炉式的感觉。崭新的一切、一切的崭新都正需要我们时时处处地去感受，哪里顾得上别的。所说的崭新的一切，包括了永远蔚蓝的天空和陌生人之间的彬彬有礼，更有什物使用上的新鲜。

因为宿舍和教室都在一栋楼上，所以上学、下学没有必要背包，大家就都只是拎着电脑就可以了，但是装在电脑包里拿下楼来再打开包把电脑拿出来，过程过于烦琐，所以人们就不约而同地采取了一种直接把电脑装在那种在德国购物用的白色布袋子里的方式，真正像是往里装一个本子一样地一装而入，再一拿而出。所以上课、下课、吃饭、回宿舍的路上，经常就可以看见这么一种一大群人各个都拎着一个白色的布袋子，布袋子被里面长方形的物品坠成了严格的长方形的形状的景象。

德国人的布袋子大多都是白色的，不为别的，只为了环保，省得染色浪费颜料，污染环境。人们去超市购物或者去逛街，往往就拎着这么一个白布袋子。这种白布包初看起来很不舒服，白白的未经任何颜色的浸染，很原始，很简陋；这还是其次，最主要的是其颜色与中国传统文化中的丧事用品接近，让中国人一时很难接受。不过正是因为没有染色所以才最环保，而其制作又有着德国制品的一贯品格，非常结实耐用，绝对不会出现提手断开或者兜底开线的问题。至于文化上的隔膜甚至对立，则因为大环境的改变、固有传统观念所生存的土壤已经远离，也就逐渐就变得模糊起来。

这白布袋子不过是德国人朴素的物品观念、环保节约的物之为用、够用即可原则的一个小小例证而已。这一点中国人入乡随俗起来是没有任何障碍的。事实上中国人从一开始的惊讶、疑惑到最后的使用之间，过渡期一般不超过两天。很快就人人和德国人一样拎着白布袋子去采购，不仅完全接受并且发扬光大到了用它来拎电脑的程度了。

说到购物，德国购物基本上都在超市，除了结账以外不会有服务人员出现。即便是周末可以摆摊的类似中国的菜市场上的买卖，也都非常平静，非情绪化，不招徕也不讨价还价；卖的标签标识得清楚，买的看准了东西马上掏钱，唯一需要说的就只是买多少了。当然仔细观察的话会发现，超市收银员一般都是快速机械地说着问候语，市场的买卖则要温和些，通常会说上几句天气什么的家常话。总的情形与机器的自动销售区别不大，这或许是德国的自动化销售特别发达的一个原因吧。他们接受起机器销售来不用过渡，完全没有障碍，看准标签投币拿货走人，干净利落绝不拖泥带水。

中国人刚来的时候往往以国内的习惯要讨价还价，最初学会的德语里一般都有一句："KOENNEN SIE EIN BISSCHEN BILLIGER？"意思是便宜点行吗？一般碍于面子人家都会不好意思地降一点，但是时间长了每个中国人都如此人家也就不再不好意思了，直接就拒绝了。所以住的时间长了的中国人也就认可了不再讨价还价的传统，慢慢地反而觉着看好了直接买的方式的确是有很多优点的。童叟无欺，不会因为买东西而发生什么不愉快的摩擦，而且标准化、统一化的价格与质量也都有保障。其实中国人刚来的时候在购物的问题上的不习惯主要倒不是不让讨价还价，更大的问题是想买东西的时候经常没地方买。任何一个地方，除了最主要的一两家超市外就很少有那种百货小店，更别说自由市场了；虽然"IMBISS"也类似中国的小吃店、小百货店，但是周末不开门，而且店铺很少，经常是几条街上才有一家，营业时间有限，远不如中国国内那样一家挨一家鳞次栉比，而且有相当一批是昼夜二十四小时永远开着门。

所谓秩序井然，不单是说交通上的各行其道不堵车，更有这种作息上的有开有关，有营业、有休息的仿佛自然节律一般的规则。在这样井然有序里生活一段时间以后，就慢慢会从那种尽管方便但却都是为了追求利益最大化的环境里抽身出来，全身心地接受了德国有序的方式。

在刚刚进入德国的自然环境与社会环境中的时候，一切的一切都是新鲜的，看一切的一切的时候我们都拥有一种儿童睁眼看世界一般的最敏锐的目光，能发现他们自己往往早已经习以为常的特点，能在对比中看到自己和他们的生活点点滴滴的不同；正是这些特点与不同，让我们每天睁开眼看世界的生活都变得像儿童一般充满了希望与期待，充满了生命的意趣。再加上语言本身的笨拙，人的整个状态就更与幼儿相像了。

我自己的这类发现几乎是不胜枚举的。

其一，西人普遍有体味，其与遮挡体味的香水混合以后再加上传统的香肠面包的食物搭配，便形成一种酸酸的味道。这种酸酸的味道在车厢里是比较明显的。车厢里的醉汉呕吐以后会在相当大的范围内留下这种味道，它和德国男女普遍使用的香水一样，让人一下子就将其与德国人和德国的普遍印象挂上了钩。任何一个民族都是有属于自己的味道的，这是原始聚落时代留下的遗传，更是长期共同生活方式的结果。

其二，周末去运动是德国人的普遍选择，因为不管是河道还是湖泊，德国人的聚居地周围总是有水面，所以从事划艇运动的人就很普遍。抬着划艇下水，然后一个人或者一组人整齐划一地坐好，一起用力，小艇便如箭一样地飞出去了。划艇运动上下肢需要协调运动，动作协调而有节奏，显得非常漂亮。在河道里、在湖面上，平静的水因为划艇而起了波纹，野鸭、天鹅纷纷躲避，躲避又不过分惊慌，仅仅是让开而已。

这样的河道与湖泊中的划艇运动很让人感慨：德国人将生命中的时间尽量运用起来，让生命历程中的愉悦伴随着运动与环境享受，健康而怡然地度过；人们对环境中的自然元素做了最大化地融入，人与景有了最充分的和谐。

其三，我们坐在大BUS上，遇到了红灯，旁边的车道上停下一辆敞篷轿车，车上的两位女士抬头一看我们满车的亚洲人，就笑了。我们也笑了，于是大家互相都挥挥手。这是萨尔布吕肯街头的一幕，平常而温馨。

其四，德国老师讲起课来大多是不遗余力的。一次老师在课堂上脱了鞋示范在大街上流浪汉走路的样子，后来一直就这么穿着袜子上完了后面的课，因为再蹲下穿上鞋显然就要耽误一会儿时间，这个可以后延的动作一直被他推迟到了下课，不占用学生们在课堂上的时间。这是他职业道德的细微之处。

模拟考试的时候学生占了他的座位，于是老师就直接跪在讲台上听。当然德国人的跪没有别的含义，至少没有中国那么复杂的文化含义，这时候的跪只是为了身体的方便。和中国人在日常生活与劳作中总是尽量避免这个姿势不一样，他们带孩子的时候、在劳动的时候，尤其是花工在劳动的时候，最容易有这个姿势了。当然，当年德国总理到波兰的受难者墓前下跪，那是中国文化中的跪的原意。

其五，这样的观察在很长时间里都处于乐此不疲、饶有兴致的状态，比如：街上偶尔驶过的摩托车，带着显然是自己制作的布兜，和平常拿着去超市购物的那种白布兜颜色一致只是款式有别的大白布兜。有的德国人戴的耳环，造型像是用图钉帽粘起来的奇怪样子。很偶然的看见一个捡垃圾的人，他穿着很整齐，与我们印象中拾荒者的破衣烂衫的邋遢形象相去甚远，你甚至都会怀疑他们来捡垃圾并非因为生活窘困，而仅仅是因为自己有这样去捡垃圾的爱好或者习惯。这个穿着整洁的人在垃圾箱里翻了翻，不要大皮箱，也不要家具，那些家具不管是桌子还是椅子都是纯木制作的，绝对没有那种用胶粘起来的所谓细木板的甲醛味道，他只要了一副耳机。显然他捡垃圾只是为了寻找自己想要的东西，而不是为了捡能去卖钱的东西。

后来在德国也注意到有专门去捡能卖钱的垃圾的人，那是一个孩子，一个在德国和丹麦边界的小镇上住着的八九岁的孩子。他只捡啤酒瓶子，用一个装啤酒瓶子的纸座，一旦装满了一打十二个他立刻就去不远处的超市卖掉，然后回来再捡。去超市卖啤酒瓶子是不用经过任何人工的，德国的超市进口处都有一个自动的啤酒瓶子回收装置，你只要放进去瓶子，那机器就会自动给你打印出一张写着酒瓶子个数与总价格的纸条来。凭着这张纸条在超市里就可以顶钱用。一分一毛就是一分一毛，不打任何折扣。那个孩子大约是要买什么东西，所以一点都不在乎别人的眼光，干劲十足、津津有味地一个一个垃圾桶地寻找，找到了就兴奋地装到纸座里去，装满了就去卖一次，然后回来再找，完全沉浸在自己的劳动之中，根本不在乎周围人的眼光，也永远是一副不知疲劳的样子。这两个德国的捡垃圾的人，给我留下的印象很深，他们这种没有妨碍到别人的举动一点都没有引起周围的人的轻视，大家对他们的存在似乎都习以为常，即便是偶尔注意了一下，也多是一种饶有兴致甚至是十分尊重的表现。

在德国捡垃圾显然也是一个可以让人足以维持基本生计的谋生手段，可惜国内捡垃圾的大军无缘德国的签证，而有了签证来了德国的人也总是有更重要的事情去做，无暇捡垃圾；这或许是笑谈，不过在一个中国人看来，德国社会确实有着大量的足以让自己的生活过得下去的生计机会，比如修自行车，比如修鞋，比如补房顶，这些职业在德国社会里几乎没有人从事，各家各户都是自己来做这些事情，很多不会做或者没有时间做的人就只好放弃，浪费了很多社会资源。

其六，户外公益广告中有宣传使用避孕套的，创意很是巧妙：给黄瓜套上套子。这个广告既把如此不便说的一件事情给说清楚了，又做到了最大程度上的雅致，可以公然用巨幅广告的方式竖立在经常有男女老幼各色人等经过的街头。孩子看不懂也不会深究，大人看懂了也一笑而过，适龄男女会心一笑还在相当程度上促进了生活的“性趣”。当然对一些成年人来说那广告显然又有了几分挑逗意味，大家会心一笑的笑声里，总是有一股另外的意味。

其七，德国的纯净环境使从小到大常年缠绕着自己的鼻炎好了，甚至连感冒发烧之类的小问题也都再也没有出现过。尽管到达德国一两个月以后会出现脱发的问题，但是那不过是水土不服的一种表现，再坚持一段时间以后一切也就都会适应起来。

其八，餐厅里来自某些东欧国家胖胖的厨娘们，经常表现出一种居高临下的姿态来，掌勺的感觉常常让她们在施舍的幻觉中徜徉；颐指气使的傲慢与不加遮掩的不以为然的面目，都让人感觉似曾相识。她们每每简单地将个别人不遵守食堂规矩的行为归结到全体中国人身上，对于吃得多的人、盛菜或者拿面包的时候有遗撒、掉落现象的人，立刻就会表现出严重的不屑与不满，而且会立刻将这种态度延及所有来吃饭的人身上，似乎每个人都成了随时都有可能转化成最不堪的乞讨者的潜在对象。这其中除了习惯之外，还有另一层藉此来显示她们自己的地位的意味：她们心甘情愿地在德国人之下，也理直气壮地在亚洲人之上；那种当德国人来吃饭的时候一副无所不用其极的谄媚，当亚洲人吃饭的时候一副爱搭不理的倨傲的表情对比，总显得像是滑稽戏一样过于没有遮掩、过于对照鲜明。可惜这样的滑稽戏的效果不是快乐，而是不快。

其九，德国的饮食中蔬菜多生食或者蒸煮，讲究营养适当、适度，按照就餐人数定量供应，一般不多做。这些都很对自己的胃口，没有了中国菜里的油，定时定量，加上每天在森林里跑步，很快就减了肥，几乎恢复了年轻时候的体态……

周末出行五人组

因为平常在食堂吃饭，到了周末食堂关门，而且往往还会出行，势必就涉及一个购物问题。主要是买周末两天要吃的食品，不管是在宿舍待着还是外出旅行，这两天的吃喝都必须要提前买回来。因为周末所有的店家都将关门歇业，这是基督教国家的传统，也是欧洲国家的一种福利。

所购其实很简单，就是面包、肉片和一些准备裹到面包里去的蔬菜而已。不煎炒烹炸的生食在不知不觉中就占据了最主要的餐单，饮食结构的改变在过了适应期之后就是享受其简捷与健康的好处了。

吃的东西有了就是出行的交通问题了。说“交通问题”是出于语言的习惯，实际上德国的交通是没有问题的。德国任何一个地方，火车、汽车均可到达，其交通发达不体现在什么豪华的车站或者密集的管理者上，而就实实在在地体现在乘客可以从任何一个地方很方便地到达另一个地方。任何一个车站几乎都是有规律地每隔一定时间就会有一列车停靠和通过，不管有没有人上下车，这个雷打不动的规则也在公共汽车站上适用，站牌上不仅有站名，更有周一到周五的时刻表，还有周末两天的，通常都会和周一到周五的时刻表不一样的时刻表，真正为出行提供了极大的交通便利。这样定时到来、定时出发的列车和汽车，大多数时候都乘客寥寥，但是却又一直准时营运，绝不停运或者晚点，经常是我们上车以后发现乘客就只有我们几个人，一路上再鲜有人上下。

我后来在德国境内骑车漫游的时候，见过只有一米宽的火车站站台，那是为一个只有几间屋子的小村落设立的火车站；而在那里停靠的通常也都是只有两节车厢的那种接近汽车长度的火车。一个完善的交通系统从来都不是绝对地以利益为最大运营原则的，除了利益之外更有最大限度地实现所有乘客愿望的考量，这才是国家化交通运营的根本。德国的交通运营充分体现着这一点，也是整个德国社会机制科学高效，而又最大化地为民服务的一个非常直观的写照。

德国的火车售票制度中有周末票的设置，一张票可供五个人集体使用，在一天二十四小时内有效，可以乘坐除了快车之外的所有列车，在德国境内甚至是临近的其他国家的个别城市的范围内旅行。这一制度直接造就了集体出行的形式，尤其是在有集体生活方式的学生群体中，凑足五个人一起买票然后均分费用的方式很是流行。即便是凑不够五个人，只有三四个人也经常比单独购买正常的火车票要经济。这样一来，大家就会在周末之前找人，商量周末去的目的地，凑足五个人以后便在第二天早晨整装出发，出去玩一整天。或者第二天再买一张票，然后再去另外的地方玩一天。回来以后均摊费用，当场结清，互相协助着让每个人都最大化地实现了节省与节约的原则。

这样出行的优点一是省钱，一是互相有个照应，毕竟大家都是刚到德国，人生地不熟。这样集体出行的时候，不论是乘坐交通工具还是遇到一般性的问题，即使是在景色之中进行观赏的时候，也都会因为有个小集体而在心态上比较从容；大家都可以到周围看看、照照相、吃吃饭，都会比较心安理得。但是缺点也是显而易见的，那就是需要迁就，需要照顾那些出行的准备工作做得慢、走得慢、缺少集体观念擅自行止，甚至动不动就会失踪的人。很多五人小组都需要一个磨合与互相选择的过程，往往需要几次以后才能相对固定下来，形成互相对对方的行为方式与脾气都比较了解也都比较能容纳的组合。而这样相对固定下来的组合无形中也就会在日常学习和生活中形成某种小团体性质的人群，这一群人近一些，那一群人也更近一些，群和群之间慢慢地就会显得多少有点隔膜了。德国人的集体出行的经济设计，造就了学生们的被迫的集体出行方式以及必然的其他连带关系，不期然成了一种奇异的人文景观。

这是德国的制度造成的文化模式上的新鲜样态，在德国人自己也许还只有孩子们会偶尔结伴出行，在家庭与亲人的组合出行中也有类似的现象，不过只有这种学生，特别是外国学生集体住宿的情况下才会有如此长期而固定的五人出行组合的旅行方式出现。德国人的周末票设计最开始的时候是针对家庭的，一家老小周末出行，一票在手就可以完全满足；后来随着成本的提高，票价便一再提高，从十几欧元到二十几欧再到三十五欧、三十八欧；每张票的使用期限也一再缩短，原来是可以整个周末两天使用一张票的，后来改成一天，不过可以延续到零点以后三个小时。考虑到周末票只允许乘坐慢车和区间列车，而这些车种最早开车的也要到五点钟，所以一张票的有效期实际上还是不足二十四小时。

尽管不是尽如人意，但是对于平摊下来每个人几欧元的负担来说，还是很划算的。大家对于周末票的依赖也就顺理成章、理所当然起来，一旦到了国外，德国之外，比如意大利、法国之类没有周末票设置的地方，还真是感觉既贵也不方便；立刻就怀念起德国来。考虑到德国的这种周末票设计的合理性，周边的接壤国家往往会做一些通融，比如法国的斯特拉斯堡就可以用周末票直接坐火车进去，还可以用这张票坐火车出来；瑞士的沙夫豪森或者巴塞尔也完全认可德国火车上的这种周末票；丹麦边界上的小镇也视德国开来的“BUS”上的这种周末票为有效。不少城市凭周末票还可以乘坐当地的有轨电车和地铁。

大家出行的目的地主要是周围有名的地方，比如有马克思故居的特里尔，有世界著名的足球俱乐部的凯撒斯劳滕，有联合国机构的斯特拉斯堡，甚至是海德堡、布鲁塞尔或者巴黎。其间还有些近途的线路，主要是围绕着萨尔布吕肯的地方，用州票坐火车去转那些罕有外国人到达的城镇甚至是小村庄，河流与湖泊、丘陵中的森林谷地。州票是一种类似月票的市内交通卡，在有的州规定暑假、寒假期间是可以全州通用的，也就是说在这些特定时间段里只要一卡在手，不管是汽车还是火车，一律免费乘坐，有查票的来了拿出卡来一看就可以了。不必去事先看什么时候有票，更不用去买票，实在是太方便、太省钱了。每个享受着州票的方便的人都会情不自禁地为它叫好，为德国这富裕之州的惠民政策叫好。还有些人是在暑假结束以后再出行的时候需要买票，价格不菲，这才意识到原来的“SOMMERTICKET”（暑假票）真是太值了，不花钱一样地“MIT DEM ZUG”（坐火车）、“MIT DEM BUS”（坐公共汽车），在人少而安静的车厢里来来去去，确实是一种超级享受。

想起当时国内艰难的购票和更加艰难的进站、出站，德国的火车乘车环境简直就是天堂。出行不仅不是一种折磨，甚至还是一种享受。在最初的惊讶和赞叹之后，我们就开始乐此不疲地享受起这在国内绝对无福享受的待遇来了。

我们往往会算一笔账，如果专门从国内来这里旅游，去任何一个地方都会花费不菲，现在利用一个周末几十块钱就可以满足自己，何乐而不为呢！这可是一个花钱不多就能享受在国内的时候也许要下很多年的决心才能实施一次的国际旅游啊！于是，不管平常在国内有没有旅游习惯的人，现在一个一个都好像着了魔一样地开始了不间断的旅行——不仅每个周末或者节假日，就是没有课的下午也会坐了火车出去，去一个没有到达过的什么地方走一走、看一看，晚上回来十一二点也不晚，天光还亮着，治安又非常好。这样的时候总是让人有一种如梦如幻的浪漫感觉，好像天天都生活在诗情画意里。

车站广播通常都是一个深沉的男低音，声音清晰而稳重，不尖锐，带着一股安静的味道；不紧不慢，让人从容。从声音的角度将旅客引导进一种放松的气氛里，消除人们乘坐大型交通工具的时候普遍都会有的紧张与不安。以前听惯了车站广播的尖锐高声和无限重复，刚到德国的时候，根本听不见这种男低音，听见了也完全不知所云。以至于很多次周围的人都听了广播以后赶紧换了站台等车了，自己还在那里傻站着；有好心的德国人过来解释一下、做了个手势，甚至拽上一把才恍然大悟。但是随着语言的进步和对于这种播音习惯的适应，很快就喜欢上这种与整个公共场合里的安静气氛相协调的广播音调了。

列车上的广播也是如此，低沉而清晰，缓慢而安静。很多列车上甚至都没有广播，列车要走了也并不预告，只是用车门的长时间关闭来预警。所谓“长时间关闭”是这样的，所有的车门在上下车的时候都需要你自己去按动按钮，按了按钮门开了，你就可以上下车了。门在你过去之后几秒钟还会自动关闭。但是，在没有到站或者即将开车的时候，这个按钮就不起作用了。所以一旦你察觉到有那么一会儿门没有人按动了，也就预示着车要走了。德国的列车守时到秒，但是也不是完全没有人情味，这种门的开关设计本身就有一点点空间。如果在列车就要启动的时候你先跑到了车门处，按动了按钮，门开了，然后你脚或者肩膀抵住门，制止门自动关闭的过程，任它嘀嘀地鸣叫，等着后面的同伴跑过来。这时候司机就会从最前面的车厢探身出来向后看，等着你的同伴最后上了车，门关闭以后才启动。被耽误的一点时间他会在随后的行驶过程中适当提高速度补回来。

在这种完全没有广播的列车上，旅客何时下车完全根据手里的旅行表来落实。那张旅行表既可以在自动售票机上买票的时候获得，也可以在售票窗口索取，都是免费的。上面清楚地标示着你要到达最终的目的地所需的转车车站的名称和站台号，只要按图而行，保证不会有什么差池；就是万一有了晚点，也不会有大的问题，因为所有的方向几乎都会保证一个小时必然有一趟车经过，你手里的票在一天之内都是有效的，上任何一趟车都是可以的。重新上车的时候再去打一张按照这个新的车次前往你的目的地的旅行表，重新获得你以后的行程计划即可。

应该承认，不论是车上没有广播还是车门自动关闭，这些对于刚刚从国内来的人来说都是一种异常令人焦虑的经历。因为习惯了听广播下车，习惯了一关门就要开车的规则，所以对于这种完全是在安静的旅客自主状态里完成的列车运行程序，颇不适应。然而一旦你语言进步，规则掌握之后，你就会毫不犹豫地赞叹，赞叹这种制度设计的完美与高效。

萨尔布吕肯周末的早晨，很早的早晨。即便是生活在山顶森林，每时每刻都处身氧吧之中，早起的空气也还是更让人喜悦，

窗外有彩虹的早晨

让人情不自禁地深呼吸，好像空气中有食物，有比食物还珍贵的琼浆玉液。每天起床以后第一个动作是开窗，将德式的只可以侧开一条缝或者上下开一个小角度的窗户开到最大，然后抓紧洗漱，提起昨天晚上已经准备好的双肩挎，里面装着食物和水，装着照相机和小本子。然后关门而去，兴冲冲地去敲别人的门，或者先到楼下的"BUS"站等着，等着大家凑齐。在天色初明的朦胧里，在睡意未去的懵懂里，兴奋和期待已经满满地涨到了每个人的心头上。

在“BUS”站，中国学生经常会遇到伸手要钱坐车的人，一般都是年轻人，样子似乎也是学生，一点也没有乞讨者的痕迹，突然就走过来伸手要钱，脸上不带任何一点点不好意思。刚开始中国学生往往以为是人家一时忘了带钱了，于是就磨不开面子，虽然不大情愿但是最后也还是给了一个硬币；后来这种情况多了，大家一交流都觉着没有必要，那一块钱可是十块钱人民币啊，干嘛要给这些无端地伸手而来的陌生人！不过当再次遇到类似情况的时候，很多时候还是不能拧过自己的面子，还是会给人家一个欧元。这大约是那些喜欢在这种场合向中国人要钱的人早就摸索出来的规律了，中国人最要面子。

一行人结伴出行，山林植被的气息与一伙儿成年人却有着年轻人结队方式的兴奋，联合起来为这不期然的美妙做了最好的注脚。很多年过去了，那些出行的早晨朝气蓬勃的意态都还历历在目，向往与陶醉从旅程的一开始就已经充满了每个人的面庞。清晨弥漫的山林气息与类似童年中的那种静谧的环境氛围中的神秘而细微的慌张与欣喜，都让人每每回想起来就情不自禁地会再次为之倾倒。

配合这种浪漫气息的德国环境硬件其实是一个必备条件，无论坐什么车乘客都寥寥无几，环境气氛都非常宽松。不论火车还是“BUS”上，人都不多，尤其是长途汽车，跨国的长途汽车上人就更少了。经常是我们这几个人的专车。沿途观赏风景，甚至可以隔着车窗照相，司机都是穿着制服戴着白手套的绅士打扮，与别的“BUS”会车的时候彼此都会挥手致意，显得非常和睦而愉悦。让你立刻就由此想到能这样有良好的开车礼貌的人，自己的生活一定也会是很好的，家人也不会差。整个他们生活于其间的自然环境与社会环境都已经令他们满意！否则是很难做到普遍这样彬彬有礼而又从容优雅的。看他们开车也几乎是一种画面般的享受了。所谓幸福指数，其实就直接体现在这样的细节上。而对于我们的旅行来说，这样的观感无疑就已经是相当重要的收获了。

萨尔布吕肯方圆上百里的郊外

国境线只在地图上，现实里根本没有任何标志和痕迹，更没有警察与军队的影子。交通工具越过了国境线与否经常是国人热衷的一个问题，但不是这里的长期居住者是断断不能明确回答这样的问题的。边界在人们的日常生活里几乎是没有意义的，即便是从国家的层面看也只存在地图上的与理论上的意义；正因为如此，在人们日常生活里边界的位置就日渐模糊起来，即便生活在此的人们也不能全部了然了。从萨尔布吕肯到卢森堡，到比利时，到法国，整个欧洲几乎都是这种情况。

曾经缔造出大同世界理想的伟大人物的家乡特里尔，是我们首选的旅游目的地。作为中国人到了德国几乎都会到这个偏远的古城里来走一走看一看，在马克思故居里楼上楼下狭窄的空间里东张西望一番。当地的德国人对这样的景象早就习以为常，他们对自己的地盘上出了一个中国人的仰慕对象而感觉复杂。既有些得意，又有些吃惊，还有一种连带着自己也被拔高了的幸运感。

特里尔傍晚的湖边

当然一向务实的德国人不会持久地沉浸在这种自豪里，他们会在给马克思故居弄上诸多汉语的标志以后，继续平静地挣钱。不管怎么说，游人直接拉动了当地的经济，给小城带来稳定的收入，这一点他们总是承认的。遍地都是名人的德国城乡，大约要属特里尔最为幸运了，因为似乎还没有另外哪一个名人可以这样成为另一个国家的持续关注点，从而可以在几十年以来一直都持续吸引着那个国家的人来瞻仰。

在看了马克思的故居之后国人会惊喜发现特里尔还同时是座

古城，黝黑高大的城墙城门居然还有一段保持得很好，而且也是可以随便出入的。那传说中古老的中世纪的黑暗与眼前这被雨水和时光染成了黝黑颜色的古老城墙直接挂上了钩，让人马上就将当年马克思生活的实际环境状态和这样的雄伟的幽暗联系上了。

欧洲体型巨大、脚跟稳定的建筑和欧洲人的魁梧身材一样，是他们传统中强悍与雄健的血脉的一种自然表现，即便是以现代游客跨越了很多世纪以后的外人眼光来观看，也依然让人觉到了一丝被比较出渺小来的恐惧。现代人嘻嘻哈哈的照相与合影之类的喧闹，正是驱除这种微妙的自己一般都不愿意承认的恐惧的一种潜意识支配的行为；当然在一群豪放游客那里，这样的潜意识支配的对恐惧的克服里就又多了一层类似集市上的高声大嗓的不吝。

看过了古迹，更让国人惊讶的是宽阔的草地上席地而坐的特里尔人；他们三三两两，自行车随便放倒在地上——倒在地上的自行车虽然貌似潇洒，其实也体现着德国人的“SICHER”（确实、确凿、确定）精神，那就是只有放倒了才最不怕风吹和别人碰到，才能最好地保护自行车——在夏日的黄昏里悠闲愉悦地度着自己美妙的时光。我无意中正好看见了这样很有意思的一幕：一个身材非常好的女人正在我们面前走过这一片有很多人席地而坐的草地，突然从草地上蹦起一个年轻人来，直接跑过来冲着这身材很好的女人打招呼。这女人显然是以前认识他的，甚至还有过什么瓜葛，所以初以惊讶然后马上就是抗拒，不想和他纠缠。那男人一点都不为女人的这种不接受他的表现为意，继续热情地说着，同时双手都伸出来，与她抱了一下，面孔也贴了一下，贴完了双手并不松开，直接忽视了女子要挣脱他双手的努力。他们

湖边戏剧性的一幕

的这种显然不是很和谐的纠缠吸引了不少人的目光，那男人最后只好松开了，女人继续走自己的路，男人追了一段，无奈地退了回来……整个场景都像是直接从电影里切下来的一个片段，是著名的俊男靓女的大演员在镜头前的演绎。在我们眼前出现的这爱情电影的男女主角，当然都是现实生活中随机的偶然，是随意两个德国人、特里尔人都可以出来饰演的角色，他们都身材完美、衣着得体、表情丰富，令人回味悠长。这是特里尔为我们展示的它环境美好之外的人的美好，至少是人在外形与情态上美好的重要一面。

这样的环境与人都非常美好的祥和景象大约正是马克思当年对未来的共产主义社会的最直观的想象基础吧。马克思家乡的现实与马克思的理想境界是不是距离最近呢？岂止是马克思的家乡，他的祖国在当今世界上也在整体上最接近他描绘过的理想社会。

卢森堡是我来德国以后到达的另一个外国，也是自己人生经历中所到达的第二个外国。因为没有国境线，不需要签证和国门的检查，所以出国的感觉很淡，完全和在德国一样。只是有的人已经听不懂德语了，尽管官方的广播和广告牌甚至不少的卢森堡人还都是使用德语的。

下车以后用脚踩了踩与德国的马路绝对没有什么两样的路面，无论如何也不能看出一点异国他乡的意思来。最后还是在路边的店铺招牌上看见了德语、法语之外的与德语、法语其实也很相像的卢森堡语，才算是将心中的疑惑排除了出去，将身在异国的感觉坚定地贯彻了下来。卢森堡的街道很宽，街道上的车辆不多，人就更少了。处处都有一种平展展的、空荡荡的、一望无际式的寥落。习惯了国内城市的拥挤嘈杂和人声鼎沸以后，对于欧洲的这种近于“无人之境”的城市景观的确是需要一个适应期的。

虽然人迹寥落，不过所有的店铺和商家，所有的行人和机构都已经与德国有了不同。人们的目光里，即便是什么也没有说的表情里，似乎已经少了德国人的那种纯净与深沉，而多了些算计与谋略。当然这也仅仅是在和德国对比着的时候才能感觉得到的微妙变换。好在我们无非是在车站码头之类的地方和当地人打打交道，在问路的时候，在偶然的无关利益的一句半句的招呼里说上几句，就更不需要有什么压力了。这是仅属于旅游者的轻松或者说快乐。

出人意料的是，卢森堡大峡谷这样的地理景观就在卢森堡市区之中。欧洲城市的人在风景中生活，风景融入了日常生活的所有细节，但是这样直接将城市建在宏伟的地理景观之上而又很好地保持了地理景观的原貌、尽量不加以任何人工的例子，却也让人感觉惊喜异常。

从跨越大峡谷的古老大桥边的便道上下来，那巨石镶嵌而成的桥拱非常接近于我们在图片中、在影视作品里形成的关于欧洲桥梁与建筑的那种古老观感。桥是峡谷之上和峡谷之中的主题转换的分界线，似乎正是这一溜上面正跑着车的古老大桥的桥洞，为此次卢森堡之行打开了真正的大门，让人找到了异国他乡的微妙感觉。有了这种微妙的感觉，一切就都变得正确起来，不管是正如所料还是出乎所料，都显得本就顺理成章。

峡谷中的水是细水长流式的，量不是很大，但是分秒不歇地持续地流淌着，为整个峡谷里的树木花朵提供着源源不断的滋润。潮湿的空气与夏天的阳光一起为峡谷里提供着一种类似空调效果的温度，似乎确实是比峡谷上面的城市更凉爽一些。说峡谷上面的城市，是和峡谷里面的零星的建筑相对而言的。峡谷里基本上都是旅游区，但是在某些段落中也有民居，都是古老的传统民居，显然那都是自古定居于此的人家。沿峡谷两侧排开的建筑，有碉楼，有教堂，从某一个角度望过去，尖顶相当密集。钟声偶尔回荡，回荡的钟声将环境里的安静更加鲜明地凸显出来，让人再次意识到这里的安静一如欧洲别的地方。古老的欧洲建筑配上这样自然的峡谷地带，而这一切都是在卢森堡市区里，其妙处也就自不待言了。

我们在欧洲的见识都有这么一个虽然脚踏实地但是依旧不大敢确认眼前的一切都是绝对的真实的恍惚阶段，在自己学习之余的周末出行之中，卢森堡就承担了这样一个真实确凿的异国首都

卢森堡大峡谷上的桥

的概念，在自己心里落地的过程。在天空与大地、河流与道路、峡谷与平原都非常合乎地理秩序的确定性里，我看到了这里既往与现在甚至未来的所有的生活场景，一切关于历史上这里的故事、一切文学中关于这里的描绘、一切新闻中关于这里的讲述，从此便都有了只属于自己的背景定位。这是我们抵达著名地点的一种额外的收获，是除了自然的地理风貌之外属于人类文化范畴的额外收获。

科隆是自己去的第二个德国大城市，高耸的教堂和教堂台阶上密密麻麻的各色人等是这种大城市的最直接表征。令人惊讶的是这样著名旅游景点却是免费的，德国人并不直接赚这教堂本身的钱，只是通过围绕旅游服务而展开的其他业务来挣钱。在别的地方一向是高大的火车站，因为就在大教堂的脚下，所以显得十分矮小，而不远处的莱茵河也被衬托得只像一根带子。

人类对靠着自己的智慧与力量建设起来的建筑怀有崇敬之情，这种崇敬越是遥远越是浓烈，越是古老越是真诚；何况科隆大教堂这样本身就是宗教建筑的宏伟巨制，就更引人膜拜了。在科隆，无论身在何处你都会在大教堂的背景里；无论从什么地方你抬头遥望都能望见大教堂的宏伟身影。实际上这样的遥望必须要在一定距离之外的堪称“遥”的位置上效果才会最好，站在大教堂下边反而是“须仰视才见”的不很舒服了。

后来自己沿着莱茵河骑车旅行的时候再次来到科隆，观感已经与初来乍到时急急地一看有了不小的区别，自我感觉驾轻就熟的老练已经与这次来的时候的什么都很新鲜的懵懂相异甚远了。

而旅行的意思，其实有很大一部分就在初来乍到的那种懵懂之中啊。正是初到初见的喜悦，才更容易成为我们记忆里的永恒。

海德堡古城因为在二战中未遭轰炸而保存着中世纪的古貌。著名的海德堡大学和哲学家小路，还有横跨在内卡河上的古桥以及城边上的古堡，都是海德堡的经典景点。从火车站到城里大部分人都是步行，因为一路上就已经有可看的风景了，火车站和古城之间的距离也正好在步行可以接受的范围内。对于中国人来说，见识一座纯粹的中世纪德国古城，不管它叫做什么都是非常有吸引力的。

海德堡的皇帝行宫古堡是被战争毁掉了一部分的山体建筑。焦黑的残垣断壁被小心地修整以后基本保持着原状，面对着山下的世界，面对山下世界里一代代仰望着它的人们。那里门票非常便宜，物有所值。

过了连接内卡河两岸的古桥，顺着哲学家小道走上山坡，山坡上森林中的漫步小径边上，伫立着荷尔德林诗碑。这位被中国人理解为倡导“诗意地栖居”的诗人，本身就已经是诗意的代名词了。荷尔德林的诗在德语里也已经成为经典，他驻足与描绘过的地方，风景与诗、与他的人已经形成了一种互文关系；因为自从荷尔德林时代到现在，海德堡的风貌并无大的变化，一切他在诗中描绘过的景致都依旧有迹可循。这样，诗人的诗与海德堡之间的关系便很容易被现代人所感受到，所谓相得益彰是也。他在题为《海德堡》的诗中写道：

Lange lieb' ich dich schon,möchte dich, mir zur Lust,
Mutter nennen und dir schenken ein kunstlos Lied,
Du, der Vaterlandsstädte
Ländlichschönste,so viel ich sah.

Wie der Vogel des Waldes über die Gipfel fliegt,
Schwingt sich über den Strom, wo er vorbei dir glänzt,
Leicht und kräftig die Brücke,
Die von Wagen und Menschen tönt.

Wie von Göttern gesandt, fesselt' ein Zauber einst
Auf die Brücke mich an, da ich vorüber ging
Und herein in die Berge
Mir die reizende Ferne schien

Und der Jüngling, der Strom, fort in die Ebne zog,
Traurigfroh, wie das Herz, wenn es, sich selbst zu schön,
Liebend unterzugehen,
In die Fluten der Zeit sich wirft.

我爱你已久，想把你，愉快地
叫作“母亲”，并献上一首淳朴的歌；
你，在祖国城镇中，
最具田园之美——以我所见。

一如林中之鸟越过山顶飞翔，
它飞越你身旁闪耀的激流，
这桥轻巧又有力，
因车辆和人群而唱响。

似有天意，一股魔力攫住我
逗留桥上——当我路过；
在群山之间，
迷人的远方为我闪耀。

那少年，那激流，向平原绝尘而去，
悲喜交加，正如心灵，
美妙而深情地沉溺于自我，
投入时间的洪流。

荷尔德林诗碑前的长椅上正有一个中国女孩，一个人坐在那里面对河谷对面的海德堡古城发呆；海德堡的中国游客是很多的，几乎任何一个位置上都能遇到。她渺远的目光与寂寂的神情里，似乎都已经沉浸到了荷尔德林所营造的诗意之中去了。

海德堡虽然古老，但是面积不大，只有顺着内卡河向下游或上游而去的两个方向可以自由通行，像所有的峡谷城市一样如果住的时间长了想必会有压抑感。这也就是为什么当年那些哲学家们，会不约而同地走过古桥走上山坡俯瞰河谷仰天望地、以敞心胸的一个重要原因。

也许这样缕述着在海德堡，在萨尔布吕肯周围的国家和城市的旅行经历的时候，比记录行程更有意义，也更难讲述出来的是德国的气氛！大概所有到过德国，在德国的城乡漫游过的人，都会在心底里有一种共识：最吸引人的是在德国及其周边无处不在、春夏秋冬无论哪个季节都有的那种天空透明的气氛，那种不论阴晴都有云低低的在天空中的宜人模样；大地的呼吸和天空的颜色与层次都可以在你眼前一览无余地展现出来，让你仅仅是在对天地的欣赏里，就可以陶然忘返，如痴如醉。而这样的感觉又是凭空不好说的，需要依托到附着到各地的景点里去；但是真正在讲述景点与城市的时候反而又很难说出来这样的气氛，可恰恰让人魂牵梦绕的就是这气氛本身。在海德堡、在卢森堡、在比利时、在特里尔、在科隆，在德国各地大家都有这样的感受。

除了这些出名的地方，还有很多萨尔布吕肯周围的小地方，有时候经常就是一个村子，因为坐火车可以直达，来回都很方便，也就都作为某一个下午或者某个周末的边边角角的时间里的目的地，去转转走走，收获与去那些著名的景点相比一点也不逊色；因为所有的地方都是闻所未闻、从来没有到达过的，都充满了新鲜感。

福尔克林根（VOEIKLINGEN）的世界文化遗产工业遗址，就在其火车站边上。坐在火车里就能看见那些丑陋的工业时代的巨大钢铁骨架，露天的锅炉和管道都是金属制作的，罐子管子之间的连接像是人类的肚肠一样扭结辗转。每次火车在这里短暂停

火车站边上行的工业遗迹

留的时候大家的目光都会不约而同地投向窗外这近在咫尺的庞大的工业遗迹，尽管保护和维护一直没有间断，但是巨大的管道和完全露天的锅炉上还是早就有了诸多锈迹斑驳的痕迹；那些痕迹将雨水的轨道永远地固定到了钢铁的身躯上，像是些再也难以抹去的尸斑，无情地宣告着这即便在今天看来也堪称庞然大物的怪兽的死亡。

当年这里是热火朝天的大工厂，是德国工业革命如火如荼的地方，是领先世界潮流的骄傲。现在其身后的沉寂带来的是世界文化遗产工业遗迹的命名，变废为宝，同样价值不菲。在一片植被丰富茂盛的大环境里，这一片寸草不生的钢骨铁架所构成的金属物触目惊心的丑陋，正是坐在火车里的后工业时代的人们眼里的第一感觉，紧接着的就是对工业时代的反思，对于人类用蛮力抵抗天力的时代的无所不用其极的决心与能力的惊叹。工业革命时代那种以牺牲环境、牺牲人类在天地之间和谐地生存的自然状态为代价的强力发展劲头，的确是值得反思的。提醒人们对于自己的发展之路进行这样的反思，也正是这类工业遗迹以最为直观的方式所要达到的目的之一。

福尔克林根说是一个小镇甚至是一个村子都是可以的，只有简单的一两条街道，然后就是空寂的街巷和寥落的行人了。无论如何都找不到作为当年的工业区的尘土飞扬或者大地裸露、植被稀疏、水土流失之类国内惯常所见的那种工业区景象的痕迹，除了火车站边上那一片高大的工业遗产以外，与一般的保持着农业时代的环境氛围的德国小镇没有任何不同。小镇不大，坐在街头大树下的长椅上，向街道两头望出去似乎就直接可以看到小镇的两端了。除一个老市政厅、一个教堂、一个超市、一条主要的商业街和零零星星的行人与车辆之外，就只有安静，只有似乎是从大规模的工业生产停滞以来一直持续的安静了。工业时代轰轰烈烈的热闹永远沉寂下去以后，这里便再也没有那般红火了。产业转型与产业精细化的后工业时期的发展路径，使这里和整个德国一起进入了安静地挣钱的时代。

离开小镇走向周围的山林，树木高大蓊郁，很快就让人彻底忘记了自己刚刚是在一片老工业区中走来的经历。德国人将生活环境放在绝对不可撼动的崇高位置上，在这个基础上再进行生产生活的理性安排，被现代社会的发展与反思证明是非常明智的。几乎任何一个小村落和小镇边上都是森林，都有属于自己的湖泊、池塘、河流之类的水系；穿越连接聚居的村落与这些美好的自然景致之间的步行路径与自行车路径，通常只做最基本的路面硬化，使用碎石和细沙，让路面保持良好的渗水性，甚至还可以生长矮矮的野草。在很多原东德的地方，这样的道路因为要让大型农业设备经过，所以只把与轮子宽度一致的一小点地方做了水泥硬化，两个轮子之间的轮距之下的路面的轮胎宽度的硬化形成的奇异的平行的条状路径，在丘陵平原上延伸，形成了一种非常独特的大地景观。

不过萨尔布吕肯地区的福尔克林根小镇，属于原西德地区的山地，没有耕种的传统，山林间的路面自然是没有那样的条形平行线的硬化景观的。离开城区开始在森林中穿行的沙石路在越过一个缓坡以后，就开始出现交叉路口，路口上的标牌说明着通向周围相邻地方的距离和方向；有时间的话你就可以由此放开脚步向着任何一个方向、任何一个目的地开始自己的山林徒步之旅了。在德国生活，在德国的城镇乡间做这样的审美之行，最吸引人的就是这样完全没有边界地将整个国家、整个欧洲都作为园林做自由驰骋的好感觉。

到达一个地方，不能只是去看核心的所谓景点，更应该了解它周围的全貌，只有将全貌纳入了视野才会形成关于这个地方的完整概念，这种概念从此就成了你头脑中活生生的地图，成了关于这里的人们生活的场景最完整的印象。在我们能经得起这样周边审美游的城镇是屈指可数的，即便是所谓景点也都是圈在围墙里的点，而不能形成遍布栖居者周围的整个生活环境的整体。

在福尔克林根郊外的森林草地之间这样走着的时候，偶尔有骑车人从身边经过，见人家那种轻轻松松就可以将同样时间里的活动范围扩大多少倍的骑行状态，便又生起了巨大的羡慕。拥有一辆自行车，是自从到达德国那一天开始就已经潜滋暗长着的梦想了。而就在这林子里，就能看见好几辆仅仅因为轮胎扎了就被扔掉的自行车！

说起来很是不可思议，但是事实就是如此，在萨尔布吕肯，在萨尔布吕肯周围这样一些生活富裕的小镇，这种现象都不罕见。因为整个德国都没有修理自行车这个职业，自行车坏了都是需要自己修的。好在德国的自行车非常结实，一般不会坏，坏了也就该扔了。不过这扎带现象即便是在自行车全新的时候也是难免的，一般的德国人都会自备补带工具，扎了带以后自己补。这些被扔在树林草丛里的自行车，扎了带没有补带工具，向回推车又太累了，干脆就扔在这里了。以这里的文明水准，大约这样先扔在外面，然后过上一天两天再来取的情况应该也属正常。

在城里的时候见过河湖浅处被扔到水里的自行车，那绝对是有人故意的，也断断不会再要的。而这林子里的，躺在草丛里的，几乎是崭新的自行车，仅仅因为前胎或者后胎瘪了便被抛弃掉了，如果人家还要当然不要去动，如果不要的话，是不是可以返回镇子里买了补带工具来修补一下呢……这样的想法顽固地反复出现，让人在那些被扔在草丛里的自行车旁驻足良久，最终还是尊严占据了上峰，一个声音在脑子里清晰地说：想骑车还是要去买，不能走这样的“歪门邪道”。于是便自我解嘲地笑笑，继续走自己的路去了。

不过这样的场面绝对刺激了自己要赶紧买自行车的决心。

丘陵间的伊林根小镇

伊林根（IIIINGEN）是一个我们慕名而至的地方。在一片优美如画的风景里，遇到一个河南来的年轻厨师，正落寞惆怅地在村子边上的树林中走着。见到我们，和我们用汉语成功地交谈上以后的那种惊喜，犹如孩子突然看见了久别的小朋友，又像是在深山里迷路已久的人重新见到了人！他的话语之中有一种小心的急切，像是生怕我们会说不了几句话就马上离开，像是一个孩子在突然掌握了话语表达能力以后的一次既毫无节制又不无说错了的担心的宣讲。

今天是他休息的日子，到村边上来转一转是他休息时候的唯一活动；远一点的地方就去不了，不认字也听不懂，更不会坐车，而且出去就要坐车花钱，而他舍不得花那种“没有用的钱”。他在这里已经一年多了，按照合同要做三年！在这里的一家小小的华人饭馆里做饭，管吃管住，周末还可以这样休息一天，但是因为语言不通，除了只偶尔来一下的老板夫妇以外，不能和任何别人交流。收音机里都是德语，电视机里都是德语，报纸上也都是德语，一个字也不认识，一个词也听不懂，工作的时候一个人在后厨忙碌，工作完了还是一个人在房间里呆坐，实在太过寂寞。

我们问他一个人待着的时候干点什么，他不好意思地笑笑说就是回想过去，一点一点地把过去都回想了一遍又一遍。他说如果不是来的时候借了钱，如果不是有合同，做不满三年就拿不到全部工资，他早就回去了。他说和住监狱也没有什么不一样的，虽然没有人管你，但是你哪儿也去不了，因为什么也看不懂，什么也说不明白，就是耳聋眼瞎的状态。说到这里他有点面红耳赤的激动，又因为自己知道这激动怨不得任何人，一切都是自己一个成年人的选择，痛苦也只能忍着，无奈地忍着就是了。

这个小村子其实不超过十户人家，饭店就在村口上一棵大树下面，招牌很不显眼，如果不是事先知道而又仔细寻找的话，一般外人根本就注意不到。这位身怀厨艺的中国年轻人，在这里如坐针毡的囚徒似的生活状态让人很是感叹，感叹为了挣钱而不计代价的勇气，也感叹他年纪轻轻就已经僵化、保守，一点都不试图改变自己以适应环境。这样在生活中学习德语的话，三年下来也不会再是一个聋子和睁眼瞎了。

合影以后告别，他自然是没有电子信箱的，就记了饭馆名，说好了给他寄来照片。他特别嘱咐写他老板的名字就可以了，他没有自己的信箱，也收不了信，连老家来信也都是寄给老板的。

伊林根是山地中的一个小村落，村外的森林与谷地之间常有那种一排白杨树护持着小路像是一道鬃毛一样延伸上山顶的美妙景观，马儿晃荡着尾巴在山坡草地上悠闲地吃着草，天空像是就在山顶上，只要再往上爬一下就可以够到。我们顺着这鬃毛一样耸立着的白杨树小路，在草地边上逗弄着马儿走上山顶，瞭望萨尔州频繁地起伏如波浪的纯绿色的丘陵大地；德国人的村村镇镇在这些丘陵谷地的缝隙里童话般地露出些教堂的尖顶，引导着这里那里栖息着的德国人的平静而秩序的生活。

德国和缓起伏的丘陵地貌很容易形成一种可以遥望到很远很远、很广阔很广阔的领域里的大视野，在这个立体地图一样的大视野里无数村庄、无数教堂的尖顶和无数森林遍布，而条条道路逶迤其间，让人一再地产生一种强烈的愿望：骑车行进在每一条道路之上，自由行止，把每一处美景都走到，都看到。那样才更接近于拥有。这样的念头不断出现，不久之后终于促成了自己买自行车的行动。

在山顶上瞭望了一会儿，唏嘘了一番，不禁感叹：不管人家的地方多么美好，终究也不会找到自己家乡已经熟悉了的坦然——这是那个厨师小伙子和我们面临的共同的问题，不同点只是他要在这里固定待上三年，哪里也去不了；我们则还能有着相对的自由，有着文化上的反观自己处境的能力。人其实就是要通过学习、通过自我训练，培养自己世界公民的必要条件，那样才能让自己在这个其实没有国界的星球上，在天地之间获得最大程度的自由。

大道理肯定是这样的，但是设身处地地落到自己身上的时候，是不是能从理性到感性都落实这样的措施那还完全是两回事。后面一年里在德国的生活实际上就并没有在多大程度上超越这个厨师小伙子的状态。尽管时过境迁之后我们的头脑会启动自动的屏蔽功能，将负面的东西故意遗忘了。

及至很多年以后，翻看这一年的日记才重新回忆起在德国的种种孤独与不适，实际上这样思乡的、想念家人朋友与汉语文化无障碍交流的状态，一种类似撕裂一样的痛感，几乎就与欣赏德国美景的情绪线索一直在一起，成为一阴一阳两条情感情绪流，自始至终地相伴相随、抓挠缠绕着自己在德国的大部分时间。心安理得地以他乡为故乡，并在孤独中调整到精神上的自足自适，这样的修炼结果距离自己还远。敏感和多感的状态，时时让自己在情绪的波峰浪谷里高扬与低潜。

被这种情绪缠绕的当然并非只有自己，很多人都表示再也不会来德国了，再也不会让自己过这样一种无根的生活了。有些德国人那种怕我们留下来不走的担心实在是多余，这里再好也不是家，也没有亲人，没有汉语文化的气氛。即便过了很多年，同学相见，再次谈起德国的种种美好的时候，最后往往还是有一句类似这样的话：回去再短期观光一下是可以的，但是要让再回去过上一年，还真是不大愿意去了！这样的结果在当时我们正处于初到德国的头三个月的兴奋期之中的状态来说，当然是无法体会也不可能有体会的。

继续着在被森林和草地覆盖的丘陵缓坡之间穿行，不知不觉之间就接近了山坡地上的一处高大的库房样的农户建筑。这种墙壁格外高大厚重的类似中世纪的红砖建筑，是有着悠久历史的德国传统农居。绕到前面，没有院墙的门口并排放着拖拉机、小轿车和货车。一家人，大人孩子，男人女人，都正在门前忙碌着，大人在干活，孩子在玩耍，见到我们这“不速之客”从天而降，先是一惊又是一喜，互相打着招呼，言谈之间表现得极端淳朴。所有的生活劳动场景都显示，他们是靠着自己的辛苦劳作而生活的；但是一家人身上却少有我们一般印象中那种与田地常年打交道的人的“风尘仆仆”，每个人都堪称干净整洁！而且不仅是干净整洁，更兼有面容之中真实灿烂的笑意与善意，那种发自内心的纯正的人类情感的魅力，一下就能把人打动。男主人带领我们参观了他家的奶牛和全套的现代化不锈钢采奶设备、储存设备和运输设备。孩子们笑意盈盈地跟着，望望他们的爸爸再望望我们，似乎有看不完的新奇与笑不完的愉快。年轻的妈妈远远地继续操持着家务，并不时用遥远而有效的命令矫正着孩子们偶尔旁逸斜出的行为。

最后，男主人决定开小轿车送我们去山下的火车站。因为他确切地知道返回萨尔布吕肯的火车时间，知道现在步行下山的话很可能赶不上最近的一趟车。其实火车即便在这样的乡间小站上，也是在最后结束一天的运行之前基本上都维持着一个小时一趟车的节奏的。这是遍布城乡、遍布德国全境的火车网络的一个最显著的公益特征，不管有多少人、不管有没有人，这个网络都始终这么按照最科学、最合理的节奏运行着。

我们对男主人的好意一再表示感谢，看人家是诚心诚意，知道这也是他们在表达自己的好客与热情，也就不再推辞，坐上了他的轿车，和女主人率领的孩子们挥手告别；从山坡上到山脚下的村

农场的主人

子里再到火车站总共不过十分钟的时间。但正是这十分钟，让我们真实地体会到了德国人的善意。放下我们，他告辞回家，望着远去的轿车，我们知道今生今世其实我们和他再次相遇的机会已经微乎其微，但是这一点都没有妨碍我们互相之间都以最大的人类之善想念着对方。也许是德国如诗如画的环境与极其方便的交通设施，协助了这种几乎抽离开了日常生活之境的感觉的发酵，但是不管怎么说，我们当时的状态都是真实的，并都是永远值得回味的。

皮尔巴赫（BIERBACH），直接翻译的话，这个地方叫作啤酒溪。正是这个名字吸引着我们坐了火车前往的，下了车以后发现不过是一处开阔的小平原上一个小小的村庄而已。火车站竟然是没有站台的，要下车就要直接下到铁轨边上枕木外面的石子上去。

先去村庄里的超市买吃的，自然还是面包和“SALAMI”——一种加工好了的肉片；因为我买的东西很少，所以付款的时候排在前面的一个人非常善意地转身过来，跟我说让我到他前面先付款，我因为没有听懂而很惶惑，还以为是说我不应该站在他后面的意思呢。他只好耸了耸肩，将手推车里的东西一件一件地摆上传送带。传送带可以让购物者和结账员之间的交易快速进行，顾客将自己的商品一样一样地放上传送带，收款员一样一样地将传递到她面前的商品扫描价格，随着一声声滴滴作响，商品就又一件一件地输送出了付款台。这种输送带是由收款员控制着的，一个人正在结账的时候，后面排着的人用一个表示隔离的类似国内的镇纸样的东西将前面别人的商品与自己的商品隔离开。等这种排队和传送依序进行着的时候，我突然恍然大悟，明白了人家刚才的善意，在他结款以后某一个回身的瞬间冲他点了点头。他大约也是明白了我是刚刚明白他的话，释然地走了。这显然是因为我的听力不过关，当然还有一个重要的原因是我们的生活中这样的善意是罕见的，所以都很不熟悉，都本能地就先以防卫之意度人了。

皮尔巴赫村在超市和火车站的位置上的房子稍微多一点，

标志着生了女儿的彩旗

小溪的颜色的确是像啤酒

形成了稍微长一点的临街店铺，不过更多的还是沿着小溪散布在河谷里的散居状态的民居。其中一家民居的外墙上挂着一个漫画式的彩布，上面画着一只戴着礼帽的大鸟，叼着一个孩子。一行大字，写的是“一个小姑娘到来了”，意思是这家人家刚刚生了一个女孩。德国的民居中，常有这种向外昭告自己家里的大事的“古风”。后来还在别的地方见过宣告家里的主妇生日的彩旗，见过结婚多少年的纪念日的彩旗。

皮尔巴赫村庄的外面有一条小河，也就是村名所说的啤酒溪了。这在德国并不稀奇，几乎任何一个村庄都是傍水而居的，没有河就会有湖，没有湖就会有海。啤酒溪的水似乎真是有那么一点点浑浊，仿佛像是啤酒的颜色；它急急地流淌着，将岸上的

啤酒溪边骑车人

草都弄成了洗过的头发一样顺着一个方向低垂着。河边的大柳树下，是德国的河岸普遍不硬化，普遍尊重原来的地貌特征的泥土地；泥土地上柔草茂盛，花儿朵朵，与路边偶尔的木头栅栏结合在一起，完全是一派田园风景画的模样。窄窄的自行车路在村边、在河畔，在纵深向远方的草原一样的平原深处绵延而去，一会儿笔直一会儿又有了一个适当的弧度，实在是太诱人了。正是在这里下定了决心，一定要尽快地买自行车，有了自行车再到啤酒溪这样美妙的地方就可以纵情驰骋一番了。那会是何等的快意！

说到啤酒溪，就要说说德国的酒了。国人都知道大名鼎鼎的德国啤酒，其实在德国对中国人来说更为珍贵与难得的是葡萄酒。国内高端品牌的啤酒，质地与德国啤酒相差无几，但是葡萄酒就普遍差得太多了。我们相当数量的葡萄酒都徒有其名，你不管花多少钱都很难买到真是由葡萄作为原料酿制的葡萄酒，往往都是化学制剂勾兑出来的。而在德国，在欧洲，不管是什么价位的葡萄酒，都是真正的葡萄酿制的葡萄酒。只这一点就已经非常难能可贵了。

正是在萨尔布吕肯的时期，自己发现了在德国、在欧洲喝葡萄酒的妙处。这种真正纯葡萄酿制的琼浆玉液，具有一种对于单调的面包香肠食品味道的补充作用的同时，还具有一种精神调节的神奇力量，可以让人在孤独与萧疏之中慢慢获得一种陶然的妙意，实为身在异国他乡的孤家寡人的生活里居家必备良品。超市里一个欧元的意大利、西班牙葡萄酒就已经足够了，而且不一定要瓶装的，纸盒包装的也够好。自此在德国的一年时间里，葡萄酒就再也没有离开过自己的生活。喝着这种产于欧洲大地上的琼浆玉液，行走在欧洲的大地之上，那是最为般配的一种组合了。多少个寂寞的冬夜、多少个旅程中显得有些孤独的黄昏，都是葡萄酒给自己慢慢地带来了热量、带来了温度、带来了平淡之上的刺激、带来了高蹈般陶然的欢欣。

葡萄酒和辣椒一样，某种意义上说都成了能通过饮食而给人造成安慰性质的幻觉的好东西。它们不仅能制造热量、驱除寒冷，更能让人至少是暂时远离寂寞与孤独。

这两样东西在整个德国四季的一个轮回中基本上是始终陪伴着我的，陪伴着我走过德国的春夏秋冬，走过德国的田野丘陵与河流。

就这样，我们在广大的丘陵地带，坐了火车换了“BUS”，在萨尔布吕肯的郊外任意地漫游着。在城乡之间，在丘陵、森林之间，在一个一个隐在树林与湖泊的聚居点之间，优美的地形起伏和如诗如画的天地关系，为我们这些隔着车窗的看客送上了一幅幅仿佛油画一般的高品质的画面。任何一站都可以下车，任何一站都可以继续上车，下去走上一段路，到达另一个村落的时候找到站牌看好时间就可以以此为中心尽情地去漫游了，到点回来就又可以坐上准时到达的“BUS”，开往全新的下一个地方。这种旅行方式，很好地实现了我们通常在火车上遥望着一闪而过的美景的时候的，那种恨不能下去走一走、跑一跑的愿望。

每一次出行都记忆犹新，任何一个到达过的地方似乎都值得写一写，值得永远记录在案，以供回味，为未来漫长的、再也无缘那样的美景的生命时光增加一点点美好的调料。但是一一写在这里显然又不是可以让人阅读的格式，所以只捡了几个印象比较深的地方做蜻蜓点水式的描述。

我们曾经去一个叫作墓地大街的地方看过石雕。说是大街，其实早已经远离城市，“BUS”从谷底的村庄逶迤而上开到视野辽阔的丘陵顶上，这条路就叫作墓地大街，大约是能通向一块著名墓地的缘故吧。

墓地大街的那些石雕都模仿着古代山野里在自然石块上进行雕刻的状态，画面也都是古人那种朴素稚拙的笔法，线条粗深有力，图案象形写意。每块石头都未经任何人工一样地躺在一片面积相当广大的山顶上，它们因为平缓的山顶位置而拥有广大的背景，又因为这广大的背景而被赋予了一种与天地呼应着的美。

这种将艺术与自然完全结合起来的做法，是非功利的，也

绝对不是城市形象工程所要求的；但是在德国的体制语境下，它就能这么完美地实现。它完全尊重了艺术创造与艺术设置遵从自然、遵从艺术家的观念的规则，将艺术作品安排到人迹罕至的自然里，将整个大地田园都作为自己装饰的目的。这是很让人羡慕的。一个国家的人民幸福不幸福，生活质量高不高，其决定性因素绝非仅仅是吃穿住行。

另外一个值得一提的地方是一个湖。在地图上发现了那个

湖边

不规则的蓝色湖泊以后，大家就一致决定去那里看一看。在一个周末的上午先从萨尔布吕肯坐了火车到达山顶上有一块石碑的“ST.WENDEL”，下车以后向回走了一段，再乘上“BUS”前往“TURKMUEEL”。路上，这BUS不断地拐入一些小村子，然后再拐回原路，不过始终没有一个人上车，相当于我们的专车，让我们到各个不同的地方游览着前往目的地。到达“TURKMUEEL”的时间是11：24分，与“BUS”站牌上所标识的分毫不差。到了这里，找到那个叫作“BOALTSEE”的湖，大家一起绕湖一周，然后找了片沙滩坐定了享受剩余的光阴。

湖边坐了很多人，阳光下的湖，美轮美奂。虽然人很多，但是大家都无声无息，即使是几个人一起来的，说话的声音也都严格限制在对方能听见而稍微远一点的人就听不见的程度。德国人在车厢里的公德，延续到了自然里，公共的自然环境里。在这里，第一次目睹了德国人环湖休闲度假生活的美妙。

环湖休闲、环湖运动、环湖周末，在湖边度过生命中的时光，这是德国人最普遍的休闲度假方式之一种；非常适合阖家老小一起出动，享受阳光、享受湖光、享受自然。德国的湖虽然保持着原始状态，但是仔细研究每一处的话都有精心维护的痕迹，是精心维护出来的原始风貌。这样的精心维护出来的原始的湖，其实是充分人化了以后又返璞归真的。环湖路径虽然没有铺水泥或者沥青但是毕竟有渗水的沙石，而某些段落为了适宜于轮滑也做了比较充分的光面处理。

坐拥湖水，实际上就是在湖边凝视，甚至不看湖，只是待在它身边。人在自然中的幸福如何表达，不过是置身其中，甚至只是坐在一个可以尽收眼底的角度上而已。不论是登高望远还是临水而谈，观望守望，都是人在自然中表达无尽爱意，最后也是最持久的方式。

在湖边我们真切地看到了德国人是如何度过周末的。三三两两的德国人拄着齐胸高的“STOCK”，双臂架起来，迈着初看起来有些夸张的摆臂动作，徒步或者跑步绕湖而行，还有帆板、划艇、小型飞机、快艇带动的滑翔伞，轮滑、自行车。这就是德国人在一个湖边上度过的普通周末，是他们人生中又一段健康而享受的时光。远离城市，亲近自然，在运动里享受良好的空气和植被环境，享受生命。在阖家一起的运动中，体会天伦之乐。对比之下，我们稍有闲暇便忙着逛大城市，逛商场，逛大街，能带着孩子逛公园的已经属于高品质了；大家都闷着头在人堆里不知所谓地转。即便是去转博物馆或者什么展览会，也总还不能代替这样在自然中的收获；那些被安放在屋子里的所谓艺术，至多只是模拟了自然的某一个侧面、传达了一点点自己在自然中的感受而已，和真正的自然是无法互换的。

这是德国人吃穿住行之外生活质量的又一个重要体现，总是能很方便、很就近地置身于保护得很好的大自然之中，休闲运动、锻炼身体，享受生命的同时还为整个环境增添了一种人类与自然相处的和谐。

回来的时候走的另外一条路，是我们从地图上发现的直接翻越丘陵山顶的小路。到一户人家去问路，结果那对老夫妇弄清楚我们的目的地以后直接打开篱笆门，让我们从他家后面的小路爬上山坡翻越山顶走了近路。这一路上果树婆娑，散养的马儿低头吃草，山坡上的草既茂盛又柔顺，任何地方似乎都可以让人很放心地打上一个滚儿。大家说说笑笑，兴奋异常。回到“TURKMUEEL”，上了已经停在站台上的火车，上了火车上的厕所，并且很悠闲地剪了指甲以后，火车在傍晚6：15准时启动。德国的火车一向是急起快行，准时启动以后就会在一瞬间里加速到极快的速度，车窗外面绿色的森林和山坡都以变了形的样貌快速地向后掠去；火车风驰电掣地向着萨尔布吕肯奔驰，偶有停靠也都非常短暂，车门总是会在三十秒左右的时间里自动关闭，一旦司机的显示盘上显示所有的门都已经关上了，火车就会启动，继续前行。大家突然都不说话了，都有点疲惫地望着窗外；这一天里密集的印象都在车窗外一闪而过的风景里，开始了幸福地沉淀。

巴黎的雨

巴黎只是在萨尔布吕肯期间度过的十几个周末中众多的行程目的地之一，不过巴黎毕竟是巴黎，大名鼎鼎、如雷贯耳的浪漫之都的熏风早就在耳边吹拂了很多年很多年，几乎每个中国人都先天地有了这种关于巴黎的梦幻色彩的文化浸透，对巴黎的向往也就成了到达欧洲、到达距离巴黎只有两三百公里的萨尔布吕肯以后的一个重要话题。

去任何一个别的地方好像都不怎么需要酝酿，直接在要出发之前搜索一下网络上的攻略就可以了。一切都有保障，不会买不上票，也不会到了那里以后遇到多大的风险。这说的都是关于在德国国内旅游，至多还包括比利时、瑞士之类与德国区别很小的地方。但是巴黎不一样，巴黎还与一般的法国城市不一样，巴黎的鼎鼎大名与传说中拒绝英语更拒绝德语的语言障碍都使人有些挠头，最后不得不选择跟旅行社去了。跟团去的一个重要原因是路费要比自己出行省很多，而这个团又是那种只负责来回旅途和在那里的住宿的欧洲式的充分尊重旅游者个人自由的团，的确很值。欧洲的，尤其是德国的旅行社是非常规范的，早就度过了那种完全以利益最大化为目标从而屡屡犯规、经常以牺牲旅游者的利益为代价来为自己赢取超额利润的旅行社模式。

这一趟巴黎走下来，感觉路上的风景比巴黎本身更有吸引力。车经过萨尔河谷底以后有一段短暂的盆地风光，白杨树风姿绰约地排列在平原上，那种叶柄格外灵巧会随着每一阵微风而轻轻地摇摆的细节和整排树的行列的透视效果，让人隔着玻璃窗就已经沉醉了。那种起伏的丘陵之间有高耸的教堂尖顶引导着周围茂密森林的树梢的景象，那种乡间小路逶迤于古老的石头建筑之间的、图画一样的纵深感极强的景象，那种每一个地方，每一个地方的每一个细节都让人不自由自主地想象，想象自己正在徒步或者骑车穿行其中的情境，是一路上自己始终扭头望着窗外的姿势得以一直保持的全部原因。相比而言，巴黎本身的魅力似乎远不如去巴黎的路上的魅力，如果能有机会从容地走走去巴黎的路，也就是骑车走走或者徒步走走，行止全凭己意，不受任何其他限制地走走，那对热爱风景与旅行的自己来说将会是一种至高无上的享受。

一直很注意从巴黎郊区到巴黎城区的界限，这样的著名城市的郊区与城区的界限地带通常都是自行车旅行的时候印象深刻的地方。弄清楚了这个界限似乎就弄清了骑车进出的路径，就在一定程度上模拟了骑车而来骑车而去的过程。

城市和田野的边界非常清楚，这是德国的城市和郊区的一个特点；看来法国也一如德国，田野结束、城市开始的地方总是棱角分明，绝不拖泥带水，也绝对没有棚户区、窝棚地段之类的模糊性的城市地带。这是城镇规划与执行城镇规划的双重能力的一

巴黎闹市一侧的健身者

种具体体现。

可惜的是车跑得很快，到达巴黎以后似乎还没有来得及看清楚路呢，车就已经到了市中心了。这种从郊区到达市中心的快捷和简单，现在在中国似乎只有偏远的小县城里才能实现。巴黎作为世界大都市，作为进入汽车社会上百年的大城市，始终保持着这种汽车来去通畅的状态，在大中小城市无一不拥堵的我们看来就已经多少是一个奇迹了。

旅行社的行程安排总是紧凑的，下车之前说了傍晚集合的时间，然后把一车人放下，车立刻就消失了。这样的迅速消失在我们也许往往立刻就会被怀疑是不是甩了客人跑了，现在他们跑了的话可以省去旅馆和回程的费用，可以将游客交的钱全部做了净利润……不过这样的想象仅仅是我们头脑里的一闪念而已。

欧洲法制环境下的保证与诚信，即便在巴黎这样明显比德国要乱很多的地方也基本上被遵守着，不能说绝对没有意外，但是绝大多数情况显然都是正常而健康的。

其实在巴黎下车伊始，这些念头都不过是一闪而过的东西，当时根本没有时间多想，一切都展现在眼前了，眼前的分分秒秒都是一直以来期待着的法国巴黎的核心景观了，走着看着说着议论着，目不暇接，时间不够用，哪里还顾得上别的乱七八糟的呢。第一个让人吃惊的景象是，就在老佛爷之类的百货商场集中的商业街上摩肩接踵的拥挤景象的对面不远处，就是有着躺在地上阅读、推着孩子散步，或者穿着紧身衣跑步的悠闲舒适状态中的人们的树林。那树林里的景象与这边我们在国内司空见惯的闹市景象之间只有一条车水马龙的马路横亘着，人们的情绪状态却是迥然不同的；应该说巴黎的商业区远远没有到我们印象中的商业区那种人头攒动的程度，但是马路对面的这一幅和近在咫尺的商业区的繁华热闹毫无关系的林中休闲景象实在是太过对比鲜明了。当然这也许只是我们以自己的经验来判断，在巴黎或者逛街购物与树林中的休闲一样都是从容不迫舒缓有致的。

国人的旅游队伍自然是在打着小旗的导游引导下只在购物那一侧进进出出的，这一边的树林是巴黎的长期居民，是我们这样自己决定自己行程与去向的散客才可能光顾的。没有导游领着的好处就是在很多时候你都不觉得自己是跟团来的，而完全像是自由的旅行者。

巴黎第二个给人深刻印象的是市中心的书摊儿。法桐宽大茂盛的叶子阴凉里的塞纳河河岸上，一字排开，有很多旧书贩。他们的书箱子居然是我们旧式的课桌样子，全木制作，有一个倾斜的盖子，打开以后就能把里面竖放着的书脊一一展示，等歇业走人的时候也只消把盖子一关，锁一上就万事大吉了。这样就神奇地在塞纳河沿岸形成了一条很长很长的书桌带，在浓密的树荫下，一个挨着一个的旧书桌和旧书桌边上的站着的卖书人、买书人，熙来攘往，人头攒动，好不热闹，成了巴黎最核心的市中心非常有特色的一景。旧书和塞纳河边国际化的气氛居然是那么贴合，让人感觉这样国际化的都市最核心的景点里就应该有这么一溜卖旧书的“书桌”，就应该有一片供人随意翻阅一下的承载着过去时光的印刷品。游客们显然是这种“就应该”式的和谐的直接判断者，他们往往会在这里不由自主地停留一下，买上一本书，和卖书人聊上几句。法桐树下的阴凉与塞纳河水映射的天光交集于此，会在游客与买书人表情丰富的面孔上瞬间闪过，成为这人们幻想中的浪漫之都的一个直接印证。

城市管理者要有什么样的市场宽容和文化认知，才能允许这样很自然地会被我们的习惯话语认定为“有碍观瞻”的景象长期存在呢？这种顺势而为的文化宽容与市场宽容，恰恰造就了巴黎非同凡响的人性化自由之都的美誉。后来听说这里其实早就不是真正的买书人的市场了，这个市场是只针对游客的。这里卖的书远比巴黎别的真正的旧书摊卖的书要贵，贵而又能卖出去很大程度上是因为游客们喜欢这种奇异的市中心的塞纳河边卖书的场景与气氛。这里的卖书人多少有了一点表演的性质，自觉不自觉地与环境一起扮演着所谓浪漫巴黎的一个小小的注脚。

乘坐塞纳河游船是一般游客最传统的旅游项目，买票上船非常规范，没有那种走到一半被要求加钱否则就让你“前不着村后不着店”的后顾之忧。在行船里看两岸的景致，看一栋栋著名的巴黎建筑，大家都普遍有一种真正进入了旅游状态的欢欣与激动：不用费劲就可以用一种步行的速度从容观赏岸上的一切的美妙，的确是不身临其境就不能有所体会的。来往的游船上，人们不仅看风景，还互相看对方，游客们的情绪互相感染着，好像大家都有意一起在这里营造出旅行的一个高潮。于是乎互相挥手，一条船上的人高声呼喊一句什么，另一条船上的人就呼应着也喊一句，然后两条船甚至更多的船上的人们就都笑了起来；因为大家来自世界各地，语言不通，所呼喊的一般都不会是有任何意义的语句，而只是一声人类共同的表达兴奋的喉音。

上岸以后，坐车去蒙马特高地，同时观赏巴黎市区；大家都意识到这其实几乎是唯一的在巴黎的街头走过的机会了，于是都望着车窗外的巴黎风景，努力地要将每一幅画面都记录在脑子里。

巴黎人都很会打扮，不管男女普遍都有一种精致地装饰自己的习惯与技巧；穿着都很得体，即便是街头一个卖脚边上的类似鞋盒子里的什么东西的小贩，那也是一丝不苟地露出一点白袜子，与上面干净的白衬衫呼应着，很有艺术家的气质，能让人即便是坐在车里一瞄也会眼前一亮。而那种传说中风情万种的巴黎女郎虽然在街头未必就一定得见，但是一瞥之间可以看到的似乎面含笑意而又不无矜持的颇有内涵的女子，却也比比皆是。

感觉巴黎人生活普遍是安心的。平静安详，对自己的生活方式和生活环境高度认可。整个城市虽然不乏喧嚣，但是乱中有秩，一切皆有规则。每个人都在轨道里运行，运行的方式并不像在其他国家的大城市里那么匆忙或者混乱。巴黎人的一举一动里

在蒙马特高地

都有板有眼，有着仿佛是一代代祖传的安静诗意。

红磨坊成为景点是因为其在影视中的鼎鼎大名，影视中的红磨坊是现实中的红磨坊的最好宣传，而其具有情色特征的演出广告很容易引起有性压抑的传统与社会机制的想象。

红磨坊是蒙马特高地下面的“情色”一条街的核心，周围还有很多类似的以穿着暴露的歌舞表演为噱头的演出场所。这样一片比较暧昧的演出场所的魅力，远不如不远处的蒙马特高地。蒙马特高地作为城市里的一个小山丘，以其独特的平原上的山地的地理存在，在历史上留下了众多历史事件和名人的痕迹。如今游客云集，小贩穿行其间，自有一番别处没有的热闹。大量而持续的游人捎带着也带火了山上山下的商业街，让这一带顺着山坡起伏的狭窄街道两侧店铺林立。

在山地后腰上有一片墓地，据说不少名人埋葬于此。记得小说《茶花女》中的女主人公就埋在这里，不由得进去走了走，但是墓碑上的文字一概不懂，也就只好作罢了。

这次跟团旅行去巴黎，整个旅行的路上没有安排购物。旅行社只是给提供来回的车辆和居住的旅馆，别的一概不管，一概由游客自己自主。哪怕你就只是去巴黎转一个地方，或者见一个人，这样跟着团走也是合算的，因为你自己去乘坐公共交通工具和自己找旅馆的话，无论如何都不会比旅行社更便宜。当然他们安排的住处肯定是在巴黎郊外了，郊外比城里便宜很多。厚道的是，他们并没有只顾了自己降低费用，而是同时也充分考虑了游客的方便，郊外的旅馆和地铁站之间的距离步行不超过十分钟。这样的与人方便自己方便的商业原则在欧洲已经成为一种文化传统，既是他们成功的经营之道，也是人性化的商业设计的一种重要体现。

因为这第一天的旅程结束时还早，欧洲的夏天，夜晚总是很晚才会真正来临。大家一致决定不能浪费掉这在巴黎的唯一的夜晚，回到市中心区，再到塞纳河边去走一走，看看埃菲尔铁塔。而去地铁站研究乘车路线和买票的确是一件很需要集体智慧的活儿。因为法国的标志不仅没有德语，连英语也没有，更别说汉语了；法国人不会搭理你德语的问候，也都装作不懂英语，倘使不会一点“仨驴”“笨猪”之类的简单法语作为开头的话，基本上很难获得人家的沟通意向。我们拿着旅馆的免费地图，先把路线确定好了，再到售票处将牌子上的烦琐的购票规定认真研究猜测一番——主要是确定买什么样的票合适，团体的还是两日有效的，单程的还是来回的，等等；然后再在地图上比画着指给售票员，她说出一个钱数来，我们听不懂，她就再写到纸上，我们把钱给她。这个过程一波三折，排队的人倒也不急，因为凡是来排队买票而不用自动售票机的都是生手，都被巴黎地铁的复杂给弄得晕头转向，即便很快轮到自己买票了自己也说不清楚买多少钱的票去哪里。

经过这费劲的买票、上车、倒车、再倒车，走出地面终于如期看到了巴黎市中心的一栋栋标志性建筑的时候，先就有了一种似乎额外的胜利感。商场门前，打着小旗的导游率领的一队队举着相机拿着大包小包的中国游客，一起仰望、一起转弯、一起奔向一家家著名的巴黎名品商店……从那个时候就已经开始的巴黎采购大潮，没有想到一直会持续到现在，而且愈演愈烈，成了让世界瞩目的现象。当时完全是无意中望见的那一眼，竟然有了历史意义。

在包括巴黎在内的欧洲旅行过程中，经常会遇到同胞。那些坐着旅行社的大巴在某一个地方下来，被举着小旗的导游领着在同一个地方照相、在同一个地方购物，像羊群一样被驱赶着花了大价钱的同胞们，往往是六七天时间内要游欧洲十国八国，一日一日都是赶着走，跑着看，照了相就离开的。还有一种情况就是那种几个人的小团体，一看就是出差的，有中心，有外围，烘云托月一般，一派下来视察的样貌。

遇到同胞听到乡音一般来说对身在异国他乡的漂泊者来说应该是亲切的，但往往他们的行为又同时是让人脸红的。很多时候都不便于和他们接近，甚至要避而远之。

一些人的粗鄙总会在一小群人中的某一两个人身上最为明显，而往往就是这一两个人坏了大多数人的名声。其实他们是有代表性的，那些不像他们那么粗鄙的人在很多细枝末节上未必没有毛病，只是程度不同而已。那些尤其突出者是典型爆发，是环境与个人叠加后出现的恶之花。

啪地就是一口痰，不管是身在何处，也不管周围有没有人，连会不会喷溅到别人身上也根本不予顾忌。有人辩解说是因为环境不好，所以很多人养成了吐痰的毛病，但是那个环境中也并非所有的人都随地吐痰，说来说去还是一个恶习。再有一个恶习就是高声大嗓，无论周围有多少人都旁若无人，不论是故意撇高的京腔还是肆无忌惮的地方话，在德国、法国和欧洲其他国家的安静的公共环境中都显得格外刺耳。对这种在公共场合高声恶习的鄙视并非只针对某国人的，任何一个人，不管他是来自哪里，如果这么做了都会被人不满和蔑视。而德国人的不满和蔑视经常是要直接表现出来的。我在火车上就目睹过一个德国年轻人放着录音机斜靠在座位上，呈现着一种不良青年的萎靡与懈怠的状态。结果上来一个工人大叔模样的人，径直对他说了一声：小点声！那貌似不良青年的人立刻就将录音机的音量关到了只有他自己才能听到的程度。

大家很快就走到了罗浮宫，发现这里的广场居然不是硬化的，至少不是水泥或者沥青硬化的，而是一种类似硬土的可以渗水的地面。那著名的玻璃金字塔入口显得很不起眼，倒确实是并不显得不和谐。因为已经过了停止进场的时间，而且也没有时间进去看了，只能在外面看看了。雨水在刚刚勉强合影了以后就大到了必须躲避一下的程度，好在不远处就有古色古香的回廊，或者应该叫作门券；抓紧不能行动的时间，大家纷纷打开双肩挎，拿出快餐盒里的食物进餐。

这种不在乎周围的人的目光的，被欧洲旅行训练出来的果断与决绝都是在国内的时候无法想象的。一切都以节省时间的运筹法为准，一个时间段里做不了这个就做那个，走不了路就吃饭，就休息，然后再以尽量充沛的体力和精力投入到新的旅程之中去。

食物也都是充分欧洲化了、旅行化了的，都是超市买回来的。同样的食物，在超市自己采购与去饭馆吃的价格差通常会接近十倍。而在哪里吃其实都差不多，无非就是面包片加肉，再配以水果而已，定量定时，快捷方便，省去了大量的找饭馆与挑食物的时间，当然也省了钱。这样的饮食简单是简单，但是营养足够而且省时省力，在欧洲生活久了慢慢地就会爱上它，就会一点都不再依赖国内那种炒菜的习惯。

在欧洲旅行，吃的问题靠双肩挎——靠双肩挎里的自带饮食；住的问题如果也靠双肩挎——靠双肩挎里的防潮垫和睡袋的话，再配上自行车，那就等于同时解决了吃住行的全部问题，就尽可以纵情山水，跨越一个国家又一个国家地自由驰骋了。

雨一直下，不仅没有停下来的意思也没有减小的劲头，大家马上决定不管雨不雨的，继续原来确定的基本路线，出发。在巴黎的时间是非常有限的，错过了就几乎可以说是永远错过了，大多数人都不会有再来巴黎的机会了。对于很多人来说正是这样的旅行背景音促使大家到了任何地方都总是抱着一种始见便是告别的心态，非常珍惜非常用力，总想着将眼前的一切都牢固地看到脑子里去带走，以供未来的也许大多都是乏味与平庸的余生去回味。

在雨中沿着塞纳河行走，走到大名鼎鼎的巴黎圣母院，虽然已经关门了，但是前前后后绕着转一转，仰头望望卡西莫多当年敲钟的顶部钟楼，那种历史现场或者说是文学现场的妙感还是很让人有些激动的。如果说这种激动还是内心里的激动的话，那到了雨中的埃菲尔铁塔的时候，在大雨里合影的兴奋则就完全是笑着呼喊出来的了。一个来自东北的同学用小品腔儿说："呵呵，巴黎被我们给游了！"

大家浑身都淋透了，冰凉冰凉的，不过心却是热的，大家不约而同地在雨中的埃菲尔塔下，凑成了一种一次集体旅程之中好像不能或缺的狂欢的气氛。那一夜的巴黎市中心的雨，估计是我们每一个曾经置身其间的人都难以忘记的了。在回到地铁里经过几次换乘终于回到郊外住宿的宾馆时，已经接近第二天凌晨了。

巴黎新区的早晨，空气是甜甜的，像海滨。欧洲城市，大如巴黎、柏林，小如萨尔布吕肯周围的乡村，都保持着时常可见蓝天白云的好环境。巴黎这样的世界中心城市，居然也是云儿低低地变换着姿态，即便是乌云也能在这个宫那个宫或者是塞纳河的桥上形成边界清晰的轮廓线，让人浑身上下都觉着舒展舒畅。巴黎新区的这个早晨，这样的云和这样的空气又一次让人沉浸到了喜悦里，沉浸到了好环境给予人的无边的欣欣然之中。

起床以后去这一片集中的新建筑之外的广场公园走了走，看来新区也并非一味地追求用地利益的最大化，有着严格的公共用地的规划，而且比城区内部更其宽阔更其敞亮。那种空旷和遥远的广场加公园的设置已经有点不大像是在欧洲，倒反像国内城市的开发区了。

饭后启程，离开巴黎回德国。从萨尔布吕肯到巴黎，再从巴黎返回萨尔布吕肯的大巴，都是由旅行社安排的。这段旅程，单程也就四个小时不到的样子，但是一去一回长途汽车在行使了一半路程以后，中间都要休息；路上的规定是每三个小时要休息四十五分钟。旅客和司机作为被尊重的个体生命，最基本的生理状态被这样很奢侈地顾及着。不赶路，不赶时间，而让每一个参与旅行的人都获得最充分的调整和休息的机会。所以，汽车一旦在中间一个休息点停下后，所有的人脸上都有了一种结束旅行做长时间滞留的表情。司机的箱子里有啤酒，本车的客人或者是别的车上的客人都可以来买，司机先站在车边上卖上一会儿啤酒，然后锁了车，去了咖啡馆或者餐厅，人们或者四散开来，去厕所的、去餐厅的，到周围的林间路上散步的，或者只是坐在木头桌椅边上看书、围拢在一起说话的，无不悠闲自然。然而四十五分钟在我们的感受里却变得非常漫长，因为没有在旅程中间做这样长时间停留的习惯，总想着尽快回到在路上奔驰着的节奏里去，总是以尽可能最快时间到达为目的。司机的疲劳问题，或者旅途的不适等等，都是可以忽略不计的目的之外的元素。德国想来主要是出于安全考虑的规定，实际上还暗含着一种生活的价值观，那就是并非一切都是以最快为最好的，生活本身其实无所谓快慢，只要你能从容镇定地获得舒适感，大约就可以说过得好了。那么为什么一定要把作为旅行的一部分的路途赶得那么匆忙呢？

类似的情况还出现在德国的建筑领域，一栋不大的楼，德国人往往要建上很多很多个月，甚至一两年；一段不长的路维修，也往往会正儿八百地在路口上树立起近乎永久性的工地的牌子，工期长达数年之久，以至于向别人问路的时候别人的回答里经常都会有到了“工地”左转右转之类的词句。每次问路听到这样的回答时，自己心里总会想一下，如果是在中国，那问路的人可就要丈二和尚摸不着头脑了；因为到处都是“工地”，一条街上有好几个“工地”的现象一点也不稀奇。

效率和质量之间是有矛盾的，只以效率为准有时候恰恰会适得其反，这在世界的发展过程中已经有了无数血的教训。德国人、德国文化早就意识到了这个问题，建立起了在效率和质量之间保持平衡的最佳制度制约，并且已经深入人心，变成了一种普遍为民众以为自然而然的文化模式。

在萨尔布吕肯下车以后，同车的人们互相打着招呼，那一群南美人一如既往地热情地笑着告别，一起将人生中这一段共同的旅程，很可能是唯一的共同旅程做了了结。是啊，再次同行的机会已经微乎其微，大家从此各奔前程。每个人的人生都不缺少这样的际遇，但是同车去过巴黎，似乎总是值得一说的！这就是巴黎的威名与魅力。

跳蚤市场和五欧元的自行车

初到德国，和呼吸到的空气一样，一切都是新鲜的。连德国的自行车车铃，都是柔和悦耳的，像教堂的钟声一样悠扬，不急不躁，与我们习惯的车铃设计中但求响亮的原则显然是有着重大的区别。在一个总体环境噪音很小的社会环境里，在一个以文明礼貌为重的人际环境中，车铃的柔和设计才是融会其间的自然选择。听到这样悦耳的铃声，也就完全明白了有中国人回国的时候是专门买了车铃带回去的行为了！有意思的是，早些年也有外国人专门买了中国的自行车铃，特别是那种所谓“大转铃”带回国去的事情，声音制造上的这种国内外差别对于双方的敏感者来说都是值得玩味的。

车铃的声音吸引人，自行车更吸引人；德国的自行车形式多样，既有当时在我们流行的普通的二六自行车，也有很多运动型的公路赛车和当时国内还很少见而这些年开始大流行的蝴蝶把变速旅行车。不管是什么样的自行车，都干净整洁，性能良好，跑起来顺畅无声。很少有生了锈的，更别说很破旧的了。自行车这种被中国人最广泛地使用着的交通工具，在它的发明国德国应该说是被最尊重、最优雅地使用着。因为自行车不是人们的日常交通工具而只是运动、休闲之用或者家居偶用，所以车况都很好；加之使用环境中的空气质量很好，降水较多，尘土飞扬的时候极少，所以都像是从广告画儿里直接拿出来的舞台上的道具一般；既是真实的自行车，又仿佛是一种只供参观与展示的标本。

在德国这么优美的自然环境里骑上这样几乎没有什么缺陷的自行车，想一想就已经是太过美妙的享受了。看到人们骑车驰骋，感叹和向往每每都会由衷地“喷薄而出”。 看到他们骑着干净漂亮的自行车自由地穿行在萨尔河两岸，很随意地把自行车在河堤上放倒后就地一躺晒太阳，那种似乎只有骑车人才有的自由愉悦实在令人垂涎；有一幅图片，是一个骑着带着前后包的旅行车的人在山林边上休息，那种吃的、喝的、睡的、看的，什么的什么一应之物都在车上，随时随地可以休息的美妙，真是羡煞人也。而自己其实早就在盘算着有了自行车以后都要到什么什么地方去，甚至是上到哪个哪个山坡，顺着哪条河走，沿着哪个湖行的问题了。那些和缓的山坡山脊上正好沿着小路有一溜苹果树的景象，那些田野与森林巧妙地融合在一起的广袤地带，那些通往某个村庄的路口指示牌上标明的陌生的地名，都是自己一直向往着，一直想象着可以骑车一行的所在。这种关于自行车的向往与想象，一直是使自己在德国的生活变得充满了空前激情的一个重要动力来源，是自己返老还童一般的德国四季中一个抑制不住的兴奋点。

在最初乘车旅行的日子里总是能在欧洲的各个城市里看到很多锁在栏杆上的自行车，扔在森林里的自行车（仅仅是因为扎了带，车子就被扔掉了），而偶尔看到的不上锁的自行车就更有魅力了。人曰："不上锁的自行车就像平躺着的女人一样，充满了诱惑。"诚哉斯言。想象着自己一旦有了自行车，甚至不用作远距离的匆忙骑行，而完全能以漫游的心态行止在乎一念之间的选择，到任意一个想去的方向、任意一个想去的地方。因为这里的一切都已经距离自己原来的生活非常非常遥远，这个远方还有这么多美好的细节等着去观赏和感受。自己已经到了自然环境优良的欧洲，到了许多人无缘涉足的地方。这样只需骑车慢慢地去随便哪里走一走转一转，就可以欣赏到大自然最美丽风景的感觉，确实是莫大的享受。

这个经常让人心潮澎湃的愿望终于在到达德国一个多月以后获得了实现的机会！在萨尔布吕肯几周才有一次的跳蚤市场上买到了自行车！

树梢上的红叶

德国的夏天短暂而宝贵，一点都没有我们的夏天里的那种暑热难耐的煎熬感，也正因为如此，时间就总是会像水一样迅速地滑过去，在不知不觉中灿烂而明媚的夏天就已经走到了尽头。大约是九月一日这一天的早晨，在楼下等着去城里的公交车时就已经惊讶地看到了树梢上有了一片红红的叶子，通红的代表着秋天的红叶在蓝天的背景里显得是那么鲜艳而爽利。在鲜艳与爽利之外，自然也少不了那种属于秋天的凉意。

好在这样无奈的凉意还只是出现在树梢的最顶端。在城市里，在白天依旧灿烂的阳光里大多数人还都是没有感觉到的。这样一个日子里，迎来了萨尔布吕肯的跳蚤市场（FLOHMARKT）日，也就是在指定地点可以自由摆摊出售自己的东西的集市日。

沿着萨尔河穿越市区的最古老的城市段落，在通向城外的老桥外面，顺着山脚下的一段公路被很有规划地开辟成了临时的

萨尔布吕肯的跳蚤市场

市场。一个一个开车而来的摊贩顺着公路两侧一字排开，有卖的有买的，还有很多既不卖也不买的闲逛者，这种熙熙攘攘的市场景象，很像中国一年四季里的每一天都能看到的农贸市场，只是商品的种类更多样，不仅有蔬菜，也有旧书，甚至旧衣服、旧鞋帽，是农贸市场加收藏市场、二手市场的混合；这里没有讨价还价的，没有吵闹的，更没有偷窃的，大家很安静，很秩序，很文明。卖货的人像是悠闲的展览者，卖不卖无所谓，只不过是来展示一下；买东西的人就更悠闲了，往往完全没有目的，不过是来凑凑人气，看见什么临时起意的东西也就随便买一点，好像更主要的目的是来参与一下这种只有在圣诞市场上才能见到的人群聚集状态，与人说说话，与卖东西的人聊聊天。

夏天明媚的阳光里已经带上了爽朗宜人的秋意，高远的天空和繁荣的人间祥和地在这古老的萨尔布吕肯老桥桥头的市场上相遇，让置身其间的人无不感到人生的欢欣与美妙。我们漫无目的而又兴致勃勃地穿行其间，所见所闻，饶有味道。以德国人的普遍严整与规范，在这类似中国的菜市场的集市上的表现是很让人有兴趣观察一番的。卖东西的人一般都是拿了家里的存货，少有专门干这个的贩子；明媚的天光之下，人和货都一尘不染、干干净净，人人脸上都洋溢着一种体验生活似的新鲜与有趣，都显得兴致勃勃的；不管男女都衣着得体，站在自己的摊位前情绪饱满、津津有味，让人感觉他们是在享受一种生活，一种与河边晒太阳读书或者划船骑车一样的愉快生活。

市场上人虽然多，但是一点都不乱，大家站有站相坐有坐相，不像是在买卖东西，倒像是某种兴趣协会或者朋友聚会似的社交场合。讨价还价并不多见，更不会有因为价格而争执起来的吵嚷；一切商品都明确地标好了价格，一视同仁，一般来说是没有二价的，至于说买的多了，或者买卖双方有什么特别说得合拍的情况，价格有所降低当然也未可知。

一个准备买一件旧衣服的人问摊主：这衣服防雨吗？摊主说不。这宗买卖遂宣告失败。摊主一点也不遗憾，买主也不因为人家说了实话而自己不买了而心怀歉疚。卖的和买的都觉着这是最自然、最顺理成章的事情了，言而无欺不仅是做生意的一个重要准则，也更是做人的起码要求。这其中有宗教传统教诲的威严照拂，也更有德国人文传统的脉脉相传。

我问一个卖旧书的摊主，有没有德国人画的德国故事而且文字也是德语的连环画？他非常认真地想了想，说几乎没有。然后就一本一本地将自己放在纸箱子里的连环画一一翻检起来，认真地翻完以后又非常肯定地说，确实是没有；你所说的这种连环画，在整个德国连环画市场上都是极其罕见的。他的认真与礼貌使我这样在收藏市场经常遭遇不到如此善待的买主不大好意思了，于是转而买了一本美国画家绘画的日本卡通风格的德语连环画，聊为纪念。

拿着这本32开本的连环画，自己有点恍惚，恍惚这是周末在国内自己居住的城市的旧货市场——熙熙攘攘，比肩继踵，偶有收获便心满意足，忍不住就要和遇到的熟人老张老李说一说，但是仔细一看这里又是人人衣服整洁、态度安详，哪里是什么旧货市场，倒像是精心装扮过的舞台了。的确，这里很多的摊贩其实都是住家的居民，并非小商小贩，他们都有自己的日常工作，不过是在这个周末的跳蚤市场上来临时卖卖家里不用的东西而已。所以经常会是一个摊位上有多种多样的东西，既有衣服也有书，既有电器也有儿童玩具。不管是什么，也不管是新是旧，所有的东西都和卖主的穿着打扮一样，干净整洁，一尘不染。

一个坐在地上卖南瓜的德国少年引起了我的注意，那是一个十四五岁的孩子；守着显然是自己家院子里长的几个大南瓜，表情纯净而孤单，略略的有些寂寞，有些初涉人世的惆怅与不安。大人开车带着他而来，把南瓜和他卸下来以后就走了，就剩下他一个人守着南瓜，度过这也许是他生命中第一次市场化的日子。他的忐忑写在脸上，他努力做出来的镇定与故意的面无表情却都透露出了他内心的极其用力地挣扎。他远离大家，大家也远离

卖南瓜的少年

他，在我望着他看的几分钟里始终都没有一个人光顾他的摊位，他也不抬头，只是与自己的南瓜默默地互相观望着。他让我想起了自己的儿子，想起了他少年人的羞涩和探寻脚步，那些依稀还保有童年模样的仪态实在是让人爱怜的。如果我们自己是可以开火做饭的话，如果不是很快我们就要开拔离开萨尔布吕肯的话，我一定要买他一个南瓜的。或许，这个少年的南瓜多数将卖给有我这种心理的长辈呢！

整个市场转了个大概也没有看到自行车，后来一问才知道，卖自行车的市场不在这一带，需要走老桥回到城里，在城里的一段残缺的老墙后面，几棵巨大的老树的下面。我们赶过去的时候那市场当然是已经开始了很长时间了，好在来买二手车的人似乎不多，一辆辆挂着价格牌子的自行车被一米一个地有序排列着，方便人们围观端详。

一下我们就发现了自行车上的挂牌价格差距巨大，贵的20

多欧，最便宜的只有几欧元。马上那些成色和价格都非常吸引人的自行车就被我们一人一辆地选定了；但是麻烦来了，卖自行车的因为买主是男人而车是一辆女车就不愿意卖。还是中国人来得快，马上说是给女朋友买的。卖车的问了哪个是你女朋友，于是就随便指了同来的一个女生；卖车的居然马上过去问那女的，说你是他女朋友吗？那女生赶紧点头说是。回过脸来大家全都偷着笑起来。而另一个亚洲的成年人准备买一辆儿童车，那车虽然是儿童车但是还是比较适合他矮矮的身材的；可是卖车人无论如何也不卖给他，坚持说成年人是不能骑儿童车的！

在他的观念中，购买者愿意付出的价格和购买者实际的身高之类的问题都已经被男车、女车、童车、成人车的概念给遮蔽了，完全不在考虑范围内；这是一种典型的德国思维，只要有已经被总结好了的概念和规则就一定要坚决执行，坚决不能有例外。与这位固执的卖车人周旋了一会儿以后，我买到了一辆变速车，一辆牌子上显示只有五欧元的造型很轻巧的变速车。后来知道，这五块钱实际上是支付给这个卖车协会的费用，也就是自行车协会在每辆车上的固定加价，车子本身实际上是卖主无偿提供给他们的，仅仅为的是让有需要的人继续

五块钱的自行车

使用。而这个协会也严格执行着只在原来卖主的价格上加价五块钱的原则，进的什么价，卖的价格就是再加上五块钱。这五块钱是他们收车、整理维修车和卖车的全部费用。也就是说，不会有比五块钱再便宜的自行车了。

这辆车子骑起来非常轻巧灵便，什么毛病都没有。除了轮胎有着磨损痕迹之外，别的地方连脏污的痕迹都很少，严格保持着一辆德国自行车在德国的环境里的和谐一致的外貌与功能。交了钱拿了收据，车子到了自己手里的那一瞬间，自己就已经觉得这车子冥冥中似乎就应该是自己的，就应该由自己来驾驭了。在萨尔布吕肯老城老桥边的黑色矮墙下，在斑斓婆娑的大树的阴凉里，推着这辆自己将在德国的土地上骑出去很远很远的自行车的那一刻，喜悦已经从里到外洋溢到了自己的每一个细胞里，整个人都像孩子一样笑得合不拢嘴了。从此背着双肩挎骑着自行车，就成了自己在德国的标准形象了。

由此，这辆价格最便宜而质量又很过硬的二手自行车，开启了自己在德国的自行车之旅。

每天都骑车去法国

重新骑上自行车才意识到来德一个多月以来的虚度。自行车在自己绝不仅仅是一个交通工具，它是诗意和梦的源头。一个人骑车而行所获得的自由度，或者叫作随意骑起来就走、随意跳下来就停的方便是无与伦比的，它比走着更机动、更有能力到达遥远的距离，而又比汽车更方便、更灵活、更少限制。时光在骑行时分分秒秒都珍贵无比，以前以后的所有烦恼都将不再，骑行、书写、观赏，每一种快乐都不忍放下，即使分出个先后缓急都已是极难之事，一如小娃娃又要吃奶又要玩玩具……

在均匀的速度和优美的风景里，完全听凭自己意志的或东或西、或行或止，自行车能将大脑载入白日梦一样的至美之境。在萨尔布吕肯美丽的街道上行驶，顺着萨尔河一下就走到了原来步行时很难到达的地方，看见了沿途更多的风景。那种自由被释放的快感，那种身体的机械运动和精神、眼目的至高享受相结合并互为因果的状态，其妙其美无与伦比。自行车让人在德国的自然和城乡之间获得的极度体验，让人永远铭记。

有了自行车以后，其他的一切都不再是第一位的东西了。在骑车回去的路上、在随后的好几天时间里，整个人都陷入一种狂喜的状态，连做梦都会因为自己拥有了自行车、拥有了自由驰骋的能力而笑出声来。骑行计划早就在头脑里酝酿成形了，城里的大街小巷、郊外的公园，起伏的丘陵之间那些高耸的教堂和教堂所率领的高高低低的村庄，更远的陌生名字的城镇、湖泊河系，尤其是顺着萨尔河的上游下游两个方向的无限延伸的路径……

一般来说，对于一个地方的向往从来都是远方的人的事情，对近在咫尺只需要付出举手之劳便可抵达的、哪怕是大名鼎鼎的什么所在也都会不大以为然。当年艾敬的《1997》所表达的那种对于香港的向往，对于今天的深圳人来说完全无感。自己当年每天下午放学以后骑车去法国顺着萨尔河骑行，也不是现在远在万里之外的时候这般的神往，不过是作为漫长的黄昏里的一项普通的运动而已。但是作为一种地理审美的实践，当下所获得的愉悦也是巨大的，是即便在当时也已经确知那是来之不易、足堪珍惜的。

骑车去法国，既是被去巴黎沿途风景吸引过的原因，也是因为所有的路径都是沿着一条河，沿着萨尔河的缘故。沿着河的旅行，以河为线索的旅行，是自己在欧洲期间一直遵循着的原则，欧洲保持着良好的原始风貌的河不仅使旅行的长度有了依据，而且也因为河边普遍都有自行车专用道而可以拥有相对安全的交通环境和良好的风景享受。

从萨尔布吕肯高高的丘陵山坡上冲下来，经过著名的撒巴萨市场，过了萨尔河上的大铁桥，就是沿河而行的小公路了；这条小公路只允许自行车和行人使用，而行人的使用是有限度的，离开城镇太远了就很少有人再在上面步行了，只偶尔才有轮滑者、长跑者；而在城镇周围，在这自行车道边上一般说还有专门的步行道，所以这条顺着河水的自然流势而蜿蜒的小公路也就几乎是一条自行车专用道了。在这样的既有法律权利又有自然审美的小公路上骑行，才会更深入地理解到德国人、欧洲人的生活的更多含义。社会已经为聚居的人们提供了最大的方便与可能性，不仅是一般的吃喝拉撒的生活需要，更有运动的需要，旅行的需要，还有深入自然之精神审美的需要，人性的各个方面的需求都被以最大的公共可能性照顾到了。

沿着萨尔河窄窄的自行车道和道路两边茂盛的草本、木本植被花卉，把整个沿河之旅立体装点得如同神仙府邸，每一个角度都像是在画中，转过一个弯就会出现一幅与此前所有已经沐浴过的画面都有区别的崭新画面；在随着车轮快速奔驰而投身其间的

德法边界萨尔河的运动路径

同时，就又已经开始向往下面一个弯以后究竟是什么样的美妙风貌了。不知不觉之间就能沿着河跑下去几个小时，深入到了法国境内很远很远了。

河边的草地、自行车道上一定间隔就会有一套供人休息用的木桌、木椅，有的还有大角度的木头顶子，可以防雨。所有的东西都是用简洁明快的原始木料加工而成的，是纯正的原木质地；骑车人坐下来休整、吃喝、聊天，会很自然地有一种与环境融为一体的感觉。不远处高速公路上滚滚的车声和这最原始的自然和谐共生，是德国人、法国人以人为本的传统的现实明证。

这双腿轮回上下、车轮唰唰有声的持续轻快的运转中，自行车奔驰在德法边界上的畅快，因为难得，竟有了几分虚幻不实之感。

因为没有边界的铁丝网，没有石碑和国旗，更没有士兵和检查站，所以究竟哪里是德法之间的分界线，是需要询问一番的。在离萨城6公里的德法边界上的小村，因为被几条公路所包围，所以乡村的僻静已然不再，不过还是有竖着步行自行车等弱势交通方式专用的标志的道路，顺着这些道路回到河边以后，宁静与安详的气氛就会毫无悬念地重新回来。它的安静是真实的，也是长久的。风景的美丽，其实是有制度依托以后的人生的美丽的一种外现。尤其对于德国、法国这样的发达国家而言，貌似原始的自然都是人们自觉意识、规则意识与法律意识下的成果。

这条沿河的自行车专用道两侧，有着大量惊艳的风景细节。河边的芦苇，路边的白杨树，供人休息的木头桌椅下的小草小花，河谷两侧的山坡上蓊蓊郁郁的森林，还有零散分布在这里、那里，从森林里露出一个尖顶，藏在山谷里的古老的高大农舍，都让人目不暇接。

这很多场景后来都是一再达到，一再置身其间，每次都像是第一次一样欣喜兴奋，每次都像第一次一样陶然忘返；自己几乎完全陷入到了一种快乐无边的环境审美与自然审美之境中去了。有了自行车以后这是自己找到的第一个审美路径，来来回回地利用下课以后的时间、周末的时间和放假的时间，走了很多很多次，很多很多次以后也还是依然没有走够。在自己从小就有的关于风景的梦想里，这样的好地方实在是百骑不厌，来了一趟还想再走一趟，来了十趟还想再走第十一趟。

顺着河边的公路骑行，上帝一样的光芒从乌云后面照下，照亮了河湾处的几栋红顶房子。这是西方人宗教观点所从来之的自然根源。欧洲一向优美地保持着原始状态的大自然缔造了他们的宗教的观点，完全可以设想正是这一缕从乌云后面射下的光启示了自然中的人类。

曾经在一个周末的早晨，看到一对沿着萨尔河从法国跑向德国的年轻夫妇。夫妻并肩而跑，身材自然是男高女低，两个人都非常精干利索，浑身上下没有赘肉，精神面貌也与我们在电视上看到那种职业运动员没有什么两样，一举一动都体现着一种人在自然中，在自然中运动着的美。

他们跑步的节奏一致，都是那种舒缓而紧凑的小步伐，有着一种可以持续很多个小时都不会稍有懈怠的韵律感。他们都穿着紧身裤，前胸后背都插着小小的水瓶或者香蕉。周末的早晨，这样的夫妻跑大约是半个甚至一个马拉松的距离。他们的周末是这样度过的，沿着萨尔河、沐浴着清新的有着滚滚流淌着的河水水汽，在万木簇拥的森林的味道里，跑到德国再跑回法国……

河道边的加油站是给船加油的。虽然知道船也是要烧油的，但是看见一个专门给船加油的加油站还是让人觉着非常新鲜。这是陆地上的居民习惯所导致的孤陋寡闻，而且还并不因为这样的孤陋寡闻而稍有难堪，一味地继续观看着那给船加油的加油站的所有细节。河边上的船只加油站，也成了风景的一部分。

德国让自己实现了从小就有的关于风景的梦，甚至到了超越想象的地步。经常可以发现唐诗宋词的意境——其实保护良好的大自然，不被肆无忌惮地破坏的大自然，不管任何时代都与唐诗宋词里描绘过的景象直接相通。

法国人对德语是有抵触情绪的，即便是听得懂也不会说，

萨尔河边的法国小城

更不会回答。偶尔能在墙上见到涂鸦，写的是“德国银行滚回去！”之类的话。基于历史的原因，两个民族之间还是有些并不公开说出来的隔阂的。当然对英语，法国人也不感冒，你说英语的话他们八成也不会有正面的回答。而在乡间，这或许真是因为他们听不懂。所以我屡次骑车去法国，就学了几句最简单的法语，“笨猪”“傻驴”（音译，译为“你好”“再见”）之类。当然“你好”是最重要的，用法语说了“你好”之后，再用德语或者英语说，一般来说他们就没有了抵触情绪，知道你作为外国人只会讲德语或者英语，讲不了更多的法语，情有可原。该回答的问题便可以回答了。这种情况一般来说在德法交界的地方并不明显，那样的地带两国融合得已经比较充分，两种语言并行不悖，几乎没有障碍。一般都是深入法国境内几十公里界限已经很分明了以后，才会产生这种根源于历史恩怨与文化差异的排斥感。

好在我是纯粹的自然审美，这样的文化差异对我的影响十分有限。虽然在那个智能手机还没有普及，掌上电脑更没有出现的年代里，问路还几乎是一件必需的事情，但是因为是顺着一条河前进，没有什么岔路能让人离开这条河，所以殊少迷路的问题；也因为欧洲各地的传统都是在人聚居的地方树立起一大牌子，上面详细画着方圆多少公里之内这一带的地图，只靠了它们也就基本不会有什么问路的需要了。

法国的山脊线非常圆滑优美的丘陵谷地之间常有三五户人家的村庄浮现，没有围墙，没有栅栏，家家户户的红房顶都在果树掩映之中。门前放着农用车辆，孩子们或跑或坐地游戏玩耍着，水管里流着水，农妇清洗晾晒着家里的衣服，一幅幅淳朴自然的乡间风景总是会随着自行车自由的前进映入眼帘。

山坡上挂满了红苹果的苹果树，比我们常见的那种为了采摘果子方便而压枝以后总是很矮的苹果树不同，这里的苹果树都是野生状态的，有着野生状态的自由生长的高度。原来苹果树不受压制不受抑制的话居然是可以笔挺地向上一直长起来，长这么高的。一串红红的果实上上下下地挂在枝头，与绿色的叶子互相掩映，夏季还没有结束就已经有了秋收的模样。而实际上这些苹果从来都不会被人类所收获，它们将是鸟儿们过冬的食粮。

这样的景色即便是严格说起来也与德国那一边没有什么太大的差异，自己之所以觉着格外有意味大约还是因为其作为文化符号上的法国标签吧。这就是自然审美无论如何都很难离开民族文化的浸染的痕迹的缘故了。

顺着萨尔河既可以去法国，也可以深入德国境内，向北到达萨尔路易斯是一段最常走的路。沿路的自行车道经过整齐漂亮的德国乡间的田畴，经过不知名的小镇上的德意志报纸博物馆，经过工业设施改造以后的类似“黄四娘家花满蹊”景观的向日葵匝地的比萨饼小店，经过萨尔河谷中林林总总的丘陵森林河流湖泊，来来回回很多很多次，总是能从各个不同的角度上看到，仿佛事先早已经储存在自己头脑里的，与中国传统意境中的描绘相关的存在。

曾经在某一天的黄昏，在夕阳中萨尔河的粼粼波光映照下，在大堤上的自行车道上与一个拄着拐杖的德国老人相遇。他饶有兴致地和我聊了起来，聊的都是国际大事。这些年中国的发展速度惊人，而德国也一直保持着世界上比较领先的位置，最让人感到高兴的是中国和德国的关系一直很融洽，两国的经济联系文化联系和人员来往也越来越多……他说话的时候，他的年龄也已经在五六十岁了的女儿一直在旁边陪同着，面带微笑地倾听着老人和我之间的对话。这种交谈，突然将自己一直以来处于个人生命体验的封闭状态中的情绪提升到了国家与国家的层面上，顿时感觉到一种难得的开阔与舒畅。不单单是因为说到了自己祖国的发展，说到了中德两国的良好关系，更因为此情此景站出来看是很有神奇色彩的：一个德国的耄耋之年的老人，在黄昏的散步里和一个中国的骑车漫游者的偶遇与交谈，这本身就已经是非常难能可贵与弥足珍惜的事情了。如果能留下照片，那样的环境里的那样的人，一定是非常非常美好的……

其实对于这个老人的话题我并不觉着非常奇特，可能老人是一直关注国际形势的人，可能和他退休前的某种职业有关系，即便都不是，也和他生活的这萨尔河河谷的地理环境有关系。沿着一条河，尤其是沿着一条河谷生活着的人们，也是有他们自己的局限的。因为被周围的丘陵挤压得，多数活动都只能在河谷里的狭窄地带展开，活动路径只有两个方向，所以与平原上比起来就有了拘囿之感。这里美则美矣，时间长了难免形成一种类似压抑的憋屈感，没有平原的辽阔和广大，一切都是一览无余的，竟也让人会因为视野的限制而生出无处可去的郁闷。为了解除这种郁闷，一是经常出去旅行，开阔胸襟；再就是关注世界上更为广博的层面的事情，比如国际事务，比如科技发展前沿，等等。

正是这样，自行车漫游的方式，不单单是最大限度地满足了自己审美的需要，还大大拓宽了自己在德国的视野，为生活中的更多可能性提供了最基本的物质条件。在此后的德国四季里，这辆五欧元的自行车一直在发挥着这种无与伦比的作用。

对萨尔布吕肯的怀念

对于萨尔布吕肯的怀念实际上在还没有离开萨尔布吕肯的时候，或者说意识到将在不久之后就要离开萨尔布吕肯的时候就已经不可遏制地开始了。怀念通常都是事后的情绪，如果挪到了并未离开的当下，成了对眼前的景象的当场的审美之余的惋惜与留恋，就与惆怅有了不可分割的联系。惆怅尽管是诗意的，也是审美的，但是终究还是一种带有负面意味的情绪，对人的所谓饱满的健康与自足的沉稳都是有相当的影响的。萨尔布吕肯的美是从一开始就扑面而来的，一直到结束的时候也依旧让人依依不舍，在萨尔布吕肯度过的夏日时光，每一天每一刻都是那么值得留恋，那么值得怀念。结束在德国的一个四季轮回启程回国之后很多年了，每每想起萨尔布吕肯的时候也依然会在心中弥漫出一股温馨的甜蜜。这是因为萨尔布吕肯本身的魅力，也更是因为这在德国第一个城市生活和学习的深刻记忆，更是因为德国的夏天所展示的无限美好。

作为在德国生活的第一站，这里给人留下了极其深刻的最初印象，而最初印象中的一切都是刻骨铭心的。在杜伊斯堡培训中心的宿舍里住下以后的第一个早晨醒来，因为时差关系外面刚刚蒙蒙亮自己就已经精神百倍地站在窗前，迫不及待地眺望着那由森林的树梢组成的起伏的山峦丘陵；盛夏的雾岚在树梢的起伏中形成的一道道蓝带下面，就是隐约可见的萨尔布吕肯。仿佛此生都没有呼吸过的清新空气带着香甜的森林油脂味道扑面而来，天光层次异常丰富地以均白的、黛青的、粉嫩的、艳红的带状涂抹随风展现在眼前，如此高远又如此切近，与起伏的大地上的森林的树梢和树梢之间的雾岚形成的云带上下呼应，构成了一幅如此广袤、如此开阔、如此壮丽的早晨的画面。最让人惊喜的是，这并非是一种偶然，而是每天如此的照例；萨尔布吕肯良好的环境给人们提供了这样每天都如期而至的属于未被污染的大自然的审美机会。这样激动人心的早晨一直陪伴着自己在萨尔布吕肯的两个多月的时光，这两个多月时间里，在这里住着的每一个早晨，自己几乎都会这样在窗前站上很长一段时间！就在这个窗前看到过彩虹，看到过满天星斗，看到过透明的月亮升起与落下，看到过万丈阳光滋润地照亮天地间的一切，包括自己这早已经为以前的雾霾所浸染了的心。

告别萨尔布吕肯也就意味着告别夏天——在初秋的德国，人们总是能分明地感到这样一种“告别”的意味。所谓告别，总是有一个前提的，那就是对于即将告别的事物的留恋。德国的夏天是美好而舒适的，是特别值得留恋的：光线充足又绝对没有让人睡不着觉的酷暑；大量的户外活动可以在植被丰富的平原与丘陵之间自由地展开，城市里的夜生活也获得了别的季节里所绝对没有的气温上的适宜与方便。多姿多彩的夏天，风和日丽的夏天，自由驰骋的夏天，离开得总是过于匆匆忙忙。当然，在德国，告别夏天的情绪之所以显得强烈，还有一个原因；夏天过去，绚烂的秋天来临以后，就离着那阴霾厚重、枯燥漫长的冬天不远了。

启程的日子越来越近，告别的心情也就越来越浓，等终于将大包小包的行李连自行车都搬上大巴以后，萨尔布吕肯就很快地消失在了高速公路的那一端了。秋天透明的凉爽已经将夏日舒适的辉煌替代，山坡上浓荫蔽日的街道和小径里古老的石墙都已经悄然染上了一层舒朗的秋意。人们换上了长袖衣服，在重新为衣料全部包裹住的温暖的惬意里，离开了人生中这重要的一站。不管学到了什么，也不论结交了谁，只这大自然的无私馈赠就已经足够每个人享用一生的时间了。离开萨尔布吕肯也就离开了抵达德国以后的第一个欣喜的阶段，随着秋天的到来，德国东部的莱比锡的壮丽秋色里的孤独与寂寞，正在飞快地向自己靠近着。

莱比锡的秋天

德国的忧郁

夏天突然就结束了。这种戛然而止式的结束，对于我这样在国内经历过无数立秋十天热死牛的漫长夏季的人来说，来得有点喜出望外，也竟然有那么一点点失落；这使人慢慢明白德国人何以是那么喜欢、那么留恋夏天的时光了。夏天在德国并不很热，可以说是一段非常惬意地适合人们在户外活动的时光。而夏天的到来总是姗姗来迟，夏天的结束又总是如此决绝果断。德国处于一种总体来说偏凉的气候环境里，于人类的健康或者思维都最为适宜。

夏天，结束在萨尔布吕肯的山坡上杜伊斯堡中心大楼旁的树梢顶上最高一片叶子变红了的时候。那片红红的叶子，与国内东部地区的红叶只有在深秋里才会出现的情况完全不一样，距离树梢十几米的地面上还几乎完全有着夏天的舒适与清凉呢，那片红红的叶子就已经出现了。昼夜温差大，湿润度合适的欧洲环境里的叶子们，似乎也比它们在中国的兄弟们要过得舒服些，该绿了绿，该红了红，一点都不含糊，一点都不委屈地经历着自己生命中的每一个典型过程。

后来听东北的同学说，这不过是纬度高的地方的一种共同现象，没有什么稀奇，在中国，在他们的家乡，也是如此；因为天气凉得早，尤其是在秋天刚刚到来的时候，白天还没有什么感觉，但是其实夜里温度会降得很低。于是在城市里看见红叶，看见树梢上的红叶也就不是很稀罕的了。

不管怎么说，那一片红叶突然就在自己心里留下了一个越来越深的凉意，高远的天空与同样遥远的家乡和过去的生活，突然就重新被记忆都勾了出来，很长很长一段时间里都不能纾解。那种苦涩的思乡的悠长味道，那种从自己最幽深的心灵深处生长出来的孤苦的滋味，把原来每天骑行在山坡河谷，骑行在德法边界上沿着萨尔河去往上游和下游的自行车专用道上的时候的兴奋与愉快，一扫而光。一种孤苦无依的流浪感，一种飘萍一样的不定甚至不安，在这异国他乡美丽而凄清的景致里终于生长了出来。

没有想到，自己中国人的悲秋情怀，在这异国他乡的秋天里发育得出奇得好、出奇得完整。这实际上也是一种大自然的馈赠，良好的自然与气候环境使人有机会体会到一种终究对人类来说是属于正常的悲秋之感，漫长而完整，一点都不含糊，一点不马虎，非常清晰，非常刻骨铭心。

有人说不管什么季节，一个人出国三个月以后，新鲜劲儿过去以后，对环境中的一切都不再有因为新奇而来的兴奋以后就会陷入思念家乡、怀念过去的生活、被自己的孤独啮食灵魂的状态。这样看来，自己的这种出国综合征不过是恰好与秋天、与莱比锡完整而漫长的秋天合了拍而已。

其实，这除了身处异国自然会有的郁达夫等前人都已经描述过了的伤感之情以及个人处境的一些原因外，还与一种叫作“德国的忧伤”的地域病是有着不小的关系的。德国的忧伤，不仅来自它的历史，更来自它的地理环境。来自它在秋冬季节里被大自然赐予的典型气候特征。

忧伤是一种典型的人类情绪，稍微让人有点安慰的是，据说它一般来说更多地出现在接受过一定的教育或者敏感的人那里。忧伤虽然让人不好受，但也是一种审美状态，一种某种程度上让人留恋到不可自拔的程度的病态审美状态。然而大约热带的人是

缓坡丘陵景象

很难有忧伤的情绪的，热得恨不得光了屁股的人是不能产生什么忧伤的。这种畸形的审美状态，这种病态的人生情绪一般都产生在寒温带地区，产生在由热转冷的秋冬季节。德国漫长的秋冬季节里，尤其是刚刚由繁荣而短暂的夏季进入到斑斓而寒凉的秋天里的时候，惋惜与不得不收缩内敛的情绪状态之下，就很容易让人不知不觉地陷到忧伤里去。

从萨尔布吕肯到莱比锡，也就从山地环境到了平原上。平原的视野是广阔的，是一望无际的，是很容易让人盯着最遥远的地平线出神的。人在无边的广阔中，就很容易因为意识到自身在环境中的渺小与孤立而产生孤独无依感。异国他乡的那种长时间脱离家庭与亲情的强烈不适，会在一个不期然的时刻突然爆发；爆发成泪水，爆发成情感窒息般的身体困窘、意志崩溃。无论如何都无法摆脱的思念状态会在白天的假面被摘下以后，在黄昏和夜晚没有任何意外地出现。在一个人的夜里，在一个人于冷冷的秋风里的徘徊中，这样的凄苦味道被发酵、被放大，怎么也制止不住，怎么也控制不了。

离开山地环境，在一种广阔的地理环境中，人其实反而更容易陷于由那广阔所对比出来的自己渺小的感觉里。人在狭窄的环境里会压抑，在广阔的环境里会渺小，负面情绪总之会在任何环境中都能找到自己的突破口，只要这环境是优美的，是无污染的，是不嘈杂的，它就会很诗意很婉转然而也一点都不含糊地牢牢地抓住你的灵魂，使你逐渐沉落到一种仿佛是史无前例的忧伤里不能自拔。这忧伤不仅是苦，在苦里隐隐约约地还是有一丝丝的甜的，这其实是你不能自拔的一个重大诱因……你甚至还在过程中就已经意识到了这种忧伤状态的美，意识到了让自己陷于这样的忧伤之美里去的享受。

德国是一个冬天的童话，也是一个忧伤的中心。这忧伤造就了德国音乐，使低沉悠长如泣如诉的对忧伤的模拟，成为一路经久不衰的音乐模式；也使吼叫躁动成了另一路貌似迥异其实源头也是为了摆脱忧伤的异曲同工的格式。甚至德国人的礼貌与热情背后，也都有刻意地驱赶着背景中过分强大的哀凉的意思。

冬天之所以能成为童话，除了纯美的雪景映衬下的哥特式的高耸建筑所形成的仙境一样的环境氛围外，更有一种从秋天就已经开始延续终于在冬天被人们的忍耐力忍受到了极点的凄清的苦意。而德国的忧伤并非真正的负面信息，它的的确确只是一种审美的范式，是一种苦瓜式的营养和辣椒一样可以让人上瘾的刺激。在这种让人脱离开日常生活状态的忧伤里，思索和审美之类的精神生活在不知不觉中就会占据你更多的时间，就让你整个人都更突显了人区别于他物的特征。

莱比锡

离开萨尔布吕肯茂盛的丘陵丛林，在德国那从来不收费的高速公路上奔驰上一会儿，地貌和风景便发生了巨大的变化，平原开始出现了，植被也远没有萨尔布吕肯的山谷里那么丰茂了，视野变得异常辽阔；无边无际的大地将地平线远远地呈现了出来，也将地球是圆的这一事实很直观地以一种带着明确的弧度的方式摆在了大家眼前。经过原东西德的交界线，进入原东德地区以后，便出现了很多风车，高大的现代化的风车发电设备密集地矗立在广袤的高地平原上，成为这一片古老的疆域中的现代化点缀。

当大家都对着窗外这样的风景遥望的时候，标准化的大客车非常规矩地行驶也就接近于结束了，前面平原上黛色的森林与建筑组成的渺茫的一片，便是最近一直被大家挂在嘴上的莱比锡了。

莱比锡街头

莱比锡整个城市是庞大粗糙的，除了森林湖泊和一些古典建筑还有些魅力外，别的似乎都乏善可陈——当然这是对比德国别的城市而言这是一个很有意思的现象，一旦离开国内，一旦在萨尔布吕肯这样的地方居住过了一段不算很短的时间以后，我们的对比与参照就会不由自主地以萨尔布吕肯为标准了。而一旦在德国住了一段时间以后再到别的国家去，甚至是相邻不远的欧洲其他国家去，也就会很自然地以德国为标准。古人早有总结说由俭入奢易，由奢入俭难，其实从人类的自然本性上出发，在居住环境上的感觉事实也是如此。人们在一个更好的地方生活过以后，就会很自然地以这更好的地方的一切来衡量另外的地方了。所以从某种意义上说是萨尔布吕肯的“好”对应出了莱比锡的“不好”，如果我们直接到的是莱比锡的话，感觉大约就不会这么明确了。

这当年东德最主要的大城市的时代痕迹在建筑上是很明显的，过分强调划一和整齐而完全忽略建筑审美的一排排楼宇，都是一模一样的；这在我们的经验里一点都不新鲜，我们自己就一直住在与之类似的建筑里。

不过，莱比锡的城市建筑还是一片当时的统一与古典的庄严的混合体，文雅与粗糙无缝对接地结合着，而现实的衰败又成了以上所有历史的令人很是不安的前景。很多被刷成蓝色的管道，赫然出现在那些高贵的古典建筑之间。这种显然是在设计的时候所没有的后加上去的暖气或者煤气、水的管道，就这么裸露在外，悬挂在空中；涂成蓝色增加了一点点艺术气息，却还不足以摆脱不得不对完整的文章增加“附录”或者“更正”一样的尴尬。

更有些洋葱头式的屋顶，在德国传统的尖顶建筑群里显得很突兀。让人一下就想起米兰·昆德拉曾经描绘过的当年的捷克布拉格的形象。这些东欧甚至俄罗斯味道的痕迹，是莱比锡历史的一部分。它们从建筑上区别于原西德地区的格局与样式，表达出来的是宗教信仰、文化味道甚至行为模式上的差异性。所谓十里不同音，即便在德国这样高度发达的国家里，不同地区之间，经济的不平衡与文化上的差异性也可能是非常明显的。

在莱比锡，另一个历史“痕迹”在现实中的显示是，人们普遍比较冷淡，与他人相遇一般不打招呼，对外国人普遍有一种漠然的感觉——这种拒绝对于大多数人来说并非出于刻意，而只是自身生存压力导致的情绪抑制或者说是情绪发泄。两德合并以后的现实出乎多数人的意料，原东德的经济状态和社会氛围使本地陷于长期停滞和衰落里不能自拔，尽管联邦政府有诸多扶助政策，但是历史惯性导致的下滑趋势却不是短时间内的政策可以改变的。而原东德人在没有了集体和单位可以依赖以后，置身于完全的“自由”里，那种不知所措的无归属感在整整一代人身上都成了挥之不去的梦魇。大量的年轻人涌向了西德，失去人气以后，乡村的原始气息或者还可以得到更多的保护，但是城市的发展状态却不容乐观了。人们在普遍的失望里，逐渐滑入一种没有激情也没有热情的冷淡之中。

莱比锡街头，人们在瑟瑟的秋意里紧紧地兜紧身上的冲锋衣，领着踉踉跄跄的小孩子，默默地走着。相遇的时候没有问好，也没有点头致意，这让当时刚在西德养成了还以为是在全德国都通用的习惯的我们颇感不适：这里的人们普遍冷峻，生活里的不大满意的情绪是在相当程度上蔓延到了很多人身上的，而这种不满情绪的发泄对象之一就是他们所看到的外国人。在这里你几乎总是能意识到自己作为一个外国人的存在，总是能从别人的目光里觉察到自己不属于这里，到这里来是来错了地方，打扰了这里的人们，甚至是占有了本来属于人家的资源。

在这里我们吃惊地发现，便道上也经常会有那种不主动让路的人，在路面上大摇大摆，即使看见对面来了人，也没有一丝让一下的意思。不知道这样的人是因为本地的某种特定习惯使然，还是将自我中心、自我权利的勇敢捍卫者之类的人生定位发挥到了极致以后出现的问题。或者什么都不是吧，就只是在表达对于对面出现的你的不满与蔑视。在萨尔布吕肯那样传统的富裕地区被当地人的善意所培养出来的柔软，顿时重新就又回到了僵硬状态。在这个世界上，要论硬着头皮面对肃杀与严酷的环境的功夫，大约少出国人其右者。所以大家不过是有些惊讶，并没有怎么怵头。事实上，所有一切的所谓“冷感”都只是以原西德的富余地区萨尔布吕肯为参照的。正是这样，一个发育得非常好的社会里，稍有瑕疵就会很明显；一个还处于发展中的社会，则容易稍有优点就会被宣扬。

在这里，列车上还经常有一个人占两个座位的现象，那些人一点都不会不好意思地把自己的包放在另一个座位上，对周围的拥挤视而不见，别人不要求的话，他自己绝对不会主动让开。当然，这好像还有另外一层潜规则或者说是习惯使然的成分，即两个座位，一个有人坐了以后，德国人一般是不会再坐旁边的那个的，这源于他们对陌生人之间的距离的要求；源于其实资源从来没有那么稀缺过，大家对于暂时不去坐座位之类的事情并不在意。但是不管怎么说，也似乎都不能脱开漠然于他人的存在的干系。

不过一个同学说她在给一个老人让座以后，别人对她的问题给予了热情地回答。看来大家并非真的冷漠，而是要看你的表现以后才会决定以什么样的态度对你。当然这里的冷淡是明确的，即便是上课的时候，连老师们也不似萨尔布吕肯的有热情了。大家都是一副公事公办的模样，忠于职守却没有多余哪怕是一点点的热情。火车站问事处的女人自始至终脸上都没有表情，听到你的外国口音的发音的时候，一点也没有表现出任何可以额外倾听或者照顾一下的意思——这和萨尔布吕肯那位在给你生活补助的时候还要顺带给你一块糖的会计的善意，已经有了天壤之别了。这让人们领略到早就有所耳闻的越是原东德地区越是冷漠的传说了。可能是某些人的高声的毛病非常容易让人家反感，还有一些也许我们并不知道但是人家已经非常反感了的原因，比如过去时代中的痛苦记忆，甚至只是面貌上的区别，这或许也能成为他们对包括中国人在内的外国人比较反感的原因吧。

我们作为外国人的敏感很容易将个别的脸色理解为整体性的倾向，其实这不管是多么显见，也还是有相当的偶然性的。整个经济形势、就业形势的不容乐观，还有原来的历史与文化积淀中的地域性因素可能才是导致人们普遍严肃、冷漠的根本性原因吧；如果存在仅仅是因为面貌身材的差异导致的厌恶，大约也是不能说出来的人类劣根性了。

曾经在郊外的小路上遇到过一位骑车领着大狗的中老年男子，先说不用怕，他的狗是上过狗学校的，很懂规矩，然后又说这里的风景不错，适合散步骑车云云。攀谈一番之后才意识到他对我们的前几个问题里有一个是别有深意的：你们是来长期居住的吗？我们赶紧告诉他不是，我们只是来学习，学习结束即告回国。他这才放下心来，并解释说有的外国人以各种借口赖在德国不走；意思是有外国人抢了本地人的饭碗，他们对那样的外国人是不欢迎的。我们尽管不是那样的外国人，但是对于这种直接对外国人提出这样的问题的方式还是感觉到不大舒服。那些赖着不走的人也是外国人，我们这些不准备赖着不走的也是外国人，这种相同性在他的不满里实际上是很难加以区别的。而被审视与被甄别的地位，立刻使人明白他那种居高临下的傲慢所具有的与生俱来般的色彩。

后来一个非洲女同学曾经对我说过，她非常吃惊，吃惊于德国人会认为她不想回自己的祖国了！天啊，我的国家，那人人都永远在赤道的阳光里笑意盈盈的国家，岂不是比这里的阴沉与不苟言笑要好得多！她说这个话的意思我是懂的，就是要表达一种自尊，一种不容被怀疑的堂堂正正的尊严感。有谁愿意仅仅因为自己的面貌与肤色就被怀疑呢？

在这里的日常遭际普遍使外国人时时刻刻都意识到自己是外国人，在他们心中形成了一种无形的压力，一种挥之不去的紧张与郁闷。这是全人类的普遍课题，德国应该说已经属于处理得相当不错了，不过是还存在地区性的差异与不均衡而已。

莱比锡城市的古老与庞大中渗透着一种原东德地区的典型的衰败气息，高大厚重的古代石头建筑与苏联式的红砖板楼，都散发着陈旧与败落的味道；石头路面的马路上人车走过的时候发出

莱比锡的秋天

的那种咔咔啦啦的古老音响，也像是旧时光中诸多不幸与哀愁的持续回声，让人心冷。

这里人烟稀疏，大家普遍表情落寞，有轨电车稍微一走就从城市里到了落叶纷纷的树林之中，轨道上的、路边上的树叶，还有空中正在落下的叶片，都没有了阳光下的斑斓色彩，一律变成了灰黄的模样，它们在你眼前画出的纷纷的弧线，像是无数泪水的痕迹。

有意思的是，在国内，在国内那些著名的看红叶的景点，比如北京香山之类的地方，拥挤嘈杂的环境里，人比红叶多的状态里，大家好像都早已经脱离开了对红叶本身的审美感觉，红叶引不起我们的忧伤，只会因为自己的红而成为人们照相的背景。大自然敞开给人的美，大约本来就有忧伤这一种的。秋天的色彩和温度都为这种忧伤的美营造了足够的条件，可惜的是，在人多到了自然已经承受不了的程度时，人本身所应该有的美感享受也就不得不随着打了折扣。这就是为什么在德国一年之后自己就更深地体会到，德国所赐予我们一个重要的礼物就是让我们可以真切地体会了唐诗宋词里的氛围与境界。人和自然的联系在被切断之后重新被接上，这是德国给予的机会，也是德国让人流连不已的原因，更是我们内心的德国情结的最重要的组成部分。

莱比锡的有轨电车很是发达，几乎任何一个重要而有相当距离的位置都可以坐上这种颇有历史的古老交通工具快速到达。曾经在电车上遇到过一个背着书包的亚洲小孩，小小年纪的他，面孔中居然也完全是一幅地域性的寂寞。身体与肤色的异族特征还是让他在别人的目光里很早很早就读出了自己作为异类的事实。小小年纪就已经习惯了另一个民族的严肃与不苟言笑，习惯了以寂寞抵抗内心不安的无奈方法。我不时地看看他，发现他将目光长时间地挪向窗外，脸上一直是一副与他这个年纪的孩子不相称的落寞无言的表情。这种表情随着有轨电车的摇晃，随着报站系统里不紧不慢的德国男中音起伏，仿佛是车上的一个零件，不管怎么晃动，都一成不变。

在电车上，我曾经给一个抱着孩子的男人让了座，那男人一言不发，面无表情地坐下了，好像是理所应当一般。不过根据经验判断，也许人家认为你只是不想坐了，愿意站着而已。

很快就有旁边的一个男人从座位上站起来，下了车，但是邻座的男子把手里的包一下就放在了那座位上，意思是不让还站在一边的我落座……

这样一些很可能只是偶然的细节，在那样为敏感的情绪左右着的状态里，立刻就被自己捕捉住了。

偶然之间走到黄叶满地的莱比锡图书馆，走进去看看，穿着制服的警卫立刻奔过来问有没有图书证，说没有图书证不能进。这虽然是他的职责，但是他并不像德国警察那样将自己的职责行使得非常温和有礼，而是表现出一种咄咄逼人的不容置疑。或许这不过是“执法者”个人的问题，并不能代表什么社会的整体倾向，但是一个外国人接触多了类似的事情以后，就会不由自主地在心里进行总结。

我们所遇到的最糟糕的事情是电车上带自行车的问题。因为之前有的同学有过在电车上带自行车的经历了，所以天然地就以为是可以带的，不必买票。结果我们四个人搬着自行车上了电车以后，就看见从前门和后门几乎是同时冲上来几个穿着统一的夹克便服的人，面貌冷峻，动作利索，很有点电影里执行任务的便衣那种一丝不苟的劲头儿；那种因为绝对忠于自己的职守而在面对猎物的时候用动作表现出来的喜悦之情几乎都压抑不住了。

他们是从车厢两头开始挨个查票的。查票之前都将上衣的拉锁拉开了一段，露出里面带着自己照片的证件，这个集体拉拉锁的动作很有些煞气，好像是要挽起袖子来打人一样制造出了一种恐怖的气氛。显然查票的主要对象就是我们几个外国人，不过他们还是故意象征性地先问了问别人。我们拿出在整个莱比锡地区都有效的学生票以后，他们一点也不意外，立刻就问旁边的一个德国人，自行车是你的吗？那人回答说不是。我们说是我们的，他们立刻就问票呢？我们说自行车不是不要票吗？没有任何提示说自行车要票啊！

但是他们不容分说，立刻要求我们拿出学生证来，掏出本子来一一进行登记，那种终于逮住违章者以后的得意的事不关己而又幸灾乐祸的笑，开始出现在他们一直冷峻的面孔上。在这种情况下，被查的如果是德国乘客，那被查者的表现从来都是一声不吭的，你要证件给你证件，要罚款给你罚款，整个被查处的过程都寂静无声，你如果不是正好看到了还以为什么都没有发生呢。不过我们还是在据理力争；最后的结果就是留下了我们学校的电话。这个过程中的审讯一样的气氛和为自己的罪行进行辩解一样的解释，形成了一种很有舞台效果的公开场合的表演。结果并不十分重要，让你被迫参与表演才是目的。

经过这么一番折腾，电车再穿过黄叶红叶缤纷的森林，到达如海的大湖，那种壮丽的自然景色给人的喜悦之感就打了不小的折扣。不知道将来学校和他们的沟通能不能奏效，罚款是小事，被记录在案以后就成了污点，以后再申请德国签证可能都会受到影响。

当然，现在回忆起来，其实那一天我们骑车经过的环境，一路都是非常凄美而浓郁的秋色；翻看那天的照片，每每会为那样斑斓的秋水秋树所感叹；至于镶嵌其间的被查的记忆则越来越淡化了。留在记忆里的，只有凄美的自然，还有对于自己曾经真实地置身其中的庆幸与赞美。记忆的忽略功能使我们将不好的东西筛选下去，将美好的东西留了下来。

置身国外一段时间以后才会对什么是外国和中国，什么是别人的国家什么是自己的国家这类抽象的概念有了只属于自己的切身的感受。中国人在世界上的位置和那种自己作为一个中国人在外国出现的时候的意味，不是长时间地厕身其间，是很难获得只属于自己的感受与判断的。正是这种只属于自己的感受和判断让华侨普遍爱国，让漂泊者普遍思乡，让孤独的人普遍珍视爱情、珍视亲情、珍视友谊、珍视人和人之间平等而和煦的交往经验。在陌生的环境里自然地就会生出强烈的归属的需要，就会对自己原来的归属地产生强烈的认同，并以这种认同来抵抗在新环境里的不被认同，这是人类的原始本能，也是所谓“一出国就爱国”的现象的基本身心原因。

那一天，离开蔚蓝的湖水，旁边就是高大的森林，高大的森林中有著名的莱比锡动物园。在可以自由出入的部分，自行车道蜿蜒地在森林中前行，笼舍里的动物被一个区一个区地分别圈养着，供游人参观。我们的自行车在认真地凝望着动物们的孩子们身边经过，裹着寒凉的秋风的萧萧落叶纷纷坠下，成为我们之间、我们和他们之间的一层凄婉的帘幕。

动物园森林中的黄叶，比我们的胡杨林中的黄叶还要纯净。关键是树木都非常笔直、非常高大，通体的叶子都黄了，落下来的和暂时还挂在树上的都是黄的，那种美妙的一片金黄的情境实在是不能想象的。即便当时曾经真实地置身其间，事后也依旧会有一种难以确信的恍惚。奇异的是，类似这样金黄一片的唯美场面，给人留下的印象却是无尽的忧郁甚至忧伤。不知道为什么，那样的金黄一片之中的骑行历程中，大家嘴角上的笑意里总是有一股凄苦的意味。

回忆起来，莱比锡众多的湖泊河道水系，这些在夏天里最让人喜爱的地理环境，在秋天的冷雨中一律都成了冰冷的感觉的不尽来源。黄叶红叶在风雨的抽打中纷纷飘零，似乎只一瞬间就消失了颜色、化成了肮脏的泥土。不管是风衣被持续的秋风掀起一个角的老人，还是踽踽独行的异国他乡的学子，都凸显着此情此景之下的人们的普遍境况——孤苦无依的无奈处境。人类实在是脆弱的，地域与季节对人的影响如此巨大，一不小心就跌入了它们共同营造的深渊。莱比锡这个城市对于我这样非常喜欢没有到达过的任何地方，对地理与环境有着持久的兴趣的人来说，居然收获的都是如此凄凉的感受。

莱比锡时期的孤独感虽然已经开始发酵膨胀，但是毕竟还是有大自然这个伟大的怀抱可以依托，气候气温也都还允许每天都拿出课余的时间来在自然里寻觅与徜徉，这与后来在马格德堡的深冬里那种出门也不容易了的猫冬的孤独还不太一样。那时候被风雪封在屋子里，便只能用食物来抵抗凄凉了。吃辣椒与喝葡萄酒成了一种几乎每天都要有的“享受”，当然最初它们都是一种刺激与逃避。寒冷与孤独状态中的食物，对人类来说是尤其珍贵的。它们不仅可以抵御饥寒，更可以让身心直接获得慰藉，减轻孤独与忧郁。

干辣椒是出国的中国人的一种最好的携带食品，它轻，不占分量，可以带得很充分；它味道足，用最小的量就可以达到让人龇牙咧嘴的程度，符合花最少的钱办最多的事的原则；它味道强烈，可以刺激自己被国外无味食品弄得很没有生趣的嘴；它既可以协助别的菜，又可以单独成菜，在没有别的菜的情况下，只要拿出一小点来，就可以支持一顿饭，在没有别的调料的情况下，它完全可以独自挡脊，胜任几乎任何佐餐的任务。

喝葡萄酒的新习惯实际上从萨尔布吕肯就已经开始了，虽然伴随着那时候喝葡萄酒的往往是因为笼罩在生活中的兴奋与向往、讴歌与陶醉，当然还有认识到德国的葡萄酒实在是品质好的理性判断。不过到了莱比锡以及随后的马格德堡、汉堡、柏林，整个在德国的四季之中，葡萄酒都已经是不可或缺的佐餐之物，都是似乎直接可以喝到心灵中的最熨帖的安慰。

不论是吃辣椒还是喝葡萄酒，都是可以抵御寒冷、对付孤独感的良方。好在在莱比锡的秋天里，这一切还都没有到登峰造极的地步，视野和感受还都能对外，还都来自外面，来自外面的自然的观感。莱比锡时期总的来说是审美的，尽管是忧伤的美。

1813年战争纪念塔

1813年战争纪念塔的标准名称为莱比锡大会战纪念碑，它在那场会战一百年以后才建成。它是莱比锡的一座标志性建筑，是在周围任何一个方位、任何一个角度上，都能从很远很远的地方就能被望见的、宏伟高大到了超乎现代人的想象的古老建筑。即便是对于见惯了高大建筑的现代人来说，它的宏伟和高大、它超乎想象的粗

1813年战争纪念塔

壮，也依旧是极具视觉冲击力的，更何况还有近百年以来这绵延的岁月里的多少代人的观感沉淀。

纪念塔的高大和宏伟尽管是在城区里几乎任何的地方都能看到的不同寻常的形象，但是真到了附近，反而不似远处那么抓人眼目了，因为需要仰视才见了。巨大的石头底座和底座周围方圆很大的一块面积里的辅助建筑，都极力烘托着这宏伟建筑的宽大和高敞。连那直指着阴郁的天空的塔尖也是粗壮而有力的，没有一点点纤细感。它是古代德国人所崇尚的高大威猛、孔武有力的经典英雄形象与性格的直接表征。这样一座雄性力量十足的高塔镇压在充满了忧郁哀伤气氛的莱比锡，大约也是隐含着一种当初的设计者与建设者自己都并不在主观上有着明确意识的、环境美学层面的矫正意味。最初到达塔下的时候，也的确能将人们在莱比

锡的深秋里被灌满了的衰败意象一扫而空，在仰望与叹息里暂时脱离开那种见物伤情的悲秋状态。

仰望1813年纪念塔，塔下的水池和水池中塔的倒影，为这样的宏伟有力做着陪衬，让每一个置身其间的人都产生了一种不由自主地噤声的本能。买了在德国的景点一向都很便宜的门票进去，顺着高大粗壮并且平放的石碑样的楼梯拾级而上，登到大约塔的三分之一处，也就不能再向上走了。最后一段楼梯过于狭窄，德国人居然给装上了红绿灯，以示可以或者不可以上下，以

从1813年战争纪念塔上俯瞰

避免走到中间上去的人和下来的人互相顶牛。透过塔的四壁开出来的厚厚的小窗，可以俯瞰莱比锡黄黄绿绿的深秋景象，烟雨迷蒙之中的河湖水系在衰叶飘落的景象里，散发出一阵阵遏制不住的凉意。塔内类似教堂蜡烛似的古老的灯光，用一种宗教意味的晃动的光明，照耀着似乎由无数古人的血肉凝结而成的巨大的大理石石块；光滑的石块表面反映着塔内幢幢的影子，让你分不清楚哪些是自己的影子，哪些是游人的影子，哪些是古人的影子、哪些是牺牲者的影子……

在1813年战争纪念塔下的林荫道上，我们寻找着一个合适的角度照相留念。正在你照我照的热闹之中，回头一看，正有一个很显然是中国人的小伙子从这里路过，因为听见我们在说中文而正冲着我们微笑。那是一种因为长期不说话而导致不能发出声来的无比寂寞的微笑；那个微笑给人的印象是如此刻骨铭心，以至于在很多年后的今天，我也依然能清晰地回忆起他当时的模样。

国外的华人之间其实是不怎么打招呼的，尽管华人见了洋人不管认识不认识，只要是碰了对面都要招呼一声，点个头或者说个好。但是即使是和一个同胞照了怀，互相也都往往还是一副木然的样子。虽然都是不远万里从同一种文化中来，都在异国他乡承受着几乎相同的压力，遇到十分类似的问题，但是不知为什么就形成了这么一种心照不宣的普遍格局：以前不认识，以后也不想认识，现在更不愿意认识。分析其中的原因，有人说是怕错认了日本人，不愿意和日本人说话；还有人说怕有不怀好意的同胞以自己为目标下手，不认识反而安全；更有人说是一种个人出国以后的自豪感不愿意被同胞给类比下去……不管为什么，在海外华人之中，确实存在着这么一种轻易不和同胞说话的普遍倾向，然而那一天我们在1813年纪念塔的侧面林荫道上与那个中国小伙子擦肩而过却没有能说话，却并非受了这个“传统”的影响，而实在是忙着照相忽略了他主动传递过来的那个微笑。

现在认定他是一个中国小伙子，是因为只有中国文化中长大的孩子，在孤独寂寞的时候才会有那种特殊的带着温和的渴望的寂寞之情。那是一个人由孩子向成人转化的阶段而又身处远离父母的地方的时候，表现得最强烈的一种感情状态。于当事者自己当然会很痛苦，但是在事过境迁之后或者就会被认为是生命中的一个必然的成长阶段，是生命之美的一部分。

的确，在一个人的成长过程中，总是要经过这样的孤苦凄清的阶段以后才能逐步走向成熟的，孤独是一个人成长的必要阶段；没有体验过刻骨铭心的孤独的人，在其一生的成长经历中总归是一种遗憾。来海外留学，背负着家庭和父母的希望，背负着同学和街坊邻居的羡慕，到了德国，到了莱比锡这样冷漠凄凉的地方，浸泡到由经济压力、学业压力、交际压力，由语言障碍、文化障碍和气候障碍联合作用出来的无比的孤独寂寞之中，在这样一个黄叶飘零的黄昏时分，在这几百年前用无数与自己同龄的年轻人的血肉堆积起来的高大伟岸的1813年战争纪念碑下，远远地听到熟悉的乡音，看见几个国人模样的同族人在摆着姿势照相，却又仅仅是目光短暂地交集了一下，然后就马上为怀疑，或者是不确定，或者仅仅是一时的犹豫给错过了交谈的机会，实在是可惜。尤其是对于我们这些成年人来说，我们是不是有责任安慰一下这身处异国他乡，正在寂寞孤独之中煎熬着的年轻人呢！唉，很长很长时间以后，甚至是很多很多年以后的现在，自己的儿子也像那个当年的年轻人一样在海外求学了以后，自己一直都在为自己当时的没有主动打一个招呼而感到非常内疚，非常不能原谅自己。也许当时只要说出一句话，就能引起一番拉家常式的交流，就能在相当程度上缓解他甚至是自己的同样的孤独感呢！

我们互相照相的事情还在继续，我一再回头观察着那逐渐远去的中国孩子的身影，他走在1813年纪念塔侧翼的栽满了黄黄红红的叶子的大树的护堤上，像是一幅画里的主角，越来越远，越远越有味道，越远越让人揪心。

1813年纪念塔下是一个古老的墓地。墓地是我们在塔上的小窗口向下瞭望的时候发现的，从塔上下来，找到这墓地，里面却是大得惊人。步行者无论怎么努力去走，对于整个墓园来说，也只能在一个相对很小很小的范围内活动。这是地广人稀的欧洲社会的一种普遍现象，相对于人口来说地域是辽阔的，不论是居住还是建设用地都很富裕，都有足够的实用之外的审美空间。

从石碑上看，最古老的逝者已经远在中世纪，墓地的石雕建筑宏伟高大，人物造像栩栩如生，哀伤与悲痛的天使造像像本来是降临人间悼念死者，却因为过度悲伤而不能再起飞回到天堂。她们或者是收拢了翅膀扶着石柱哭泣，或者是坐在石棺上以肘抵膝低头哀悼着，身体的每个部位都严格地符合着人体的解剖学，似乎只要一旦灌注上血液，就都能立刻回头和你说话一般。见惯了国内石头造像的不以显示形象为重的写意或者说粗疏，再看这些欧洲的科学派、技术派的造像技艺，实在让人惊叹。一时之间，在这里我们已经完全没有了身处死人遍布的墓地的恐怖感、不适感，竟都沉浸到艺术欣赏的饶有兴致里去了。

从墓地里抬头看1813年纪念碑，突然明白：其实是墓地在前，建纪念塔在后。纪念塔本身其实就是为进入墓地的战争英雄们竖立的与墓地里别的纪念碑与雕像有同样意味的东西，不过是因为它过于高大了，独立成了一个景点。

从这墓地里仰望1813年纪念塔，似乎这塔也是为了纪念墓地里所有逝去的人的一种标志，是人类对自己之前的所有曾经生活过的同类的一种不能忘怀的标记。这样的标记显示着人类精神世界的高贵，也显示着所有人内心深处一种不便直说的脆弱。人性的这种强大与弱小其实是同时存在的，虽然承认这一点很多时候让人不大情愿。好在仰视着的角度使人不能太长时间观望，因为纪念碑过于高大，在它脚下不抬头也就不再感到它的存在了。

离开墓地和纪念碑的电车在铺满了落叶的铁轨上骤起骤停，走得越远，身后的塔碑就越是轮廓清晰，周围的人物景物却在淅淅沥沥的冷雨里变得格外模糊。这些在国内的时候被追逐着去观赏的红叶黄叶，在莱比锡却成了我们努力躲避着的某种凄凉的标志。

1813年战争纪念塔设计建造的本意是对战争的纪念，是对牺牲者的怀念，但是它在莱比锡平原上矗立了近百年，收获的却不是雄伟的壮怀激烈，而只是无声的忧郁。这是莱比锡地区特定的环境氛围和历史积淀的共同结果，也成了我对于这个异国他乡的城市永久的记忆。

晁桃（ZSCHORTAU）

我们学习和居住的地方实际上距离莱比锡还有火车三站地的距离，是莱比锡西边的晁桃。晁桃这个名字单看德语中国人是很难发出音来的，及至德国人读出来才知道这几个字母在一起能发出这么一种音来，很是奇特。这个发音奇特的所在，实在只是一个村庄，一个在广袤的平原上被火车线与城市拉近了的村庄。它东距莱比锡大约三十公里，向着东南西北各个方向走下去似乎都是无边无际的平原，再向西虽然也有些不易察觉的起伏坡地，但是比之德国的标准样貌的丘陵那是低矮了很多很多了。

作为一个村庄的晁桃和平原上普通的德国村庄没有太大的区别，村子中间有一处小小的湖泊，湖泊边上有被涂了鸦的木质座椅和桌子，被雨水反复淋湿过的木头椅子上已经有了青苔的痕迹，湖泊周围有高高的水草和在水草中栖息着的野鸭与天鹅；湖边那布满了涂鸦的广告牌前，经常有穿着裤裆耷拉到了膝盖以下的小青年在拎着啤酒瓶子喝酒，一边喝一边畅谈着什么鸡毛蒜皮的杂事抑或什么遥远的笑话，像德国和欧洲社会里别的地方一样，这些年轻人将自己青春的能量用这样的方式做着在成人社会看来很是无聊的发泄。

这里道路开阔，村舍高大，而道路边缘和房屋顶上却经常可见那种往往是因为人迹罕至而滋生出来的茅草与花朵。事实上，晁桃的很多民房的外墙就是那种泥皮的结构，看起来很原始，但是却绝对经得起风霜雨雪的侵蚀，奇迹般的没有任何脱落的痕迹。前后院落里还经常有硕大的苹果树，在这个季节里正果实累累地沐浴在秋天光光亮亮的阳光里；你走过这样的院落，如果主人正在院子里的话，和他打个招呼，赞颂上几句，他就会很自然地请你摘上几个苹果吃。那样的时刻，你和他，和整个环境的关系就臻于一种和谐的完美之境了。这是莱比锡城里不可能有的化境。

晁桃作为一个村庄与别的普通的村庄不一样的是，在村子的西南边缘上有一处古老的城堡式的建筑群，这个建筑群没有围墙却有着河流的自然回护，河边树木丛生茅草高起，虽然很多地方都可以自由通过，但是毕竟形成了一个相对独立的空间。这个巨大的独立空间里有几栋三层的大楼，是的，三层就可以在多是平房建筑，最多也就两层的晁桃称“大楼”了；大楼古老的外观和现代化内饰的强烈对照效果是我们在德国经常可以看到的一种化腐朽为神奇的建筑理念的又一成功例证。它们在林莽一样的环境中伫立的姿态，显得稳重甚至笨重，内在的却是现代化设施极其完备的典型的德国居住条件，水暖电设施不仅一应俱全而且质量绝对上乘，经久耐用，毫不含糊。二十四小时热水和即便是夏天在理论上也是可以使用的暖气，都让人惊喜。网络接驳与电源插头都非常方便，门也是那种隔音、防火的门，窗户更是那种上下开与侧开结合的沉重却实用的构造。德国的先进与发达，体现在其城乡一体化的绝对进程已经完成，体现在从柏林、法兰克福那样的大城市到晁桃这样的小村庄，在硬件设置上、在人居条件上的几乎没有任何区别。在这样的村庄里居住与大城市的不同，也许仅仅就是到达建筑物范围之外的田野与森林的距离而已。在村庄里住着，与自然更近。

这一处园林建筑与学校设施使整个晁桃村具有了一种学生城的特殊地位，往来于村子西北的火车站与莱比锡之间的就不再只是互相都认识的村民了，还有学校的工作人员和世界各国的学生。虽然学生的数量变化不定，但是一般都不超过百人，这显然与我们印象中的中国概念里的学生城是大异其趣的，但是在人烟稀少、年轻人尤其稀少的德国东部平原深处的小村落里，这已经是一件相当有规模的事情了。一批学生走了，一批学生来了，一批学生来自罗马尼亚、坦桑尼亚，一批学生来自俄罗斯、中国，一批学生中有德语优秀者和村民交朋友，一批学生中有自行车爱好者总是骑车在村中穿行，这些林林总总的事情都是晁桃村里的

晁桃西边的黄昏

大事，都会被村中的人们观察和议论上一段时间。

之所以说这个位于晁桃村的边缘上的学校是一处园林，一是源于其历史，再就是因为现在院子里到处都是参天大树，栗子树、核桃树在这个季节里都已经是果实累累，苹果树、梨树也都风过叶响，喜人的果实垂垂荡荡，林间小径上蘑菇丛生，茅草萋萋（茅草都像是被人加工过一样顺着一个方向垂着长长的头发一样的草茎），一派自然景象。坐在教室里上课，或者躺在卧室的床上，都可以在不经意间瞥见大大的叶子正在纷纷扬扬地落下，都可以明确地呼吸到外面院子里与原始的林莽田野完全一致的清新味道。这和在萨尔布吕肯住在森林里的美好感觉虽然同样美好，但又有一番不一样之处，在保持着与自然亲密无间居住状态的同时更接近于人类生活的气息，更接近于同样生活在这样的美好环境里的邻居。

很多很多年后，我曾经在网上问一个当年的同学，对于晁桃的记忆还有些什么？她说：夕阳。硕果累累，秋凉，蜿蜒的慢跑小径。院子里硕大的落叶。潺潺的溪水，高大的树木。午后的茶桌，洒满阳光的餐厅，有落地窗的教室。一边上课一边能看到落叶。那种景色使我不能相信当时我真的在那儿生活来着，还让我想起了福尔摩斯所写到的英国。好像穿过小径就能发现某些蛛丝马迹……

这种既有现代化的生活设施又完全与自然融合在一起的生活，在自己以往的生活里，想一想都是一种极大的奢侈；但是在当时，这样童话境界的美妙秋色，在那种特定的生活情绪之中所感受到的，却只是对正在发酵的发自生命深处的忧伤的潜滋暗长。因为一切的一切，大自然里的一切都正经历由盛而衰、由夏而秋的没落过程，美则美矣，却是一种凄美，一种哀凉之美。

最先给人这种凄凉而哀婉的审美感觉的是晁桃的夕阳。在刚刚住下以后的某一个黄昏，不知道是谁发了一声喊，大家就纷纷向着村子西边跑，跑到村边上去看原野上正在进行着的日落，辉煌的日落。漫天的云霞被日落时分格外的辉光给映照得异常缤纷，因为没有任何污染，没有任何山脉与烟气的遮挡和阻碍，所以这夕阳来得格外透亮，透亮到了大家似乎从来没有见过的程度！云彩或者是在鲜红、粉红、淡红之间转化，或者只是镶嵌上了彩色的边儿，都以西天上的太阳为中心轮轴一样地辐射着，仿佛舞蹈中人人的手臂都伸向伟大的中心人物一般。而平坦到了依稀露出地球弧形曲线的平原上，不论是村庄还是树林也都在这迅速变化的璀璨光芒中做着转瞬即逝的颜色轮换，一抹抹霓虹样的

枭桃西边的大地

光芒照彻人间。

这彻底敞开的无遮无拦的光芒，让每一个面孔上已经抹上了夕阳光辉的观看者都惊喜异常，一时之间大家都激动不已，那漫天晚霞在整个天空中绚烂的表演之下，每个人的脸上都洋溢起了说不清是天光还是血色的红晕。为大自然的一个正常的时间段落而激动，这在我自己过去的生活里已经越来越成为一种奢侈，越来越成为一种需要到西部才有可能经历一下的奢侈。然而晁桃人、德国人自古以来都沐浴在这样的光辉里，沐浴在这样大自然馈赠给人类的最基本也是最高贵的时间流中。

开始的时候大家还都是兴高采烈地追逐着，奔跑着，不时地举着相机拍照，随着太阳越来越接近地平线，天上的辉光越来收敛到了太阳周围上下左右的一小块地方，大家突然都噤了声，也不再奔跑，甚至忘了照相，只是站定了默默地遥望着那无声的落日迅速收敛了自己刚刚的辉煌，逐渐熄灭，逐渐在地平线下去结束了刚刚还是那么激越地脉动过的生命。

这场由光辉灿烂开始，到熄灭于灰黑色的遥遥无边的宇宙深处的夜中结束，与大自然绝对贴合的追逐，让人们第一次领教了晁桃纯美的自然风貌后面的冷冷的沉寂本质。此后每每在下午下课后自己在原野上向着夕阳跑步的过程中，这种沉寂的本质就一再呈现在自己心里，虽然知道它具有一种负面意味，但是自己却又不能自拔地陷于其中，日日留恋，近于要留下永恒的印记一般的刻骨铭心。

虽然当时周围并没有看到任何一个晁桃本地人，但是我们这么大规模的奔跑与欢呼及至后来的静默，大约不会一点儿也不引起人家的注意的。这场外国学生集体追逐着夕阳的景致，大约在德国人看来比夕阳本身更值得注意。他们大约无论如何也难以明白：为什么这里的一场日落能激起他们那样异乎寻常的激动？他们的国家的日落是什么样的？难道不是一个太阳？

有了这一次的经验之后，我便经常去看夕阳，去看西天最后一抹光。光与影最后的纠缠之中，野鸭鸣叫着冲上天空。叫声由近而远，形状由大而小；它们排成人字，或者一字，在天空中光线依旧明亮的部分形成异常鲜明的黑色痕迹，不断变化着越飞越远、越升越高，好像它们的窝在天上，它们完成了白天在人间的使命以后，趁着黑夜到来的最后一段时光踏上回程，回天上赴命去了。每次在落日以后的余晖里遥望和伫立、漫步和遐想，都让人有一种随着那些鸟儿飞上了天空的悠远与惆怅；都会有一种莫名的感怀和足以让人啜泣的寒凉袭来，衰弱和无助的个体在宇宙的洪荒里无依无靠的飘荡的感觉，突然就生长成了一种挥之不去的黑色梦魇……

实际上这晁桃村西的大地是非常美的。当然时间最好是早晨、上午或者就是下午吧，只要不是这样黄昏之后的黑暗里。总之是白昼之中的任何时候，你只要置身其间，便会全身心地沐浴到它的美中。

晁桃村西的平原上道路两侧，都有两行大杨树护道，大杨树金灿灿的叶子在风中哗哗啦啦地响着，漏过洒金一样的光点儿，装点得秋天有声有色，并且形成了一道道高高的树行组成的由近而远的行列，这样的行列因为没有建筑阻碍视野，没有山坡躲藏走向，所以都有很好的透视效果，都形成了某种微妙的倾斜。这里是平原，一望无际的平原。地平线似乎都在倾斜，倾斜着露出了地球的弧度，让人不由自主地就在想象沿着这样的道路一直走下去，走到那地球弧度的顶点上去看另一面的景象。

在这些弧度线上，生长着成片的野苹果树、野梨树，这个季节已经是果实累累了，红的、绿的、半红半绿的，风吹雨打之下地面上的草丛里已经有了很多腐烂的落果，长在树上的即便是在伸手就能够到的位置上的，也都没有任何被采摘过的痕迹。

德国原野上的果树，不管是苹果、梨，还是海棠、樱桃，都是鸟儿们的食物，是野生动物的重要食物来源。德国已经形成了一种根深蒂固的文化传统和习惯：人们宁可去超市里花钱去买，也不会采摘野果。野果装点了郊野，成为人们审美的对象，同时也养育了越冬的鸟儿和一些小型的野生动物。但是这并不妨碍人们在经过这些树木的时候顺手摘取一两个苹果或者梨作为品尝自然馈赠的意趣。尤其是那种葫芦形状的梨，非常酥软，给人留下了极其深刻的印象。这也难怪，当时国内是罕有这种梨的；直到近年来，这种梨才大规模上市。

晁桃村子里的园林在深秋季节里的萧条，与村外这种广袤视野里的空旷，实际上为当时自己内心里的惆怅之意做了极其强烈的推波助澜的背景陪衬，及至后来它们实际上都已经不再是背景，而竟然是惆怅本身了。在这样在地理上远离中国，但是在自然意象上却是与中国古人的描述非常接近的土地上，中国古人所谓的悲秋情怀逐渐在自己心里发育起来，并渐趋成熟，成为一种刻骨铭心的既万分痛苦又十分审美的奇异心理过程。事后它的确是可以被轻描淡写地归结为心理体验，归结为审美，归结为优美的环境、纯净的季节里的一种忧伤病，但是在当时，在当事者的自己来说却是有着一种仿佛无论如何都再难以跨越过去的深渊样的苦痛。当时的环境与处境造就了自己的惆怅，而后来环境中的一切的一切也都被笼罩上了自己内心这种忧伤的色彩，大自然里的什么样的东西，都会在自己眼里变得像是林黛玉目光里的万事万物一般，让人触物伤情起来。

这种情绪的蔓延与抵抗这种情绪的努力一直相伴相随，僵持之下，难分胜负；投身自然的十次八大湖之行是有效的，之前也采取了不少其他方式的努力，比如刻苦学习，比如逼迫着自己每天必须背多少单词，还比如和同学们一起去拍什么摄影小说。八大湖是需要专门讲述的，这里先说说摄影小说的事。

在火车线上，晁桃和莱比锡之间只有一个叫作“MESSE”的小站，这个德语词的意思是“展览”；那是一个作为莱比锡展会专用场地的小小村落，在没有展会的时候几乎没有人。不管有人没人火车都会在那里停上一分钟不到的时间，停了，有人按了按钮门开了，然后门又自动闭了，火车立刻就启动。在没有人上下车的情况下，一般只停四十秒左右，有人上下车也不过停一分钟而已。

“MESSE”的现代化玻璃钢建筑因为没有热闹的人群点缀而显得格外冷落，在没有展览的日子里这里近乎一座空城。阒无人迹的街道和空旷的广场上顺着地皮刮过阵阵秋风，让人不由自主地就会盯着每一处地面上的缝隙研究，研究这样的地方怎么能生长出财富来，怎么能让生活在这里的人们有饭吃？而实际上，莱比锡博览会在世界上都是负有盛名的，一年四季，这里的展览源源不断，络绎不绝。展览经济正是当地的一项重要产业。

在一座充满了衰败气息的城市边缘上，建立这么一个展览之城，这么一个挣展览钱的经济体，在当时的德国所代表的国际潮流中已经是惯例了，在现在的中国也已经开始流行。各个城市的国际展览中心纷纷移出城外，并迅速以展览为中心形成了新的城镇。莱比锡的MESSE在我们从晁桃到莱比锡和从莱比锡到晁桃的来来回回的路径上的反复出现，无疑强化了我们对这个奇特的展览之城的记忆，这大约也是当初设计者的初衷之一，不仅是要“MESSE”与城市之间有方便的火车线路联系，同时也将其名称作为一种火车上反复被说起和看到的地名，做最自然的广告宣传。

从晁桃到莱比锡或者从莱比锡到晁桃，一向是空荡荡的火车每次经过“MESSE”，每次那么程式化的停靠与迅速启动之间，这座展览之城寂寥无人的空旷都会进一步加深自己内心里的落寞之情。这座没有缘由地被抛弃在这里的孤城，也在相当程度上对应了自己在这个辽阔的秋天里无限放大起来的惆怅的心。

在那天夜行的列车上，遇到一个将自行车的大弹簧锁套在脖子上的红衣姑娘。她红色的衣服在镜子一样的车窗上映照出几个同样的形象来，显得格外引人注目。德国女人普遍身材高大而强壮，还有不少人抽烟、喝酒，虽然眉目远比亚洲女人要分明，眼睛也大，身材也好，腿长肤白，但是在我这个异族人眼里却总是没有同族异性那样让人能意识到她们异性的身份。这大约就是一种种族的分别感，是与生俱来，在民族各个成员身上或多或少都会有的一种自然驱力。当然这一点也不妨碍和异族异性之间的交往，相反因为少了那种异性的张力，反而会更加大方和自然。这次因为正好相邻而坐，偶然目光相遇，便点点头，慢慢地攀谈起来。

与在晁桃实习的姑娘合影

她家在莱比锡，工作在晁桃，于是每天都带着自行车坐火车上下班，从莱比锡到晁桃，从晁桃再返回莱比锡。在德国女人里穿红衣服的是很罕见的，她们和德国男人一样一般也会选择素色衣服，从来不大红大紫，在素色里体现一种贴近自然的雅致已经成了深入人心的不变风尚。所以在寒凉的莱比锡，在肃杀的秋天里，她的这一袭红色的绒衣就显得格外有生气，格外让人愿意和她说话。她实际上是还在实习阶段的大学生，这一份骑车加火车来去的工作机会还是未知数；举止态度之间还有一种人生尚未真正开始的淳朴与憧憬的味道，尽管表面上也是与周围的漠然的莱比锡保持着同一步调的不苟言笑。她礼貌而矜持地回答着问话，说实习和工作之间往往并不存在必然的联系，实习报告既是毕业前需要获得的一个证明，也是实习单位给合格的实习者唯一的承诺。她毕业以后能不能就在晁桃工作还完全是未知数，而且自己是不是已经下决心就留在莱比锡了，也处于不确定状态。列车窗外早已经是快速降临了的黑夜，对面映出的红色衣服和年轻的面孔，连同我们与她对谈的样子，在绝对纯净的德国空气里都一清二楚、细节分明；不过，这样确定的形象，所叙说的却是一堆完全不确定的事情。

据说德国东部的年轻人都去西部找工作了，留下来的人只是少数，而即便是在东部上了大学的，最后留下不走的也不多。莱比锡作为东部的大城市，毕竟是提供了一些就业岗位，给年轻人的发展留下了一些空间，但是这些空间究竟有多大的增长潜力，未免就有些含混了。尤其是在这样的秋风秋雨愁煞人的季节里，深入到大家心里的最具体的感受几乎无一例外都是非常渺然的。

在莱比锡火车站巨大的石头建筑门廊外面，她推着车子消失在了人群中。莱比锡火车站可能要算是整个城市唯一人气旺盛的地方了，除了凌晨没有火车的那几个小时之外，这里总是呈现着一种熙熙攘攘的颇为繁荣的景象。这样在国内一直被我们所逃避的过分的热闹，在这里却成了某种被人们追捧的东西。因为这样的热闹与繁荣是出现在整体的萧疏之中的，在整体的萧疏里，这样的繁荣和热闹正可驱散人们心中那种没着没落的寂寞。

我们夜里到莱比锡来，是去街头拍摄一组略有情节的所谓摄影小说的。德国的城市里出人意料地保存着很多国内已经越来越罕见的过去时的设施，比如录像带租用店，比如电话亭。某种设备或者设施一旦落地，大家都习惯其存在、清楚其功能也养成了使用的传统，存在到了大家的生活之中以后，就拥有了相对的稳定性，就不会轻易地被淘汰。这在过去也许是一种美德，念旧，不浪费，资源不闲置，但是在如今这个发展越来越快的电子时代里，这样的状态就多少显得有那么一点落后了。

那天夜里，在清冷的莱比锡街头，我们几个人煞有介事地在一个电话亭的里里外外摆着姿势，反复矫正着表情，热热闹闹地折腾到最后必须去火车站赶最后一班火车的时候。算是有意识地为莱比锡和晁桃寂寥的生活添加了一点有热量的意趣。

从莱比锡出发

莱比锡城郊有巴赫的故乡，有歌德的故居，有原来魏玛共和国的领地，是历史上诸多重大事件的发生地与很多重要人物活动过的地方。这在莱比锡火车站对面的信息点儿（INFORMATION）处都有免费的地图和小册子介绍。它们既是这个城市的传统的骄傲，也是现在能说得出来的著名旅游资源。正如对于本地人来说这些所谓资源因为已经是与自己的日常生活场景融汇在了一起的基因，所以从来不会格外注意一样，我们作为相对长期的居住者而非一般意义上的走马观花的旅游者，也有一种普遍的熟视无睹的意思。虽然我们也大都每个周末都会选择去一个著名的地方，去看了巴赫任职过的教堂、巴赫翻译《圣经》的老房子和距离那老房子一箭之遥的密林中小山顶上的城堡，去转了原来的魏玛共和国，仰望了歌德和席勒两个伟人在一起的雕像，去遥望了当年歌德和巴赫行走过的丘陵地带；但是，我们无疑更在乎的是那些呈现在历史的表面也就是当下的风景与状态。这样能将历史与文化都已经确认了的景点与我们无时不处地生活于其间的自然环境、人文环境结合起来的感觉与认知，正是长期居住状态下的异地审美的巨大优势。理智告诉我，两者不可或缺，一定要得而兼顾，才能广有所获，才能将审美与感知的触角最大化。正是在这一原则的指导下，自己尽管一再在非景点的城市街道或者乡间原野上漫游，但是也并没有忽略那些游客纷纷的德国景点；何况这一时期在这些景点旅游的过程，其实也正是对自己日益严重的忧郁所采取的一种主动治疗方式，尽管后来被证明基本上是无效的，甚至反而是有推波助澜的反作用的。

在莱比锡照例在周末的时候和节假日去了周围一些地方，比如上面提到的巴赫同时也是马丁·路德的故乡爱森纳赫、歌德的故乡魏玛、可以俯瞰易北河的“小瑞士”山顶城堡，以及素有欧洲阳台之称的德累斯顿和教堂林立的古城哈勒。

巴赫的故乡，同时也是马丁·路德的故乡爱森纳赫，是一座优美安静的古典气息浓郁的小城，城门还保持着中世纪的原貌，是人类在步行时代里的那种窄小而雄伟的坚固建筑。所有能够得着的边角几乎都被人们的手给抚摸平滑了，历史在这建筑上留下的痕迹除了风雨，就是这无数生命曾经的往往都是不经意的摩擦所留下的颜色暗淡的光滑；市政广场上石头砌出来的窄窄的小河，始终有洁净的流水哗哗流淌。出售的鲜花和自由的鸽子，将这有流水的广场，有古老的桁架结构的房舍为背景的广场，点缀得一片生机。

当年这些名人的居所还都完整地保留着原来的样子，用非常便宜的票价买了票就可以进去参观。而距离小城千米之外的小山顶上的瓦特堡（WATERENBURG）则是人们在城市旅游之外必去的一个自然景点。说是自然景点也并不很准确，准确地说那是建立在一片山林拱卫之中的最高处的古老城堡，城堡门前的大炮是历史中无数硝烟弥漫的段落的仅存见证，城堡里面狭窄的高处则是现代游人争相拍照留念的地方。这里早就是被列入世界文化遗产名录的著名古迹了。巴赫在这里演奏过，马丁·路德在这里将《圣经新约》全本从拉丁文翻译成了德语，不仅原汁原味地传递了《圣经》的原始信息，而且奠定了德语的基本规范。而歌德也曾经在这里住过很长一段时间，因为从这里瞭望原野、森林和大地，视野非常好；他还协助当地人重修了古堡。

爱森纳赫这样童话一样的古老小镇，历史深厚、名人辈出，同时又森林茂密、风光秀丽。在秋天的斑斓多彩中，盘桓其间，人类生活的宗教、音乐、文学的光芒与大自然的浩瀚无涯的壮丽融合汇铸，流连忘返之情总是会在顺着参观路线一一走完了所有景点之后油然而生。这样的地方需要慢慢地漫步着观望与怀想，需要将最初的新鲜沉淀以后细细回味。不过现代人，现代的旅游者，已经很少有谁能有那样的闲情逸致做纯粹审美的关照了。

离开爱森纳赫，重新上了火车，去歌德故居所在的魏玛。

魏玛共和国的大名和歌德旧居的声望，使魏玛成了到达莱比锡并住在晁桃以后首选的旅游景点之一，这里还是尼采待过的地方，还有音乐家李斯特等人的故居，还有著名的包豪斯博物馆，林林总总的景点数不胜数；而盘旋在自己头脑里的，却一直是关于歌德拄着手杖在魏玛郊外的丘陵地带，遥望与俯瞰整个魏玛共和国的大地的时候的那种宏观景象；那种人在广袤的地理环境中的美感。那是歌德散步必去的地方，是他的思索重新从大自然中获取动力的所在。

像到达任何一个德国的城乡所在地一样，到达魏玛也很方便，拿着周末票可以不必再花钱就再次坐上火车，离开巴赫的故乡，倒上几次车以后下了火车便是了。

魏玛火车站小巧简单，内外装饰简朴大方，有一种我们想象中的火车站所绝对没有的亲和感。出了站回身照上一张相，以作为一个地方的主要象征之一，这是我们旅行时的习惯。魏玛火车站的这张照片在日后被自己一再端详的时刻，总是会将其前其后的行程与行程中的情绪都一丝不乱地给带出来，仿佛成了一个进入过去的窗口。

像所有德国火车站一样，魏玛火车站卖票主要靠自动售票机，没有检票口，没有安检，除了一男一女并肩缓行着巡逻的警察之外，几乎看不到任何工作人员。不管买不买票进出都是完全随意的，即便是推着自行车也可以自由地行走在候车室和站台之间任何一个地方。来来往往的火车也是正好在本站形成一种向任何一个方向出发都间隔一小时会有一辆车的频率，这趟车错过了可以再等下一趟，车票一天都有效。旅客内心里没有我们的火车站上大家那种普遍的焦灼感，能不能买上票，能不能快速通过拥挤不堪的检票口，能不能有座位，行李有地方放没有，座位周围站着的人是不是会太多等在国内司空见惯的问题，在这里全都是不可想象的。在德国，在魏玛这样随便一个车站上，这些早就不再成为问题。

这样领略着德国火车站的轻松与顺畅走出来，来到古老的魏玛共和国的土地上，熙熙攘攘的人流，基本上都顺着一个方向行走，顺着指示牌上标明的歌德故居的方向行走。中间路过歌德与席勒站在一起的雕像，路过席勒故居，最后到达歌德故居。进到屋子里的第一层是免费的，里面挂满了歌德在这里生活着的时候的照片和生平介绍，纪念品也在这里出售。

因为时间已经到了下午关门的时候，也就没有进到歌德故居里面参观。在多年前的名人生活起居场所里盘桓的那种真切想象，对于他住在这里的时候目光可能凝望过的所有方向的切身体会，实际上是参观名人故居的时候的一种独有的乐趣；这种乐趣必得非常从容才能有所收获，时间太紧就成了走马观花而了无所得的旅行团式的到此一游了。那样仅仅满足于看过、转过、照相过的旅游，实际上除了具有将你生命中的这一段时光填满的功能之外，便乏善可陈了。现在，自己在莱比锡周围这样的著名景点里的例行公事似的抵达与观看，便正如所料地具有了那样将生命中的一段时间填满的功能：至少在被填满的这一段时间里，你不会感觉到忧伤，不会被凄清的情绪所纠缠……

在萨尔布吕肯时期有很多人去了巴黎，到了莱比锡，更有同学计划去布拉格旅游，先在网上查了布拉格的各个景点，满怀憧憬地联系了旅馆；票都买了，人也出发了，但是在捷克与德国边界上却被上火车检查的捷克警察给拦住了，说什么也不让入境，必须立刻下车。他们出示了在布拉格预定旅馆的凭据也没有用，连德国警察也帮着说项，但是捷克警察就是不让进。他们只好无功而返，在德捷边境下车，再重新坐上德国的火车回来，白白损失了些旅程费用。当时捷克还没有加入欧盟，还不是申根国家，申根国家不准他们的国民入境，他们就不准申根国家过来的任何人入境。这或许涉及国家尊严，必须严格执行，但是对于旅游者来说，他们的拒绝就显得很无情，其实不利于树立自己国家的形象，同时也更是一种经济利益上的直接损失。这件事的教训便是所有人都放弃了布拉格旅游的计划，并从此对捷克这个国家有了这么一个最简单也最直观的认知。的确，在德国待久了，任何别的国家在你眼里都会相形见绌；虽然更多的时候是成功地到达了另外的国家，但是每每都会不自觉地进行对比，对比秩序、对比规则，一旦回到德国就会长长地舒上一口气，终于回到了安定与确定之中，回到了绝对秩序与绝对规则的安全与安详里；尽管这样的安全与安详只是为了他们自己的国民设计与建设出来的。

八大湖

治疗啮食心灵的孤独感的办法，能用的都用过了，其中最有效的还是投身自然。骑车奔向德意志东部平原上的村庄河流与湖泊，奔向原野上那些壮丽的日出和日落，在汗水里，在一个一个新鲜的从未到达过的地方，在新异的风景里收获观感上的审美愉悦与内心中的由疲劳作为基础的满足感。虽然有时候风景越是唯美，内心越是忧伤，但是高远广袤的森林湖泊本身的美丽，无数细节上的光影色彩的诱惑，还是能够在一定程度上填补因为忧伤而出现的空虚感的。这个填补的过程是缓慢而渐进的，不是一天两天就可以完成的，人从忧伤之境里拔出自己的过程也不是指日可待的，而是一个长期的舒缓的过程。大自然对人的抚慰与治疗，像是春风化雨，也像是秋阳暖心，自有只属于它自己的节奏。

虽然说湖水和河流这个季节里已经成了凉意的来源，成了惆怅的造就者之一，但是人们的本能还是要逐水而去的。自己在几乎每天都要端详上一会儿的本地地图上，发现了晁桃北边大约二十多公里的地方有一连串的八个大小不一的湖泊。这些蔚蓝色的不规则水面点缀在森林与道路之间，呈现着一种远离尘嚣、远离人群的幽幽然的吸引力，让人畅想不已。于是就开始骑车向着那个方向去探索，自己也没有想到，从第一次开始便一发而不可收，在以后的不到一个月内，自己利用课余时间、利用节假日，居然连着去了十次！去八大湖湖边，去湖边的森林，去环湖的公路，甚至是去环湖各个方向的村村镇镇；周末去、假日去，即便是下午下课以后也会不计时间地出发，回来的时候甚至已经到了后半夜。如果说那些以晁桃为根据地的大家公认的旅游点的旅游是旅游的话，骑车去八大湖，对于自己来说则已经不是旅游，而是完全彻底的心灵寄托了。

那一个月里，只要有时间，自己每天都想着再去一次八大湖，只要当时身不在八大湖，就会立刻沉浸在对八大湖的回想与向往之中。这个被自己想当然地命名为八大湖的广袤的遍布湖水和森林的自然风貌被保护得非常好的地区，成了自己在莱比锡、在晁桃的一个月时间里记忆最深刻的地方，也顺理成章地成了自己关于德国的秋天的个人化感受的最主要来源。

第一次去八大湖完全是根据查看地图的印象，按照大致的方向探索着前进的，怎么离开晁桃，怎么穿越一个又一个村庄，怎么到达八大湖，进去以后怎么走，一切都是未知数，一切都需要自己去探索。对于未知的道路与地理形势的探索一直以来都是能让自己特别兴奋的事情，怀着探索的兴奋准备好吃的、喝的，准备好照相机，给电池充好电，然后骑车出发，立刻就进入到了一个人纵身到陌生而新鲜的异国他乡的地理格局里去，进入到了一种物我相忘，只剩下了眼前的道路与建筑、眼前的风景与天光的美妙里。

去八大湖的路上，连接一个村庄和另一个村庄之间的乡间小路边上都是果实累累的苹果树。这个早晨，一个中年人正站在树下摘苹果吃，突然看见我骑车而来，惊讶地凝视着我这外国人骑车行走在他每天走过的乡间小路上的情景，他便似乎连咬苹果都忘了。自己于是高声招呼了他一句“GUT GESCHMEKT”，意思是“好味道啊”。他立刻点着头，也高声回应着，互相招了招手，然后又开始咀嚼嘴里的苹果；这算是将这种偶遇做了最为完满的协调。一个能在早晨的路边随意地摘个苹果吃的汉子，是生活在怎样美妙的环境之中啊！尽管他自己未必能意识到。

连接乡村之间的小公路不宽，甚至可以说是窄的；两侧的苹果树果实累累地随着这小公路的蜿蜒而延伸，两侧广袤的田地上横平竖直地排列着在深秋季节里依旧茂盛的甜菜；这些蓝色的甜菜非常耐寒，即便是下了雪也不会冻死，只待气温稍一转暖便重新开始生长。这些甜菜并非直接用于饮食，而是榨糖用的。在国内这样大面积的甜菜种植是非常罕见的，我们的土地更加珍贵，需要尽可能多地种植粮食和可以直接食用的蔬菜。德国的土地则仿佛完全没有粮食生产的负担，不仅所谓经济作物应有尽有，而且每一块地都是种植一年休耕两年，在大地上望见一片片草原一样的“荒地”景象那是一点都不奇怪的。

正如一些来中国旅游的德国人会说他们喜欢中国的理由是因为人多热闹，哪里哪里都人气旺盛一样，当德国人听我们说我们之所以喜欢德国是因为德国这清闲的土地、这蓝天白云的时候，他们也会很难理解。各自从自己的环境里来，对源于自己环境里

去八大湖路上经过的村口古道

的从来如此的东西往往就会忽略掉。但是无论如何，人多的优势总还是不如环境优美的优势来得更高级一些的。作为一个老牌的发达国家，德国的环境之美，实在是它综合国情国力的一种最直观的表现。

德国乡间的人物景物植被建筑都有一种异常的清晰，一种似乎是近视眼刚刚配了一个度数稍微大一点的眼镜的时候，眼前的世界全都格外清晰的那种清晰。没有任何环境污染，空气的透明度极高，能见度极高，一切眼前的物像实际都是眼目的享受；所有的人所有的物都带着能被看见的边沿，界限分明，颜色迥异！单单这样的一种眼目的愉悦，就已经让人终生难忘了。何况还是在这样的清晰里展开着自己通向八大湖的探索之旅，远离城市，远离干线公路，非本地人便少有行走其间的经验！一个个村庄迎面而来，一条条道路交叉而去，选择什么方向，选择什么道路，都具有一定程度上的挑战性，让人早就进入到了一种兴味盎然之中去了。

在穿过了又一个照例几乎看不见人的村庄以后，非常吃惊地发现村外居然保留着一段古代的石头道路：方形的石头竖着埋进地里，一根根的石柱互相簇拥在一起，路面非常紧密结实，几百年上千年都不会有大的变形。而石头道路两旁高大粗壮的橡树更使这条古代的石头道路气势非凡，在秋色渐浓的季节里，这些橡树的叶子黄黄红红地变了色，让人疑心自己是走进了镶嵌在墙壁上的风景画里了。在这段优美壮观的古代石头路的尽头是一个木头的休息亭，原木的桌椅和天棚，充满了与环境融合的人工所形成的诗意。这是德国乡村貌似不经意的刻意，是仿佛未经人工刻意保护的保护。坐在亭子里能顺着道路的方向很有透视效果地向纵深里看村庄，让人尽情想象这样的道路通往的村庄里面的美妙。

这条保留着石头路面，两边的护道树一年一年地尽情地生长的古道，其实早在脱离了马车时代以后就已经没有实际用途了，现在连骑车也只能走边儿上窄窄的小路了，或许还只有步行者才可踏足其上吧。现在看来颠簸不平的石头路面，反而成了对道路的一种保护。使这一段古路像是村庄里的一幅带有博物馆文物性质的自然画卷，既刻满了过去的历史的痕迹，又充满了审美的无穷意象。

每次来回八大湖我都会在这条路上盘桓一番，有时候是早晨，有时候是深夜，这条古代的道路上的美妙让人流连忘返，几乎每次都会从不同的角度拍照片，都会在亭子里或长或短地坐一坐，喝口水，在随身的小本子上记录一点当下的感受。

从亭子里向村外看，是广袤的平原上似乎能看到地球的弧度的地平线上的树木与村庄，道路在其间笔直或者蜿蜒地伸展，是你可以沿着任何一条道路都能无穷地骑车走下去的审美大道。这些道路在深秋季节里不无凄凉，但是也的的确确都是美的。

村庄和村庄之间的自行车专用道，有时候与汽车公路并行，有时候则完全离开，穿行在田畴之间，转折蜿蜒，进入村边上家家户户都有的那种可以种菜，可以种花，也可以吊起秋千让孩子们来玩的自留地。那些自留地一般都会有一米高的矮矮的篱笆，篱笆外面的公用小路一般都用砂石铺就，既平整可行又原始古朴；从中穿行，每家每户的种植都一览无余，或者果实累累或者花儿朵朵，仿佛是进了神仙府邸的后花园。偶尔会有推着独轮车穿着连裤装的人在这里拾掇自己的园子，那样小孩过家家一样的齐整的设备与认真的态度，看上去总是有一点令人忍俊不禁。至今想起来，这路上所有的细节，所有的花园与村庄之间的有标志性的景物，自己几乎还都分明记得，写着写着好像就又已经重新在那条路上骑行着了……

有意思的是，在去八大湖的路上，还有一家麦当劳在村庄和村庄之间的旷野里。这种针对汽车社会的麦当劳，建在两条道路的交汇处；不是说店里的食物只卖给驾车者，而仅仅是因为行人和一般的家居状态里的人是很难到达这样的地方。巨大的麦当劳霓虹灯招牌在旷野里很显眼。尤其是在夜里的时候，从旁边的自行车道上经过，可以清楚地看到落地玻璃窗、玻璃墙里面零零星星的食客，食客的一举一动都像是挂在黑暗背景的亮亮的屏幕上的电影一般清晰。

麦当劳这样有温暖的灯光和食物的地方，在德国的旷野里倒是别有一番美感，一番在国内的城市里一向都是设在繁华所在的麦当劳们所绝对没有的指路明灯或者叫作点缀了漆黑的大自然、温暖了人间的角色。怎么也想不到，麦当劳居然成了自己在德国的大地上夜行的航标灯，成了指引方向的标志。

从晁桃去八大湖和从八大湖回晁桃的来回30公里路上，每一个拐弯，每一座桥，每一片花园，每一个村庄自己都是熟悉的。不仅对于它们在白天的样子熟悉，对傍晚与深夜中的形象也都记忆尤深；只要凭着印象、凭着感觉，就可以一直前进，不走错路，不拐错弯。那些在有月光和没有月光的夜晚，一个人骑车从八大湖回来的路上的情景，即便是现在也还会经常成为梦中不期而至的幻觉。在夜色中骑车穿越一个又一个德国村庄，被某种黑暗的恐惧追逐着般的急急地骑行，与突然意识到那种恐惧的荒唐而马上放松下来的舒缓之间，正是自己对德国夜色中的大地的尽情观赏。这种在夜色里骑车在大地上驰骋、穿越一个个村庄的经验，成为自己对于德国的印象中比之勃兰登堡门、科隆大教堂、莱茵河、柏林墙等LOGO式的形象记忆都更具有个人性的审美印迹。

骑车到达湖边以后，往往会推着车子在森林和湖水间步行，走着走着就完全没有了陌生的感觉，周围的森林草地、湖泊河流、蓝天白云、清新空气都是全人类共同面对的上天赐予的财富。置身湖边，岸边村镇的生活被拉到了一个远近适当的距离上去，无声无息，又秩序井然；远处教堂的尖顶和路上偶尔出现的锻炼者也都不能让自己重新意识到这是在异国他乡，不再觉着这是孤独的行旅，不再觉着这是举目无亲的漂泊。这样一个人的在湖边的步行，灵魂会在不知不觉中飞到非现实的什么地方，进入白日梦样的祥和状态。这是大自然对人独一无二的治疗与抚慰，是我们心灵最终归宿意义上的被照拂。

置身自然的时候的归属感，是人类的共同家园感的重要组成部分；自然是无国界的。在无国界的自然里，任何一个人都重新成为自然母亲的孩子。在无边无际的安静里，在只有自己的脚步无始无终的前行里，这样重新回到母亲怀抱里的归属感，极大地抚慰了自己的心。

眼前比香山红叶面积大得多得多的红叶，在秋阳里让人狂喜，狂喜到不知如何喊出口来的程度。大约因为这里的美是一种平静的美，相应的，欣赏者也不宜以狂热的方式进行欣赏。大美

湖边秋色

于前，人在最初的激动呼喊之后会逐渐地陷入沉默，这种沉默不是因为郁闷或平淡，而是因为无以言表。面对大自然的至美的创造，人类的任何造次，即使是讴歌都是不必要的，都是多余的。最高的赞美实际上就是无言的沉默，是默默地凝视，是长时间地不说一句话，不让自己任何一点点动作打破了眼前幻境一样的美妙的小心翼翼。

叶子并不是一下就红了的，在自己多次到达的经历里，这些叶子是逐渐变化着的，绿与黄相间，黄与红在树梢上斑斓地出现，慢慢地就成了纯黄与纯红的一片片浩渺的彩色的树冠之海。自然的造化是人工所万万不能及的，草黄草绿，风吹浪卷，阳光阴影都万分和谐，人处此境，何堪以忧，生之快乐，盎然、浑然而臻于忘我之境也。

八大湖的秋天让人流连忘返

以前在国内观赏红叶的经历几乎都是在熙熙攘攘摩肩接踵中完成的，红叶的安详与寂寥、广袤如海一样的无边无际，都不大能被察觉与感受。人气旺盛的代价往往是不能从人与人的关系、从个人在人群中的麻木里完全走出来，甚至完全走不出来。如今置身在这样的秋林之中，置身在这样大自然最纯正的季节之色里，真仿佛是第一次睁开眼看世界一般的新奇与喜悦。

不过，德国的秋天，阴天还是比晴天多。虽然不管是晴天还

是阴天，天空都是澄澈的，但是阴天里的云对人的压迫感是非常切近的，那种能见度极好状态下的天空中的，云就在你头顶上的迫近感觉，总会不由自主地让人觉着压抑。而湖边上的彤云密布的景象，对湖边上的人来说其压迫感就更直接与剧烈了。加上从湖面上吹来的强劲的凉风，让人觉得寒冷的冬天——没有色彩没有生机的冬天好像明天就要到来。这就显得时间更紧迫，而自己适时地到达总有一种正确的时间里到达了正确的地方的庆幸；当然，这种庆幸本身就是幸福感的重要组成部分。

顺着杨树夹道的乡间小路骑行，杨树都是那种从根部开始就从未加以修剪一任滋生的树枝树杈横着生长的样貌，像是些留着大胡子的古代老人；飒飒的秋风里，树叶摇动，风光转换，仿佛是一串串嘹亮遥远的笑声，爽朗而欢快，看透了世事，只以笑脸面对众生，再无挂碍，一切圆融。

白杨树白，枫树叶红，湖水的反光亮，沙滩上的脚步沉，所有这一切都是上天对这一方土地的垂顾与怜爱。路边的茅草在风中统一向着一个方向低头，形成一种倾斜的柔顺场景；骑车其中，在这种集体的柔顺场景里奔驰，奔驰向广袤的无边无际的湖岸所指向的天际，内心与衣角便一起飞扬起来，进入到了一种愿意一直奔驰下去，而再不愿意停下来的痴痴的状态。在骑行过程中要寻找这样的如醉如痴的状态，其实也不多有，它也是可遇不可求的，是骑车旅行过程中一种可能会出现但是不是必然出现的高潮段落。某种程度上可以说，自己正因为八大湖的骑行给过自己几次这样的神采飞扬亦真亦幻的高潮状态，所以才总是乐此不疲地一来再来。当然，这一切都有一个背景，一旦离开莱比锡，离开晁桃，这一切就都结束了，在以后的时间里不可能再来，甚至在以后的人生中再来的机会也将绝对稀罕。在置身美景的同时也意识到了其永别的意味，可想而知这样的骑行是多么让人留恋，多么情绪饱满了。

事实上，在经过了很多年以后，每每回忆那一段生活，回看那时候的文字和照片，总是会有一种历久弥新的奇异感觉。在我们挥之不去的污染环境里，那样纯美而瑰丽的大自然中纯正的人类生活场景，因为越来越遥远，越来越在自己的生活里成为稀缺的资源，而越发显得珍贵，珍贵到让自己感慨和流泪的程度。

在一处湖边树林下，发现有一通原石埋在地上，好像只是林中的一块自然的石头，但却是一块石碑；石碑上面刻写着当年在这里遇难的宗教人士的姓名。他们似乎是死于宗教迫害或者二战，甚至是二战之后的清洗，因为背景知识匮乏，而石碑上又实在是语焉不详，加之自己的德语水平有限，所以并没有搞清楚其具体的历史事实。也许这正是当初立石碑的人所想要的结果，只写下当年在这里逝去的人的姓名，而不在石碑上说具体的历史，更不予以评价，这是德国人试图站到更高的位置上去俯瞰既往历史时的一种有意的姿态。

在周围的村庄里也可以见到那种纪念以前战争中所有死难者的石碑。德国人的纪念碑是为所有死难者而立的，不是为了纪念某一方的英雄，不是为了那一次次的战争和杀戮中的胜负心结，而只是从最人本的角度去纪念所有被人类自身所杀害的生灵。

这样的纪念碑不说正义非正义，不评价，不下结论，只是一个简单的碑，简单地纪念全部死难者。有名有姓的人则将其姓名与生卒年详细地列在石碑上，此外就再无一字。

这样超越于具体是非、颇有哲学高度的纪念，大约在别的国家里是殊难一遇的。能以宗教与哲学的高度俯瞰人类的历史、自己国家的过去，正说明了现在依然生活在这片土地上的人类比之过去任何时候都更高的文明与智慧水准。

经过这通石碑，使人意识到这样原始风貌的森林湖泊景观之中所蕴涵着的悠长的德国历史，人类在历经涂炭之后终于在这里恢复了原始的安详，恢复了大自然所赐予人类的最初的也是最终意义上的风貌。

环绕八大湖的林子里隔上一段距离就会有一个木头瞭望台，它们是用来观察火情的。这种瞭望塔都是就地取材用纯木制作，有简易的木梯直通顶端；顶端有棚，棚下是可以向着四面八方各个方位瞭望的敞开式的窗口。平时也是游玩者登高望远的好地方——不过按照德国的凡事都有规则的一贯做法来说，这样的瞭望塔应该是不允许用来观光的，它就只是为了防火而设的瞭望设施。观光还有专门的观光塔，通常都会更加高大，楼梯也更标准，不存在攀登过程中的危险因素。

在平原地带，这样起来十米或者十几米的塔，已经足以形成瞭望的视觉优势。正可以看远远近近密集的树冠、树梢。红枫树鲜红、黄杨树娇黄，远远近近，由近而远，又由远而近，最遥远处，隐隐约约地可以望到湖边小公路两侧水与树将秋色延伸到天际线上那超出了视力范围的未尽之处。在这个高度上，正可以确认，确认自己正置身在茫茫的湖畔丛林之中，正置身在变颜变色的秋树斑斓里，正置身在广大的幸福中。

从塔上下来，又缓缓地在林中骑行、享受了好一段时间以后，停下来，在林中木椅上小憩，吃随身带着的苹果，然后打开小本想写点什么。其实并没有什么要写的，只是此情此景必须写点什么似的。因为看原来的笔记，那些在这小本上不着一字的日子似乎都已经成了空白，完全像是没过一样。很多记忆一旦失去了文字的依托就完全成了过眼烟云，稍纵即逝，再不回来。而自己在八大湖林中的徜徉，总是处于一种似有所感的状态，只要停下来休息就会习惯性地把小本子拿出来，随手记下眼前的景象或者路上偶然的感慨。这些文字和照片一起都成了自己关于那段生活的重要组成部分，也成了现在这本书的最主要的记忆线索。那种拿着小本子记录的姿态，也许很像写生的画家吧，它在根本上说是一种自己对环境的赞美，是人在自然里徜徉着的时候的一种由衷的抒发。

这时候，正有一个德国小伙子骑车而过，他因为把变速挡弄到大轮盘上不得不频率很快很快地蹬，蹬得手忙脚乱，这些动作和他那大裤裆的牛仔裤一样显得有些滑稽。望着他逐渐远去的背影，自己突然感到一种渺茫。这其实和眼前看到的一切都没有什么关系，只是一种自己已经熟悉的症状。

置身在湖边树林中，在沉浸其间的一个突然觉醒中，或者说是在潜意识里，还是经常出现原来的那些一段时间以来一直在心里生长着的孤独与凄凉之感，它们一旦出现就会一下让人收紧了内心，面对浩大的景色而竟有丧失知觉的麻木与痛感。看来要想根除之，除了投身自然的怀抱外，似乎就只有时间这味药了。

秋草丛生的森林小路上，迎面有并肩跑步的两个男人过来问路，他们的长跑是以一天的时间几十公里距离为标准的。这在德国是很正常、很寻常的，他们大多数都并非运动员，甚至不是有着每天跑步的时间和习惯的人；他们只是有自己的职业和生活的普通人，在假日里，在周末，在有时间的时候，一个人或者和家人、朋友一起相约跑步，跑很长很长的步；在并肩长跑的过程中，就像孩子们相约出来玩耍一样地跑出城镇、穿越森林和草地，沿着湖岸上的小路，跑进色彩斑斓的秋色深处。一边跑一边说话，即便是不说话而只是一起运动，无疑也是一种非常体现正能量的聚会方式。

在这浩瀚的八大湖周围的森林荒野地区，除了骑车的跑步的和玩滑轮的徒步的之外，也有专门来度过一段休闲时光的人。汽车不允许进入，所以即便到这里坐着晒太阳的人，也无一例外都是骑车而来的。曾经看见一个骑车的老太太，静静地在林下的石头垒成的圆形休息区里看书，斑斓的树影与安详的阅读者的姿态，一瞥之下便已经给人留下了极深的印象：那份从容与优雅完

写在路面上的诗

全像是从画片里拓印出来的一样。互相点头，礼节之间完全是西德那边、萨尔布吕肯那边长期从容优裕的生活中养成的那种文雅与礼貌。她到风景里来阅读，享受着风景也顺便丰富了风景，成了风景的一部分。不仅是她，也包括我这个天天骑车在这里流连忘返的外国人，一定也已经成了她的眼里、别人眼里的风景。人与自然在这样的地方是充分和谐的，任何一个置身其间的人都迅速地融为了风景的组成部分。

在环湖路骑行着的时候，发现一处路面上有几行涂鸦上去的诗句。德国的涂鸦经常是公共建筑上的鬼画符一样地奇怪符号，甚至连是文字还是图画都很难辨认，而这几句写在路面上的诗，却是非常工整而基本上标准的德语：

Du fragst:
"Was ist Liebe?"
Jemanden zu brauchen,
Jemanden wahnsinnig
zu vermissen,

und doch zu wissen,

dass man ihn nicht haben kann.

你问：

“什么是爱？”

需要一个人

疯狂地想念一个人

而且，还得明白，

不能拥有这个人。

这首由一问一答两句话组成的诗，表达的是一种关于爱情的情绪，关于爱情的不得志与失望，失望之后的不甘心；德语的环回之间，音韵的一致性造成了一种读起来饶有趣味的诗的味道，这种由语音形成的趣味实际上已经代表作者并非真的不能从爱情的痛苦里化解出来，他是在玩味着爱情的痛苦。当然玩味本身也说明根本还是对爱情感兴趣的，心并没有死。由此这样的爱情诗也就是无害的了，特别是对我这样正在学习德语的骑车者来说，在大自然的美妙秋色里偶有所得，很是让人兴奋。所谓涂鸦也是有水平高低之分的，胡涂乱抹甚至在涂鸦界也是等而下之的。

想来这位作者也是骑车之人了，骑车行进在这么美妙的秋色里，湖水和森林的斑斓互相映衬着的光影世界越是让人流连忘返，也就越是激发了作者心中那种对另外一种美好，也就是美好爱情锥心刻骨的思恋和不能忘怀，于是便下了车，在路面上写下了这样的诗行。这个场景的想象其实是有点想当然，从路面上字迹不怕水不怕擦的特征来看，它们的质地实际上是油漆，能用油漆写字说明作者是有备而来，他来这里写下这些诗句并不是一时兴起的偶然，而是有备而来的刻意。

爱情是能让人将大自然的存在忽略掉的，或者说包括大自然在内的任何外界因素都无法抵御爱情的不适与失败带来的痛楚。他将诗句写在地面上以宣泄，事后或者会好一些，会缓解症状。

大自然是人类最初也是最后的怀抱，这无比宽广无比俊美的怀抱，相信最终是可以化解人间的所有痛苦与不幸的，何况是人类自身的不成熟与盲动所带来的源于自我的小小症状。失恋也好，忧伤也好，思念也好，孤独也好，在这样恢弘壮美、开阔无垠的自然里，在这样四时变化、轮回往复的生生不息之中，大概自有一种说出来之前先就已经感到了不好意思的意思，如果不弄成诗句，不披上幽默与谐趣的外衣，大约就只剩下自惭形秽之余的无地自容了。

八大湖周围保持着原始风貌的大自然，以它无言的广袤与顺应季节的特征，昭示着我们所容身的天地之间滚滚不息的无穷运转；而它的全部运转，也不过是地球运转和整体宇宙运转的一个微末的角落，一个一闪而过的瞬间。其深厚与宽广对于个体的人来说，实在是只能用无限来比拟。至于那一点点孤独与忧伤，在这样的比照中还有什么值得一提的意义呢？八大湖由此使人走向欢乐与愉悦，在一个瞬间里就让人摆脱掉了伴随着秋天的脚步蔓延了许久许久的负面情绪的缠绕。在奋力骑行的蹬踏之中，温热的身体传达出来的竟然都是一种欢乐的节奏、一种单纯的悠扬……

在德国那种压力状态下曾经濒临抑郁症边缘的人生境遇，甚至那瘦下来的身体，现在看来都是美的。人因为精神上的困扰而瘦削，因为瘦削而美。这不单就外形来说，更指那种精神状态里的思索与审美都被蒙上的那层凄凉。凄凉是美的，不唯景色，更在心境。饱食终日无所事事的脑满肠肥的生活，虽然就当下来说，时间是容易打发的，但却无疑是丑的，没有诗意的，只是在生活表面层次上存在的生命历程而已。而凄凉的境遇会把遭遇中的一切，会把世界上的每一个细节都充分地放大，让它们变得无比清晰，给大多数时候其实都处于麻木状态的我们的神经留下永恒的印象。所以尽管凄凉一向本能地被我们自己的意识拒绝，但是如果经历过以后知道那不过是短暂的人生一瞬。过后回忆，任何凄凉都会有一层美的委婉呈现，再次面临不期而遇之袭击的时候，或许也就可以稍微克服一下本能躲避的倾向了。你需要做的也许只是：迎接它，然后咀嚼。

马格德堡的冬天

马拉半球与中国音乐

如果说晁桃（ZSCHORTAU）是乡村，那么当然马格德堡（MAGEDEBURG）就是城市。这句话这么说出来好像不具任何被说出来的意义，但是这是经过自己的亲身感受而来的对比。马格德堡这里已经没有了晁桃那样的乡村风景的质地，没有了出门就到了大自然中的方便；这里人流车流虽然说不上“滚滚”，但是确乎少了在相遇的时候从容地站定了打招呼的情形——当然这其实主要是气候原因，冬天来临，路人匆匆，相识者打招呼也都是只言片语便又重新去赶路，好像只有快速地迈着大步，才能更好地赶走寒冷和因为寒冷而来的隐隐的凄惶。

城市中，墙壁和道路占据了大部分空间，大家都在冬天乍来的时候瑟瑟地走着自己的路。这座有着1200年历史且不乏悲惨故事的城市，最能让现代人记住的是它的大气压实验，所谓马格德堡半球；还有二战后期被夷为平地的盟军大轰炸。如今这两件堪称马格德堡历史大事的痕迹都只有象征性的遗存了，它早就重新变回了易北河边上一座平静的德国城市，永远有街头咖啡座上伸着腿看报的悠闲，永远空气清新，永远一尘不染——尽管在冬天有阳光的日子屈指可数，但即便是常有的那种阴惨惨的天气，空气质量也与晁桃并无二致。这是德国城乡最令人惊叹的特点，也是令欧洲一直保持着自己持久魅力的重要原因之一。

大家十一月初抵达这里，在寒风骤起的气氛里下了车，第一件尴尬的事情就是大巴车停不到宿舍所在的叫作“亲爱的先生”的小街道上，只能停在有相当距离的远处；所有的人都不得不一件一件地将自己大大小小的箱子或拽或提地弄到宿舍里去。这种集体搬运行李的壮观景象，在欧洲的人人利索、少有负重者的街

易北河边的马格德堡

道上显得很是扎眼，仿佛突然来了一批黄皮肤的难民。所有的人应该都意识到了这种处境的意味，所以脚步越发急骤，越发不从容，越发显得尴尬了。尽管在寒风里匆匆而过的人们大多数都只是以不涉及他人尊严的西方传统方式一瞥而过，但是对于敏感的异国当事者，总还是有点不自在。

这个“下马威”使人们普遍沉默，即便是有所谓欢声笑语也明显是在掩饰，说笑一下立刻就又沉默起来。弱国寡民心态虽然已经基本上在这一代国人身上结束了，但是毕竟记忆犹存，敏感性还很强。在某些应该绝非是人家故意设计的场合里，这样的敏感就还会普遍爆发，形成一种人人心里有、嘴上却不说的隐讳的“默契”。如果你明确地问一个曾经出过国的人有没有被“另眼相加”的经历，大约他是很难说有的，不单纯是自己对自己的避讳，更有对类似敏感心存疑窦之经历的遗忘。其实这是置身另一个种族、另一个国家之中自然会有的自我适应过程，敏感源于积贫、积弱的历史，也源于不够开放的内心。

终于收拾停当，住下之后，很快便开始了非常有规律的学习生活。因为在这里学习的时间比较长，会是整个漫长的冬季；冬天的风景少了，户外活动不方便了，所以以前在萨尔布吕肯和莱比锡的那种游客一样的心态普遍都做了改变，都拉开架势塌下心来。而宿舍和学校也第一次拉开了距离，不管是坐电车还是骑车，都需要一个小时左右的时间。加上初冬开始，夜晚来得越来越早，早晨八点的时候天还没有亮，而下午四点多天就黑了。于是大家必须早出晚归，而且不论是去还是回，两头都不见阳光。收紧了的时间使人们的心也跟着收紧，季节将地理环境中严肃冷峻的一面逐渐展开，让人意识到这大约就是开始深入到一个地方、深入到一种生活、深入到一种文化里去的状态了。

马格德堡这个名字在中国人的记忆中普遍的并不算很陌生，中学的时候学过的马格德堡半球实验及其插图使这个地名在中国人的印象里天然地具有某种科学味道，那个马拉半球的实验场景也确实是马格德堡的骄傲，被制作成逼真的雕塑永远地留在了街头——还有另外一些简化的只有一个裂开的球体的形状的雕塑散布在城市街道的很多地方，已经近于本城的图腾。到这些雕塑前合影是在中学课本里学过这一课的国人的一种普遍情结，这个试验早就超越了它所验证的那件事情本身，而具有了一种极高的象征意义：象征着德国人的科学精神和严谨的治学态度，象征着他们的实证主义科学态度与一丝不苟的求索精神。大气压这种在生活里留心就会时时处处都能感受到其存在的自然现象，偏偏被德国人以一种绝对在生活里不会出现的马拉半球的实验方式给突出了出来，在让人不得不信服的同时也始终还是普遍怀有一种怪怪的疑惑：当初他们何以会匪夷所思地想出这么一种颇具表演性质的实验方式来的呢？也许正是这一因素，才让这遥远的实验场景，成了人们对德国人的科学精神与思维方式的好奇的想象的出发点。

在这非常写实的巨大的马拉半球雕塑对面的一元店里，拥挤狭窄，但是却总是人气旺盛，从光盘、玩具到葡萄酒、风镜，一应介于生活必需品和生活辅助品之间的小玩意儿，几乎什么都有，什么都是一元。来购物的人中既有外国人也有本地人，既有老头、老太太，也有年轻学生，甚至孩子；其络绎不绝的繁荣程度，在德国一向没有几个人光顾的商店里几乎就是一种极限状态了。

大家经常在放学的时候路过这里，买点什么，或者什么也不买，只在罕见的热闹与彻底的光亮里盘桓一会儿，感受一点点德国人经常会提到的关于中国的一个巨大优点——热闹，有人气的热闹。当然这种德国式的热闹和我们习惯里的人声鼎沸、摩肩接踵、联袂成云还是迥然不同的，德国的热闹就只是人多了一些而已，噪声依旧很小，人多而安静，甚至是人越多越安静已经是这个民族、这个国家的一种悠久的历史传统和普遍人文教养的表现。

人是需要热闹的——即便是这种德国式的“安静的热闹”；人们需要互相看到，需要在同类的熙熙攘攘里，获得一丝也许连自己都未必意识得到的安慰，冬天的安慰。这样的凑热闹、找热闹式的聚集，是德国人的习惯，也是整个欧洲的习惯；正因为人和人之间的界限分明，而又有秋冬里的季节性肃杀氛围，所以大家才会心照不宣地凑在一起，以购物的名义也好，以兴趣协会的名义也好，反正实质就是凑在一起，在同类的表情动作、语言与姿态中获得热量，获得转移开对于秋冬的肃杀的注意力的效果。冬天里的商场、超市、面包店、咖啡馆，生意总是会好一些，其实不仅是因为冬天里有新年购物季，有圣诞节购物季、冬季打折季，有对食物与能源的更多的需求，也更因为这种人们需要更多地凑在一起的原始动力。是季节将人们聚集到了一起，是季节提高了光亮与热闹的价值。

大约正是这个原因，在初冬季节里举行的跳蚤市场也格外有人气；在易北河右岸的古老的石墙大院里，巨大的展厅被用来搞室内的跳蚤市场，人们排着几十米的大队买票，然后鱼贯而入。是的，去跳蚤市场买东西还要买票，欧元两块。不贵，也不便宜。某种程度上说，吸引着自己一定要进去看看的动力，主要是参观一下马格德堡人大规模聚集的罕见场合的气氛，借此体会一下这个城市的气质与特点。

大厅里面是类似中国的批发市场那样的一排排的柜台，有详细分区。有的区域专卖衣服；有的区域专卖旧书，包括磁带甚至黑胶大唱碟；有的区域专卖工艺品，此外还有钟表、汽车模型、玩具、瓷人儿、插花小瓶儿等装饰摆件区。还有相当一些摊位显然不是专业的商贩，而是居民将自己家的各种旧物一起拿来处理的。往往是这最后一种摊位上的人最多，因为东西卖得便宜，而且品种多样，更能适合人们普遍的需要。

摊主都将自己的物品摆放在桌子上，自己坐在市场统一配发的一点都不简陋的椅子里，态度安详。不过与夏天里在萨尔布吕肯转过的跳蚤市场比起来，马格德堡的这个室内市场显然是要封闭一些，人们的表情和状态不似萨尔布吕肯那样有普遍愉悦的节日气氛，也少了萨尔布吕肯式的普遍悠闲与好心情。人们尽管依旧是多数借着兴趣来转的，但是抱着实用而便宜的目的来采购的人也不在少数，虽然没有蔬菜、水果之类居家生活最基本的日用品，而多是书籍、玩具和艺术摆件之类非必需品。即便如此，在成排的柜台之外，主办方还是辟出了相当大的区域摆放了休息用的塑料桌椅，让人们可以坐下来休息和整理。德国的地区差别实际上是很小的，萨尔布吕肯那样的西部与马格德堡这样的东部，所有的区别可能更多的就是人们在文化传统与行为习惯上的小差异，而绝对没有民生状态或者市政管理上的鸿沟。

这样的跳蚤市场一个月甚至一个季度才有一次，广告在很久之前就已经贴到了城市各处专设的广告栏里，甚至是公交车的车体上。让人们在无数无聊的乘车时间里一再目睹，一再在心里完成倒计时，等终于到了这一天的时候，也就形成了一种独特的期待已久的气氛。秋天接近尾声，寒冷将至，户外活动逐渐减少，这样能在室内聚集人群的活动就成了有吸引力的假日安排项目。能有幸赶上，也算是自己经常出去骑车转的一种偶然收获了。

在这样的季节里，有时候从商店里出来，站在风雪交加的房檐下，看靠在自行车停放架上的自行车已经铺上了厚厚的一层霜雪，霜雪上映照着街道上的霓虹灯光，灯光不仅照耀着这雪白的自行车，还同时将马路上那黑黝黝的马拉半球的实验场景的某一部分轮廓给照得闪闪发光。随着由夏到冬的季节转换接近完成，自己对于这块土地上的氛围了解也日渐深入，这种大多数说不出来的深入感受应该就是一个人对一个地方、对一个国家的只属于他自己的记忆。

这时候，街道上车辆和行人已经逐渐稀疏起来，在按了便道上的红绿灯按钮等着过马路的时候，清凉的冬夜里的雪意已经很浓。在德国过马路，人行横道斑马线两端都有可以控制的红绿灯，行人如果要过马路只要按了按钮以后稍等一会儿，马路上车辆的双向行驶方向就都会亮起红灯，而斑马线上的绿灯也会相应地亮起来，行人就可以安全地过马路了。这种规则不因为白天和夜晚而改变，不因为车少人少而有任何不同，即便是没有一辆车一个人，德国人遵守得也还是一丝不苟。经过几个月时间的融合，我们作为外来者也已经很自觉地将其引入了自己的公共行为习惯之中。这是外在环境、社会大多数人的行为规范对个体的人的引导与矫正，是我们从小就受到的那种“如果人人遵守纪律，整个集体就有整齐有力；如果人人遵守公德，整个社会就会完美”的谆谆教诲的一种直接体现。

不知不觉之中有二十天没有跑步了，到了一个新地方，急于探索美景，稍有闲暇就骑车四处行走，加之课程安排过于紧张，一点空闲都没有，于是就没有了跑步的时间。终于又正式穿上了跑步鞋跑步了，且不说新的跑步路径的风景如何宜人，单就跑起步来的身体感觉而言，就让自己一阵惊喜：跑起步来再无拖累与沉重，变得异常轻盈敏捷，这实在是意想不到的。所以很轻盈、很清爽，是因为身上的赘肉没有了，所有的部位都减到了合适的程度，这是在几乎无意的状态里达到的。可能与吃黑面包有关，与很少吃中国式的炒菜有关，也可能与脱离开了原来那种比较享受安逸的生活，又过起了学校生活，精神上有了紧张感有关；或者就是德国的饮食很适合自己的身体，尽管不是很适合自己的口味。

在冬天的傍晚，迎着只在天角上还亮着的夕阳，沿着宿舍后面的小溪向西跑。河沟虽小，两边的树木却很高大，特别是有一种树枝一律向上的杨树，立在一个一个的小桥边上，将夕阳衬托得格外有魅力。小桥的那一边是自行车道，这一边是人行道。人行道上不断有人牵着狗走过，推着孩子走过，或者从旁边的自留地花园里走出来。自行车道上则是一个一个沉默的骑车者，早早地他们就把车灯打开了。在这条小路上跑着，跑到哪里了该向哪一个方向跑了，已经成竹在胸，没有刚开始跑的时候不断地需要判断来分散精力了。已经进入了那种似乎只是精神在跑而不是腿在跑，跑起来不知不觉的最佳状态。跑完以后洗澡，细细地体会略微有点疲劳的感觉，满足而幸福。

在寒夜的霜雪里不急不缓地回到宿舍，打开暖气（出门关掉暖气，回来打开暖气，这样最节省能源，也是德国人的普遍习惯），打开电脑里的音乐，做着饭，开始了一天之中这一段不必上课、不必奔波的全部属于自己的时间。如果说萨尔布吕肯和莱比锡时期还都是向外的，还都在对于外面崭新的世界的陶醉与流连之中的话，那到了马格德堡时期也就进入到了一种更多的是室内生活阶段了。这是因为季节和气温，也因为逐渐趋于沉稳了的心态。

很多人总结说，在国外的时候，有成了隐士的感觉。所谓隐士，就是没有了国内的喧嚣杂乱和纷纷扰扰，生活一下子单纯起来，而环境又出奇得好，好得像是深山老林；而文化上的隔膜也使人远离了周围一切俗世的信息，只生活在自己的内心里。这样的状态，的确是有些隐士的味道呢。而这样的隐士感觉其实是非常珍贵而难得的，因为在德国的每一天都是唯一的，因为只待一年，任何一天，一个月，一个季节都是唯一的，过去了就没有了，再没有重复。这里的每一天都是值得珍惜的，都要过得充分才对得起此前的漫长准备与此后的无尽回忆。

宿舍里的物品统一管理，被罩、枕罩和床单都换了以后才发现他们居然一律是赭色，是那种中国出家人标准的暗黄色。这样的颜色在自己的文化里意味着远离，意味着脱离世俗生活，意味着青灯黄卷，意味着一个人与自然接近、与人群疏远的生活方式。这倒与自己现在的状态十分相合，也算是德国人在无意之中为我自己的生活状态做的一个注脚吧。

这种在某些方面类似隐士的生活状态，虽然称不上积极，但是也并非负面，因为人在身处偏僻之境的时候，或者这样身在异国，交际和交流的愿望反而会比人在城市中、在人群里强烈。因为不易和稀少，所以显得珍贵，显得格外珍视任何一个和他人讲话的机会，格外尊重与重视他人对自己讲的话。在过度密集的人群里，人们才会有对他人的不耐烦，即所谓城市病式的阴沉表情甚至恶言恶语。这种隐士式的生活，不仅让人安静，还让人纯净，可以纯净地接收来自他人的信息，平静甚至怡然地与这个世界打交道。

屋子里的生活，看电视是一大项。即便是广告，也有夸张的德语可以让人比较有趣味地反复学习。而另外一种国内很少见，甚至没有的节目则并不说话，只是将摄像机支在有轨电车的尾部，将镜头对准后面一个固定的角度上，景象随着车行车止而变换，将整个有轨电车经过的全部路段都一一直播出来。

据说这是对过分戏剧化的电视节目的彻底反动，是将人为的因素降低到最低的纯粹自然的节目方式；有助于人们在如生活本身一样的庸常的画面里，并不有所期待，并不有所指望，而终于什么也没有看到的时候也不至于失望；从而意识到生活本身即便是在电视里也是行云流水一样的按部就班的前进与停止、停止与前进交替进行着、永远流逝着的。

不过，这样的节目对于热爱看街景的人来说，相当于坐在电车上在赏景了。从哪条街转到哪条街了，在什么站停了，下一站又将是什么站。因为镜头对准的是车的后部，所以与通常对那些站台的目测观察有了相当大的差异，需要调动空间想象力去琢磨，琢磨那些再熟悉不过的站台如果换成摄像机的这个角度看是不是这个样子？这样流动的空画面，将一座城市多少条街道的全部细节以现场直播的方式时时地传递给你，算是可以坐在屋子里的旅行了。

除了以德语学习为目的看电视之外，在宿舍里听下载来的中国音乐，甚至是听中国的电台广播，成了这段自己做饭、吃饭及饭后睡前时光里的习惯。也正是在这样的时间积累里，自己开始对国内的流行音乐感起兴趣来，对每一个歌手都一一有了比较充分的聆听经验。那些用自己的母语歌唱出来的声音，在异国他乡的冬夜里，显得格外清晰而真切，每一个词，每一个节奏都能不受干扰地被很纯粹地接受下来，吃到心里。这再次验证了一个在异国他乡里屡次被意识到的事实：正是因为处于一种与母语隔绝了的状态，才能更清晰、更客观地发现母语的美丽。

那些在国内的时候一般都会以一种充耳不闻的态度待之的歌曲，在国外的环境里似乎变得非常纯粹，不带一点点杂音，没有任何干扰，它们本来的品质清晰地在没有任何汉语气氛的德国空气里流淌着；只有对比着才能将自身文化的质地看得更清楚，这个道理一旦在实践里被自己亲自真切地感受着的时候，还是相当有震撼力的。每一首歌曲，其实都经过了煞费苦心的制作，都有自己的脉络和纹理，都不像在国内嘈杂而烂熟的环境里听起来那么没有感觉。歌曲直抒胸臆的特点一向是为情感饥渴状态的青少年所喜爱，其实这个特点在异国他乡的游子处也同样是容易发酵的。这些代传心声、模拟了情绪的表达的歌曲，一下就冲破了过去所给予它们的“浅薄”的标签，真正被一首一首认真地对待着，互相连接着走到了一起。

听中国歌曲，其所描绘的中国季节中的中国风景、中国物象、中国感情，从来没有这么清晰、这么纯净地走进过自己的内心，在异国他乡自己突然拥有了一种在录音棚里一样的绝对安静的环境和心态，用以如此真切地去感受那虽然隔离时间并不长但却已经相隔了十万八千里的故国文化气息。

当时听了很多很多歌，既有很多经典也有很多国内正在流行的，比如《白狐》《七月》《黄玫瑰》《雨打芭蕉》《二泉映月》《天冷就回来》等等。有意思的是，正是在这一经常听歌的时期，终于在网络上通过别人的帮助找到了那首魂牵梦绕了很多年的何静的歌。2002年连夜开车去西安的路上，反复听着的那盘何静的磁带是《天地与爱与人》，而那首当时一下就记住了旋律但是不知道名字，后来再也找不到的歌居然叫作《十二的》。这么一个俗不可耐的名字后面居然是那么有诗意的境界：“树叶是绿的，天空是蓝蓝的，小河是清的，空气是甜甜的。你是好的，我是不变的……心在飞，爱在飞……”就是这么几句词，之所以让自己多年以来一直在寻找，固然是有好印象而且自那次以后再无缘得听，找不到而又确知道其存在的东西最让人忘不了。更主要的原因当然还是第一次听着这歌的时候的自己所处的那种运动中的状态，连夜从河北赶往陕西，从黑夜进入黎明，进入一个春末夏初的时候油菜花还在起伏的平原上盛开的地域。那种从半山坡上的高速公路上俯瞰油菜花的金黄与麦子的油绿相间的无际的平原的美感，和这首歌的节奏与简单词句在一个瞬间里结合了起来，它成为自己对那一段神妙的审美的一种引子一样的具体记忆物。

奇特的是不管是什么性质的歌曲，在那种德国的冬夜里听来都显得像是专门给自己制作的一般珍贵；不仅对他们的歌词和曲调的领悟空前敏锐，更为它们所构造的意境而深深陶醉。我想如果是在国内的话，即便是到山中长期隐居，自己也不会迸发出如此的热情与如此的感受能力来聆听这么多的歌曲的。自己这种对歌曲与音乐的热爱过程却是完成在人到中年的异国他乡，完成在马格德堡的漫长冬夜之中。

由在德国听中国的流行歌曲的经验，意识到身在国外其实是一个很好的回看国内，回看自己的机会；我们不仅在国外看到了和我们完全不一样的他们，也更看到其实一向并不怎么能看得清楚的自己。

易北河公园的中国柳

德国的城市因为与自然融合得非常好，人口数量又很少，马格德堡只有20万人，所以即便是并非郊外的大自然或者公园绿地森林的家居环境状态里，也经常会看到国内城市环境里很少见的现象：窗台上经常会有鸟儿站上去，天空里也总有鸽子甚至天鹅在飞翔；一天没有骑的自行车，车把和闸线之间就被蛛网密密地连接了起来；几天没有完全打开窗户，窗户外沿和玻璃之间的空间就被细细的蛛网丝线所占领，上面挂着些不知道是飞虫的残骸还是刮碎的树叶的小东西。和一切动物一样，蜘蛛生在德国也是享福的，它们过着无人打扰的自由生活，更无人占领本来就是它们自己的空间。而在这一切之上，便是无处不在无时无刻的清新空气，哪怕是城市里也一如森林中一样清新的空气。

在德国城乡居住和漫游的日子里，这样耳闻目睹的细节和一直环绕着自己呼吸的好空气，无疑让人比在国内更多地沉浸到一种由衷的愉悦与赞叹里，总会情不自禁地要笑出来，要唱出来。这样的经验绝非个例，是绝大多数在德国生活过的中国人的普遍感受，乃至过去了很多很多年以后，他们也还是会在某个瞬间里回忆起那样的好生活，那样的清新爽利的好日子。好日子的确不仅仅是吃饱穿暖，好日子还有一个非常重要的条件，那就是未被破坏的自然环境，是可以自由饮用的水、自由呼吸的空气。

德国城市建设非常科学地控制着所谓容积率，任何一个聚居点都会考虑到绿地和水系的承载量的问题。城市片区之间有森林湖泊，即便是郊外的村庄，也都有属于自己的自然植被区域，不耕种，不建设，只顺其自然地让其保持原始的植被状态和水系样貌，维持着原始的郊野风貌，尽量给每一处适合人类居住的聚居点都留出大自然的空间来。这实际上是直接提高人类生活质量的一项极其重要的规划措施。

马格德堡这个大的人类聚居点，所依托的最大的自然景观是易北河，还有沿着易北河的草场、森林、湖泊、支流。易北河在马格德堡分出了老河道和新河道，新老河道之间的冲击三角洲就成了与城市最为接近的一片巨大的园林。这片被称为易北河公园的地方，除了少数瞭望塔、博物馆、小商店之类的零星建筑之外，整个都被森林覆盖着，尤其是河边的茅草和树木都保持着最

马格德堡新旧易北河之间的三角洲森林中的中国柳

原始的未经人工的风貌，将一条大河在岸边上的原始气象完整地保留着，让人流连忘返，怎么转都转不够。不仅跑步、骑车的运动者将其作为自己最好的场地，也不仅是老人散步徜徉其间，游客举着相机盘桓，在天气好的时候，有阳光的时候还经常能看到一队队的幼儿园的、小学的孩子们集体来这里鸟儿一样的奔跑和嬉戏。这样的场面总是令人不由自主地会面带微笑地凝视良久：一个地方，一个国家，一个民族，能在经济发展的同时为自己的人民普遍提供这样优美的环境和良好的自然，才是真正的发达。

因为这里距离上课的地方很近，所以我几乎每天都会利用大课间或者下课以后的时间骑车来这里徜徉。其间，对于一株柳树的观察，给我留下了永远不会磨灭的印象。

这个完全开放式的没有任何围墙的公园里，有很多沙洲和水塘，沙洲和水塘边上的植被呈现着一种湖泊周围的自然风貌中的植物意象；其中一棵树冠圆融完美的柳树逐渐成了自己的挚爱，在整个冬天的上半季经常来观看它变颜变色的美妙模样。它先是由绿转黄，然后是黄绿兼有到全部变黄，再由黄到金黄，到一头金发一样的黄。最后黄叶逐渐飘落，一点一点地到树叶全部没有了，柔顺的树枝也依旧是黄的，虽然不及有叶子的时候来得灿烂，但是比之一般的树木显得总是有着更长久的生机。

这株黄色的中国柳将池塘映照得有声有色，它和湖面上雪白的大天鹅和绿头的野鸭们一起为冬天的湖面保持着仅有的颜色资源。马格德堡人将车停在公园里的停车场，或者是骑车而至，或者是徒步，在冬天的三角洲公园里锻炼着的时候总会在这样的树下湖边的地方驻足一会儿。身心的愉悦，来自形状，更来自颜色，尤其是在这一片肃杀的冬天的时候。

这株有着依依荡荡的中国姿态的金黄的老柳树，不仅是自己的审美对象，其实也是自己由此回望祖国与家乡的出发点。父亲、母亲、妻子、孩子、朋友、同事的音容笑貌，甚至是街头熙熙攘攘的行人、车辆之类的国内景象，也能在这样在德国的土地上却有着中国的名字的老柳树上逐渐显现出来，让坐在冰凉的长椅上默默地观望着的自己沉浸到无边的时光深处，久久不能回来。生存环境与状态的强烈对比，使人更加明了自己在这个世界上的存在感；那株老柳树成为牵连过去与现在的线索和窗口，使这种对比不再是似乎凭空的感怀，而成为一种仿佛站到了高山之巅一样的哲学性的俯瞰。

这样的有着明确的自然意象的思索与回味，往往能在自然意象与内心思索之间随时转换，使人感性理性兼有，或者漫步、或者骑车、或者就是在湖边的椅子上坐着，多长时间都不会觉着枯燥，而浑身上下始终有一种充盈的美感。

湖边上老柳树略有些倾斜的身姿在水里总是有完整的倒影，倒影上如果没有小动物们滑过，会让人分不清是水里的天空和柳树，还是岸边的天空和柳树。天空的湛蓝与柳枝的金黄因为湖面的镜子效果而融成了一体，无分上下，没有正倒，浑然便是人所厕身的这伟大而美丽的世界的全部。

湖面上，绿头野鸭在水面上所形成的水痕，笔直地向前延伸的水痕，久而不去；大天鹅身后则完全没有水痕，它们平缓地驶过水面之后，水面上总像是什么都没有发生过一样的平静。绿头野鸭动不动就会飞起来，沿着笔直的水痕起飞，倾斜着飞上天空，显示它们作为鸟儿的野性；大天鹅则一般都不飞，一旦飞起来那就是情况危急了，或者是要做长途迁徙了。它们在天空中飞翔的姿态很像是大飞机，脖子长长地伸着，与欧洲研发的协和式飞机像极了。还有一种全身都没有什么颜色的土灰色的水禽，身体比野鸭小得多，往往也会和大天鹅、绿头野鸭一起在冬天的水面上活动，它们的特点是钻水，动不动就一个猛子扎到水里去，去捕食水中的鱼儿或者躲避水面上发现的危险。它们潜泳的能力很强大，一个猛子下去很长时间都不露头，露头也已经在很远很远的地方了。它们叫做䴙䴘。

守望这棵中国柳之外，来这里还一定要去易北河边坐一坐。面对易北河滚滚的流水，在原始的堤岸上，在茅草丛生的沙石滩上，有一把被涂鸦过的长椅。午餐时间，自己经常离开教室骑车来到这里，面对着易北河吃饭。饭后再凝望着滔滔流水和地平线上教堂的尖顶发一会儿呆，这是只属于自己的午餐审美时间。易北河水清澈透明，远处的蔚蓝和近处的水草漂荡一起呈现在眼前，滚滚向前永不停歇；偶尔有轮船驶过，像是漂浮在水面上的高楼，悠然而至、飘然而去，让人凝望良久而在不知不觉之中就已经沉浸到了思绪缥缈的远方。

深秋时节的这一天，有阳光而没有风，有蓝天而没有雨，晴得角角落落都很彻底。这样的好天气，蓝天黄叶，秋雨后的水珠依然挂在树枝梢头，稀疏了很多的树枝梢头依然有很多顽强的黄叶，为这幅颜色的聚会添加着重要的一笔。在这样的好天气，就这么在这里坐着，看着，别的任何事情都休想把自己拽走。

在一条河边，在一条河边的一片几乎是固定的地方，每天都来吃午饭，百来而不厌，而且往往是因为忙于拍照而不得不把正吃着的东西一次次地放下。

面对真实流淌着的大河吃中午饭，这样的享受是无与伦比的。奇怪的是越是无与伦比的享受越让人在现场有很平常的感觉。这就需要我们的自我意识及时确认，只有及时确认才能让我们珍惜，才会在以后回忆起来的时候不后悔。

阳光在斑斓的云后，时时隐身又时时现身，让人们眼前蔚蓝的天空和金黄的大树一次次地被突出出来；让置身其间的人们惊讶地叫起来：原来自己就在美景中！这种确认带来的幸福愉悦之感，比之原来只作为局外人来观看风景的那种享受，是有成倍地增加的。

一个老者慢慢地骑车过来，把车子放在距离椅子不远的地方，似乎犹豫了一下，然后径直走过来问：我可以坐在这里吗？这使人有些惊讶，因为在德国的公共场合的行为习惯中，一把椅子只要是已经有人坐了，别人就不会再坐到他旁边了。他显然不仅是来看河水，还想和人聊聊天。他告诉我他是一个退休者，一个工作了四十年以后的退休者。孩子都在外地工作，自己住在马格德堡。经常来这易北河公园转一转，这里环境很好，等等。鉴于自己初级的德语的水平，也只能做这样简单的交流了。他的话能听懂，但自己想表达的很多话没有说出来。不过总的状态却是明白的，那就是在长期寂寞的生活里，他想找一个人说说话，交流一下对这个不断变化着的世界的观感，感慨一下人生。我们更多的是并排坐在那里，共同面对滚滚不息的易北河水，目光遥远地一起凝视。

这样的经历多了，就会更加恨铁不成钢于自己的德语，也更加怀念那种在国内的时候完全不以为然地与人交流的毫无障碍，只言片语立刻就能明白对方的意思，甚至能猜透对方的身份以及正处于一种什么样的生活状态，他讲的那只言片语背后的文化逻辑与习惯。语言比腿对人的重要性是有过之而无不及的；所谓走遍世界，靠的是腿，也更是语言。

马格德堡的冷清

马格德堡因为易北河而美，不过同时它也是一座带着浓郁的冷清味道的城市。并不遥远的东德的历史和已经遥远起来但是依旧在城市建筑中能看出痕迹的二战历史，都在这个易北河重镇留下了挥之不去的凄惶。

战争多次毁灭过这座城市，而前东德的萧条影响之于两德统一已经近二十年之后的现在，也依然清晰。在普遍的人烟稀少之外，马格德堡更有一层因为经济不振而显现在人们面孔上的严峻与紧缩之状，这一点与原来西德那些长期富裕的地区比如萨尔布吕肯、科隆、斯图加特、慕尼黑之类的地方相比，尤其明确。经历了计划经济的全部供给制到市场经济的完全商品化的马格德堡人、东德人，尤其是中老年人，穿着那种整洁而古板的素色服装，配上不苟言笑的肃穆，千人一面，如出一辙，几乎成了整个城市的面孔特征。在他们普遍严肃的表情后面，是这块土地上深重的历史所积累下来的悠远的哀痛和思虑。马格德堡的这种状况也仅仅是比莱比锡强一些，但是强得也很有限。

加之季节已经到了万物凋零的冬天，所以生活总是会有不少孤寂清冷的时刻，在一个人面对着永恒的窗口凝视着的光阴里，在深秋的郊外大道上没有目的地行走着的时候，在似雪非雪的阴冷的冬日里没有方向地跋涉着的状态中，这种彻心的孤寂就会如期而至。这大约和当年在日本的郁达夫样的孤寂，并没有什么两样。

生活与学习的环境中德语占了绝大多数，偶尔飘来的路人的对话或者别人窗子里的只言片语，电视广播中的广告之类近乎城市“天籁”的无意义音响，无一例外都是德语的，汉语的表达和使用在这样的环境抑制之中逐渐走向了一种受阻的状态。这种受阻虽然出之自然，但是对人的情绪困扰也是非常痛苦的。母语不畅，而新环境语言又远没有达到流畅的水准，于是被冷落到了角落里去的感受便油然而生了。何以排遣？唯有出行。

城市中一片没有叶的林子，一条没有人的小道，没有热闹，没有热烈，不会有聚集在一起的市场，更不会有沿街叫卖的迫切。自己一个人，一个人骑着车，自己给自己唱着歌，自己跟自己说着话，义无反顾地出发，近乎机械地行走着。

马格德堡大学的对面有一片金黄的树林。树叶黄了却还没有掉落，还在等待着一阵必然到来的大风。这一片金黄的树林就成了秋末冬初马格德堡一系列的色彩绚烂的风景中的最后一个。骑车到那个树林边上小坐，凝望着树林、凝望着树林金黄色的灿烂里所隐藏着的冬凉的味道，直到感觉寒意逐渐侵袭到了全身，才恋恋不舍地离开，去了对面的马格德堡大学。

马格德堡大学里有一种挥之不去的凄清的气氛，教学楼之间的空地显得格外大，图书馆里也没有多少人。偶尔才会有一个人走过去，直到他的身影完全消失也不会有第二个人出现，即使出现了一下，也是一个骑车的人，低着头，默默地一闪而过。每个人都在忙自己的事情，每个人都在寂寞中。在一个人们普遍都沉浸在精神世界里的地方，外在的一切竟都是荒凉的。

那天夜里，在类似国内筒子楼楼道里举办的“中国之夜”例行聚会中，那几个年轻的中国学生被德国文化训练过了的毕恭毕敬的样子，给自己留下了深深的印象……这些孩子在这里的每一天，每一分钟，即使是如此冷落的光阴，也都是由父母们的金钱与希望支撑着的。除了语言的障碍需要攻克之外，也许她们会突然陷入一种不知向何处努力的迷茫之中：如此冷寂的地方到底有什么可以让她们将青春留下、将父母的期望留下的价值呢？异国他乡，学子孤身，这样青春的锤炼会使人迅速成长，会在被逼着进行的反思里更加明白自己在这个世界上的位置，明白努力的方向。正是因为冷，才更能体会到温暖的价值，才更会主动去追求温暖。

在马格德堡期间曾经去柏林办理过一次护照延期，办事之余到议会大厦游览，意外地在那里得到了一个“抱抱团”所给予的异国异性打着牌子的拥抱。孤独的异国生涯里的那个陌生的异性的瞬间亲近，的确给了人突然的惊喜与长久的回味。不禁让人感叹：拥抱这种久违了的貌似很形式主义的人类行为，居然会有那么大、那么长久的力量。

那是一个年轻的女子，牌子上赫然写着德语的“拥抱”一词，我当时盯着那个词看实在是出于一种认字的习惯，词就是词，并没有完全理解这种将这个词举在胸前的行为的文化含义。那女孩的目光与我的相遇，在我重复了一下那个词的读法以后，她立刻就微笑着张开了双臂……能够清晰地感觉到女孩怀抱柔软宜人的压力，那样的压力带给人的却没有一丝丝肉感，而完全是内心的暖流。那是一种温馨的，带着体温和身体的馨香味道的，更带着一种包容的情怀的关切，一种陌生的慰藉，一种人类之间突然获得了至少是形式上沟通的仪式。这个拥抱比拟了远离了你的亲人的拥抱，比拟了久违了的爱人的拥抱，当然也比拟了异性身体的亲密接触的拥抱；它是如此现实又是如此充满了精神性，神奇地通过肉体的现实实现了精神的感佩，让人最真实地心怀感激而久久不能平静。习惯上的所谓“良言一句三冬暖”，被这异国他乡的一个微笑中的拥抱给无声地推向了极致。

远离自己习惯的生活场景、远离自己的国家和语言之后，最大的收获就是将个人的麻木了的情怀以寂寞和对比的形式逐一清晰化。人和人之间的任何一种善意的情感都会被最充分地体味与反刍，让一切在国内麻木了的情绪、情感都被清晰地体会到，都变得弥足珍贵。

与莱比锡时期相比，马格德堡的冷清对人的影响实际上都是暂时的，都是很容易被挣脱开的。因为类似下面这样的冷清的环境里的并不消极的感受经常会非常及时地让自己重新积极起来。

那是一个周六雪后的傍晚。大地因为一片洁白而使整个天色都比平常要明亮了一些，但是这种明亮里有一种冷冷的意思，这一层冷冷的意思让在户外的人格外想念屋子，想念有灯光的家。只有那两个推着泡沫塑料玩耍的孩子不在此列，他们彻底地忘我玩耍状态使他们一点都无暇顾及周围的天色或者冷暖。事实上，两边高高矮矮的楼上灯光已经亮了起来，每一扇一尘不染的窗户后面都有一个温暖的所在，一个可以在这深冬的夜幕里安慰人类心灵的处所。天空中有几只越冬的鸟儿在争夺其中一只鸟嘴里的食物，像是黑黑的乌鸦，又像是别的什么叫不上名字来的大鸟儿。它们上下翻飞和吵吵嚷嚷的叫声喧嚣了好一阵，引得稀疏的路人纷纷站定了仰望。一场雪就可以要了很多鸟儿的命，争到这一口食物可能就意味着生的希望。本能催促着它们在无叶的树梢上空搏击不已，你能分明地感觉到躲闪和截击、恐吓和愤怒、爆发和逃避、矢志不渝和纠缠不休、奋不顾身和死缠烂打……许久之后鸟儿们终于散去，一切归于沉寂。大家继续走自己的路，继续用人类的方式走进季节深处。

走在这样雪后冷冷的薄昏之中，凝望着德国人安详而温暖的家，德国人的菜园里寂静的果树和茅草，自己突然有一种停下来思索的渴望。因为时间有限，因为在这欧洲的大地上的生活于自己是一种并不平常的经历，所以每一天、每一个时刻都无不在睁大了眼睛的观察与体会之中，无不在一种去了这里去那里的奔波里，就算是睡觉也是躺下就睡起来就走，不容有什么多余的时间。真正这样不忙着去做什么的细细地体会着的时刻是少而又少的。

有时候就想，如果现在是在国内，在这样的时候，这样的冬天里，自己能去哪里呢？郊外就是那么几条走了又走，春夏秋冬、风霜雨雪，每一个季节里的每一个细节都烂熟于胸的路径。除了阅读和书写以外，实在是乏善可陈，没有别的什么有意思的事情可做的。幸运的是现在自己是在德国，是在一个周围有很多很多地方都没有去过的环境里，那些没有去过的地方能给自己带来踏足处女之地的新鲜与兴奋。所以这时候自己没有理由不抓紧一切机会多走多看，不浪费每一天不上课的时间。

如此，在这样的想象与思绪里，早就让人彻底脱离开了外在场景的冷清，而一味地在自己内心里的积极向往中徜徉了。

哈茨山（Harz）

在马格德堡期间，除了骑车沿着易北河行走之外，城市西南部的哈茨山区则是另一个比较吸引人的地方。因为整个马格德堡就在易北河谷地里，城市西侧便就是隆起的丘陵了；那些丘陵都不高，曲线圆润，完全没有山的外形，更像是大地的一种舒缓的起伏。而马格德堡西南几十公里之外，才可以说是山区。那里有在德国比较罕见的真正的山峰，石头山峰，虽然以中国的标准来看不过是些不很高的山，但是在德国已然属于地形变化非常剧烈的地方了。也许正是因为这个原因，哈茨山中不论南北东西，到处都是景色，都是著名的村镇，都是自然风貌独特而又历史悠久的景点。

圣诞节前的奎德林堡

第一次进哈茨山是圣诞节前的隆冬时节前往奎德林堡（QUEDLINBURG）。正是从那次旅行开始，慢慢发现，每次前往哈茨山区，都要首先经过一个有三个大水塔的城市哈尔伯施塔特（HALBERSTADT）。每个水塔都有一顶古老的像是传统的德国钢盔的帽子，既显得结实笨重，又透着一股令人惊惧的阴沉。火车上那种不紧不慢声调被拉得很长的男低音的广播每每会在这要进站的时候响起，配合着眼前深冬里沉默地伫立在那里的黑绿色的水塔，给人留下了深刻的印象。不过真到了奎德林堡的时候便又是一片非常柔和的明媚了。即便是深冬季节，这个早被命名为世界文化遗产的古老小镇，也依然能从远远的地平线开始就传递给你柔和平静甚至带一点粉气的柔媚气质。

房顶都是红色的，德国的冬天也不真正冷到刺骨的程度，下了雪，雪下边的草地也依然是绿色的。加上密集的树枝本身的颜色，所以仿佛这里的春天已经在圣诞节之前提前到来，令置身其中的人始终怀有一种莫名的兴奋。

因为古城周围都是山地，所以房子盖得很集中，土地十分宝贵；在密集的民居与弯曲的街道之间开辟出了一片面积相当广大的花园，使人突然离开建筑的挤压而获得一种舒畅的豁然开朗之感，且能从花园的角度拉开相当的距离去观赏两侧古城的美，还可以让视野不受周围建筑干扰地仰望本城的制高点——宫殿山。

实际上，整个古城狭窄而完整的街道最后都指向宫殿山。这里比别处高出来十几米，墙体高大厚实，居高临下。弯道式的城门洞墙体和路面都是巨大的石块，走上去就会发出噔噔的声响，像一下子就回到了戎装沉重的刀剑时代。城堡广场上，黛色的山

THALE山谷中的溪流

峦背景下，是可以俯瞰全城的红瓦顶建筑群。几门大铁炮支在广场上，炮口默默地对着远方，早已经没有了作为武器的凛然，而成为一种纯粹的装饰，炮身被摸得锃亮。几乎所有的游客都会走到城堡的广场上来俯瞰，人们穿街走巷的最终目的地都是这里，所以这里人气最旺。

奎德林堡的历史与建筑还有它之所以被命名为世界文化遗产的林林总总固然有很多可以说的，不过对自己来说，知识性的背景之外印象最深的，还是整个古城在圣诞节前呈现出来的那种柔媚气质。尤其是从火车站的位置上远观全城，早春一般的明媚点染得整个山城在深冬季节里也色彩斑斓，气韵生动。

另外一次去的是哈茨山的塔勒（THALE）。记得到达的时候已经下午一点半了，火车开到山根下，再没有路可走了，于是就稳稳地停住了。下了车，转身就可以立刻上山。

德国真正的平原是很少的，然而真正的高山也绝无仅有，多是丘陵起伏的和缓山坡地，隆起的大地和海拔差距基本都在几十米的范围内的地形变化，是其大地景观的最主要特色。所以那些为数不多的真正可以称之为山的地方就显得特别珍稀了。在德国登山是一件很稀罕甚至奢侈的事情，因为周围的一切看起来几乎已经没有了德国的特点，似乎已经置身到了世界上任何一个有山的国度。中国的深山里环境破坏不大的地方也有类似的气氛，山石植被的气息大过人间的味道，地球原生态的样貌成为环境的绝对主导。不过德国这不是深山，只是山脉尽头挨着平原的小城边上的第一座山而已。

顺着山谷里的溪流向山上走，山石铺成的道路两侧也都是真正的石头山体，树木茂密，虽然多已落叶，没有落叶的也都是黄黄红红的颜色了，但还是完全可以想象夏天的时候这样的山谷里的风貌。自然环境保护得好，连平原上都一尘不染，山谷里自然就更风貌原始了。空气清新，流水清澈，而山体也似自古以来就无人打扰。歌德的侧脸铜像被钉在石壁上，大约是在纪念他当年在这里的登临。

山石陡峭起来以后，登山路两侧就有了栏杆和扶手，略微平整一点的地方还有长椅。等到了山顶，则是一片与平原上并无二致的宏伟建筑，厚重的楼房带着结实的门窗，可以想见当年建设的时候一砖一瓦都用人工背带而上的艰辛。

临近圣诞节，村镇之中圣诞市场正热闹。但是夜晚来临以后，山城的冷是不留任何余地的，山地使这里具有一种深长的冷的背景，那是山体深处来的无边的深冷。赶紧上了火车，厕所里的水都是温热的，因为手凉，全身凉。其实还不到五点，车外已经黑如深夜。

到塔勒爬山，是在德国第一次爬一座标准意义上的山。在这里看到了德国的城镇与山脉的结合方式，看到了一座文化名山的德式“装修”——在最大程度上尊重山地原貌的基础上的道路铺设与长椅设置，还有名人登临的纪念方式、山顶餐厅宾馆之类的建筑格局。这些印象虽然只是一掠而过式的走马观花一日游，但是在记忆中却都一一留下了永远的印象，什么时候想起来都像是过电影一样一幕幕地自动呈现。

哈茨山下的哥斯拉（GOSLAR）古城，是另一处被命名为世界文化遗产的地方。古城狭窄的街道和高大的石墙，还有已经被踩得非常光滑的石头路面（靠墙的部分则生着青苔），都是古罗马人留下的时光悠久的遗存。城中心的塔楼高大而坚实，幽暗的圆形筒状房间一层连着一层，最高层不仅可以俯瞰全城，还能仰望被黝黑的森林覆盖着的哈茨山。那一年我们在这个塔楼下仰头观望着的时候，一个老人循声而至，手里拿着一大串钥匙开了门，让我们这些异国的游客免费进去看。

著名的《乌拉波拉故事集》就是在这个背景里被讲述起来的。每天晚上都有一群孩子在喷水池周围喧闹，旁边屋子里住着的一个科学怪人想出了一个好方法来制止他们的喧闹，那就是让他们到自己的屋子里来听故事，而他讲的故事就是这《乌拉波拉的故事》。这本德国传统的科普小书，虽然是科学著作，但是其中因为偶尔会语涉鬼神而被当年的国内出版者自觉删减，之后再版的时候干脆把五六篇无法删除文字的篇章全部删除了。这部古老的科普著作，会让众多所谓"质而无华"味同嚼蜡的中国当代科普书相形见绌，比照之下，我们的一些科普书几乎都是不忍卒读的。

如今这个故事的传统已经成为本地文化的一部分，连自行车道上的标志牌也是一个骑扫帚的女巫在骑车的形象。

在哥斯拉，看见一群十几岁的孩子在一两个大孩子的带领下参观的情景，一下就想起了儿子。儿子在德国的那一年里也有过类似的经历，由大孩子领着出去，一出去好几天，回来以后兴奋不已。关于旅行中的所有细节都成了他最美好的回忆。大孩子是在做义工，领着小孩子们出来旅行参观，这样做义工的时间积累到一定数量以后，可以免兵役。

孩子们专注的目光，不仅仅是被这里的景物所吸引，更是为自己这种很可能是第一次出门经历的新鲜、陌生与拘谨等感觉所左右；形成一种特有的严肃和懵懂掺杂的状态。刚刚脱离了儿童状态的稚嫩和刚刚要形成成人样的面孔的严肃，混合着写在脸上，让人一眼就可以看出来他们未涉世事的真实。他们回家以后会放松下来，在父母面前绘声绘色地讲述自己的所见所闻，会在一瞬间里恢复到儿童状态的任性和随便里去。这种偶然的旅行就成了他们对自己不久的将来即将迎来的成年人的生活的一种见习。成长的过程是美妙的，每一步都显示着一种动物样的自然和一种人类的文明的造就。观察到一个少年这样的成长片段，如果没有看着自己儿子成长的切身感受，是不可想象的。我们的生命

游览古城的孩子们

过程，往往因为忽略而粗糙，因为细节而生动，因为观察而感悟，因为感悟而美好。

城市中的古老民居邻水而立，形成一条条蜿蜒如河的胡同，家家户户门前都有清水流淌，石阶铺地，漫步其间，诗情画意即便是在深冬时节亦宛然而出焉。

哥斯拉的皇宫在城外，高大的青铜雕像和宫殿前的广阔草地都显示着这里曾经的风光，而当年的东西德的分界线就在这里穿过，一道大墙生生地将宫殿和城市分割开。一棵古树下的石碑上，刻写着这段最近的历史。

哥斯拉还是一个传统的煤炭产地，过去的煤矿现在都成了

布罗肯峰的登山路

博物馆，可以让现代人体验当年的矿工下煤井的过程，不过还有多少人能在惊险刺激之外体会到矿工们的艰辛危险，就不得而知了。

哈茨山主峰叫作布罗肯（BROCKEN）峰。登山要在满是积雪的巨大的森林中穿行，粗粗的松树树干在周围积雪的映衬下显出近乎一种纯粹的黑色，行走其间经常会为这样的黑色所遮挡；穿着鲜艳的羽绒服的人们，忽而出现忽而隐身，加上脚下的积雪使步履不很流畅，便很有了些与平常不一样的趣味。

以国内的标准来衡量，布罗肯峰并不是很高，但在德国已经算是数一数二的险峻之处了。山顶平坦，广袤如平原。不仅有气象建筑，还有铁轨车站，因为地势和缓，所以四面八方都没有栏杆，人们可以从各个位置、各个角度张望无边的天地。山顶上看天，天上就真有上下界分开的一条明显的线，上面的天空更加蔚蓝，下面的天空则略呈一种因为过于浩渺而不大透明的深色。

山顶有席勒登临的纪念碑，当诗人凝固成石块上永远一动不动的侧脸雕像以后就更与山顶上高远的意象相合了。使人对于席勒与这山的渊源顿时有了兴趣，禁不住就想着下山以后一定要好好查一查其中的原委。

山顶上尽量保持着大自然的原貌，除了有咖啡座的玻璃房子和高高的电视信号塔之外，再少有明显的建筑痕迹。山顶风大，所以寸草不生，和山体上那郁郁葱葱的巨大森林相比，显得非常突兀；不过也正好可以让人们的视野无碍。人们踏着积雪在山顶上遥望大地，目光越过黑黝黝的森林顶端，越过皑皑白雪装点过的丘陵大地，越过那些尖顶的传统德国民居和耸立的教堂，一直看到无尽的地平线上去。

下山的时候坐的小火车，是那种窄轨的，儿童剧式的小火车；人虽然坐在车里但是离外面很近，车厢对人和外界的阻隔很薄。大家坐在这样的火车上像是在做游戏，普遍都有一种平常坐现实里普通的火车所没有的儿童式的兴高采烈。坐在第一代小火车里上山下山，是哈茨山旅游的一大项目。整个哈茨山旅游，除了坐火车需要买票之外，就再无任何费用了。山是大自然赐予大地、赐予全体国民、赐予人类的，谁也没有权利收费。这就是德国的风景区只被保护而不被收费的逻辑所在，甚至法理所在；很自然，很质朴，很不容置疑，也很高洁，当然也很令我们羡慕。

在哈茨山中旅行印象比较深刻的一次，是圣诞节当天与来德国出差的妻子同去以生产钟表著称的古城韦尔尼格罗德（WERNIGGERODE）的旅行。

深冬的早晨，将近八点的时候，大地上也不过是一片微明。天幕上红色的风车灯一闪一闪地明明灭灭，如串在天上的舞会装饰。哈茨山区与马格德堡易北河谷地之间的地势落差使这一带形成了巨大的风口效应，一年四季都有很强劲的风。德国的风力发电是很发达的，村庄之中古老的木制风车是这种风车使用的传统的标志。现在在广袤的山野中，到处都耸立着现代化的巨大风车，风车缓慢而有力的转着叶片，不断地将风能转化成电能。

远远近近的教堂的形象在这微明的天色之中非常出彩，它身上没有灯，只是如山坡上那一排排的大树一样静静地矗立着；不过是矗立在村庄之中，村庄里的一片都比它矮的建筑中，安详而坚定地引领着每家每户每一个最具体的人的灵魂。

虽然远没有国内的冬天凛冽，但德国的冬天也是寒冷的，寒冷而干净。因为寒冷而让人感觉干净，因为寒冷消灭了所有蠢蠢欲动的小虫小蚁，使视线里少了大量的不规则的移动，甚至因为叶子都已经落尽，那种从春天到秋天我们都已经习惯了的视线的背景之中的叶的摇动都没有了。当然，关键的关键还是冬天的天空和大地在给人荒凉乏味的感觉的同时还给人一览无余的通透，而通透则被人直接与干净联系了起来。

冬天的云居然也能被一丝一毫、丝毫不差地看得清清楚楚，

爬满老藤的韦尔尼格罗德市政厅

那种我们印象中冬天里一向是混沌状态的阴霾好像也能被很容易地就看透了一般。马格德堡周围的丘陵谷地，隆起的曲线上都是绿色，凹陷进去的谷地则有没了树叶的密集的树枝、树杈组成的一道道树墙，做着大地上的自然分割线，像是动物的鬃毛，像是大地的胡须。

如今回想起来，德国给人最特殊的印象就是始终罩在头顶上的这种透明感，即使阴霾也透明的感觉。这种透明，将天拉低了，将云拉近了，形成一种清新敞亮的气氛，不论春夏秋冬都有这样一种最基本的清新舒朗、湿润适宜的气氛存在着；其实，这也许才是德国，是欧洲最吸引人的地方。

德国的春天、夏天和秋天，当然是比冬天更能体现这种透明的感觉的季节。但是冬天因为我们习惯了其严酷与肃杀，所以有这样透明的感觉的时候就会反差更其强烈，留下的印象更其深刻。德国的冬天，其透明的感觉，完全可以比肩那些被无数作品描述过的其他季节里的天空与大地。

从德国回来以后养成了喜欢看德国电影的习惯，尽量搜罗和保存一切能看到的德国影片，还不管是故事片、纪录片，甚至科教片。电影的情节、主题之类的东西并不被自己看重，看重的是那里面出现的德国的天空，德国的天空下德国的街道，街道上那种清静而干净的气氛。德国的天空因为过于澄澈而显得不大像真实的现实，总有一种很浪漫的童话色彩，难怪海涅一句“德国，一个冬天的童话”就成了永恒的经典，假如他是第一个用这个比喻来说德国的话，那就实在是太准确了，说出了很多人心里有而表达不出来的东西。

火车在马格德堡西部的丘陵地带时时做着一定角度的倾斜地奔驰着，在一个又一个的小站停靠。每次停靠都只有一分钟左右，然后就又一如既往地按照很快的速度跑了起来。波浪样的丘陵中常常露出村庄的屋顶的一小部分，那些隐在谷地里的村庄，避风而近水源。教堂的尖顶是它们的旗帜，高高地耸立到丘陵起伏的地平线之上，是建筑的精神性的一种直接体现。

这个山坡上的小村子，特色景点是街头一个钟表店门口的一架古老的自鸣钟，到整点的时候那巨大的钟表上会有一扇门打开，里面走出一个小人来敲响钟。这个景象多少年来吸引着世界各地的旅游者专程来观赏，即便到了电子时代，这样的机械设置也依然保持着它已经属于历史深处的魅力。

圣诞这一天，整个山城中的一切都笼罩在冷雾之中；冷雾之中的老市政厅外墙上，有粗大的老藤攀缘而上，在墙面上形成了由细密的枝条组成的一副浮雕。咖啡馆石墙前的自行车车身广告实际上是以旧自行车为支架的招牌，这在德国似乎是一种传统的广告与招牌设置方式；好处是简单灵活，不必大动干戈地装修或安装，而且还有一种随意自然的风范，透着一股潇洒劲儿。回程的时候没有等大巴车，决定步行到下一个火车站。没有想到，这却造就了一次难忘的徒步穿越的记忆。

穿过麦子依然碧绿的大地。落了雪的树枝上仍然有苹果挂着。顺手摘上几个，嚼起来虽然冰凉而粗粝，但依然是甜的。鹿群在麦田中间站着。挤成一团取着暖，但是头一律向外，警惕地注视着我们这样的不速之客。它们始终和人保持着几十米的距离，一旦过分靠近立刻就会奔跑起来。它们和天上的鸟儿一样，已经在这里形成了一种与人类和平共处的默契，尽管是野生状态但是早就明白了人不会伤害它们，它们完全可以自由地在广袤的丘陵大地上奔跑与繁衍。

到了火车站，天色已经暗淡了。圣诞的小雨之夜，洒在站台上的湿润里竟然有一种春天般的温和。上车下车的德国人均以多少代培养出来的安静和标准步态有序进行着。升降电梯，梯路斜坡路，自动售票机，电子指示牌，虽然整个车站几乎没有一个管理者，但是车来车往，人上人下，一切井然有序。这时候突然意识到，自己在这样的环境里已经没有了异样的未知的忐忑，至少从自己的角度来看已经融入到了德国人群。他们的面貌和体态，他们的语言和行为都不再对自己构成一种陌生的压力。

另一侧的站台上正有一个中年人张望着等车，他两手空空，不像是要外出，而是在接人。终于火车来了，车上下来一对年轻人。那中年人很是高兴又显然很有节制地上前迎接了，帮着提包，说着话走出了车站。这是年轻人回家过节来了，父亲来接站，其情其景一如中国。世界两端的两个民族，在这样共同的人类情怀上是没有任何区别的。专门留意观察过很多这样在车站接人或者送行的场面，老人送孩子，老人接孩子，不管那孩子是什么年纪了，也都一往情深，依依不舍或者兴高采烈，恍惚就是在中国，是中国家庭中的场景一般。当然，中国的车站现在已经不让送行或者接站的人到站台上了；反而很难再见到当年这韦尔尼格罗德的火车站上的情景了。

吕根岛（RUEGEN）

去吕根岛旅行的经历对于那次同行的每一个人来说都记忆尤深，很多年以后偶尔联系，大家还会拿那次吕根岛之行作为共同的谈资；这显然不单单是因为那作为共同经历的话题性质，更因为吕根岛之行的的确确是新鲜而异样的，给每个人都留下了深深的印象。

那是12月上旬第二个星期六，晨4：30出发，一行人疾走而奔火车站。5：12的车，是火车站开出来的第一趟列车，列车在尚是完全的黑夜里行驶着。灯光明亮的窗户里，都是车厢内安静的椅子和椅子上安静的人的映像。只有到了车站，外面才会有一排沿着铁轨的路灯将车外的轮廓画进来，一般的小站都只有路边一个像公交站一样的遮雨的小候车亭，只有十几米硬化的路边平台。稍大一点的车站才会有穿越铁路的地道，才会有两个或者三个站台。

在德国，坐在车里的乘客看到站台上要上车的乘客，会觉得车上可是能又有几个人了，可是能有点人气了！尽管他们其实几乎不发出一点声音，不增加一点“热烈”的气氛。中国人长期生活在人口众多的环境里，初到德国这样宽松从容的人性化的环境里会有点不知所措，会有点喜出望外；然后慢慢地适应下来，一切似乎都成了天经地义、心安理得。实际上对大多数来德国的中国人来说，每一次乘车的经历都是弥足珍贵的。因为它们是你或长或短但无一例外的不会太长久的德国经历中有限的乘车次数里的一次，一次用完就少了一次。这不是你的，你的背景，你的生命中的大多数的时间都在中国。

自己坐的是二层临窗的单人座位，其侧有可称宽大的平台，可放物品，亦可侧臂，更可书写。车厢的连接处，两边各有一个隔音门，可以有效地阻止连接处的轮毂之声。车厢内，灯光明亮，人声稀小。坐在车厢中部的几位国人的外国语言，基本上是大家唯一能听到的除了广播以外的人声。

夜行的列车上，一个侧坐着的德国女人，跷着腿低头书写着，全神贯注，若置身室中。她们很自然，看到她们如此自然的别人也很自然，没有人以之为怪。在这样的环境氛围里，自己摊开小本书写也十分坦然。西人之自我是不干涉他人的自我，至少主流的正常状态下的人都如此，当然哄闹着一起赶车的球迷除外。

列车上的检票员是一个屁股很大的胖女人，尽管说话大大咧咧但是有一种冷冷的严厉，斜挎着补票机，喊着“GUTEN TAG”（上午好），表情却并不配合着这句问好的话。所以一拽一拽地走路，因为自己的胖，也因为车厢的晃。

列车运行于冬天亮得很迟的德国北方大地，却没有任何凛冽的感觉。这样的深冬的时候，下去换车竟然一点都不冷，即使你不穿上在车厢里脱下的外套也完全可以，空气中甚至有一种温和的甜蜜。

列车继续奔驰着，大地从黑暗里逐渐显形，森林、湖泊、道路，起伏的地势中的建筑，隆起的地平线上的一排树……已经到了原西德的地方，很像萨尔州。有很多湖，建筑精致，基本上没有东德那种红砖建筑。和缓的山坡，一米多宽的小河，河的一侧整齐地长着一道高高的麦黄色的草，像刚刚学画的孩子在画纸上的想象。

似乎要返青了的麦田里，有一群鹿在觅食。没有一个人指指戳戳，就此发表议论，包括孩子。显然，至少是这车厢里的人，对这样的景象并不陌生。鹿和野兔、天鹅一样，都已经成了德国的与人居贴近的自然环境里的一部分。

在这样的乘车享受里，一站一站地将沿途经过的站名随手记录了下来，它们是日后追索此次行程的坐标，是我们曾经在德国大地上行驶过的痕迹：

MAGDEBURG、WITTENBERG、BAD KLEIN、SCHWANN、ROSTOCK、RIBNITZ-DAMGARTEN、WEST、ALTENMILLERSHAGEN、VELGAST、MARTENSDORF、GRUENFUE、SAARSUNDE、TECHENHAGEN、BERGEN AUF RUEGEN、LIETZOW、SAGARD、LANCKEN、SAARSNITZ

一路上几个同行者偶尔会说话，因为有时候倒车上到新的列车上是未必能坐到一起，而有时候又能坐到一起，所以互相说话的机会也就一会儿多一会儿少。互相说得多了就影响了对外面环境的细微的感受。在列车上，一个人坐在那里静静地凝望着车窗外的变化的时候，感觉更丰富。

火车终于在接近中午的时候开入岛中，一直以来的期待终于成了现实。夹杂着自己的想象，又希望有超越自己的想象的景象，从此逐一展开。这是到达一个以前从来没有来过的地方的一种独有的愉快。

直观地看上去，岛上的教堂似乎不如大陆上的密集。空气中完全没有我们习惯的北方的冬天那种万物肃杀的冷，这里的冷与其说是冷不如说是一种清凉温和的气息，这在我个人冬天的经验中是新鲜的，也是令人兴奋的。大家急急地奔到海边，沿着海岸线向前走。长时间地盯着海水看，就会想到一句张雨生的歌词：徒劳无功地想把浪花记清。这个时候，北海海边的浪花都是柔和不彰的，完全没有波涛拍岸的力量，整个不见边际的水面更像是一个湖。

圣诞节前的吕根岛，有春天般的明媚的阳光和春天般新绿的麦田，起伏的山冈上油油的绿色是麦苗也是甜菜，树林一丛一丛，如头发。这一切的背景是海，近处看比大地都低一块，远处望又豁然耸立到了天上去的海。北海在吕根岛上呈现出来的，是海湾内如河一样的海，如湖一样的海。这里平静而安详，没有凛冽的咸风，没有强劲的吹拂。

吕根岛是适合住下来慢慢体会的岛，实际上所有的岛，都需要住下来经历一下它的黄昏、夜晚与黎明才更能体会到它独特的地理感觉。岛是所有的地理形式中能给人带来特殊的喜悦感觉的一种。四周皆海，让你分明身处平原却有异样：向任何一个方向走下去都会遇到无边无际的海的阻碍，这让人很有安全感，当然时间长了的话也会有被限制住了的窒息感。

吕根岛在德国是一个非常有名的岛，虽然已经有铁路、公路直接连接，已经不是标准意义上的“岛”了，但是毕竟和大陆之间的联系只有一个人工的窄窄通道，还保持着一个传统的海岛的模样，所以依旧称其为岛。像吕根岛这么有名的地理景观，自然也是著名的旅游区，其交通方式与“接待方式”却一如任何一个平常的德国地点一样，到达和离开都没有任何“异常”，没有设卡收费，也没有门票，甚至连旅游宣传都没有，岛上的人们一如既往地按照千百年来的传统生活着，没有专门针对旅游者的机构设置和人员。德国整个国家都是一个大景点，你已经身在大景点之中了，还需要什么门票？景色是全体人民的景色，不是某一部分人牟利的手段和工作，这在德国、在欧洲都是一个一直被具体实施着的不言自明的公理。

在德国旅行，这种交通住宿和景点收费之类的设施设置，都处于一种日常化而非旅游化、非商业牟利化的状态。去吕根岛只需要坐上普通的列车，在施塔拉尔松（STRALSUND）换乘一下就可以很方便地抵达。岛内还有公共汽车连接火车站和各个不同的方向，而出了火车站只需要步行一会儿也就可以看见大海了。那一天除了我们一行人之外，这样著名的景点上只有零星的几个游人，因为时近圣诞节，以德国的习惯也都在合家团聚，少有人出来旅行了。

不过还是可以在不多的游客中发现一些有趣的现象，比如德国人包括德国女人喝水都是随身带着大罐（至少是一升半，甚至是两升）的塑料瓶，很少用国内那种一斤装的小瓶。大概是认为不实用，不经喝。当然还有一个原因就是小瓶消耗的资源多。塑料瓶子虽然小，但是也要有一套瓶盖之类的东西。德国民族在器物使用上的实用与实在，每每都令人感叹。保证自己饮水的需要是第一位的，为了这个目标哪怕是在很长时间里都在负重，也是值得的；更经济、更环保的代价哪怕是显得有些笨重，也在所不惜、义无反顾。

吕根岛最著名的景观是白色悬崖下的大海，白色悬崖上的森林，这样的海边的景象是我们在国内的时候所绝对没有经验过的。海中的巨轮时时出现，渐渐远去，渐渐消失，渐渐到来，渐渐巨大，让人在百看不厌之中就将时间飞快地度了过去。

到海边，沿着海走，到“国王宝座”的时候，已经完全天黑了。在夜色降临以后的森林中徒步走了大约三公里，穿过很多倒地的大树，到了一个叫作“LEMO”的小村庄。唯一的小旅店因为正在进行圣诞节装饰而且还没有暖气，所以不能接待游客。店主不吝指点了另一个不远的村庄里，另一家还在营业且规模比较大的三星级宾馆。到了那里，果然是开着门的。开始说每人36欧，后来他自己降到非常让人满意的每人20欧并包含早餐。当然这和我们强调我们是学生有关。

第二天早晨起来，先吃饭。在临海的窗前坐定了吃自助餐，就我们几个人，再无其他客人。大家都很兴奋。早餐实在太丰富了！德国的早餐一向质量很高，可选择的品种很多。这是来德的中国人一致的看法。各种面包、各种果酱、各种肉片、各种奶制品、各种水果，如果每种都吃上一点的话，也会弄个大肚子。大家各取所需，相对而餐，偶尔相视而笑，只笑不语，意识到了并且正在共同享受当下的美好，是彼此此时此刻的共识。德国的那种因为没有任何污染而异常清晰的环境中的一切，常使一些哪怕是习以为常的日常景象也都具有了某种神奇甚至是神圣的气氛和氛围。

饭厅内外，灯光映照着的一个角落，或者是马路上雨后出行中的一个瞬间里，都有可能因为出现于其中的新异而纯正的色彩、新鲜的空气、纯净的光线而让人真切地意识到身处大美之中的狂喜。当然在清新的自然环境之外，更有人与人平等与礼貌、安详的人文背景的衬托。

饭后散步，再次下到海边，大家的情绪都非常高涨。树生海边如在湖边，站在海水里也依然挺拔；一尝之下，海水果然不咸。因为北极多冰？冰都是淡水，融化以后形成了淡水海……北海居然不是咸水。树可以直接立在海水里生长，海边上也没有中国的海边人们所习惯的那种咸腥味儿。岸边的金属物件上也没有那种锈迹斑斑的现象，连海风都是甜甜的，而不是咸的。白色崖壁之上是郁郁葱葱的森林，郁郁葱葱的森林在德国是一种常见的景观，但是直接与大海相接在我们看来还是非常独特的。这是一种全新的海岸景观，坐在森林里面对大海，面对大海那一边的斯堪的那维亚半岛诸国，想象世界之广大，景象之浩渺，人类文化形式之丰富，着实让人感叹不已。

准备离开吕根岛了，在汽车站前等着前往吕根岛火车站的公共汽车的时候，几个人合唱起张雨生的《大海》来。开始的时候是一个人小声哼哼，后来大家不约而同地一起跟着唱起来，因为这个歌最能表达我们此时此刻和大海和吕根岛告别的心情。它的高亢和激昂，它的饱满的精神状态和依依不舍的深长情愫，都恰如其分地将我们当时的整体状态表达了出来。

当然我们的合唱是对声音有控制的，首先是德国的环境里没有高声的习惯，高声显得不文明；其次是这歌不可能把原唱那么高的腔调给完全唱出来。这首歌的叙述性其实是为低吟的小唱提供了可能性的，低唱的效果也非常好，一点也不影响隐含其中的充沛感情的抒发。大家并不互相看，而是一起面对着吕根岛安静的上午时光，面对着郁郁葱葱的森林和森林后面大海的方向。

吕根岛最著名的悬崖景观

茫然走在海边看那潮来潮去
徒劳无功想把每朵浪花记清
想要说声爱你却被吹散在风里
猛然回头你在那里
如果大海能够唤回曾经的爱
就让我用一生等待
如果深情往事你已不再留恋
就让它随风飘远
如果大海能够带走我的哀愁
就像带走每条河流
所有受过的伤
所有流过的泪
我的爱
请全部带走

这样的一幕，是一种对环境、对景色更是对自己的美好处境的发自肺腑的讴歌。这样的讴歌里怀着每个人对自己能在这样的时间里处身这样的地方的一份珍惜，一份依依不舍。

在深冬季节里依然一片碧绿的种满了甜菜的田野里，有或跑或停的鹿群聚集，它们轻盈的身姿在一览无余的略微倾斜的大地上很远很远就能为坐在公共汽车里的我们看到。

汽车在一个小村子里停了下来，似乎不是站台停靠上人下人那么简单，司机下去和一些人说着话，然后消失了一会儿，然后才又回来。我们谁都没有着急，都很享受地凝望着窗外吕根岛上

长在海水里的树

的这又一个人类聚居的几间房子周围的景致。那一刻，那种在陌生的地方莫名的停留的场景，很有点像儿时的懵懂状态里对外界的那种随波逐流然而又相当敏锐、敏感的观察，因为不是很清楚人们之间到底发生了什么，而将注意力全部都集中到了外在的颜色形状和气氛环境里，完全以童真的抑或画家、作家的艺术眼光审视着这个全新的世界。

这其实是我们在吕根岛最后的观赏机会了，汽车很快就会启动，到达吕根岛火车站只在十几二十分钟之内，从那里坐上火车以后，此生之中这个地方基本上也就不会再来了。这说起来让人觉着有点诧异，但是事实基本上是这样的，对于我们一行几个人中的大多数甚至全体来说无不如此。这实际上是一种留恋的感觉，是一种对远离自己日常生活环境的异域的地理景观的审美的留恋。

正是在昨天到达的那个钟点儿离开了吕根岛上的“SAARSNITZ”火车站。这个巧合别人也许没有意识到。自己一旦觉察了，还真是有点恍惚，怎么才短短的二十四小时，感觉是很长很长时间啊！这是当场就已经被意识到了的一种幸福的美妙状态，特别是在记录德国途中感觉的时候。

从吕根岛开出去的列车车身上写着这样的网址：WWW.OSTSEELANDERVER.DE，这在那个年代还是比较新鲜比较时髦的广告形式呢。出了岛，照例是要转车的。“STRALSUND”是离开吕根岛以后第一个转车的城市，这个滨海的著名避暑地，规模不大但是很精致，海滨沿线风景如画，老城里教堂老街保持着几百年以来的旧模样。在“STRALSUNDE”教堂前，有一处苏联红军纪念碑。在一片集体的纪念碑中，一个平躺在地面上的个人碑上写着这样让人触目惊心的生卒年：1930—1945。这个15岁的战士，永远地躺倒在这里。

火车站的站台上，周日的球迷使火车晚点，让警察如临大敌。球迷组成的群体，是在圣诞节之前除了圣诞市场之外另一个显得有活力的地方。不过这种活力没有秩序：摔在地上的酒瓶子，滔滔不绝、目中无人，全然不在乎周围人感受的叫喊，都显得与他们平常所表现出来的彬彬有礼与节制、规矩判若他人。他们都围着一样的蓝围巾，有的还穿着同样图案的裙子。据说他们之中的绝大多数在日常生活中一切都很“正常”，只有作为球迷的这一天才这样大呼小叫，完全变了个人。足球成了他们发泄内心深处的隐秘力量的一个通道。

挤在火车走道里的这群球迷不停地叫喊着，在我身边的一个尤其声音大，还不停地喝酒。喝空了一瓶，就把瓶子响亮地放在上面的行李架上，然后再开一瓶，接着喝。他以全身的力量靠在我的椅子头上，挤着我的肩膀。尽管他也道歉，但是道歉以后还那么挤着。他一直在嚷，跟一个过路的球迷热烈地讨论或者争执着什么。说着说着就会离开一下椅头，然后又重重地靠回来，每靠一下都会挤到我的肩膀。我只好向里侧着身子。这件事并没有引起自己的不快，因为有更为严峻的事情正在折磨着自己：憋着的一泡尿已经快爆炸了。厕所过不去，人太多。好不容易挤到一个厕所边上，门上贴着条子，不让用。这种糟糕的情况一直持续到十几分钟以后，车到了“SCHWERIN”，换上了另一辆车才在第一时间赶紧解决了。

尽管我们的车晚点了，但是这辆车一直等着。等着这辆晚点的车来了以后，要转车的人上来了，才走。幸运的是，球迷没有跟着也转上这趟车来。球迷们的行为使人再次意识到，其实文明与礼貌哪怕是德国这样普遍的文明与礼貌背后也依然是法制与传统、是社会化的群体观在理智的限制下的表现，一旦有了失去限制的缺口，人群所暴露出来的无礼与粗鄙、鲁莽与野蛮，全世界都并无二致。

勃兰登堡门前的新年夜

2006年的最后一天夜晚。

从柏林火车站到勃兰登堡门之间只需要步行即可到达，步行着走过站前广场，走过广场上横跨在施普雷（SPREE）河上的桥，走过总理府和议会大厦，沿着城市中心的森林再向前，就是勃兰登堡门和门前笔直的菩提树下大街了。新年即将到来的前夜，这一带已经聚集了越来越多的人，大家站在勃兰登堡门前的舞台对面，将整条街道都站得满满的。

夜越来越深了，聚集的人也越来越多了。舞台上歌声的节奏就是大家舞蹈的节奏，人们热烈地跳着蹦着，互相之间没有了日常的界限，集体欢乐的气氛感染着每一个人，狂欢的气息逐渐降临到每一个人的表情里。这正是大家找个由头进行街头狂欢的根本动力所在，这样人人撕下戒备的面具而忘形地叫着、喊着、跳着、闹着的景象，在成年人的世界里实在是很少很少的了。体育比赛、歌星演唱会、年节纪念等等，都是不能不抓住的狂欢的机会！那种互相搭着肩膀一起蹦一起唱的疯狂景象在德国的报纸上屡见不鲜，即便是在街头上，也总会偶尔有目睹的机会。这样的时候，德国人所追求的人气旺盛的热闹，终于可以在这样的街头狂欢里实现了。我们置身其间，深受感染，不由地也随着音乐而蹦跳起来，身边的人一边同样地蹦跳着一边问我们从哪里来，他告诉我们他是从德法边境上的鲁尔工业区的城市亚琛来的，专门来参加柏林的新年狂欢的，一会儿天亮了再坐火车回去。参加狂欢的人的表情都很生动，不仅有眼睛会笑的人，更有下巴会笑的人，比如眼前这位。他的兴奋显然是从下巴上开始，然后才蔓延到了整个脸上的。看得出来，参加这样的新年狂欢，他是怀有一种发自心底的孩子式的兴高采烈的。

实际上，柏林的新年前夜在勃兰登堡门前的聚会传统是从1989年年末开始的。那一年的11月，柏林墙倒掉了。德国民族要寻找一个机会庆祝和欢乐一下，跟着到来的新年为这种普遍的民族情绪找到了一个恰当的宣泄口。于是就有了这个传统，当然现在早已经不是庆祝当初的内容了，庆祝什么也不重要了，重要的是大家凑在一起狂欢，像足球是一个狂欢的借口一样，新年之夜的勃兰登堡门前聚会也成了一个狂欢的理由。

终于舞台上开始倒数新年钟声前的数字了，7、6、5、4、3、2、1，新年来了，大家一片欢腾！认识的不认识的人围成一圈一起蹦跳，一起欢叫……

牵着大狼狗的德国警察全副武装地在舞台周围、在人们外围巡视着，他们面容严峻，一副凛然的样貌，体现着德国人那种天生的军人体魄和气质。不过和大多数时候一样，他们其实是不怎么能派上用场的，逾越规矩的人很少。当然像就地小便这样的小逾越还是不少的。因为勃兰登堡门对面的街道两边，就是柏林的城市中心森林，所以大家纷纷近水楼台，来往于森林和街道之间的人络绎不绝。因为夜色的遮挡，因为万人狂欢不可能不去上厕所，也没有厕所可上，就近的林子就成了最方便的选择。

火车站在这一天破例安排了很多趟直到凌晨两三点钟还有的

车次，我们得以在狂欢的热潮还没有完全退去的时刻就率先离开勃兰登堡门，在黎明已经开始到来的时候我们出了马格德堡火车站的地下一层的坡道，取了锁在那里的自行车回宿舍。路上居然还有人在放庆祝新年的鞭炮和焰火！那声响和气氛分明是很中国的，而事实上那些鞭炮和焰火也确实是从中国进口来的。后来知道，在德国庆新年的传统方式就是放焰火。

在德国过的圣诞和春节

德国的圣诞节相当于中国人的春节，很早就开始准备了，而因为准备也就有了节日气氛。在市政厅广场有了圣诞市场，各色商品都摆到了户外，圣诞树的销量大增；给孩子准备圣诞礼物的家长，在买了礼物以后还要排队等着店员用彩纸给包装上。大人孩子都认为，只有用彩纸包装了，才是圣诞老人送来的样子。

人们扶老携幼都来这里聚一聚，孩子们玩旋转木马之类的玩具，大人们在站着可以将胳膊支在桌面上的高脚桌边上喝幸运酒（GLUEHWEIN）——一种烫热的红葡萄酒。大家都聚到圣诞市场上来，一方面是采购，一方是感受节日气氛，还有一个重要的原因是要和朋友、邻居、同事、熟人相聚一下，互相热情地寒暄，握手拥抱碰杯，圣诞市场成了一场公共的聚会。这样聚会的机会在德国人的生活中实际上不多，界限分明的生活模式和地广人稀的生活格局使大家一年到头也很少碰面，碰面也很少交谈，如果不是刻意的话，更难有合家与人相见的场合了。

在圣诞即将到来的时候，曾经和几个德国朋友一起在马格德堡的一个饭店里吃比萨饼。这家意大利人开的比萨饼店里的比萨应该是正宗的了，被烙得很可口的面饼上涂着厚厚的肉和酱，还有颜色各异的蔬菜碎屑，黄油和奶酪自然也是少不了的材料，所以任何人几乎都很难吃掉多少。西方饮食讲究热量和营养，讲究气氛和形式，不大看重品种、数量甚至口味，所以如此市中心的饭店里，各张餐桌上不过也都是放着一张切开的饼和几杯或者酒或者可乐之类的饮料而已。各张餐桌边围桌而坐的人们虽然都显得兴致勃勃，但是也都很安静。吃饭最基本的功能是填饱肚子，但也更多的是一种形式，一种社交的仪式。

这意大利风格的酒店里的服务员（OBER），是个不修边幅的小伙子，长长的围裙上似乎满是最好吃的食物残渣，而那种带着黑胡子茬的非德国式的满满笑意就已经被认证为异域风情了，像是邻家正在做家务的快乐户主。他们做生意的殷勤态度里，有一种明显的表演性质。这也许是因为他们也在外国，在德国而不是在意大利，所以表演自已国家的特征就格外卖力，没有顾忌。因为德国人就是这么认为他们的，他们就应该这样，天经地义。

这教堂对面的小酒店，楼上的三层是连窗户都没有了的破败建筑。只有这一层才是越到晚些时候越热闹的小酒馆儿，它有一个时髦的英语名字：LION。

圣诞节前德方组织的一次集体活动是到马格德堡歌剧院听歌剧。这歌剧院就在LION所在的十字路口的斜对面，属于马格德堡除了老市政厅之外另一处繁华的所在。所有的观众都要着正装，男士都穿着西服打着领带，女士则要穿裙子。舞台上盛装的古人模样的演员，连说带唱，慷慨激昂，吞音连词、变声变调很严重，所以所唱所说没有一个字能听懂，连身边的德国老师也摇头耸肩地说不明白在唱什么。这大约相当于中国的京剧演出吧，人人都说是国粹，你不懂就会显得不搭调。而很直白地说了自己不懂则在自嘲之外又很像是谦虚了。演出中间还有堪称漫长的30分钟休息时间，大家都站到大厅里去说话。这是欧洲剧场的古老规矩。于是有人便乘着休息的时候偷偷地溜走了，这样的德国国粹实在无福消受。

圣诞之后是新年，新年之后是春节。德方在圣诞节和春节期间除了组织大家看演出之外，还特意在一家中国餐馆请客，庆祝中国人的春节。那是一家叫作皇宫酒店的中国餐馆。因为人多，所以大家围坐的是两两相对的西式长条桌，不是中国的圆桌。饭菜似曾相识，大多都只具有中国菜的形式而远不是中国菜的味道了。入乡随俗，厨师已经按照德国人的口味和习惯将中国菜进行了适当的改造与调整，不那么中国了。不过相对于德方的美意来说，饭菜的味道正宗与否这样的事情是完全不在话下的。大家要的是气氛，感受的也是气氛。

当然春节毕竟只是中国人的节日，德国社会一切如常，谁也不知道一年之中最重要的节日即将在中国人中到来了。事实上，整个社会氛围和社会舆论上都没有关于春节的造势，甚至从来不提及这个词，那么即便是中国人自己也相对就淡化了这一天在心中的位置。不过是将其作为一种可以凑起来吃喝一次的理由，只有到了和家人联系的时候，才靠着回忆和想象将那种春节的气氛约略地重新迎接回来一小会儿。

大年三十这一天，中国的夜晚还是德国的中午。我们骑车穿越郊外的菜地，去城市的另一端与另外几个中国人凑堆儿吃年夜饭。当时，马格德堡永远透彻的天空下，只有些偶尔遮挡一下阳光的层云，显示着冬天毕竟是冬天的些微的寒凉与阴郁的迹象。不过，这时候每个骑车奔驰着的中国人脸上都洋溢着一种因为节日传统，因为遥想了现在国内的亲人和自己过去在这节日的时刻中的习惯而兴奋的情绪。

在德国，中国人慢慢地入乡随俗，连骑车的速度也不知不觉之中向着德国人那种风驰电掣的状态靠拢了，只有在上桥的大坡的时候，还会显示讲究用柔力和一味用蛮力的差异来，会在坡顶上站定了喘息上那么一会儿，遥望上一会儿。油画一样醒目的街市和桥涵，色彩一点都不含糊，非常明确；默默奔驰的车辆和大步流星的行人，永远各行其是，整个城市在无污染然而却阴郁着的天空下，悄无声息地运转，不舍昼夜。

看看德国人不知有“节”，一切都照旧运转着的日常状态，让人意识到：节日不过是人为的约定俗成，一块土地上的人们和另一块土地上的人们的约定肯定有所差异，人家的圣诞节的发自心底里的长时间准备状态，我们不是也没有一丁点儿吗。

绿地上、桥梁坡顶上的青草即使在冬天也还是绿的，与春天的区别只是没有了夹杂在草间的鲜花。以及空气中流动着纯净的空气，与异国的饮食习惯所依赖的某些食品的酸酸的特殊气息。我们这一队骑车穿行在异国他乡的小街小道之间的中国人，兴致勃勃地谈论着各自在过去的年代里过年的细节；大家都明白，这些回忆其实都是对于即将到来的中国味道的年夜饭的期待。西餐的冷食习惯和定量供应的做法，使在这里生活了几个月以后的中国人普遍养成了一种七分饱的习惯，这其实是对身体非常有利的，大家普遍都瘦了一些，都精干了一些，当然对于食物也都重新有了极度的敏感。而今天的食物分明更兼有一种附着在食物之上的思乡的意味。

终于吃着大家用各自奉献的食材和手艺凑起来做的年夜饭的时候，春晚已经开始了。电脑屏幕上的网络在线观看不仅滞后还经常卡壳，但是一点都不影响大家你一言我一语地评论，那些被网络弄成了只言片语的节目其实都是他说了上句你就能猜出下句的套话；正是在这样的“套话”里，在年复一年地重复着的年夜饭的形式里，大家凑在一起才在异国他乡获得了一点点遥远的慰藉。

在德国，在屋子里，在几个中国人营造起来的中国气氛里久了的时候，突然外面响起了教堂清亮的钟声。它提示了我们：你们身在异国，这中国气氛并不真实。你们应该珍惜自己在国外并不算长的伫留时间，多走多看多联系多体验，不要一味地陷在中国人的气氛里。因为以后漫长的岁月里，你想不陷入中国气氛中都是困难的。

站到窗前，外面夜色之中的德国城市，早早地就已经阒无人迹了。从十楼俯瞰，街上了无一人，只有关了门的商店里的灯光，把琳琅满目的商品照得寂寞而孤单，微醉中的一切都有了不再异样、不再异国的温暖。随后，这种微醉的兴奋被很好地体现在了骑车的速度里，当然还有嘴里不成调的歌。我们度过了一个别致的春节。

两次搭车（Mitfahren）

搭车，是以分担油钱的方式有偿搭车。当时这在国内是匪夷所思的，首先是涉嫌私车营运，然后是致命的安全问题——连装上了隔离栅栏的出租车还屡屡出问题呢，何况毫无防范的私家车！然而这些无法逾越的障碍在德国都不称其为问题，一个民族有一个民族考虑问题的角度。德国人认为搭车是节省能源的一个利人利己的大好事，与其空跑，不如拉上一个“活儿”，别人方便了，自己的汽油费用也有人分担了，还同时减少了公共交通的压力，何乐而不为？收费几乎都是严格按照车上的人数均分全部旅程的汽油钱的标准的，这比同等距离的单人火车票、公共汽车票都要便宜很多。

以前的搭车往往是在路口现场招手，或者在广告栏上贴纸条预约；进入网络时代，搭车一下子变得史无前例地方便快捷起来，有需求的人在“MITFAHREN”网页上点击寻找，敲击确认，就可以了。不过在德国往往还要再电话打过去互相听一听对方的声音，那样更“SICHER”（确定、确实、确凿）。

我第一次搭车，去的是柏林。在约好了的火车站广场上找到那辆车的时候，我很有些兴奋。车里是一对青年男女，有说有笑，一点也没有因为我是一个外国人而有什么惊诧或者不妥的意思。坐在他们的车里，汽车急急地在以往只是骑车或者坐公共汽车电车行驶的街道上奔驰，视角新鲜。从私家车的角度看这个城市，与别的交通方式的视角还真是有区别的：现在这才更像是这个城市的一员了。

车刚到柏林自己就因为内急而不得不赶紧按照事先的约定付了款，提前下车。因为德国的道路上没有收费站，全部费用就只是汽油费。而汽油燃烧带着车里的人奔跑，平均分，一人付一份钱，就是再公平不过的事情了。这样两个相邻的城市之间的一两个小时的搭车，一般也就是几个硬币的费用而已。

提前下了车，急急地找厕所。直接进了一所中学，进到教学楼里，穿过满楼道的学生进了厕所。走廊里来来回回的中学生们年龄不大，但是个子都已经高高的了。看见我这样来上厕所的外人，一点也不奇怪，都各自走着各自的路。德国作为一个国际化的国家，孩子们从小就已经很是大气；在尊重他人的传统之外，还有见多识广的胸怀。

解决了内急，轻松地重新站到街头的时候，如何继续下面的行程便成了一个不大不小的问题。好在一张地图在手，步行了一会儿，转了几次地铁，终于找到了地图上标示着的位于柏林另一侧的城边上的一个位置。可是一打听，谁都没有听说过有中国使馆。

这次去大使馆，是办理护照延期手续。事先获得的地址不对，一路焦急地从错误的接近郊外的地方再找到市中心的大使馆的时候已经接近于下班时间了。与国内大使馆门前总有大批武警站得笔直地注意着每一个路过的人不一样，中国驻德国使馆门前什么执勤者都没有，门里面也只有一个上了年纪的老保安。他随便问一下进去办什么事情，看了看护照，然后就可以进去了。窗口里的中国人完全是国内那种一边聊天一边办公的状态，收了钱向外面甩出一张单据来，便又自顾自地扭头接着聊天去了。这种“国内状态”在德国的整体气氛里，显得特别扎眼，不过也一下就让人忆起了从前，并且立刻意识到回国以后，还会回到这种气氛中去。

出来以后在地铁站询问一个穿着制服的工作人员，问他那个自己准备继续“MITFAHREN”回马格德堡的地址。他立刻诚恳地说，正好可以跟着他走，他领着我过去。在倒了一次车又坐了很长时间以后他指给了我下车的车站，道谢以后离开车厢，他很自然，我很自然，在德国这样互相帮助的事情确实都很自然；但也许是自己刚刚从使馆出来的缘故吧，一时之间就很不自然地感动了一下，或者准确说是感慨了一下。

出了站在桥上等了很长时间以后，看了无数辆从身边开过去的汽车，终于有一辆车停在了自己身边。他就是自己事先在网上约的“MITFAHREN”的人。出了柏林上高速，汽车不限速地奔驰着，升上最后一个高坡以后，西边地平线上一溜整齐的云一样的深色的山脉刷地一下展开。那是“HARZ”山脉，马格德堡也是一个有山的城，一个有山作背景的城，尽管在易北河谷中的城里的时候，你是从来也看不到山的。只有在高速公路上，这座城市才会以这样的面貌呈现在你眼前，这是一个独一无二的视角。

汽车很快就回到了马格德堡火车站的站前广场。一天之内自己两次搭车成功，还把要到从来没有去过的首都柏林办的事情给顺利地办了，着实有一种心满意足的感觉。这样的感觉使人有成就感。一个社会里，人们普遍的好心情实际上就是由这样运转正常的秩序支撑着的。

有了这次搭车去柏林的经历，再搭车去汉堡就显得有点驾轻就熟了。没有了对于完全未知的事务的忐忑，在约定的时间之前已经站在火车站背后的广场一角上等待。一辆宝马车无声地滑过来，车窗打开，一句“汉堡”？一声“是”。便迅速上车而去了。

宝马车在从马格德堡到汉堡的高速公路上奔驰，速度经常保持在140到150左右。开车的女人短短的头发，脑门上的一撮儿还染成了黄色。这在德国人中是不多见的。因为白种人并不乏黄发者，染黄了也不怎么能标新立异。她的鼻子上穿了钉儿，一闪一闪亮晶晶。她父母在马格德堡住，一个月一般都要回来一两次。她自己是在马格德堡长大的。一路上我和她可以说是有说有笑了。

我告诉她开宝马车的在中国可都是富豪，她哈哈大笑，说自己也是富豪了。她只是在汉堡从事普通工作，来来回回的时候就在网上发发帖子征求一起走的人，多少收一点钱，补贴一些汽油费，和富豪可是不沾边。

从公路上观看德国的大地与从火车上观看有着微妙的不同，火车速度快，没有并行者也极少有对开过来的情况，在视野比较开阔的同时也少了些观察街景与别的车辆的机会；而汽车走在高速公路上，走在下了高速进入市区的桥梁上，左拐右拐，观看大地和城市的角度就会丰富一些，获得的信息量也大了不少。

在德国，即使是冬天也很少冬天的缺点；上天格外垂顾这一片土地，让这里的四季都将自己在人类记忆里美妙的一面展开，即使是在严酷的冬天里。冬天的早晨居然也是甜甜的，树枝的边界清楚，到处都洋溢着一种植物沉睡时的香甜。在湿润的德国的冬天里，每个早晨都会有一种甜蜜的温暖。呼吸起来散发着一种醇香的味道。德国的暖冬不像中国的暖冬那么干，它是湿润的，是多云的。鲜绿的大地和虽然没有了叶子但是依旧树形密集的森林，都有一种油画的意味，弥漫着一种春天般醉人的气息。

后来自己在汉堡实习过三个月时间，但是无论如何也难以找到当初搭车来的时候所走过的那些路线、那些街边的观感，骑车去找的和乘坐汽车所见的视角又是完全不同的。交通工具可以改变人的视角，可以获得完全不同的风景印象，此之为证。

从汉堡回来的时候搭的车是一辆类似商务车的大车，开车的却是一个年龄不大的女人。接了我以后又去不同的地点陆续接了好几个人，对于接这么多人耽误的时间她表示道歉，我说没有关系，正好可以借机浏览一下不同地点的风景。尽管那时候黄昏已经逐渐过去，夜色已经降临。等到收钱的时候比约定的要低了一些，说今天带的人多，分担费用的人多，所以每个人就都少出一些。这样的自我控制、自我节制，对天负责，对上帝信守承诺的行为，在德国人的日常活动中，一点也不罕见；他们自己往往认为是天经地义理所当然，却恰恰是最能让人感慨的地方。

搭车的经历不仅可以省钱、可以从全新的视角看地理环境，更可以深入观察德国人的某些生活侧面，收获良多。

马格德堡周围的几个地方

大城市汉诺威（HANNOVER）

每年都有各种世界级展会的著名城市汉诺威的人气很旺，刚刚举办过2000年世博会的余温好像还在，让人一下火车就会感受到一种与别的德国城市不大一样的热烈气氛。正对火车站广场的那条街道，下面是商场，上面是步行路，很有点中国的所谓“国际化大都市”的意思。这样的商业繁荣对于一个中国人来说是没有什么可诧异的，因为在国内早已司空见惯；只是在德国并不多有。

汉诺威至少是在火车站附近表现出一种不是德国城市所能有的活跃和热闹，流浪的、讨饭的、喝醉的，比比皆是，这些人呈现出一种普遍的放松和自由状态，没有一般德国人在人前、在人群里的那种束缚感。虽然乱一点，但是看上去似乎比较有活力。活力不应该和混乱相提并论，但是往往又是非常容易混淆的。我们印象中的所谓活力确实时时都和混乱分不开，人们在几乎没有任何行为限制的状态里，所进行的并不是一般性的符合文明习惯，或者说是符合人和人之间最基本的互不侵犯的行为准则的行为。汉诺威的活力显然并不是那样的混乱，伸手讨要不给也没有二话；熙熙攘攘，没有看见谁向另一个人的后兜伸出手去。而稍微离火车站远一点，一切就又恢复到与别的德国城市无二的秩序性的沉默里了。

据说汉诺威的德语口音是最标准的，是高地德语的基础语音来源，是标准的德国口音的根据地；这在我们这样对德语只是入门水平的人来说，要进行仔细地分辨还是有点难度的。不过也确实是任何人说话都很清晰，都更容易听懂一些。

在汉诺威骑车转了一整天，英国先生花园是本城最有名气的园林，还在距离核心的位置很远的地方，路边上的亭台水系就已经有了园林的风貌。高大的林荫大道笔直地向前延伸的景象就已经让人精神为之一振了；林荫道是笔直的，天空中护道树的树梢

独特的纪念碑

也是严格的齐平的，与道路的直线一上一下地呼应着，似乎天空中还有一条大路，一条诸神要走的大路。

一块路边上平躺着的石碑引起了我的注意：碑面上有脚印，脚印边上放着的一个钢盔和一双破烂的鞋子。经历了时间的磨洗，这一切却更显得真实，仿佛那就是一双真正的战士穿过的鞋、戴过的头盔。这个雕塑作品，是对战争中的牺牲者的纪念。不着一词，不表达任何观点。一切结论或者感受都是观看者自己的事情。

英国先生花园的核心位置上，是一处有着众多雪白的大理石裸体雕塑的方方正正的院子。院子里的道路完全呈现横平竖直、斜线完整的几何造型，连树冠也都被修剪成了一条笔直的线。雪后的天光云影之下，所有这一切之上都覆盖上了一层耀眼的明明暗暗。时间仅仅是一月份，还刚刚下过雪，但是有一种花树上已经开出了粉色类似杏花一样的小花，更有一种满是小小的红色果实的大树，远观也如盛开的花朵一般。

树冠被整齐地修剪成了统一的模式的花园树行，树冠上经年的老枝曲虬苍劲，而新生的细条则像毛茸茸的新生命，又像是天空中的虚线；这种景象一直延续到了花园外面的护道树上，使树木成为建筑样的有着明确的人类痕迹的景观，这是英国式花园观念之一种。将自然明确地进行人化，与德国式的将自然保护得不露痕迹的观念迥然不同。

英国先生花园

笼罩在这样雪后的明媚里的还有南城门外的跳蚤市场，沿着城墙和护城河一溜展开的摊位上，各种各样琳琅满目的商品都辉映着亮亮的天光，经常耀得人睁不开眼睛。而那个巨大的城市湖泊则是整个汉诺威的景致里最有特点的，包括环湖自行车道在内的环湖运动路径使这里成了骑行者、徒步者、轮滑者最多的地方。城市东北侧的森林则是一处城市直接镶嵌进了高大的森林之中的奇妙所在，森林中为雨水侵蚀而变得黝黑了的石牌坊和墓碑，诉说着这座城市深远阴郁的历史。

汉诺威骑行一日的收获是自己对这个城市有了诸多最具体的观感，从而在自己头脑中建立起了关于汉诺威的最直观的地理坐标系统。去认识一个陌生的地方，建立起属于自己的观感与地理坐标系，这实在是自己乐此不疲的一大人生乐趣。在这样乐趣基础上收获的汉诺威的点点滴滴的印象，便都成了自己永恒的记忆。

“MOEKERN”小镇

早晨出楼门的那一瞬间，清新的、有点甜的空气一下子就勾起了多年前第一次在德国的时候那种强烈感受。那是一种迥异于自己的经验的美好味道，新鲜，深刻。让人很自然地用全身心来体会呼吸的快乐，来仿佛可以触摸一般地一再验证什么是新鲜空气。

在这样大致定了一个方向而并不打算远行的周六，在郊外很随意地从一个村庄走向另一个村庄。仿佛可以永远无限地骑下去，细致地观赏也许并不复杂的乡村景象。小教堂，小墓地，在池塘边上的小憩，吃面包，看野鸭、鸳鸯在发了芽、长了毛毛的树下、水中玩耍。有意思的是，它们总是成双成对的，在任何地方，任何季节，几乎无不如此……

在这里，这样边走边看边发现边感叹的漫游的享受，很平常，很平常，平常到了很多人宁肯在宿舍里待着也不出来享受这几乎是唾手可得的快乐的程度，真替他们惋惜。当然，更大的可能是他们完全没有意识到天下还有这样一种享受存在。

大概是因为天气有些阴沉，沿途几乎没有碰到一个骑车的人，当然也许是因为这样的随意的路径不沿着河也不环湖，更不是深入自然保护区里的自行车专用道。而对于一个短期居住的人来说，是没有什么选择的余地的。哪有那么多风和日丽的好天气？而且任何一条路对我来说都是新鲜而有趣的，都有看不够的风景。

森林在平原上远观如山。那种面积深广的黛色耸立，在很远很远的地方就已经跃入视野，让人不由得就以之为目标，不知不觉之间便已经骑车迤逦而至了。风很大，松涛深邃。松树林画出了风的形象，树梢协助了风的声音。相比之下，杨树或者别的什么树种在风中的声音就显得很浅薄，很简单，甚至很无知。

外衣里面套上红绒衣以后，背后的风好像穿不透身体了。这样用耳机听着德国音乐，骑行在德国的大地上，是何等的享受啊！这样走着走着会突然停下来，停下来记录刚刚蹦到脑子里的感受，那种从后兜里掏笔和本的动作，一如在掏枪。自己意识到这一点的时候，不禁就会笑起来。

德国的草丛里没有蒺藜，也没有能把自行车胎扎破的草。就像夏天没有蚊子一样，这难道也是上天格外的垂顾？恶草不生，毒虫无存，天蓝水净，这是人家生态健康美好，良性循环的一个小小的表现而已。

阳光时时从云后穿出，在一个又一个瞬间里照亮大地，让人体会到什么是明媚。奇怪的是，每次太阳出来都能把远处（随着骑行，变成了不远处，近处，然后又渐渐地变成了远处）的两个大土堆照亮？那两个土堆是矿渣堆积而成的，是规则的几何形状，仔细看会发现最顶端还源源不断地有新的矿渣被倒上去。

在大平原上，只有这两个土堆是立体的，只有它们能够将阳光从地面上竖起来，形成了一个倾斜的平面，让远远的人看见。

辽阔的平原上是无垠的麦地，越冬的小麦在不冷的冬天里依然保持着装点大地的绿色。在这样多少有点类似中国的熟悉的景观里，真就不想赶路了，驻足长观，回忆和现实结合了起来，幸福感油然而生。在国内，在家乡的郊外漫游时的景象与眼前的景象部分重合，造就了自己现在的沉醉之感。这是旅行叠加上旅行以后很多很多次才会有的一种瞬间被击中样的陶醉。

村庄都建在缓缓的山坡顶上，村庄里那些带花园或者菜地的房子，一瞥之下，其中的生活状态也是可以想象的。它会比单纯的建筑，没有土地没有自然气息的建筑更能让人平和，更能让人感受到宁静。

不过，在这样的美景之中也有那种属于人类的普遍的悲哀。连接着村庄之间的小公路边上，往往是靠着树根的地方，经常可以看到一些小小的十字架。十字架旁边放着花和蜡烛，有的还有照片和长明灯，写着年月日，遇难者的姓名。这是在车祸发生地，在亲人不幸遇难的现场进行的一种祭奠。以德语学习状态中那种不由自主地去认路标和广告、认一切出现在路上的文字的习

“MOEKERN”的宫殿花园

惯，沿途这样的地方自己都会仔细看看。发现，遇难者多是自己驾车的年轻人。虽然往往语焉不详，不过通过那些纪念牌上的简单描述，还是可以想象出他们在深夜行驶过程中车速过快而失控的可怕场景的。

只要一直伴随着铁路走，就可以到“MOEKERN”。这是一座近乎荒野上的古城。很短的几条街道上风貌和周围的自然环境几乎没有任何间隔，只需要几步路就可以进入河湖森林与草地麦田之中，自然的气息将人类聚居的热闹完全融化掉了，深长的寂寞和强大而无声的大自然节律主宰着这里的一切。就是这样的地方居然还有一处叫作皇宫公园的园林，这座园林的围墙就是原来古城的城墙，城墙完全由石头垒成，不是很高，还出现了很多缺口。其间湖水宁静，鸳鸯、野鸭卧在水上，为一味沉浸在寒凉之中的园林点缀上了一点点顽强的生机。正如德国其他很多地方一样，这样的园林古迹是开放式的，不收门票，人们自由出入，和周围的民居与商业建筑融合在一起，很自然地成为人们生活环境的有机组成部分。

骑车漫游了多半天以后到达这里，发现如果坐火车从这里回马格德堡的话，只要2.4元！路上经过的那座叫作“LEDDENICK”的只有一两个院落的村庄，也有一站。站台只有一米宽，稍微错开一点车厢门就会对不准站台。当然，在这里经停的火车也是仅有两节车厢的那种火车，其总长度大约比国内大城市那种加长型的公共汽车长不了多少。这种专门为那两户人家的小村庄设置的火车站，完全是为了居住者的方便，是“人民铁路为人民”精神的具体体现；因为如果一味地计算停车和启动成本的话，是断然不会有这样的小火车站存在的可能的。

从“MOEKERN”慢慢地骑车回马格德堡的路上，依旧努力选择着来的时候没有走过的路径，尽量去找那些陌生的地方去走一走、看一看。内心里洋溢着一种成就感与满足感：所走过的道路，所见过的景象，貌似无意义的地理景观，除了当时的审美乐趣、观赏价值以外，更有一层关于这个世界、关于人类生活的具体画卷的个人版的意义。这就是你头脑中的世界。而要使自己头脑中的世界更丰富更接近于世界的真实，这种道路的行走和景象的观察就是多多益善的。

"BIEDERITZ"村

在有关马格德堡的记忆中，其东北郊的那个水乡一样的村庄"BIEDERITZ"，总是异常清晰。村子周围的芦苇荡一样的水系，实际上是易北河故道遗存下来的沼泽，即便是在冬天里也是一片水草丰茂的景象，不过是将夏天的碧绿换了一片黄色而已；衰败的高草在有野鸭荡漾的水面周围围拢成高墙一样的屏障，使我们习惯了在冬天一望无垠的视野恍惚重回了夏天的植被茁壮之中。加之森林环绕，高大常绿乔木暗绿色的笔直树干所组成的黑压压的森林，总是能成为任何一个视角的绝对背景，所以就让人不觉着有一点点冬天的萧疏了；如果不是还有冬天的寒凉的话，真仿佛就回到了盛夏。果然还真是有盛夏里的消遣：一个孩子拿着全套的钓具在水边钓鱼，看见我过来，就主动过来问，是不是要买他的钓具。

这个执着的孩子是村子里唯一一个在这个冬天的日子里还跑出来玩的人；寒凉的气候使户外活动变得需要一些勇气与真正的兴趣了。村边上正对着这片芦苇湿地的人家，将自己房子四周全部装上了透明的玻璃阳台，远远的就可以清晰地看见摆在阳台上的桌椅和一尘不染的格子桌布。坐在那样的位置上来面对外面优美的自然环境，显然是更多的人的选择。德国人的生活质量之高可能有很多种体现，但是这样不论身在城里还是乡下，都始终能和纯净的大自然相依相伴，却无疑是其中最重要的一种。

这里实际上距离马格德堡只有十公里左右的距离，穿越森林的公路，从城里通向村庄，交通很是方便。很多在城里工作的

村边的沼泽

人都住在这个村子里。一家一户都是两层的别墅带前后院落的格局，车库的卷闸门与后院的柴扉并列着，院子里的果树上还有去年秋天的累累果实。小苹果是红红绿绿的，一种长满了类似玫瑰果实的灌木上则是一片如花的鲜红。冬天里的鸟儿们，就是靠了这些人类刻意给它们留出来的粮食过冬的。

街道上是一片无人的安静，走上好大一截，也不过是偶尔在某家后院里瞥见一个背影。人口密度小，人口绝对数也小，这样城市边上稍微偏僻一点的村落便现出了一种寂寥的味道。

村子的另一个与城市相对的方向上是广袤的易北河岸边平原，大地纵深远远的地方才有另一个村庄“LOSTAU”，另一个同样人迹寥落也同样非常具有美感的村庄。村庄和村庄之间的连接，是那种窄窄的小公路，甚至是只有对应两个汽车轮子的部分

村边的人家

铺了水泥、进行了硬化的农业道路，不过路边照例是有大树的，大树的婆娑和虽然黯淡了但是也依然能看出秋天的黄黄红红的颜色的树叶，装点了整个道路和大地。充满了大地美学的魅力；让人纵目驰情，很愿意就此继续出发，从一个美丽的村庄到另一个美丽的村庄，做无边无际的漫游。

在马格德堡冬天里、在德国的四季中，自己总是被这样无边的美所吸引着，一再地骑车投入大地的怀抱，在德国大地上漫游着，徜徉着，纵身于大自然享乐的海洋而不可自拔，更不愿意自拔。这些经历、这些经历中的颜色、味道和宏大细腻的地理格局、天气状态、植被景观、人在自然之中和谐共生的诸多妙境，都成了自己人生中永远值得回味的篇章。

春到汉堡

春到汉堡

去汉堡实习一直是自己在马格德堡时就开始向往的事情，因为可以脱离开上课状态，可以完全一个人生活，骑行的机会应该会更多；更因为终于可以挣脱冬天的沉重而进入万物复苏、明媚耀眼的春天里了。自己对于春天的向往，在德国尤其强烈。因为在德国这宝贵的一年四季里，春天是一个色彩缤纷、生机盎然的季节；以自己在国内对于春天的感受来说，这将是一个让人激动，每天都会因为气温和植被花朵的变化而带给人惊喜与兴奋的季节，审美的季节。

等到在三月初的一个周末里用自行车带着大包小包上了火车的时候，这个一直期待的理想终于开始变成了现实——妙不可言的现实。在一个地方长期（四个多月！）生活严重羁绊着自己对德国其他地方的向往，迫切地需要奔向一个崭新的地理位置，不仅要实习工作，还可以以那里为新的活动中心，展开在那一片土地上的自行车漫游之旅。这样的期待现在终于实现了，所以离开马格德堡的宿舍、离开那条“亲爱的先生”街上凸凹有致的石头路面的时候，尽管也有些惆怅，知道再回来再走上这一条街道再住到这里的可能性基本为零，这次告别就是永远地告别，永远地告别这一段生活了；但是这样的情绪只一闪念，立刻被对即将到来的崭新生活的满满期待赶走了。

这时候，春天已经在马格德堡的灌木枝头萌发出了嫩嫩的绿意，在大教堂后面的易北河大桥旁的高坡上，灌木丛的枝条已经柔顺地改变了自己在冬天的颜色；踉跄着走路的孩子后面跟着目光紧紧地盯着前面的孩子的大人，大人和孩子一起沐浴在这样最初的春意里。阳光亮亮地照耀着，照耀着马格德堡永恒的黑色建筑下闪光的河流。在这一片春天的闲适里，随着温度的升高，人们从表情到动作都放松了。户外活动的人明显增加，阳光下的漫步者、运动者比比皆是。要离开马格德堡了，转转来了四个多月从来都没有好好转过的市中心。坐在OTTO博物馆边上的小土坡顶上，俯瞰阳光下的易北河，河边的跳蚤市场（FLOHMARKT），一种一个人在国外的自由之感突然而至：时间自己掌握，节奏自己掌握的自由是无与伦比的。对一个地方进行告别的时候，这个地方的优点就显得格外充分，自己在这个地方度过的时光就格外让人怀念。在德国的一年里，有多次这样的告别，也有多次这样颇为惆怅的感慨。

在列车奔驰着的原野上虽然还鲜有眼睛能判断出来的春天的物象特征，但是气息却已经包含了春天的湿凉湿凉的暖意。奔向德国北部名城汉堡的旅程中，我一直在临窗而坐，贪婪地凝视着德国大地上扑面而来又迅疾而去的连绵不断的景致，丘陵起伏、森林蓊郁，河流湖泊点缀，道路如带，村镇像是童话中搭出来的布景；在逐渐到来的雨中，一切都被窗户上奔流的水迹所染，形成一种被水润泽过以后的深色。在这样的深色里，连坐在车里的自己的心好像也跟着被湿润了。在这样情怀洇漫开来的气氛里，列车到达一个车站和离开一个车站，安静的播报站名的广播轻柔舒缓，只报一次，并不重复；自动门开启和关闭，有力地加速，鸣叫着快速奔驰，不遗余力地将自己带往汉堡，带往那北德的春天。

人生中有很多这样改变生活场景的重要时刻，它们大多在事后回想起来的时候被深深地记住，而在当时，在改变的当时就能被明确地意识到重要性，那确实更在情感波澜之上增加了一层理性照耀。两者相得益彰，互为促进，使审美的激动时时刻刻都充满了自我意识加诸其上的情绪强化，自己既在审美，又能时时站出来审视自己的审美，连自己在内都成了自己审美的对象。这样陶然的时刻，记忆变得极其强悍，至今也还几乎可以完整地将沿途所见一闪而过的德国大地的景色，逐一回放。坐在火车上的两个小时时间里，奔驰的列车不啻高扬的情绪狂流，剧烈地荡涤着、淘洗着、兴奋着、激越着全身上下所有的细胞，人生一下就进入到了一种极致状态，一种深深的物我两忘里。

在雨中接站的是德方机构的工作人员，彬彬有礼的上了年纪的施密特女士。在德国这么多个月了，一切事情都已经适应了自己去做，完全没有想到还有人来接。而且自己一个身强力壮的人，还要人家一个上了年纪的女士来接，总是不大好意思的。她却完全以分内之事不必客气的态度接了我，互相说着些基本的情况，一起走出车站。尽管这也许这是她的工作安排之中应做的事情，但是以什么样的态度来做却是完全由个人的情感情绪修养来决定的。施密特女士给我留下了非常良好的印象，正如在萨尔布吕肯的时候那个在和人打交道之后赠予一块水果糖的财务人员一样，在面对陌生人、异国的陌生人时的温和与诚恳，实在让我们这样在陌生人环境里生活惯了的人感到亲切和激动。这样接人待物的态度是基于宗教还是修养，还是兼而有之，不得而知，但是效果却是出奇得好，让人一下就被人与人之间所可能有的最诚挚的温暖所打动！自己在汉堡期间又几次与施密特女士见面，每次见面都十分亲切，最后离开汉堡、离开德国的时候也都曾写信致意。人和人之间，信任和好感的建立往往并不需要如何去努力，如果上天有了安排，那往往就只在一瞬间。

她打了车，我装上行李和自行车，一起去十多公里之外的位于发木森（FARMSEN）的住宿点。因为她也没有来过这个住宿点，也不熟悉，所以找了一会儿，出租车开过去又开回来，黑人司机态度谦和而安静地驾驶着，不急不躁。任何一个种族的移民，在德国的环境里工作，似乎都能很快以德国式的工作态度和人生态度来做事了：敬业而认真，分内的事情一定会尽心尽力。安排好以后施密特女士就告别了，她告诉我她的家距离这里80公里！她要从这里乘坐地铁回到火车站，再从火车站乘坐火车回家。

在宿舍里安排好了基本的生活用品，一时间就很难从到达一个新的生活地点的兴奋里安静下来。和衣躺在床上，正对着窗前的大树；大树伸到窗户上的枝条，刚刚冒出一些新芽，在以后整个春天、整个由春而夏的三个月时间里，自己将在这里目睹它逐渐丰茂起来，变成可以遮挡住阳光的伞盖。

FARMSEN的公寓楼

下去走了一圈，看了看这一片红砖的老楼。楼和楼之间有成排的大树，有花园，有草地，还有一个工人都穿着绿色的连身裤推着小小的独轮手推车干活的花园，是专门进行花卉培育的苗圃。在这样一片绿色的环境里，这些红砖的老楼还显得非常和谐，与周围的植被很好地融合着。德国建筑的特点是外观简朴甚至陈旧，而内装修现代，窗户、门、走廊、地板、厨房的材料都是最新的，都是跟随着时代进步而做不断地调整的。

已经有四五个月没有散步了。有的是有计划没计划、有目的地没有目的地的骑车出行，但是几乎从来没有过在晚饭以后从容而有兴致地进行过标准意义上的散步了。因为有网络，网络使人沉浸，不能自拔到了废寝忘食的程度；因为上课已经把人的所有神经都弄得疲惫不堪，回到屋子里就绝对不想再动了。

享受，在散步的过程中不会遇到熟人，自己的独享不被打扰，这应该是散步的一种理想状态。尤其是身处国外一座巨大的城市边缘上，一切都是新鲜的，任何一个方向都是自己所从未涉足的，出去看到的几乎每一个景象都是崭新的。而且还是在这种早春时候，万物萌动，花儿渐渐开放，空气湿润而有了冬天所没有的活泛气的情况下，几乎可以说是散步的极致了。

孤独是散步的一个重要推动力，在一个无人说话、无人交流的环境里，墙与墙之间的压迫会使人透不过气来。永远的安静让人有时候突然感到绝望的窒息，散步是治疗的好办法。这样很纯粹的散步状态里，总会不由自主地背上手，这种不健康的老态的姿势一向是自己所不屑的，不过这个早春汉堡的初夜时分，在这个丛林一般的住宅区里漫步的时候总是会不由自主地采取这个姿态。想一想，背着手确实可以让身体和精神一起放松，放松到一种类似躺到床上的绝对松弛。悠闲而有兴致地去面对所看到的一切。当然，所看到的一切和没有看到几乎是没有什么区别的，除了呼吸新鲜空气，丈量没有走过的小路以外，脑子已经不知道到什么地方去漫游了。这也是散步的一种白日梦样的极致状态的一个标准吧。

很多家的窗户都亮着灯，没有挂窗帘习惯的德国居室，宽敞明亮的屋子里一览无余。那种刚刚入夜，电视开着，孩子玩着，大人忙着的家庭状态，每一家和每一家都很相似。以我的眼光看过去，都很温馨。生命与生活的气息是活着的人所不能永远阙如的。

整个居住区的十几栋楼基本上转了一圈，没有碰到一个人。楼最高的只有三层，最多上面再有一层阁楼。最矮的是平房，两层的也不少。楼和楼之间有很大的空地，树木和草皮虽然还没有走出冬天，但是都很“茂盛”，有茂盛的潜力。我们所习惯是那种让每一块地皮都变成房地产，变成可以赚回钱来的极端做法，在这里的管理逻辑里，是没有的，是不被允许的。

在发木森宿舍这一带，自己在以后的三个月里几乎是天天进出，既走大路边的自行车道，也走建筑群之间有一人高的灌木始终相随的小径。多少个春天的黄昏，多少个持续时间越来越长的傍晚，自己骑车沿着市区中间的小溪回到发木森；在大树婆娑的树荫下走过，在被夕阳染红了的灌木上的散发着浓郁药香的白花边上走过。在一片静谧里，在一片德国的晚风中，在最后到达宿舍楼前的时候推着车子走上一程，一次次慢慢地感受着这些神奇的景象：至少在表象上是融入了德国工作里去的早出晚归，至少在形式上体验到了一些假如是在这里生活的话的样貌与感受。在事情发生的当下就已经深刻体会到了其可贵与可珍惜，这种如诗如醉的情绪在仅仅源于居住环境与作息状态的情况下便已产生，是何等的神奇、何等值得铭记。

搬到这里十一天以后还从来没有在楼道里见过任何人，只有些“有人”的痕迹。比如厨房里的垃圾桶中的食品包装，还有有余温的烤箱，或者地面上的脚印甚至是自行车轮胎的痕迹。最接近看见人的一次是，一抬眼，正好看见衣服的最后一个角正进入一扇门中。那显然是一个人，或者类似一个人的东西在进入一扇门的时候最后一个可能被看见的角度和时间量。之所以使用“类似一个人”这样的词，是因为事情发展得越来蹊跷，不得不谨慎使用词句了。

一楼的大门位置

这种蹊跷发展到某一天的时候突然加速，变得登峰造极，让人不安到了顶点。

已经在汉堡定居的同学小蒋，那天领着孩子来看我。因为我下班去了超市，所以她们在楼下等了一会儿也没有等到我。从楼下抬头看我宿舍的窗户，正数第三个窗户是黑着的，说明没有人。但是给我买的东西她们不想再拿着了，于是就在有一个人正好开门的时候跟着进来了。进来以后走到我的门前，孩子喊我，自然是没有回音。就把东西放在了我的门前，然后转身下楼去了。这样直接把东西放在门前，在德国是很普遍的事情。还没有听说有丢失的事情发生过。

她们下楼以后，再抬头，看见第三个窗户竟然亮起了灯！她们马上按了门铃，看见我窗前马上就出现了一个人影，一个秃顶的人一边打着电话一边走到窗前往下看了看，好像还不紧不慢地抽着烟呢！她们挥着手，那人视而不见地离开了窗户，离开了她们的视野。她们马上又按铃，可是不论怎么按也都不再有反应了。

她们退到楼外路边上等着我，等到我回来，迫不及待地告诉我，说我屋子里有人！

我故作镇定地不紧不慢地和她们一起走回来，一边走还一边逗着孩子，仿佛并不太在乎这个屋子里有人的疑惑。一拐过楼角马上向上看，天呢，果然第三个窗户是亮着灯的！那灯很明亮，有一点橘黄的颜色。那会是什么人呢？

继续故作镇定地放下自行车，绕到里面将前轮和固定的铁架锁在一起，然后开了楼门，帮小蒋把孩子的小车推到门里。就在这个时候，从楼里走出一个秃顶的人来，手里拎着两个衣服架子，架子上挂着两件并非西服的似乎没有必要挂在架子上的衣服。这是我在这里住了这么长时间以来，第一次在楼里面对面地遇到另外一个人！

他表现得非常客气，先是对我给他让路表示感谢，然后又彬彬有礼地询问小蒋是不是要出去，要不要他帮忙？我们自动地作了同样礼貌的反应以后他就出去了，走了。我们互相一看，我问，你们说在窗户里看见的人是不是他？像！是啊，刚才他那么礼貌，是不是隐含着什么得了手以后的刻意为之呢？

赶紧跑上楼来，再也不能装着镇定了。开了门，屋子里是黑的。一切都是走的时候的样子，床上的被子有一个角是没有放好的，桌子上的东西很零乱，但是每一点点零乱都一如我离开的时候的模样。如果不是屋顶上的灯太高的话，真想上去摸一摸它是不是热的！

他来干什么了呢？钱和卡都在自己身上，电脑没有动，除此之外，实在就没有什么值得一偷的东西了。而且看来看去，什么也没有丢啊！何况，这个时间正是人们下班回到家的时间，他不在别的时间进来为什么要偏偏选择这个最危险的最容易被发现的时间点呢？如果自己不是临时去了一下超市的话岂不是就被自己给碰上了吗？小蒋说这可能是一种变态的人。是啊，如果不是变态怎么会有又打电话又抽烟的从容呢！

站在屋子中间，一时间无论如何也想不明白。就是说这屋子是有人随时都能够进来的！小蒋说应该给你的管理机构打电话说一下这个情况，我说如果真是有人进来的话那就应该先报警了。商量了一下，觉着还是应该先去这房子的管理所，前面的信息处（INFORMATION）去说一下。于是就一起下了楼，下楼前关了灯。走到楼下，不由自主地一起向上一看，天啊，第三个窗户居然灯又亮了，而且亮起来的灯光又是含有橘黄的成分的那种颜色，和自己开灯的时候的白色的日光灯的颜色有着明显的区别。她们俩在楼下等着，我飞速地跑上楼来，哗地一下开了门。屋子里的灯没有亮！把头伸出窗外，她们俩在楼下正向上看着呢。我伸头出去的房子居然不是第三个窗户，而是第四个！

她们重新按了门铃，放松地走上来。大家都如释重负：看错了！也就是说，楼上的那前几间房子至少有一间是有一个门而有两个窗户的。我们都想当然地以为每一户都像我的房间那样是一个窗户了。这再次证明，没有鬼，也没有如此勇敢的“变态”。

欧洲是鬼故事很发达的地方，众多原因之外，环境显然是一个重要影响。环境过分安静，人和人之间过于界限分明，每个人都生活在自己的世界里，而周围的自然环境又是那么“原始”，面对风吹草动的偶然，产生些异样的联想也就有了充分的空间。

而对于自己所居住的建筑的了解，往往并非以国内的经验就可以想当然的。比如，住了一个月以后才发现床头的墙上还有一个插头，于是把地灯挪了过去，以后就可以于睡觉前在床上看上一会儿书了，而且关灯睡觉的时候也不必再起来到门口去关灯了。还有，住了一个多月的时候才发现淋浴的喷头挂头是可以升高的，不必总是放在原来放得那么矮的位置上，弄得自己腾出两只手来洗头的时候老得蹲下。在一间屋子里居住，住短了是不能明白很多机关的。比如门框上都有一条胶条，那是为了防止关门的时候过响而设计的。当然也有隔尘隔气的作用，关键的时候可能还能隔火呢。德国建筑的细节，充分人性化的设计，只有慢慢地去体会与感受才能了解透彻。

这一天有两个同学在去实习的路上过汉堡，自己便骑车去了火车站。想在可能的几趟列车到达的时候去站台上迎一下，如果他们来了，就可以利用转车的时间陪同他们到市中心去转一转。

一到站台上，就看见有一个中国女人。便询问她在刚刚到站的这趟列车上有没有两个中国人下来，她只是目光一瞥，然后眼睛根本不看着在问话的我，面无表情地说“没有”，然后立刻就扭身离开了。自己也只好站开一点，等了一趟又一趟，下车的人里始终没有我的那俩同学的身影。

在德国，好像陌生的亚洲人和亚洲人之间的防备和芥蒂都是极深的。他可以刚才还笑容可掬不无热情地对同样陌生的德国人打招呼，一转脸看见了另一个亚洲人走过，即使是四目相对也视若无睹、冷若冰霜，起码会迅速地把目光挪开。其实，这是都意识到了这是在别人的国家，自己在这里不能说是低人一等，但至少是作为异于他人异于本地人的人。如果和亚洲人说话，那好不容易培养起来的自信也许就会大打折扣，连带着自己也就等同于自己谈话对象那样的身份与地位了。这种微妙的自尊或者叫自卑，在一些人中相当普遍。当然，中国人一般不主动和看起来是亚洲人的人说话，还有一个重要原因，那就是不知道对方是不是日本人。今天这种互相已经用中文说了话，却依旧是拒人千里之外的情况，那基本上就是第一种情况了。更极端的情况就是在防备被同胞所骗，因为有过那样的传闻。

没有接到人，自己开始骑车漫游汉堡市中心。终于可以骑车在一个全新的城市自由地浏览了，此前的一切准备和积累终于开出了最鲜艳的花。正在踏上梦寐以求的人生目标的快乐由衷地在浑身上下奔流；尽管自从到了德国以后已经多次进入过这种状态，但是每每再次进入到其中，即如眼前这样的时刻，也依旧还是让人幸福到浑身颤抖的程度，幸福到不成调的歌从嘴里源源不断地哼唱出来的状态。这种极度愉悦的状态来自于小的时候到了外地的那种最原始的新鲜感所激发的乐趣记忆，来自成年以后对于异地的地理风貌和人文景观的持久兴趣，来自内心不可分析的审美价值的目标追求倾向。每每在现实里获得一次实现，每每就会如眼前这样陷于无边的快乐之中。

汉堡主火车站像是一座用巨石垒起来的古堡，内部的现代化设施和结构一点也不逊色于任何一个城市的主火车站，但是它外观上的厚重与庞大，与某种程度上的陈旧，都与整个城市漫长的历史和深厚的经历气质相符。后来在三个月时间里多次出入这个火车站，这个印象一直都没有改变，反而越发强烈。成了自己对汉堡的最深刻的记忆之一，以后偶然在图片上、在网络里看见汉堡主火车站的影像，甚至只是听到了一首汉堡的摇滚乐队所唱的关于汉堡的歌，都会像遇到老朋友一样的一阵惊喜。

从火车站通往老市政厅的路两边，是汉堡最集中的商业区。与世界别的地方的商业繁华路段相比，大同小异，实在没有什么可说的。在这个时代里，商业已经使一切都雷同化了，只有风景还有区别，还可以让人流连。

因为骑车而行，机动性很好，所以一转就离开了商业区到了旁边的一个公园里。

公园里再模仿自然，再恢复自然的原始，也是脱不掉人类的匠气的。那么多品种各异的花都集中到了一起，这本身就是违反自然的分散和不集中的随意原则的。没有办法，在大多数城市中人化了的自然已经是当代人类所能置身其中的最好的环境了。

一种单人的躺椅样的木头座位，置于公园的角落里，向阳的地方，人们可以半躺在里面吃东西、看书，或者只是闭着眼睛享受阳光本身。这应该算是一种提供个人享受的公共设施了。比较“洋气”，比较时髦。在那座被炸以后很勉强地只立着一个塔楼的教堂后面的广场上，也有些这样的提供个人享受的公共设施，每一个座位都是用铁链锁在栏杆上的。

上午十点钟，在城市中心的广场一角坐下，将一直持续的自行车速度停下来。静静地坐上五分钟，聆听汽车、火车的声音

维持原来被炸的样子的教堂

（火车进站前减速的声音），建筑工地上钢筋碰撞的声音。雪白的椅子上一尘不染，根本不用擦。看广场上走过去的人：一对情侣，一个大肚子的博物馆工作人员，一个拿着手机拍照的中年人；还有升到半空中但是被一圈绳子牢牢地束缚住了的热气球，等候着这一天第一批顾客的光临。

在鲜花盛开的教堂广场上，很多德国年轻人捧着书在读，有聚在一起交谈的声音也很轻。突然远远地传来一阵放肆的说笑声，一大群年轻人肆无忌惮地大声说着话从广场上走过。他们讲的是英语，从口音判断，应该是美国人。使劲地撇着自己的口音特征，一定要将口音尽量带出来，将自己的语言特点最大限度地发挥出来，努力让所有陌生人都知道自己是从哪里来的，是从各方面都比你们先进的地方来的，以显示自己的高级和优越。对于这种浅薄的无礼，德国人一般是摇摇头不予理会，内心里的蔑视却是一下就形成了。

在国际化了的场合，这样的对于异族的印象和判断基础，往往就是代表着那个族群的某几个人的一时的所作所为。一旦这种经验再次被印证，那基本上就会在头脑里将这种现象导致的总体判断在你自己这里坐实，成为某种程度上说一定是以偏概全的谬见。

汉堡城中心区还有很多值得详细体会的地方，以后在陆陆续续的半天、少半天、多半天时间边角里，自己多次纵身其间，获得了诸多观感。下面是3月26日中午的时候，在和煦的阳光里，于汉堡市中心的汉堡大学边上的公园里漫步的所见所闻。

因为是中午的时候，所以来公园里吃饭的、看书的、闲坐的，景象一如中国。而他们几乎绝无例外的安静，与安静同样怡人的还有地面上能保持得住的整洁，基本上的无垃圾状态。大家都找向阳的椅子坐，尤其是河岸上的，南向的。而其实公园里的椅子的设置也基本上都是在中午的时候能晒到阳光的位置上。德国人坐在阳光里吃东西（一般是酸奶、面包片夹或不夹香肠）看书或者牵着狗走一走，这是他们最典型的休闲方式。无论是哪一种，只要是成年人，都无声无息。一个女孩骑车而来（尽管公园里禁止骑车），盘腿坐在路边的长椅上，双肩挎打开，食物放在一边，手里捧着一本书，低着头可以很久很久坐在那里，一动不动。这在我们的经验里大约会被多看几眼的。以她那个姿势坐在椅子，如此妙龄却一味地低着头看书，而且读的是并非为应付考试的教材教辅、课本培训的书……

圣保利（ST.PAUL）区是汉堡的红灯区，这里总是聚集着大量的颓废者和一夜狂欢的人，红色的地面上尿迹四处可见，街道上有黏浊的饮料和酒精，甚至还有呕吐物。像荷兰公开的红灯区一样，汉堡的红灯区也是世界闻名的。旅行车拉着一车车的旅游者来，人们纷纷下车，手拿地图，在导游的引导下，颇有点可笑地东张西望地参观着。

这里有一个对骑车者很不利的特点：地上的玻璃渣子多。那是来这里发泄的人们夜醉以后随地摔酒瓶子的结果。在整个都很有秩序的德国城市里，好像这里是个特别的例外，人们不仅可以放纵身体，还可以放纵自己的公德和规则意识。在德国这样一个一切都很规矩的国度里，汉堡红灯区这样的地方异常吸引眼球，也就完全可以理解了。它为人性的另一面提供了舞台。

不过所谓红灯区也就只限于一条街，离开那条街，到了不远的公园里，就一切又都恢复到德国式的整洁与秩序中去了。这个公园自己曾经多次到达，骑车穿过红灯区从市区里过来；或者顺着易北河拐过来，从巨大的俾斯麦英雄雕像下过来；在欧式的园林中所有植被都要按照人的意志做出几何图形的设计与被管理状态。这是人类从自然中脱离之初的有意为之，虽然未免机械，却也别有滋味。

在这个公园的长椅上邻水而坐，不论是喝水吃东西还是发呆，都是一个上好的地方。这里距离发木森已经有三四十公里了，每次骑车到了这里也的确是该休息一下了。从这里继续沿着易北河走，或者选择一个向北、向西北没有走过的方向一直骑下去，都是很有意思的路线规划。易北河沿岸虽然已经多次走过，但是风景优美，确定可以有身心的愉悦享受；而向北、西北的路多是没有走过的，在春天里，说不定就会有一片意想不到的风景展现在眼前；即便没有风景，那些没有到达过的街市、那些无不是历史深处走来的雕塑与建筑甚至只是街道的形貌，也都对自己构成了极大的吸引力。往往是德国人、当地人完全不以为然、习以为常的什么小景致，就能让人停下来端详好一会儿，又是拍照又是做笔记，端详之余还要默默地想些什么。在崭新的世界里，在获得眼目的新鲜享受的同时，人总是若有所思的。

从容地游览一个欧洲的城市，不为时间所迫，能最大限度地接近当地人那种坐在阳光里，一动不动也不说话，入定一般的安详（也有相当程度上的寂寞的成分）。这在别的国家的国民也许并不难，但对于我们往往并非易事。

能在德国汉堡的公园里从容不迫地逛，这在中国游客中大约不会多有，自己几乎可以作为“代表”了。对于这一点，能让自己意识得到，就是一种幸福。

从那个公园回来，回到伐木森，推着车子走在宿舍区安静的楼间。春天来了，桃花（至少是一种花朵和树干都与桃树很像的树）开了，橡树的骨朵开始展开一个小小的嘴儿了，油光光的。一种长着淡绿色短粗毛毛的树，在阳光里绒绒的，闪耀着一种动物幼儿的朦胧。这里春天的味道明显不同于国内，有一种不急不躁的安静。从冬而春，变动不很剧烈，不那么快，而是一点一点的。所以人们并不觉着突然。气候上的变化也不是那么大，一切都是渐变着的。就像日照时间一样，是一点一点地延长的。现在已经是晚上七点才黑了，当然就在前一天刚刚施行了夏时制。

汉堡足够大，大到即便住几个月，每天都能走到没有涉足过的风景中去的程度。这些风景，人与自然的风景都很“到位”，绝不凑合。湖处在城市中心，面积很大；森林处身小区之间，高大挺拔；草地倾斜着将视野拉开，让人心胸开阔；就是墓地也是世界第二大的墓地。还有港口，还有沟岔众多的河流、广袤无垠的平原……

不过定居者，长期居住在这里的人总是不必急着去每天转一个地方的。旅游的，短期小住的人则普遍有一种匆忙，一种不转就可能永远错过的心理，一种时间有限的末日旅行焦虑缠绕着他们，让他们总是尽最大可能地利用一切机会去转。这种短期居住的心态左右着我，好处是抓紧时间，不浪费时间，总是起早贪黑尽可能地走到外面去，走到没有去过的地方；这样做的缺点则是很少有真正安静下来的时候，甚至连书写也变得总是记录一下梗概而无暇细写。总是感觉有更多的美景在等待着自己去到达和观赏，已经看到了的大可以留到日后再去仔细咂摸就行了。实际上任何美景的体会与感觉都在当下，都在转瞬即逝的当下，就像画家写生一样，不在现场描绘光影的细节，只画一个轮廓，那就会丧失绝大部分的现实感应。这是走马观花尽量多到达式的旅行与慢慢体会将游览与生活充分结合以后的审美的区别，也是必然付出的代价。

汉堡的魅力也许正在其大，在让人吃惊的相当于七个伦敦和四个巴黎的面积上，每天你都能走到一个新的地方，一个没有到达过的地方。只一个易北河边就有无数的沟汊，地形变换，桥梁纵横。一个上午能够把一小块地方弄清楚已经不错了。一天一天地穿越这城市，到能把各处的记忆串联起来的时候，关于这城市，就在你的头脑里有了一个立体的图像，一个只属于你自己的图像。这是自己摸索性地漫游的一个最终的快乐，它可以让你对一个地方有自己通透的图像，让自己在这个世界的这一部分变得心明眼亮，至少是自我感觉的心明眼亮。

阿尔斯特湖（ALSTER SEE）

汉堡作为老牌的港口与商业城市，其老城区的风貌保持着中世纪式的狭窄与威严，步行时代里的城区建筑不仅鳞次栉比而且蜿蜒曲折，完全是以自然形成的路径格局为依托而逐渐修建成的原始模样。在这样的老城区既有浮光掠影地走过，也有过深入其间的几次经历。

在汉堡期间，参加过至少两次德方举办的各国进修生的聚会，聚会的地点就在这汉堡老城区里。顺着老街道里窄窄的巷子，走上石头路面的陡坡，一处外貌上看像是有几百年历史了的两三层的房子。房子里面是经过现代化改造的，已经有了速度很快的电梯。不过里面的楼道和房间都很昏暗幽深，有着老建筑的那种城府很深的沉郁气氛。

所谓聚会，也就是围着长条桌吃东西，都是德国最常见而我们却不怎么吃的肉食。各种香肠，各种作料，大家都煞有介事一惊一乍地夸张着说好吃，以此来赶走气氛的尴尬。因为各国学生在一起，共同使用着都不大流畅的德语，交流不畅而都想努力交流，于是互相之间是始终存在着这样一种被称之为尴尬的情绪的。不常吃到的食物的美味，与交流上没话找话的客气与刻意，几乎就构成了聚会的全部内容。那些一个国家有两个甚至几个学生的还好，他们自己人之间的交流至少还是通畅的，还能形成小环境。语言作为工具，一旦成了交流的障碍，几乎就是无法逾越的鸿沟；在自己整个德国四季的经历里，语言实际上始终都是一个需要时时克服的难题。其缺点是很难与人进行深入交流，优点是使自己更为投入地置身大自然，充分地享受到了自然审美的乐趣。

聚会中东欧学生和俄罗斯学生占大多数，他们往往还是拥有当下的礼貌的，尽管以后在街上见了面通常并不说话。他们与德国人、西欧人比起来显得有些更不苟言笑，对周围的人和环境的表达十分罕见。也许这在他们看来我们也是一样的，不过中国人有淳朴的一面，有自己的优点。这是一个民族在教育在民族性上的问题。在不同民族的对比中，它变得显而易见。

中国是古老的民族，在人性上反而显得年轻，有本真的淳朴；与德国人比较而言，他们显然不及中国民族的古老，但是“强度”大，经历的大起大落多。实际上自己这样仅仅根据自己有限的观察和接触而做出结论是不具有什么特别意义的，充其量不过是在具体的经历中头脑中一闪而过的机械而简单的判断而已。东欧和俄罗斯人自有他们自己的世界，只不过是因为语言不通，无缘深入交流而已；而交流一定会使很多问题迎刃而解。

汉堡市中心的老市政厅是古老的德国建筑，完全是自由出入，不要门票。庭院里的喷水池边上的青铜雕塑栩栩如生，尤其是那窈窕的女人正弯腰从水里抓出一条大鱼来的景象，好像专门是为了显示青铜雕塑的流畅线条对于多么复杂的曲线都已经游刃有余的掌握程度，让人拍案叫绝。

老市政厅广场上的鸽子毫无畏惧地起落于小孩子笨拙的脚步之侧的画面，在别的地方也是司空见惯的。在这里不过是更与整体环境与人们的心态相符合，不像是外置进来的，而就是这片环境里诞生的一样。

如果说这样的场景我们也并不是很陌生的话，那么广场边上的湖则立刻就显示了汉堡的与众不同，一小一大两个位于市中心的阿尔斯塔湖，将整个汉堡的品质托举到了世界名城的层次。

欣赏位于市中心的湖，固然是可以用欧洲传统的伸着腿坐在户外的咖啡座里的方式（欧洲人坐在阳光里，亚洲人、中国人坐在树荫里），但是也更可以用徒步最好是骑车环湖的方式进行。从到达汉堡后的第一个出行的日子开始，我就开始骑车环湖而行，并且在其后的几个月时间里随着春天的进程而多次环湖。在阳光明媚的日子里环湖，在阴雨霏霏的日子里环湖，在雨过天晴后环湖；多次环湖，多次沉浸到汉堡的春天令人陶醉的景致中。

作为一个非常显眼的外国人骑车进入人家的风景之中，刚开始的时候多少是有些不自在的。尤其是当你已经忘记了自己外国人身份，感觉已经融入到了风景中的时候，突然从别人的目光里读出了自己身份的异样、自己的外人位置，总是会感到一丝不大自然、不大坦然。好在有湖边的美景吸引着，一切这样的美景之外的因素都不是问题，都会在专注的审美过程中被轻易地挥之而去。

在汉堡，阿尔斯特湖边是可以永坐下去的地方。凝视着对岸的烟树，水中粼粼波光，沉浸到亦醉亦睡的白日梦样的状态里去。让人不得不得出结论来：湖边是非常适宜于精神生活的地方，尤其是大湖，有相当规模的大湖湖边。

虽然说在德国、在汉堡，经常为要去新鲜的地方的冲动所鼓舞着，难以安静下来，但是回味一下，也还是有一些让自己非常痴迷而不自觉地就沉浸其间甚至不再向往别的任何地方、任何景致的时候的，比如坐在阿尔斯塔湖边的时候。因为湖边距离自己实习的杂志社很近，每天中午都可以利用吃饭的时间来这里小坐，后来干脆就把午饭也挪到了湖边。

最初是每天下午上班，但经常是早晨早早出发，来到湖边盘桓，骑车绕湖而行，将大小两个阿尔斯特湖的每一处边边角角都转到了，都走到了，不漏过每一个审美的方位。凝视汉堡湖边的春天，成了那一段时间每天最大最享受最让人乐此不疲的功课……

阿尔斯塔湖边

后来全天上班，便利用中午休息的时间来转。德国的中午，完全没有午休的气氛。整个社会的运转至多只是稍微缓慢了一下，然后很快就又恢复了上午的节奏，继续运转起来。中午的时间，只是稍微打了个盹，半个小时最多一个小时，人们吃几口简单的饭。我们习惯的那种大喇叭里的具有休息的诱惑意味的广播、饭馆周围顿时到来的热闹、浩浩荡荡的放学的队伍、下班的队伍，那样好像是一个完整的结束的气氛，这里是一点都没有的。德国的午休不是午休，而只是小憩（PAUSE），吃点东西，活动一下而已。但是就是这点时间，也被自己拿到了湖边来度过，一下班立刻带着饭骑车到湖边，坐在湖边长椅上度过这宝贵的一个小时。

在人烟稠密的市中心的湖边，却很有山野的纯自然的景象。不过，即使阳光这么柔美的上午，来湖边的人也是数得过来的。没有我们一向所习惯的那么人多，多到摩肩接踵，无法插足。

在这样的环境里，自己突然有了一种知足。有几个人能在这个春天到了德国？到了德国又有几个能这样从容地不计时间地在这湖边阳光下漫步？这种自我安慰式的对比，当然是事实，不过除了让自己获得一点莫名其妙的满足感以外，并无任何实际上的收获意义。只是一瞬间的闪念，是一种庆幸与感恩的情绪、珍惜与满足的情绪的自然流露。

说市中心的湖边人不多，只是在相对意义上而言。其实与晁桃附近让自己流连忘返的八大湖相比，汉堡的这两个湖尽管已经是尽量维持其原始的样貌，湖岸都没有人为硬化的痕迹了，但是也依旧还是更多了些人为的保护意味。岸边上的花更多，环湖的徒步路径与自行车路径及其附属的指示牌也都更完备，当然最大的区别是湖边的人多了许多，比八大湖那样的野湖状态热闹了很多。

舞台剧一样展开的湖边风景，纯净得像是直接从画布上剪切下来的；一切都是一尘不染的，任何一种颜色都是上天赋予人类的时候的本色，都是那种颜色本身被定义的时候的原型，不带不完美的现实里往往会给它们加上去的有缺陷的边边角角。然而一切又都是有深度的，有气息的，有味道的，触手可摸的，最真实地存在着的。垂垂荡荡的中国柳，不知道为什么在这里就可以全无约束，一派天然，长得如此高大和粗壮；蔚蓝的海水一样广阔的湖水，尽管可以望到对岸，但是波涛起伏的水面依旧给人顽固的海的感觉；雪白的大天鹅像一艘艘舰船，长长的颈项就是优雅的船帆，它们用生命的形式将所有的风景元素做了最好的协调与运转；还有湖岸上那些知名不知名的花朵，一丛丛地开放在盛开了的桃树下、玉兰树下；最为重要的可能还是人，是在风景中悠闲而安然地享受着的男男女女，推着孩子的妇女、穿着风衣的老夫妇、随便躺在树下的学生、顺着湖边骑车跑步轮滑的运动者，坐在湖边的长椅上一味地遥望凝视的中年人，当然还有喁喁耳语的情侣，还有更多的在湖边晒太阳的人。湖边的人们使风景变得具有了更符合人性的融融之乐的意味。

阳光是柔和的，让人想起在以前经历的春天里其实也有那么几天阳光是这般柔和的，只是稍纵即逝，短得好像没有来过一样。中国北方的春天变化过于剧烈，阳光马上就强烈到了让人无法承受的程度。德国的四季，尤其是春秋比中国明确得多，整个季节中的每个过程阶段展开得都特别充分，加上空气湿润，所以阳光柔和的时间段也就显得特别长。

湖边柳色

欧洲人喜欢阳光，喜欢晒太阳，是因为这里雨雪多，阴天比较多，但是更主要的原因是这里的日照非常柔和，春秋两个阳光不像夏天那么强烈的季节都比较长，季节的每一步都十分清晰，适宜在阳光下活动的日子也就相对多得多。即使到了一年之中阳光最为强烈的夏天，也因为空气湿润而使阳光不那么干燥。一日

之内晴雨相间的情况非常多，太阳出来了，人们就会很自然地走到阳光里，静静地坐下来，躺下去，看书、合上眼睛小憩，享受生命过程本身最基本的最自然的置身天地之间的平静的愉快。

在湖边晒太阳，一是阳光没有阻碍，一是湖水将阳光反射上来以后可以让人额外获得折射的阳光自下而上的照耀，于是这就成了湖边一大传统景象。晒太阳的人们一般会选择最靠近湖边的草地，用了俯卧、仰卧、平躺、侧躺之类的姿势，人在自然里呈现着彻底放松的舒适，将身体全部打开，很具象征意义地承受着阳光——尽管没有谁是为了象征意义而做这件事情的。坐在阳光里的都是德国人。个别椅子上有阴凉，坐在上面的不是推着婴儿车怕晒了孩子眼睛的母亲，或者正在看书而怕书页上的反光影响了阅读的人，就是亚洲人了。亚洲人怕阳光，亚洲女人在有阳光的时候举着伞走过，会招来一向并不大惊小怪的德国人一致地侧目；有人甚至会跑过去问为什么打伞啊？阳光多好啊！多难得啊！他们不知道亚洲人的皮肤一晒就黑了，而黑在她们看来是不美的。

春天的阿尔斯特湖边，环湖跑步的人络绎不绝，一点都不比环湖骑车的人少。跑步的人都穿着专业的紧身衣，将自己因为长期锻炼而显得非常匀称没有赘肉的身体轮廓显示出来，既减少风阻，也增加自信，甚至会因此而使更多的人加入跑步的行列，当然它更是湖边一系列美的元素中重要的组成部分。人类与自然相处，当一切都以美为原则的时候，也就臻于真正的和谐了。

跑步的人有男有女，有老有少，不过主体还是中青年；既有成帮结伙的团体，并肩而跑的情侣、朋友，也有自己一个人戴着耳机享受湖光春色的独行者。热爱运动热爱跑步的人多了，整个城市的气氛就显得年轻，就显得生机勃勃，是整个社会健康程度与生活水准的一个重要体现。实际上，戴着随身听跑步是德国人周末或者别的休闲时间里的一项主要活动，不论男女，不论年龄，其数量和出现的概率大概和带着狗散步的人一样多。只不过阿尔斯塔湖边，是汉堡人跑步的最佳选择地点。审美与运动结合的最佳选择，就是阿尔斯塔湖。除了岸边上的跑步、骑车、轮滑、散步者之外，湖上还有很多划艇运动者。

湖面上，单人艇、双人艇、多人艇箭一般地分开水面，几乎不激起任何浪花地无声前进着。单人艇像独木舟一般划行着，这需要全身运动，腿脚并用。帆船则分两种，一种是站立式的，靠着身体平衡来掌握船帆与风向的正确关系，需要不断地调整；另一种则是悠闲式的，坐在船里撑起帆来，随风而去，优哉游哉。

和岸上的游人几乎本能地要看水上运动的人不同，水上运动者一般是不怎么看岸上那些游人和风景的；不过，他们之所以选择在这里运动，不仅仅是因为这里是一片水，这片水地处市中心离他们的家很近，更因为这水周围的美丽。整个运动过程中视野之内无处不在的赏心悦目，显然是他们来此运动最重要的原因。

湖中天鹅

偶然的一瞥，或者长久的凝视，获得的美感只有时间的长短的区别，而没有程度上的必然差异。

在阿尔斯特湖边，每次到达和绕行的时候，眼前的景象都有变化，变化的不是湖的边界，而是湖岸上丰富的植被。浅白的类似桃花的那种最早的花儿已经谢了，代之以繁茂的大朵红色樱花儿。岸边的柳也基本上褪尽了鹅黄，代之以近乎夏天的成熟之绿色，尽管还有几分新媳妇式的新鲜。个别矗立在岸边的橡树叶子也长得比别处的要早一些；虽然还不大，但是以密集而新鲜的绿色形成了夏天一样的喜人浓荫。坐在这样的浓荫里，静静地凝视着湖面，湖面上正上演着永不谢幕的《天鹅湖》、“野鸭湖”。

天鹅雪白的身体浮在水上，两只脚蹼完全被遮在了水下，所以看起来它是在很神奇地随着自己的意志而自动前行，不需费力就可以调整方向和增减速度。加上在整个浮游的过程中它那长长

阿尔斯塔湖的春天

的脖子都直直地伸着（为了保持平衡），所以就显得很有几分优雅的神性，而且它们没有野鸭和那种全身为黑色、体形也小得多的叫作鹡鸰的水禽叽叽喳喳的叫唤声所显示出来的小家子气，这些因素加起来造就了天鹅从容高雅的水上仙子的观感。

经常有十几只几十只天鹅聚集在湖边，在中国柳由鹅黄正向着绿色转变的垂垂荡荡的枝条下，将雪白的身体和修长的脖子上黄色的平嘴舒展着，和岸上的人们平和无间地相处，和岸上的人们一样享受着季节的温婉与光芒。在德国，几乎是有水面就有天鹅，有天鹅，就有景致。不过阿尔斯特湖春天湖边上的天鹅，却给人留下了极特别的印象，那七彩的阳光、蔚蓝的湖水、新绿的柳枝与雪白的身体、金黄的嘴，完美搭配起来，将上帝赋予的几种主要颜色都聚合到了一起的奇景，一经目睹便永留记忆，成为终身的印象。

这些天鹅，与其说它们是人类生活的点缀，不如说人类是它们生活中有趣的伴侣。有趣在会主动投递食物给它们，会举着照相机对它们进行围观和赞赏。它们和人类的关系模式，比之花草与人的关系更近了一步，已经具有某种启示的意味了。

野鸭是海陆空三栖动物，生存本领比较强，在德国这样从来不被伤害的环境里，它们这种三栖的本事其实都已经成了本能而已的东西，不再怎么具有逃生的意义。野鸭总是成双成对地出现，公的有颜色，脖子是绿色的羽毛，身体上有花色。母的则是统一的古铜色。这种情形与人类正好相反，所以给人留下了很深的印象。

野鸭在这个季节里突然失去了往日的安静，母鸭会没有任何事先声明地猛地叫上几声，意思是“到时候了，我想找个伴侣，到时候了，我想找个伴侣！”春天到了，交配的季节到了，被人类命名为爱情的两性关系在野鸭身上剧烈地启动了。于是，仿佛应声而至一样，两只雄鸭在那雌鸭身边昂着头支着冠羽，马上开始了新一轮的争斗。它们互相对视，嘴里念念有词，上浮下潜，激起了一阵阵水花。互相之间真正的叼啄其实并不多，更多的都是气势上的较量，看谁摆得架势足，看谁在架势上占上风。

湖面上仿佛亘古以来的宁静被这为了异性的斗争而一再打破，引得岸上牵着狗走路的男男女女驻足而观。不过看得久了，他们也就习以为常，一点都不以为怪，仿佛这激烈的争斗也成了平静湖面的一部分。

另外一种体型略小些的似乎是雁，这时候已经孵化出了毛茸茸的小雁，像是幼儿园的小孩子一样排着队，跟着母亲走在岸边的草地上，专心致志地玩耍着。母雁在草地上忙碌地觅着食，对于从身边不远的地方走过的人类完全视而不见。它们从世世代代的经历中都已经养成了与人和平相处的习惯、甚至都有了不再畏惧的人类的基因。

这是汉堡市中心的阿尔斯特湖，在雨后阳光乍现的瞬间里正上演的一幕。云正在低低的天空聚集，一团一团仿佛是被驾驶着的云，纷纷聚集到了开阔湖面的一个角落；好几个教堂高高的尖顶在远远的湖的对岸桅杆一样地率领着整个庞大的湖水，做永远也不会动一动的前进姿态。闹市中心有着山林样的寂静，这就是发达国家之成为发达国家的一个重要标志吧。人和自然的和谐，才是生活水准高低的最主要衡量标准。

吕纳堡和吕贝克（LUENEBURG、LUEBECK）

“两吕”，是自己到达汉堡以后头两个周末远行的目的地。吕贝克名气大，吕纳堡却也是一座历史悠久、保存完好的古城，而且是自己第一个周末就选择前往的地方。

因为从别人那里听说吕纳堡距离汉堡只有最多五十公里的距离，所以出行时心里是非常轻松的。等在逆风里骑出了汉堡城，特别是走上了易北河大堤之后，这个距离的概念就逐渐被自己意识到是错误的了：至少有六十公里以上。在一个易北河边的小镇上，正赶上集市，向一个文质彬彬的男子打听路，他皱起了眉，

油画一样的小路路口

传统的草顶民居

用很困难的表情说，到那里还很远很远，骑车去的话要很长很长时间。他自然是以一种不经常骑车的人的观点来看的，但是我也明白那不会是太近的距离。

因为骑车走是没有直线的，需要不停地绕来绕去，而汉堡郊外路网纵横，河流遍布，自行车道在很多地方都必须去绕行有桥的地方，去走森林里的小路，在乡村和湖泊之间穿插。

汉堡郊外的广袤的风貌第一次向自己展开了她充满了魅力的辽阔景象，村庄点缀在河湖森林之间，地貌平坦无边。当然在有风的日子里对于骑车逆风而行的人来说就显得格外广袤了。这个季节，乡村中那种巨大的泥草顶尖脊老房子边上常有大树开放着淡白色的花朵，这些白色的花树上空低低的乌云映衬着，做着黑白电影一样的强烈对比，仿佛就是历史本身的景象呈现。其实目睹并沐浴在这样如诗如画景象里的时候，旅行的全部目的便已经彻底实现，任何一个角度上的前瞻后顾左看右看都堪称完美的画面，都是人与自然充分和谐中的妙境。阳光在建筑上最恰当的反光，道路与房屋之间最合适的布局角度，天空上云的颜色，甚至就是自己脚下的马路无限延伸的方向，田野中一排大树渐次远去的行列，都让人百看不厌，凝视着凝视着，再不愿离开半步。所有的旅行与矢志不渝地追寻的正是眼前的这事前不知道、但是赫然跃入眼帘的时候就能被确认无误的美景；不存在什么更高的目的了，之所以还在前行，不过是出于一点点前进的惯性和获得更多类似的美景的贪婪。自己在德国的旅行，少有所谓著名的经典，而多不拘田畴乡野、偏僻村路、罕有人至的荒野，完全没有限制地在大地上骑行，在最平常的日常景观里穿行，其实最高的目的即是这样自己可以置身其间的美的瞬间、美的极致。

经过一个看起来很平常的村庄之后，在一座桥的桥头，看到几个纪念碑，碑文是德语、英语并列的；上面记录着眼前这现在看起来很平常、

桥头的历史铭牌

吕纳堡城中心

很平淡的风景里的漫长的历史上的种种惊天动地之事、种种人间惨剧。集中营和劳工，饥寒交迫的情况，被迫挖掘运河，死伤者众；还有二战中的大轰炸……如今那一切都在强劲的风吹着往年的茅草、吹着粼粼的水面、吹着稻草顶的老房子前的大桃树的景象里，沉没到了历史深处。任何看起来很自然的风景、很平和的景象，都是德国这块土地上的人们用自己一代代人的曲折复杂的生活探索、痛苦挫折换来的。

吕纳堡正是这种沿途风貌中一处规模更大一些的城镇。经过村口上深坑似的道路起伏的颠簸，就进入了人迹稀疏的城里。易北河水系在城中心形成了一片水乡风貌，水与建筑结合得非常宜人。这样的地方本来人就少，加上是周末，人就更少了。除老市政厅、教堂、广场，任何德国城市都有的这些公用设施之外，城里还有一个以一处高坡为中心的小公园。这个公园全部为高大的森林覆盖着，其间的花草在林荫小道边上能见到一点阳光的地方点缀着，除了几个孩子在沙坑周围玩耍之外，也几乎是没有人的。

坐在树下的长椅上吃了随身带的饭，然后站起来向一个正路过的女人打听路，她很惊讶，说：现在？我说是。她的意思是已经下午四五点了你还要骑车回汉堡？不可思议。对于不骑车的人来说，这样的出发与目的地是不可思议，但对于处于旅行状态里的人来说，这很正常，也很平常。虽然正常，不代表路途上不艰辛。

因为要走一条全新的路，不走回头路。所以决定在易北河的左岸走，继续一边走一边探索路线的乐趣。这种乐趣一直持续到了汉堡郊外都还没有什么太大的问题，但是进入河道纵横、桥梁众多的水网地带以后就走错了路，在不知不觉之间竟然上了高速公路！好在有惊无险，自己在意识到了这个重大错误以后在第一时间里就搬着自行车翻出了高速的栏杆，到高速外面的路肩草地上搬车前进了。身后的汽车呼啸而过，激起阵阵金风，实在是后怕，德国的高速公路是不限速的啊！

搬了一段车子爬上了横过高速公路的小桥，进入到了乡村之中。几个正在村边上玩耍的孩子目睹我从高速桥下搬着车子翻上来的景象，十分吃惊。在这多少有点狼狈的场景里，我也不便久

黄昏的时候，在村边散步的人

留，立刻就骑上车快速通过了。但是却怎么也找不到正确的可以骑车过易北河的桥，两处大桥都是只允许火车或者汽车通过的，没有供行人与自行车经过的通道。没有你的交通方式的路权你就不能走，这个规矩在德国被很彻底地贯彻着，也已经被自己自然而然地接受下来。

夜已经深了，徘徊来去，骑车走向这边，又退回去走向那边，打听了几个人，有人建议还是不要去找路了，直接坐地铁就好了。虽然不大情愿，好像是打破了自己骑车旅行的纯粹性，改坐火车了；特殊情况特殊处理吧，夜色已深，找路很不方便了。于是买票候车，车来了，将疲惫的人和车一起挪进车厢，列车开动，只短短的十来分钟，一下子就回到了汉堡火车站。可惜的是，事后查看地图发现，吕纳堡西边不远就是面积广大的吕纳堡丛林，没有能过去看一看是有点遗憾的。

这样的一日游的自行车行程，从收获与观感来说，是都在路途中了；目的地不过是一个最远点，与途径的任何一个地方也都区别不是很大。吕纳堡在头脑中的印象也不过是自己到达汉堡以后第一次郊行的方向和最远点而已，当然沿途的风景与风物还是给人留下了深刻的印象，它是自己头脑中关于汉堡的整体印象的重要组成部分。正是日后一次次类似这样的旅行联合起来，才形成了完整的属于自己的汉堡印象。对于一个城市，一个大城市的印象，绝对不应该仅仅是市区里的东西，更要有这个城市四面八方、各个方向方圆百里的道路田畴、地理环境、人文痕迹的观感，它们综合起来互相连通，最终形成旅行者自己头脑里的对于该城市的印象。

这个既是审美也是建立自己对于一个崭新的城市印象的工程在随后的周末里继续进行。那是2007年的3月24日，沿着柳绿的小河，沿着有古桥的小路，骑车去吕贝克。现在想来，那是多么神妙、多么让人留恋的旅程啊！

自从到了汉堡就已经立刻注意到了地图上靠北一点点的那个吕贝克，这个大名鼎鼎的地方在自己文学专业的学习与工作经历中，早就如雷贯耳了。一座小城，出了两位诺贝尔文学奖获得

者，其地理风貌与人文格局到底是个什么样子？托马斯·曼、君特·格拉斯的吸引力一直拽着自己，让自己对这个小城的想象臻于魂牵梦绕。一个作家，家乡和长期居住地的风物对他的影响是至关重要的，其文字之中自觉不自觉地都会浸透诸多当地的气息，而寻访作家故居，去体会这种曾经弥漫过他的生活和生命痕迹的本地气息，是认识他、认识他作品的一个捷径。即便只是对地理方位和故居格局的观看，也能让人对其创作的环境氛围有一个直观的、只属于你自己的立体概念。而这样的立体概念的建立，不单是有助于了解其人其文，更有助于对艺术创造做人文地理学意义上的探究，极有吸引力。

在德国的这一个四季里，单以作家故居论，去过黑塞的家乡卡尔夫，去过魏玛的歌德故居、席勒故居，去过特里尔的马克思故居，还在莱茵河边骑车经过安娜·西格斯的故乡，这吕贝克的两位诺奖获得者故居，当然整个故居游览系列中不可或缺的重要组成部分。

在汉堡的最初的几个周末中，吕贝克就已经被排到了骑车出行目的地的前列。终于在一个周末的黎明将至的最后的黑暗中骑车出发的时候，身心之中都充满了充沛的期待与动力。这是在汉

沿着这样的道路去吕贝克

堡这样一个对自己来说全新的德国城市里又一次长途骑行，经过的所有路径都是新鲜的，眼前的所有景致，包括路的走向和路边上的建筑与森林对自己来说都是前所未见的，每一步都充满了在从未达到过的地理环境与人文气氛中探索与感知的美妙与神奇。而

阿申斯伯格城外的宫殿

追求这样由地理与人文结合起来的美妙与神奇正是自己的最爱。

清晨的德国大地上，大地云天、森林河流、公路小径，一切的一切都在微暗的光影里散发着一股纯净的自然气息，一股有着油画阴影的醇香味道。不必是具体的什么景色，只这样的味道本身就已经能让人陶醉不已。很多年过去，翻看照片，当时的那种味道就依稀重来，依然能让人约略体会到一点已经非常遥远了的当年的享受。

在德国骑车经常是不能完全按照事先所估计的时间到达的，不是因为别的，而是因为在路上肯定会遇到很美很美的自然风景抑或很有味道的古老建筑，或者某些对自己来说极具吸引力的只属于异国他乡的场景；总是会不由自主地停下来去观赏观赏，拍拍照，流连一番。

果然，刚过了古建筑、老街道与现代化的玻璃钢的过街桥镶嵌在一起的小镇阿申斯伯格（AHRENSBUEG），路边的森林中就出现了一片水系所围绕着的古老的白色城堡，古堡高耸，墙壁雪白，完全像是神话中王子住的地方。这里也没有门禁，随意出入；先过一道桥，然后再过了紧挨着建筑的吊桥才能进入古堡，古堡完全被水所环绕，因为没有山的屏障，就用水作了天然的护卫。一对穿着黑蓝色风衣的老夫妇踽踽而行，正在这古堡前的泥土小径上慢慢走过；远处，老老小小都骑着车的一家人正迤逦而来。这样的环境和人，在德国是并不鲜见的。但是回到自己的环境里回看的时候，还是觉着无比神奇。

从汉堡骑车去吕贝克的路出乎意料地艰难，逆风倒是小问题，大问题是走着走着就没有自行车道了。从汉堡到吕贝克之间不存在一条完整的自行车路线，必须要在一些地方绕行，或者干脆就走上一段汽车走的公路。在德国，车辆各行其道，混行的情况极少发生，也极其危险。因为德国人已经适应了各行其道，不会想到快车道上会出现自行车，这样在快车道上的骑车人的危险就非常大。经常是两段有自行车专用道的线路之间，会出现几公里的空档，这一段空档就需要去绕周围的小村子，或者硬着头皮走上快车道，在快车道上尽量快速地通过，尽量减少自己在快车道上的时间。想想也是很可笑，在国内的时候在混行的道路上骑车那是很经常的事情，到了德国就不会了，甚至不敢了。规则可以使人渐渐成为自觉于规则之下的人，因为违反规则的代价可能很大。

正是在绕行的途中，经过了一些平常见不到的民居景观：经过一处山坡上的一座孤独的民居，眼前竟然掠过一个熟悉的汉字招牌，停住回看，原来是路名和门牌号，不仅有汉语版的，还有英语、德语、俄语、西班牙语等各种语言版的。房主显然是将这种各种语言的同一意思的表达，在做着不遗余力的展示过程中，感到了谐趣。

在绕行的过程还到了一个小村子边上的火车站，那是一个没有站房，只有一个遮雨的亭子类似公共汽车站的小火车站。一个正在路边的电脑上研究车次的亚洲女人向我打听她要去的地方几点有车，帮她在电脑上查了查，要在很长很长时间之后。周末的车次比平常要少。她道了谢，我便离开了。有意思的是我们互相之间都用德语对话，谁也没有问谁是哪国人。都不愿意说破自己所从来之的国度，不愿意将亚洲国家之间的看法带到这对我们谁来说都是崭新的国度里。

绕行的很多路段自己都是沿着河走的，因为从地图上看，这条河直接通向吕贝克，不会迷失方向。沿着河走古道，依旧是土路的古道，可以直接到达古城的身后。现在想来，也正是这些绕行的路段丰富了此行沿途的观感，在找路和问路的过程中增加了对于沿途各地的了解。当成功地沿着河道到了古城的后面的时候，便很有一点探险成功的成就感。

当然古城的前面是标准的景点，有宏伟的城门，开放性的类似广场的大道和雕塑。日耳曼人的古代英雄横刀跨马的姿态非常高大威武，如果不是周围正行走着些标准的现代活人的话，还感觉是很瘆人的呢！

吕贝克的城门

这古城是两位诺奖得主托马斯·曼和君特·格拉斯的家乡，同时还是无数名人的故乡，街头的雕塑却并非他们之中的任何人，而是几个在历史上在此牺牲的英雄。半人高的石碑斜面上写着事情的原委，密密麻麻的德语用的都是那种古老的花式字体，几乎什么也看不明白。另外一处有照片的墓碑上显示的则是二战中的1943年11月10日傍晚六点钟，这四个吕贝克人同时在汉堡殉难。

这些殉难者的真人大小的雕像或者以悲苦的姿态站在马路边

上，或者以黑白照片的方式目光幽幽地凝视着人世——是的，是悲苦的，甚至可以说是哀怨的，是幽幽的，甚至是凄凉的；德国人在墓地里的雕塑通常都不搞得很大义凛然、壮怀激烈、视死如归、二十年后又是一条好汉什么的，似乎每个雕像、每个殉难者的目光都在为自己的不幸离开人世而悲伤，都在为自己不得不在那一刻永远告别这个世界而遗憾。当然这样的悲伤和遗憾在雕塑上被体现着的时候更多的还是活着的人的文化观念在起作用，他们习惯于以这样哀伤的形象与情调来悼念逝者。不管他们是为了什么，或者怎么死去的。

君特·格拉斯的故居，隐在类似我们今天在国内的高档住宅区看到的那种联排别墅样的一排房子中间。如果不是打听了又打听，问了若干个莫名其妙的不知者以后才约略得到的信息，这个地方还真是很难找。比难找更让人意外的是：这个故居居然是要票的。虽然票价不是很高，只要4欧元，而且学生票还打折，但是毕竟是要花钱的。想了想自己不远万里到了德国，又骑车上百公里到了吕贝克，就买个票进去看看吧。自行车只能放在门口了，大概是不会丢的。存包要放进去一块钱的硬币才行，等最后拿包的时候那一块钱还会自动退出来，与超市里的存包处是一样的。拿了些资料，问售票者也是这故居唯一的一位管理人员，他说君特·格拉斯现在不住在这里了，住在距此20公里之外的一个地方，具体是哪儿是不能说的，因为他要避免被打扰云云。20公里之外，大致上也就是我绕行的时候经过的那些丘陵山谷里的孤独的居所的样貌吧，当然也可能是北部的海边了。

楼上楼下走了走，确实是不能住了，所有的地方都挂着君

君特·格拉斯旧居

特·格拉斯画的画，展览着已经出版了的书，其中也有译成了中文的书。他的画都是死鱼，都是出了水以后眼睛瞪得圆圆的死鱼。他为什么一定要画死鱼，确实是不好说，也许是鱼的鳞的层次感与鱼的身体的流线型对于铅笔画来说有一种线条的魅力吧。但是死鱼的美感确实是不高，在汉语文化里还近乎一种禁忌。这便是他的画的某种现代性？画一种古今中外的画家都不大以之为题材的画，也可以说是独树一帜了。不过盯住死鱼的细节看总还是觉着不大舒服，尤其是这一屋子都是死鱼的情状，实在让人难生敬意。作家而画画的人不少，德国更早一辈的大作家黑塞即是

托马斯·曼故居

显证；不过黑塞画的一向是自然风景，是家乡的山谷森林，是瑞士堤契诺的树木和建筑，有一种自然之中审美的宏阔视野；君特·格拉斯的画要说的实际上并非只是死鱼本身，更有借死鱼而要说明的对于世界和人生的某种内心表达。不过这样的内心不大讨人喜欢。的确，他的作品跟黑塞的比，是差得太远了。

再找到托马斯·曼的故居，意思是大同小异的，那是靠近英雄们的哀伤的雕像的另外一排联排别墅中的一间。并不直接叫作托马斯·曼故居，而是叫作“布登波洛克家”，那是托马斯·曼写吕贝克家族史的长篇小说的名字。一楼有一个柜台，可以拿免费的宣传品和介绍，但是要上楼参观就要买票了。时间已经不允许自己再停留了，回程还有上百公里路呢，而时间已经是下午好几点了。除了《布登波洛克一家》之外，托马斯·曼还有大量的小说是以家乡的景物为原型的。比如那篇写送葬的队伍的著名的短篇小说《到墓地的路》，场景大约就是在吕贝克城里到城外的路上的景象吧。一个家破人亡的绝望的酗酒者，在去墓地的路上的癫狂，那种痛到内心最深处的痛苦，是这古城历史中曾经上演过的一幕，一幕带着人性的哀伤与愁怨的悲剧。从这个意义上说，托马斯·曼也是一个画家，一个为古城画像，在古城人的心灵上画像的画家。

快速骑车在古城各处大致走了走，绕行一圈，对这里的环境有了一个总体的印象。以后再看小说的时候，说到哪里也就能对上号了。这个有了相当的渔业特点的古城，应该是既有河水也有海水的，不过通向海边的路看来还是有一段距离的，而那显然与自己将要回程的方向相反，只好放弃了。沿着河顺着土路向内陆汉堡的方向走了。

河边的类似中国的杏花、桃花之类的早春的花朵在树上盛开着，树下的人们悠闲地散着步，坐着看书、野餐。无论是天空还是河水，颜色都很重，都有着油画画布上的新鲜颜料的色泽。在这样的景象里，就会意识到欧洲成为油画的诞生地，是完全有着环境的充分依据的。

吕贝克这河边湿润而微凉的气氛里，没有一点点古城中那种

从这条小路离开吕贝克

腐败的砖瓦散发出来的陈旧的味道；一切都是新鲜的，都是正循环的，都是可以并且也正在创造着积极的生活之流的当下的自然与人生。

沿着河边的小路离开吕贝克，因为雨后不久，砂石路面的某些段落上，常有些许的泥泞，但是却也绝对不会粘连轮胎，一碾而过，不过是溅起些水花而已。这是当初的道路设计与建设所必然考虑进去的基本事项，虽然是一条只有行人和自行车的小路，虽然不是什么著名的地方，也不是多数外人能抵达的所在，但也绝不马虎。

沿着这条河边的小路离开吕贝克的感觉相当微妙，约略可以感受这座历史悠久的小城在漫长的年代里，那些著名的和更多的不著名的人们所行走栖止的环境氛围，在以前和以后阅读或者将要阅读的小城人的作品细节氛围里，或者就可以找到对应的似曾相识的判断。这是在地理环境中，在诞生过文学家，或者被文学家的笔描绘过的大地上骑车旅行的一大乐趣。这样的乐趣虽然距离理论化了的文学地理学还有相当距离，但是却也是向文学地理学那样的必然是诞生于这样的审美感觉的学问的一种致意了。

在深夜里回到发木森，又有了在德国旅行的时候经常有的那种好状态：筋疲力尽却也心满意足。洗澡以后，在烤箱里烤好了香喷喷的小面包，再吃上一碗面条，哪怕只是意大利面的面条，其惬意与满足之类的美好情绪也已经是足足的了。带着这样的心情沉沉睡去，真是要在梦里也乐开了花呢！在人到中年的成人生活里，这样借着骑车旅行带来的童年般的沉醉痴迷而又愉悦满足的日子，多么珍贵！

以发木森（FARMSEN）为中心的汉堡郊行

春天的脚步在我刚刚到达汉堡之后就已经切切实实地开始了。

经过头一天的突然阴冷，4月4日的天空变得一下就特别特别晴朗了，这种晴朗充满了柔媚之气。通透的早晨第一抹光芒就是晶莹剔透的，其间有一种粉红的纯正颜色，不耀眼，而且根据自己的目光判断，这样的光芒一定还会养眼呢，所以一直盯着，几乎不能片刻离开。高大的树干上、有青苔的树枝上，叶子早早地就已经很丰满起来的灌木丛中，每一片被照耀到的小叶大叶都回归到了植物最真实的饱满和透明状态；即使还没有被照耀到的叶子们，也都跃跃欲试，好像都有一个向着阳光蹿过去的动作，呈现着一种迫不及待，一种要尽量早地投身到那种柔媚里去的姿势。

窗前的菩提树正在绽放的一组组小叶，近距离地凝视着它们的时候也许还不觉得有什么，但是远远地在你的视野里被组合了起来，便让整个大树都有了一层新鲜。毛茸茸的一尘不染，稚嫩而鲜艳；它们有着一种绿的婴儿之色，是绿色作为婴儿的时候的颜色！这样纯粹的颜色总能给人以新生的兴奋和晴朗的幻觉，总是莫名地便高兴起来，便愉悦起来。

现在回想起来，不管晴天阴天，汉堡的春天里每天都是“晴朗”的。即便是阴云密布或者阴雨霏霏，也依旧是“晴朗”的。没有污染，没有雾霾，一切都是一切，都是大自然创造出来的原始模样。这一点，现在看来是最难能可贵的了。当时自己沐浴其间，进入到上天最垂青的环境里，实在是有福，实在值得永远感恩与回味。在德国一个轮回的四季里，汉堡的春天里自己所感受到的明媚与敞亮，是让人永远难以忘记的。对于一个在自然风景里能寻得审美的激动与内心的安宁的人来说，这样的收获是具有终生性的里程碑意义的。

在汉堡期间一直住在发木森，一个离开汉堡十五公里的卫星城。去汉堡市中心的杂志社上班，可以坐公交车、也可以坐地铁，但是哪一种也不如骑车方便，不如骑车自由。骑车来回的路上，不仅行止自由，而且经常可以走不同的道路看不同的风景。果然，很快就找到了一条最理想的来回路径：一条沿着河的小

离开吕贝克的小路

路。说是河，其实更像溪水，但是溪水两岸的植被却完全是一条河，一条原始的河边上才能呈现的丰茂。所谓原始的杂花生树、植被缤纷之状，此之谓也。各种花各种植被在小路两侧丛生着，由低到高，层层叠叠，貌似完全没有章法，完全出之自然，仿佛进入了一条久远的农业时代里的河边小路；而其实这也都是细心呵护的结果。保护而不露保护的痕迹，这是德国的，也是欧洲最基本的环保理念与环保实践方针。

GLIDE附近的自行车道

每天沿着这样的一条仿佛古代花木扶疏的道路骑车而行，天天都沉浸在对一路上各种花朵各种树木在春天里萌动与开放的观察之中，这样的审美之路奠定了自己在汉堡的近三个月时间里最基本的调调：那就是除去实习上班之外，充分抓住每一天每一段时间，投身自然，沐浴阳光雨露，沉醉树影花香，尽量多走多看，多到达汉堡周围各个可能到达的方向和地点，走更多的路，看更多的景！

汉堡东郊纵贯南北的自行车道从北边的露特捷坦（LUETTJTEN）到南边的格尔达（GLIDE），倾斜着在城市和乡村之间划出了一条直线。这条直线窄窄的，但是路况很好，基本上没有破损之处，是柏油路面，不是石块或者红砖材料，没有那么多小坎儿，也就没有了那么频繁的颠簸。关键的关键是这窄窄的小路两边都是高大的树木和茂盛的灌木丛。这一点很让人意外，如果是很多年以前就有了路、就有了树的话，那么这路面何以能保持这么好呢？如果翻修过路面的话，以我们的习惯是不管三七二十一先把路边上的树砍掉再说的。一种解释是，最近翻新过，而且是在不动路边的大树的前提下翻修的；另外一种解释是，路面的质量高，保持的时间长。总之，这样一条小路的路面居然也会让人陡生感慨。

这样的小路是为了交通，是为了自行车交通或者运动的需要，这一点是不用怀疑的。值得想一想的是，在修这样的路的时候（从路边的大树来看这路应该已经存在了很多年了）是不是还有一种诗意田园建设的意味？设计者、建设者是不是在一开始就意识到这将是一条可以观光，可以徜徉，可以抒发诗意的审美之路，属于大地上优美的线条设计的重要组成部分？不管他们主观上有没有，客观上这小路是已经完全具备了上述特征，具备到了超乎我想象的程度。

以自己在郊外，在田野里漫游的经验来看，故意的诗意一般是不存在的。即使有也都显得有几分拙劣，有几分不能和周围的大自然完全融合的过于人工的痕迹。通常的诗性的时刻都是在不经意之中被营造被耦合出来的。不过，这一条横亘在起伏的原野上的自行车专用道实在有太多诗意的角度了，从看到它存在第一眼开始就有一种抑制不住的兴奋；到离开它很久了还是难以忘怀。

在这样的小路上骑车，走路，并没有想象中的如在国内的那样的安详感。几乎不能连贯地思考甚或遐想，脑子里都是些闪动的支离破碎的片段甚至茫然。在自己家乡的城市郊外环境里，耳

轻阴的初春

机里响着24小时音乐台连续不断的广播，不远的村庄里飘来用村庄土话做的卖东西的广告，每一片土地每一个景象自己都知道它们背后的故事，都明白细节里面的含义。头脑可以完全离开眼前的景物，在任何一个属于精神的领域里畅游。在这里则不然，未知的、非熟悉的文化氛围其实就等于没有文化，就等于只见其表不见其里的简单。思想和想象在这样的简单的基础上是竖立不起自己的枝干的。

然而，这样推着车走在村庄与村庄之间的连接线上，自行车专用道两边的树木形成的透视效果容纳着视野里的无边无际的期望；上午甜美的阳光让人从里到外都要禁不住地微笑起来，一种莫名其妙的向往和希望，充满了理智早已不起作用的头脑和身体。庆幸，庆幸自己来了德国，庆幸自己在这一天来到了汉堡郊外的这个位置上。

树影在柔和的阳光里将自己还没有长出大叶子的光光的树干树枝的影子投射在地面上，不管你走在这树干树枝的影子里还是走在无遮无拦的阳光里，都不会有凉与热的感觉。这是中国古代早就命名过的所谓“轻阴”，是春天里一段微妙而短暂的好时光：哪里和哪里都是一片适宜，一片适宜人类徜徉与舞蹈的天堂样的柔和。

这时候才注意到，天空中一直有双翅膀飞机的嗡嗡声不断掠过。德国人的户外爱好，已经发展到了非常精细的程度，郊外就有专门玩小直升机的场地，挂着明确的标志。意思是你要玩小直升机就请到这里来，这里才是合法的场地。

除了小直升机这种玩具，还有开真飞机的场地。飞行爱好者可以在周末的时候去那里开着双翅膀的飞机翱翔蓝天。生活在河谷地带或者丘陵地带的人们，视野一直为周围的山脉地形所阻挡，时间长了难免压抑；而飞上天空，纵览大地，则可以获得一种视野的辽阔之外的自由感。飞行的乐趣应该是非常吸引人的，当然不包括自己这样的恐高症患者。

中午的欧仁道夫（OEJENDORFER）公园，阳光并没有强烈到让人不能晒的程度。树都绿了，水更蓝了，周围一片车声。人们骑车开车而来，拿一张床单，一本书，一点水，脱到最大限度地露出身上所有的皮肤。这就是德国人的幸福生活了。

在这个公园里，一个人向骑车过来的我问事，问看没有看

见一个车过去，我说没有。然后告诉他很抱歉，我的德语说得不好，他竖了竖大拇指，说很好。这样的鼓励显然是有感谢的成分的，尽管并没有帮上什么忙，但是至少迎候了他的问题，使他多少获得了一点点继续寻找下去的动力。

欧仁道夫湖（OEJENDORFER SEE）周围的草坡上，有野炊的家庭，有带着狗和孩子行进着的家庭。大家都是开车而来，然后把车放在分散在湖周围众多位置的停车场上，徒步环湖。这里多环湖走路和跑步者，纯粹闲逛者不多。所以阴雨天气对大家的

OEJENDORFER湖边

影响并不大。汉堡城中心有充分人化了以后的阿尔斯特湖，又有这连环湖的路都是沙石路面的、最大限度地保持着原始状态的欧仁道夫湖。汉堡人生活在森林覆盖、水域连绵的大自然之中，生活质量一如德国其他任何地方，其方式简约，而其品质高级。

水波如绸，越望越像飘动着的巨大的绸。有温度，有有了温度以后的亲切质感。

水边上的一个妇人正在房前侍弄着地里的什么，仔细看，是点种吧。在这个早春的好天气里，那应该是当务之急呢。最初看过去的时候，还以为她是在墙上的攀缘植物上摘什么东西。这个景象，这个恬静的上午时分在架子上摘豆角样的景象，在自己的感觉里是非常熟悉的，熟悉而甜蜜，充满了中国的味道，国人自然朴实的生活的味道，还有自己童年的味道。在中国的那时候，这样的恬静一般都是会出现在黄昏时分的；不过，在中国的现在，这样的恬静已经随着自己的童年的永去而变得十分罕见了。那种和土地和植被的紧密的关系，洋溢着一种人类从泥土中来的古老传统在潜意识里灌注好了的温馨。自己摘着，手上满是植被沁人心脾的汁液，旁边的小路上不断地有人走过，间或就会有一个两个熟人停下来，说上一会儿话，大家脸上都洋溢着真实的笑。

现在，我是很理解那位在英国生活了十五年的谭姓中国作曲家说的话了：在这个星球上，最适合自己生活的还是中国，是中国的乡村，偏远的乡村。那种人与人之间最质朴最自然的关系，是人类一旦失去就永远不可能再追回来的东西，即使是文明高度发达以后，即如现在的德国，也和那种原始的自然和淳朴已经有了非常非常遥远的距离。如果中国大城市现实中的那种急功近利是一种令人难忍的丑陋的话，西方社会里这种人人互相敬而远之的深深隔膜（人和人之间的界限过于清晰明确，打交道的时候除了客气就是礼貌，缺少最基本的温度）也不能说和丑陋就没有任何关系。这实际上也是一种违反人性的倾向。难怪这里有那么多协会，有那么多互相之间的联络性的松散组织。越是独立，越是期望着能有共同爱好者站在一起。

4月15日，中午时分，骑车到达了汉堡郊野的深处，坐在乡间甜菜花开的一个丁字路口的长椅上休息。小风微吹，阳光饱满而

油菜花田

不灼人，花的清香不断地飘过。空中的鸟儿由远及近，身后的干草在风的摧折下吱吱嘎嘎地响，它们之间茁壮成长的蒲公英已经花开花谢，结出了白色的伞盖，等待着一股稍微大一点的风就能升上天空传播后代了。它们大约是春天里第一批成熟的果实吧。

除了刚来的时候看见两个同样骑车的人在这里休息过以后离开的背影以外，就再没有一个人经过了。视野里，不远的自行车专用道上两个方向的骑车人偶尔会成群结队地驶过，今天是春天以来第一个像夏天一样温暖甚至可以说是热的日子。金黄的花海边际线上，只露着那些骑行者一排滑行在花儿梢头上的头盔。

在一片刚刚翻耕过的土地上空，一只鹰正在从容地翱翔，迎着风滑翔，到了一定的高度以后稍稍一振翅膀，就又升高了一些。起起伏伏之间扫视着地面上任何一点点微小的动静。

德国的风景是甜的，四季都是甜的。即使冬天也没有那种不适宜人类生存的真正的恶劣。海涅名言“德国，一个冬天的童话”说的就是就是德国的冬天像童话一样甜！何况春天，花儿开时，叶已经绿了很多。那种一个冬天都未曾凋零都保持着绿色的叶子很肥厚，类似中国南方的灌木，这时候突然显示了自己的存在。它们对花儿的衬托，使那些花儿反而不像在中国的春天里的时候那些花儿那么扎眼了。在中国北方那严寒虽然已去，万物复苏，但是所有的叶子还都没有来得及伸展开来的时候，花儿们在枝头的怒放就会格外沁人心脾，格外动人心弦，格外让人激动不已。而德国一如既往的甜甜的春天，不能给人这种激动，它所能给予人们的是一年四季都一如既往的平静与怡然。

德国的风景非常甜美，植被丰富且蓝天碧水。不过，总感觉缺少点什么东西？缺少在真正的大自然里的才有的那种“毛边儿”，就是没有被规划、被整理、被人化过的自然里才有的那种有一定缺陷的美。那种美可能是一种并不太好不太甜的味道，是野草疯长的凄凉，是草盛草稀树多树少并不统一的“厚此薄彼”，是一种有遗憾的正常状态。在中国偏僻的乡村里（城市中已经彻底失去了自然，连人化的自然也少之又少），还在一定程度上保持着这种没有被刻意修改过的自然。想起自己在春天里，在秋天里，在家乡的城市郊外，在也许还并不是很偏僻的乡村之间的漫游；想起那种经常不完整的，甚至是有臭味儿的景致，那种没有被严格标注过的道路和方向，没有写着到哪里哪里还有多少多少公里的标牌，没有规定什么样什么样的车可以走、什么什么样的车不可以走的警告，那种没有规定哪里哪里是帐篷区，哪里哪里是野炊区，哪里哪里停车是不被允许的，哪里哪里的道路是私人的状态；那种一切的一切都只因为存在而存在，从来还没有因为准备被游览、被穿越而等待的样子；那种所有的可能的田野都为了人类的生产和生活而满满地为庄稼和蔬菜所占领着的四季；那种完全呈现自然自为状态的建筑与植被格局；那种可以让自己真正置身于一个没有过多的人类打扰（这种打扰包括保护性的打扰）的自然进程中的场景，还是很怀念的。

德国的居住区与通常会被我们认为作了相当的美化和理想化的建筑效果图几乎毫无二致，建筑之间的俊男靓女身边的树木点缀、草坪设计都一如那效果图上的理想化的效果；在人化自然方面，德国人是绝对登峰造极的。德国的田野已经被严格地规则化了，被彻底人化了。非常适宜人类的视觉，一切都尽量按照自然的原状恢复与保护，但是毕竟已经不是原状。就像人家花园里的草坪，被割草机割过以后整齐确实是整齐了，还散发着一种草汁的清香，但是已经不再是自然意义上的草坪了，是人化过了的。身在其中，你无论如何也不能有孩子一样的自然自在了。德国的自然是一种被严格修理过被彻底规范过的自然，从颜色形状味道到季节次序花开花落的钟点，连那婆娑的姿态细节仿佛都是雕琢以后的结果。而在这样的自然里那近人不怯、舒展自如、来去恬然的天鹅和野鸭，则很有“专业演员”的嫌疑了。

德国是全世界公认的环保最先进的地方，单是关于环保方面的立法就有两千多个；换句话说，德国的自然是人类未来的方向。人类以这种被规划过的自然，为未来自己生存环境的自然的

湖边春色

方向。这种方向是让人很为人类的未来而忧虑的。未来的人类，永远也不会再有我们的祖先，甚至是我们自己讴歌过的那种让人类灵感乍现的自然的自然了。这其实也就是德国人、欧洲人在旅游的时候经常选择亚洲、非洲的落后地区作为目的地的一个重要原因，大家还或多或少地都对那种未经过分开发和规划过的自然葆有天然的兴趣，那才是我们人类世世代代生活于其间的真实环境，才是审美的原动力最充足的所在。

当然，也应该承认，这样的总结和观察实际上并不全面；我要说的是，在总的倾向上，德国的、欧洲的、自然的那种充分“人化”以后的发展方向已经形成；这个倾向值得后来的发展者正反两方面的借鉴——在充分“人化”的同时要尽量将保护包括恢复的工作交还给上天自己完成，在未经人类破坏的上天作品面前一定要尽量少做任何形式的打扰，尽量多地保持山川大地、江海湖泊、森林草地的原始风貌。

在德国，在欧洲，在最充分的人化的自然环境之外，在被严格地保护着的自然风貌之内，也还是充满了真实的大自然的野趣的，不论是树是花还是树与花间的小路，都一如未经打扰的原始状态，充满了大自然原始的毛边。正因为不被破坏，不被污染，它们才保持了在地球上别的地方、别的国家里已经被毁坏殆尽的原始状貌。这也是亚洲人、非洲人愿意来欧洲、来德国旅游的一个重要原因，也是自己在德国的四季里纵情徜徉、乐此不疲的根本动力。

一个人置身于这样一种极度优美的环境里，在最初的惊喜和愉悦之后紧跟着而来的就是长时间的惆怅。这种情绪产生于这样美丽而寂寞的时刻，于郊野中漫无目的地骑行过程中，已经是一种常态了，自己克服的方法就是想象，想象过去想象未来，和朋友在一起的欢声笑语，和家人在一起的默契亲情。另外的方法就是将注意力集中到周围的景物上去，做观察笔记，记录眼睛看到的和心里想到的，抒发了也就缓解了相思，提升了情绪，等再次起身骑行的时候精神状态马上就又随着肢体的运动而变得蓬勃有力了。

在越来越浓郁的春天里，绿色已经相当丰富，虽然各种各样的树各种各样有着细微的差别的绿，还都有一种春天才有的鲜嫩。这种绿的差别只有它们拥挤在一起的时候才能让你很方便地分辨出来，并因为这种分辨而喜不自禁。虽然绿得鲜嫩、绿得有差别，但是那种茂密与丰富的迹象已经十足，已经为即将到来的五月的欣欣向荣的景象作好了铺垫。这是四月下旬的植被最显著的特征，最早的一批让人意识到春天来了的花已经纷纷谢去，更新的一批朵儿更大、色更艳的花渐次点缀。这样早春的蓊郁其实是我们的五月也赶不上的，而且这时候的气候很明确的还是春天，完全没有我们的五月的那种预示着酷暑的从上午十点以后就会让人皱起眉头来的灼热阳光。因为空气湿润，因为有飒飒的秋天一样的风，你会感到这才是原始意义上的春天的全过程中的一个小小部分，是季节过程中将所有细节都一一展开的美妙。

春天，而有那种只有秋天才会刮起来的爽爽飒飒的风。这样的春风虽然没有中

像秋天一样舒爽的春天

国的春天的那种甜蜜与蓬勃，但是却也让你感到春天还长，慢慢地过吧，日子就像一首长诗，虽然长，但是很美。

在德国的春天里，你是不能觉察到我们经验里的任何一丝一毫的预示着不久即将到来的酷暑的炎意的。

春天里有秋天一样的爽风，风云变幻，云驰天空，阳光快速地移动，光与影在地面上迅捷地交错，让人有置身舞台之上的感受效果。乡间，或者准确地说是居住点之间，都是森林河流和湖泊，穿越这些自然地带就可以到达一个又一个的安详的居住地。桥后面树丛间，流水环绕的所在，大地上完全没有田没有地，没有耕作过的迹象，更不见农民。所见无非是跑步的人、骑车的人、牵着狗散步的人而已。在粗大的森林里一群幼儿园的孩子鸟儿一样叽叽喳喳地在一棵倒地的大树树干上下玩耍着，他们的老师，或者是家长，坐在树干上，聚精会神地在看一本书或者做着什么手工，完全不受孩子们的叫喊的影响。孩子们的叫喊实际上和鸟鸣一样，是一种完全自然的悦耳声音啊。

阳光异常柔和，不刺激皮肤，更不刺眼；在这样的阳光下刚刚形成的斑驳的树荫，清新而湿润，没有冬天的阴冷，更没有夏天的闷热，有的只是绝对适宜人类生存的温湿度。孩子们能从小就在这样的森林里玩耍，在这样被努力保护着的自然状态里成长，一如天堂。

把一个城市全部穿越（DURCH）一遍以后，心理上就会比较踏实了：自己居住的地方，向着四面八方任何一方向走下去，都是什么景象，都有什么样的植被和街道景观，有什么样的平原或者湖泊河流，有什么样的丘陵谷地或者植被特征，全部都在自己的内心地图里带着细节立体呈现了。这样建立起了自己的内心地图以后的生活就算是有了根了，有了立足的清晰感了。

什么样的天气什么样的地方会有什么样的景象，自己闭上眼睛就可以想象出来了。这时候可能就会比较能安心地坐下来了。其实也只有周围的环境不再有自己从未涉足的诱惑，我们才有可能走向书本，面对我们自己的心灵。从这个意义上说修道院或者现代中国县城里的高中的全封闭式的教学，还是有一定道理的。它们通过缩减活动空间的方式，让你在有限的空间范围里无所期望，能转到的地方都已经烂熟于心，只能走向书本走向自己的内心。而那样获得的安定终究与这样充分认知了周围的大环境以后的安定还是有着质的不同的。这种地理角度从而也是心理角度上的乐趣和收获，只有充分地走过看过之后才能被有效地满足。

已经开始有夏天的意思了。树木森林突然都蓊郁厚实起来，在天空中形成了一道道密密实实的墙。不过田野里大面积的油菜花的金黄，两色丁香的紫与白，和小区中的紫藤的甜蜜的香气，还显示着春天的痕迹。

在汉堡住了一个半月以后突然失去了一有时间就向外跑、向市郊跑的兴趣。市郊的风景基本走遍以后，住在这里就有点兴味索然了。这是一种典型的旅行者的心态，在浮光掠影的观光结束之后，再美的风景也觉着天天面对是一种浪费，甚至还会为定居者感叹，不管多么好，也都只是这么一处景象而已吧，要追求更多的风景和变化的美就不应该在任何地方过于长久地定居下来呢。

在自己，这种情绪只是因为前面，别的地方，还有更好的风景等着，还要迫不及待地抓住在德国的最后几个月时间去尽量多地达到、尽量多地感受。

于是有了到荷兰沿着莱茵河骑到入海口的行程，有了意大利之行及随后的莱茵河上中游骑行（详见另一本书《莱茵河骑行笔记》），有了纵斯特（SONEST）和比勒菲尔德（BIELEFELD）之行，还有德国北部沿海甚至丹麦小镇的旅行经历。

比勒菲尔德（BIELEFELD）及其附近的丘陵谷地

比勒菲尔德是原西德中部的一个著名城市，与其鼎鼎大名不相称的是，核心城区面积并不是很大，从火车站出来甚至是不需要坐公交车或者地铁，只要步行就可以到达任何一个地方的。著名的比勒菲尔德大学就在城市边缘的森林里的一个高坡上，一片林立的高楼就是大学校园，教室和学生宿舍之间是大片的草地草坡，山冈上的宿舍与山谷里的教学楼之间，是很多条林荫大道，很多条芳草萋萋的幽然小径。这所大学和起伏的丘陵之中的那些村镇一样，更像是在森林中开辟出来的一块开阔地，盖了房子留出了路径以后没有多少年就又重新被淹没到了森林之中。

自己这是自沿着莱茵河去荷兰骑行到入海口的旅行结束以后，利用路过此地的机会，背着睡袋来寻同学的方便的。因为根据以前的经验，德国任何一个自己没有达到过的地方都是值得一游的，如果有住的地方，再有自行车可骑，那这个崭新的地方就无异于一处最美的风景了，就是自己在德国的四季中又一个重要的观赏与感受的机会。

森林里的比勒菲尔德大学

如愿以偿地找到了同学，然后可以在一个不透风的，四面都有墙的被叫作屋子的地方睡觉，不必担心早晨被冻醒，还可以与人交流，这是多么大的幸福啊！经历了易北河口的露宿和荷兰的露宿以后，这样普通的借宿，突然就有了完全不普通的特殊意义。这样的感慨，对于没有在野外露宿过的人来说也许还不大能够深有体会。不过睡在地板上自己睡袋里时，自己的这个想法却是异常清晰强烈的。到达一个崭新的地方，食宿有着，还可以骑车出行，幸福啊！历数此前的经历，这样的时候往往并不多有，弥足珍惜。

躺在睡袋里，再次想到将在第二天一早出发，将骑车在周围方圆几十公里的地方游览，收获这一片崭新的土地上全新的地理审美感觉，那种无与伦比的享受，也许是只有现在的自己才能领会的。骑车旅行的人，在全新的地方获得一个安全廉价的住宿点的兴奋里，往往会有一种格外的惊喜，一种求生者突然得到了继续生存下去的机会一样的振作与激动。像是乞食者获得了在他人看来未必有意义的一块面包，但是却能让他体会到世间最美味的食物的滋味。

躺下准备睡觉的时候，武汉同学幺哥一直在说话，说：火车上见一下着军装上着便装的小伙子，在和人说话时一脸愤懑。下车同行，搭话，始知其即将奔赴伊拉克，不愿意杀人，更不愿意被杀，而且所为何来完全无原无因，莫名其妙的战争，莫名其妙地参与。当然这番话后面是对无意义的战争的生命恐惧，可能将自己的生命付与一场没有任何意义的战争，这是非常令人沮丧不安和恼怒激愤的。这在有过严重的战争创伤的德国民族来说，尤其如此；然而，又逃无可逃。因为德国实行的是义务兵制度，长子必须参军。

么哥还告诉我，一中国实习生实习，每天到公司就两句话，MORGEN（早晨好），BIS MORGEN（明天见）；这成了德国人笑谈的话头……

说着话，不知不觉就进入了睡眠之中，进入到了由即将开始的全新旅程支撑着的无比幸福的梦里。

5月3日的早晨，骑上另一个江西同学的自行车出发，到昨夜步行时经过的路边绿地，稳稳地坐下。阳光里的长椅上，一只喜鹊蹦蹦跳跳地走过，迅速地在开满小花的草地上啄着。浓密的树枝间大鸟不屈不挠地折腾着，弄出很大的声响，然后咕咕咕地叫了好一阵。像是鸽子，但鸽子一般不在地面上这么活动。后来注意到，这种浑身深色的鸟儿，几乎从来不飞，它们只在灌木中穿行觅食，大有放弃飞翔功能改为爬行动物的倾向。

整个这条被高大的护道树夹着的小街，就开在接近山顶的山冈上，一道长长的山冈上；像是专门用来向两侧的谷地里进行瞭望的观光大道，观光小道。

由此开始的崭新的漫游，实在让人向往和兴奋。从比勒菲尔德出发，向着四面八方各个方向都走出去几十公里；也有的时候则是向东走出去一段路以后转而向北，再向西，然后再转回城里来，围绕着比勒菲尔德转一个半圆。努力将这座城市的郊外的全方位地理景象尽收眼底。事后说到比勒菲尔德，脑子里出现的就不仅仅是市区里的火车站、公共汽车线路之类的景象，更有整个郊外的道路和城镇风光，甚至是诸多植被与道路、建筑形成的天际线等细节。

在漫游刚开始的时候还是抑制住了向外走的强烈冲动，登上了早就看在眼里的本城的一个制高点。比勒菲尔德的制高点是一座小山的山顶，山顶被一座古堡完全占据着，那古堡因为战争中的破坏而出现了很多残破点，却一直就这么保持着既有的残破，没有修旧如新，甚至也没有修旧如旧，而是让残破所记录的时间与历史的痕迹完全融合到了周围的环境中，从而甚至显示出一种残破的美来。在这个可以俯瞰整个城市的东南西北，让人伫立很久很久的地方，其间的断壁残垣，好像就是曾经在场过的人与事所留下的唯一的证据，你置身其间所获得的不仅是周围的风景，更有可以想象与不可想象的曾经。中国人所谓“思古之幽情”，这山顶古堡是再适合不过的抒发位置了。

古堡里玩耍的孩子们

当时正有一群参观古堡的孩子，熙熙攘攘奔来跑去地在古堡内外活跃地玩耍着。他们显然是被安排在这里待一整天的，一整天的内容就是先在古堡外玩耍，再到古堡内玩耍。他们精力充沛的小小身影和红润的面孔上，洋溢着新生命的无知无畏，仿佛是古老而残破的城堡中盛开的花。

那些在比勒菲尔德附近骑车转悠的日子里，有很多画面性的片段存在，一直萦绕在头脑中。很多很多年以后也依然清晰，清晰地为自己曾经的审美留下了梦幻成真一般的证据。

现在想起来，真是要感谢两位同学，感谢他们给予的一个可以打了地铺睡觉的位置和一辆自行车。没有这两个条件，自己即使到了那里，也还是没有机会骑车漫游的。而这个机会，只有这么一次。

记得在比勒菲尔德附近一个稍微大些的城镇里，走着走着会在居民区中出现一片森林，比中国列为森林自然保护区的森林更

空气永远纯净

加古老、更加高大的森林。而它的位置是在居民区中！寓自然于现代文明里，这样的景象给人以极大震撼。

居民区正中心，放射性的路向四面八方辐射的地方，是一个湖；湖的周围没有一丝水泥的痕迹，完全保持着自然状态。湖中立着一棵新绿的柳树，湖的边沿上是去年的茅草，然后是环湖的人行小路，再外围是一圈高大的树木。唯一人工的迹象是小路边上的长椅和垃圾箱。有一个中年人正坐在其中一把椅子上很投入地看书。上午十一点左右，风和日丽，春花伴着鸟鸣，一切都刚刚开始，在美好的盛望之中。

从那里出来，经过斯坦因贝克（STEINBECK），那里有20世纪30年代修建的一条铁路，现在留了一段，成了景点。二战结束之后的最初几天里，盟军的飞机继续轰炸这条铁路，曾经将满满一列车附近的以妇女儿童为主的村民全部炸飞。这件事情显然给周围村镇无数的家庭留下了永远的痛，现在的巨石纪念碑上不仅有当年这段铁路和机车的照片、刻写着每一个被炸死的人的名字和生卒年月，并用“无谓”来评价了盟军的那次轰炸。

站在那块石碑前看了很久，颇为沉重地离开，到了前面一个叫作恩格（ENGER）的小镇，坐在教堂前的树荫下。

教堂前的小广场是一个高出别处几级台阶的平台，平台四周除了高高耸立的教堂，就是窗台上摆满了五月的鲜花的住家了。鲜花摆在窗台上，与白色墙壁上纵横交叉的德国传统建筑的桁架结构对角线装饰配合着，使白色的墙壁上有了耐看的纵深、有了丰富的斑斓。鸟儿在周围的大树上兴奋地做着这孕育季节的特有的啁啾，鸟叫声加上它们偶尔的蹦跳，与广场上的树影的微微的晃动似乎有某种联动关系，让人分不清每次晃动的具体原因：是那不仔细体会就难以觉察的熏风，还是鸟儿在高高的枝间无意的跳跃。

把车子横在眼前，坐在长椅上，沉默地享受着这样的安详。周围一圈都是民居，非常安静——这种安静如果在中国的话，就会被命名为午后的安静。而在德国，从早到晚都是这么安静的。区别只是鸟鸣的多寡，阳光月光的照耀而已。这时候有一家的电话响了，然后是“HALLO”的一声，全体的房子在这一刻好像都在侧耳要听清楚电话两端在说些什么了……

有人为了抄近道，从广场上斜穿而过，必然地要走过我坐的椅子前面，他远远地和另一边的一个女人打着招呼。那招呼以自己当时的德语水平是完全听懂了，其实听得懂听不懂没有分别，那招呼就是招呼，只具备表面的文字意义，如果说有什么招呼之外的意味，那也只是他们两个人之间才明白的。他们之间的招呼声音不高，但是在这安静的小广场上还是有了回音，这回音足以将他们之间的声音细节一点不漏地传达到周围每一户人家的屋子深处。然后一切就又归于平静。重新恢复到了只有鸟儿的蹦跳抑或微微的熏风摇动树影的安静与安详里。

这个场面是我在德国骑车漫游生活中的一个小小的瞬间，但是不知道为什么，被自己的记忆刻画得如此清晰而经久，总是能在一片茫茫回忆的尘埃中一丝不苟地浮现出来，成为自己那段美妙的人生时光的一个象征。

现在回想起来的另一个场面，是那天离开ENGER以后骑车走到郊外，发现沿着小河的自行车道是一个绿色的胡同，两侧风景如画。于是就舍不得骑车而改步行了，以自行车的速度一掠而过实在是太可惜了。已经是中午的时候，就势在小溪边的大树形成的“绿荫走廊”里的长椅上小睡。

从附近的家里骑车出来，坐在椅子上脱了衣服晒太阳，或者拿张报纸来消磨时光，是很多德国单身男人的经常性的活动；不过，他们很少带饭，代之而来的往往只是一瓶啤酒。在德国中部这样没有什么著名的景点的地方，我这样远道而来的人，并不多。而所看到的，也就是他们最正常的生活中的普通景象。这是田野上的一条小路，路两边都是茂密的树丛，因为过于茂密而形成了几乎不透光的墙壁，所以即使现在这么朗朗的烈日下，这树的胡同里也有夜的幽暗。躺在椅子上，看见树枝间的天空是碧蓝

ENGEL家门外的林荫小路

的，云是雪白的，和缓起伏的平原在树的缝隙里露出一条条的斑马样的条纹来，油菜花盛开的大地上依旧是春末的景观。

连续奔波，无暇停下来思想或者记录，只匆匆地用相机拍摄，几乎没有余暇将闪动的思想片段记下，或者说因为身体逐渐疲乏，头脑渐渐麻木，实际上到后来已经没有了感觉或思想。身体的疲乏是会影响头脑的灵敏的，这是骑车旅行中经常会遇到的一个问题，解决之道就是一定不可过劳，一定要有休息的时间。

大树浓荫下，睡深了以后有点冷，重新站到阳光里，赶走了疲劳，觉着那些躺在阳光里看书小睡的德国人的确幸福。其实这种在阳光里或阴凉下小睡的经历在自己并不多，不是不喜欢，而是因为时间有限，总想在有限的时间里多走几个地方。

远方起伏的丘陵原野上，正有一队拄着高高的STOCK（步行手杖）的人列队而过，他们有男有女，中老年人居多；大家都用两根手杖将自己的腰板挺得直直的，一个挨着一个，在森林边缘上的砂石小路上阔步而行。初看有些滑稽，但是仔细想想是非常科学而实用的。手杖有力的支撑作用可以让人既能大踏步地前进，又能有效得护住腰部和脊椎，不使脚下的震颤连续形成对脊椎的压力。这样的田野徒步方式大步流星、四肢舒展而用力合理，只看着就可以体会那些长途步行者的酣畅淋漓和身心愉悦。

这一队引人注目的老年徒步者走过去之后，有一个骑小摩托车的年轻人轰鸣着一掠而过，迅速远去；有一队戴着头盔穿着骑行服全副武装的自行车手唰啦啦地滑过。在运动着的人们之间，你会注意到地面上是一片绿色的花蕾，布谷的叫声悠扬婉转。时间在这里停顿，变得无头无尾。一个人躺在德国的原野上，突然

翻越丘陵的小路

觉着莫名所以：怎么得来的这一刻呢？阳光透过树枝间的缝隙照到了长椅，脚和腿都热了起来，尽管风还是凉凉的。

连续两天时间，自己都在绕行比勒菲尔德：向南再向东，向东再向北，绕行半个圈回来用时一天；改日再向南然后向西向北，再绕回来。所见所历，基本上限于比勒菲尔德方圆五六十公里的范围内。在这个圆形的范围里，在起伏的丘陵谷地之间，有大小无数的道路连接着村镇、森林，穿插着河流湖泊。德国的现实与历史用纯粹的自然、古老的建筑和众多的纪念碑的方式不断地展现在眼前，即便只是留下了没有记住地名的片段印象，也因为那些印象的永不磨灭而广有价值。

这样骑车行走在田野上的时候，经常会想起在到达德国时的飞机上俯瞰时的想法。望着那田野村庄河流湖泊道路都分得清清楚楚的大地，自己当时就有一个坚定不移的想法，在未来的一年里，自己一定会骑车行走其间，一定能尽情地享受这德国的大地。如今这个想法已经实现，正在确凿地实现着。

眼前就正有这样一幅永远让人难忘的景象：一把椅子被安在丘陵的最高处，下面是一望无际的谷地，是一条大路直接向下而去的起点，也可以说是从谷底里逐渐爬升上来的路的顶点，审美的顶点。椅子安在这里显然是出于视野的考虑，出于人们普遍认可的最佳审美位置的选择；而与此同时椅子本身也成了审美的对象。即便是没有人坐在那里，只是这么一把椅子也足以让人赞叹不已了。

而这时候，却是正有一个老人稳稳地在椅子上坐着的，显然他是经常这么坐着的。遥望谷地，似乎就是在遥望一生。

这个丘陵地带的高拔处，的确是一个俯瞰周围如浪的丘陵的最佳地点。尤其是当这些起伏的丘陵之间串联上非常贴合的小公路之后。德国的公路竟然也经常能在被保护得非常好的自然环境中成为一个审美对象，仿佛已经是上天赋予的大自然的一部分一样。顺着这样的公路滑翔一样地飞下去，飞到刚刚在坡顶上遥望过的树木植被如鬃毛一样猎猎而在的远方，远方教堂的尖顶和茂盛的树冠联合组成的深深的谷底里的天际线上去。这是一件如此让人着迷的乐事！只用按图索骥来形容显然是不准确的，因为这样的翱翔式的骑行所实现的，是刚刚站在如沙盘地图一样的真实环境前用目光反复审视过的所在，立刻就用坚实的脚踏实地的行动来将那些目光中的想象，变现成自己置身其间的真实；这样的经历，只要想一想就会让人兴奋得睡不着觉。

骑车沿着这样的审美之路骑出去很远很远，远到了将归程完全忘记了的程度，远到了只就沉浸在审美之中而完全不及其余的如痴如醉之中。这是自己在比勒菲尔德附近骑车漫游的过程中一个不期然的收获，也是心底相信一定会存在的一个审美与陶然的巅峰时刻。这是对于漫游者必然的赏赐。

纵斯特（SONEST）

“SONEST”，这个德语词读如“纵斯特”。如果不是德国人现成的发音，单看这几个字母，中国人是很难正确地发出音来的。这个发音奇怪的词所指的地方，是一个德国中西部的古城，有黑色的城墙和黑色的教堂，去意大利和荷兰我都是由此出发，所以曾经两次抵达这里。

第一次来是在四月底的时候，用周末票从汉堡不断转车而至。慢车一路等车，经常在一个小站上停十分钟。好在只要开动起来就也快速启动快速行驶，与快车的速度几乎没有区别。这是来汉堡以后第一次重新坐上火车，在某个站台上看见一大群戴着蓝围巾的球迷。集体出去看球，起着哄去看球是德国人周末旅行的一大理由；他们抬着啤酒箱，吼叫着，唱着歌，踩着点儿跺脚，与周围的警察对峙着，一般也不发生什么太过火的行为。他们喝酒不吃菜，拿着酒瓶子满车厢走，旁若无人地大吼乱唱，普遍表现出与在汉堡红灯区里一样的突破一切秩序和禁忌的倾向。

纵斯特附近丘陵上的油菜花田

好在这些乱喊乱叫的球迷人群在下面不远几站之后就集体下车去了，车厢里重新获得安静，德国式的安静。这样的安静一直保持到自己在纵斯特下车。

一下车，人立刻就被令人沉醉的浓浓花香给包围住了。周围都是顺着丘陵的漫坡立体展开的金黄的油菜花海；在被开着黄色槐花的老槐树的树荫遮蔽下，透着深远的清凉的古城里，都弥漫着油菜花的清香。

这座安静的黑色古城，完全像是童话里的场景，那么古老、娴静，又那么充满了不被任何现代生活方式所打扰的生机。

有山的平原是美的，山和平原都更美了一些，特别是平原上甚至山坡上都开满了油菜花的时候。沿着丘陵上无边的油菜花

眺望广袤的原野经常是一件不知不觉就沉浸其间的妙事

田漫步，倾斜的坡地上的金黄的油菜花形成的高低错落的辽阔视野里，金黄的颜色涂满了大地，除了黑色的森林和红色的屋顶之外，就都是金黄色的海洋了。庄稼和蔬菜对于我们来说一向是亲切的，但是在德国尽量保持着自然的原野风貌的田野里、土地上，缺少的恰恰是这种亲切。所以这样无边无际的油菜花所体现出来的人类种植的庄稼的意味就很让人舒服，很让人留恋。

终于有了漫步油菜花海的机会，这个愿望竟然是在德国实现的。这多少有点匪夷所思。工业化社会的发展早就十分充分了以

HAMM附近的郊野小路美不胜收

后，像纵斯特这样将千百年来的古老城市风貌与农业社会的大地景观一直保持着的地方，堪称极品。如果在国内大概早就会被列入必去的多少个旅游点之中的一个了，肯定早就要收门票了。而纵斯特这样的德国小城则依旧完全保持着自己自然而然的生活状态，来去自由，生活栖止自由，所谓旅游产业对这样的地方的正常秩序没有打扰，也不以之为什么经济增长点。

纵斯特周围的丘陵，坡形非常开阔，漫漫的坡顶似乎总在更遥远的远方，以至于大地的倾斜成为再正常不过的地理景观。真正上到坡顶，视野要更加开阔，山那边黑压压的森林和森林之中明亮的湖泊最吸引人眼球。

山间有森林，森林之间有高地湖泊，仔细分辨，它其实只是一个有坝的水库。这样完全为森林围绕的水库在我以前的经验里是极其罕见的。如果不是那一道坝，你是怎么也在这个湖上找不到人工的痕迹的。这个湖或者说这个水库，在周围相当大的范围的风景里也都可以说是独特的，吸引了很多游人。德国人衣着整齐，没有高声，没有张扬，安静安详地在堤坝上走着、望着，轻声地说着话，即便是笑起来的时候也都是只在自己人的圈子里，很少搞到人人侧目的程度。显然，他们自己也成了这里的风景的重要组成部分。

从纵斯特出发，到周围骑车漫游了两日。去了“WERL”“WESTOENNEN”和“HAMM”。一路上的道路都是田野之中的有护道树的小公路，一处处村镇与田野之间的界限分明。田野上的景色不仅并不乏味，还有诸多变化。自己过足了任意选择一个岔路口拐向未知的小径的瘾，将以前那种坐在火车、汽车上瞭望大地的时候目光所追逐与想象的这些小径，随意地做着脚踏实地的践行。每一条路，每一个方向都有出人意料的美，都让人赏心悦目、留恋不已。

田野上弥漫着一股微甜的味道，类似一种童年里才闻到过的味道，让人不由自主地就会用儿童一样的嗅觉、视觉、听觉去体验这个纯净而新鲜的世界。比如一条延伸到远方的小路上会有茂盛的灌木掩映的长椅，你完全可以从大道上拐弯过来，坐在椅子上休息一会儿。德国的大地上常为人们提供着这样的暂时休息一

有时候自己都不能相信，曾经真的从这样的地方走过

下、遥望一下的位置，将整个大地都做了公园。

辽阔的麦田略略起伏略略倾斜地在眼前绵延，一行行苹果树在大地中间画出了有透视效果的几何线。五月明媚喜人的阳光照耀着一切，照耀着麦子亮亮的油绿，照耀着苹果花的簇簇的粉白。因为没有更遥远的目的地，所以自己这样走走停停，在城乡之间各个画面一样的环境里漫行，常常在凝望与遥视之中，沉浸到由眼前的美妙出发到无边的幻想去的路上。

继续顺着公路前进，一处处规模不大的村镇中都保留着自己历史上的古老建筑，每一个地方似乎都可以作为景点。也确实有像我一样的长途骑车旅行者在这样的地方盘桓。

明媚的阳光照耀下的花树组成的花海之中，一处一战二战联合纪念碑前，几个喝啤酒的年轻人见我在看碑上的文字，便凑过来给我指点了一番：这些人都是我们这里历史上的人物。我们这里曾经英雄辈出……因为几个人都带着酒意，所以礼貌地倾听了一下，也便赶紧离开了。他们貌似嬉皮，骨子里却很“爱国”。不过这样的“爱国”，恰恰是德国社会的共识所不大认同的。在德国各地虽然都见过这种将两次世界大战合并纪念的碑石，但是从来没有公开地正面为二战张目的任何文字。那是违法的，而且绝大多数德国人都不认为那是正确的。

在如今优美平和的德国大地上，那样的“英雄”如果地下有知，或者也会相当满意的。自己的国家和民族一直能在如此审美的四季里平安幸福地稳步前进，夫复何求！

汉堡公墓

某人经过乡村墓地时说：这样的地方会使人爱上死亡。的确，欧洲的墓地，德国的墓地，总是将历史、将曾经的人生很好地保留下来的地方。设施完备，环境优美。鲜花盛开，流水潺潺，鸟雀鸭鸽自由栖息繁育，不啻是一个个花园。给我们上课的一位德国博士曾经说，他去一个陌生的地方，一定会到当地的两个地点转一转，一个是歌剧院，一个是墓地。墓地不是什么禁忌场所，而是与故去的亲人对话的所在。

不过对于中国人来说，进入墓地总是一件应该尽量避免的事情，除了祭祀亲人之外，很少有人像逛公园一样没事的时候去墓

汉诺威市中心墓地

地里走一走的。自己之所以能在德国不避讳地到墓地转，其实还是出于一种旅游者心态，要看看人家生活的各个方面。但是基于传统，自己还是把这一节放在了本章的最后，以免唐突。

不过，在德国，天气好的时候还是有些去墓地休闲的人的。很多年轻的母亲，也用小车推着婴儿到墓地中去安然地度过一段充满阳光的时光。

西方的墓地是石雕艺术品的汇聚之地，也是绿化最好的地方之一，往往还有免费的水源，有配套的教堂，是人类的世俗生活中一块难得的不被打扰的净土。它的公共性非私人性，决定了它的具有宗教精神的亲和与容纳力。无家可归者、流浪者或者捉襟见肘的行路人，往往会选择这样的地方补充水、休息甚至过夜，在没有外界干扰的情况下，和众多的墓碑一起度过或长或短的一段安闲时光。

曾经在汉诺威市区的墓地里见过那种早晨从倾斜在地面上的

战争中死于同一天的人排满了同一片墓地

墓石上睡醒起来，在自己的睡袋边上伸胳膊撂腿地做晨起活动的人，那份悠闲和自在，那份不把死去的同类当外人的绝对无神论者的状态，仅在一瞥之下就给人留下了永远难以忘记的印象。

早晨起来的阳光还在地平线上时，那个躺在倾斜的石碑上睡觉的流浪汉就已经起来了，伸着双手打着哈欠。欧洲的石碑不像中国那样是直直地竖立着的，而是角度很大地倾斜着，甚至就是平铺在地上的。其角度与宽度都正好可以当床。这个铺着防潮垫躺在睡袋里的流浪者，找到这么一个既在市中心又谁都不会来打扰的位置，显然是非常惬意的。他应该没有一点心理障碍，早晨起来打着哈欠的姿势说明着他的从容不迫与心满意足。

一般人面对那些因为长年累月的风吹日晒而长满了青苔或者

汉堡公墓湖中的野鸭

留有明显的阴湿的痕迹的死人聚集之地，总会有些要迅速地逃离的仓皇与恐惧的。何况高大的树林投下的阴郁的影子里，还不时地响着不知名的鸟儿的令人森然的怪叫。

在复活节前后鲜花盛开、春意盎然的时节里，我在汉堡的骑车漫游过程中发现了那被列为世界三大公墓之一的汉堡公墓。骑车在里面马不停蹄地转了一上午，也不过是走了大约一半的样子。

公墓里鲜花盛开，水系纵横。成片的墓碑之间，是西式公园那种几何造型的直线曲线，所有的直线曲线都既是道路也是水路，高大的树木和满地的鲜花配上荡漾的春水，昭昭然一片盎然的生机。这样的生机却也正映衬出了成千上万的死者的悲凉无奈。

水面上有大鸭子带领着一溜小鸭子顺序驶过的景象，这是春天里的孕育，是生命的新鲜，是轮回的喜悦。青青的草地，盛开的鲜花和春水荡漾、鸭鸟祥和的景致旁边，就是一排排早已经无人问津了的小小的只露出地面几厘米的碑面向上的石碑。每一块这样的小石碑上都刻着一个名字和两个年月日，标志着一个个特有的生命在人间曾经的时间历程。这样一片一片的石碑，很多都是死于同一日期的，那应该是二战中的一场轰炸……

公墓中去世时间不是很长的，或者说是三代之内还有与死者见过面的亲属活在世上的，石碑前就还有鲜花。超过三代，也就什么都没有了。

凡·高在画作《盛开的桃花》上题诗说：

不要以为死去的人死了

只要活人还活着

死去的人总还是活着

这首诗，基本上解释了三代以上的墓基本上都已经无人祭奠的原因。因为活着的人已经死去，与死者见过面有过记忆的人也已经死去。任何人几乎都无法逃脱这样的规律。

21世纪、20世纪去世的人，一般的墓地上都有花，都有被祭奠过的痕迹。时间再往前的就一律都没有了，中国有句老话叫作“人不过三辈儿”，意思是只有见过面的亲人，至少是间接地见过面的亲人才有感情。人实际上就活在这三四代之间，再多了也就与自己无关了。血缘上的那点关系只有生物学的意义，至多会有一些集体潜意识或者说家族潜意识的影响，是没有情感的记忆成分的。

即便那些名人，那些有广泛声望的人，死去三代以后还有人祭奠，也已经仅仅是在向其生前取得的成就、业绩、贡献致敬，而很少再针对曾经有过特定的音容笑貌的那个有血有肉的他本人了。

比起公园来，墓地里的人还是少。尽管也有个别推着婴儿车来散步的——在德国，推着婴儿车的母亲或者父亲是风雨无阻什么地方都去的，好像手里的婴儿车就是他们出来活动的最好的、最自豪的理由一般；感觉他们主要还是为了满足自己出来转的欲望，而且出来转着的时候婴儿也容易安静下来；而公共交通工具上普遍为婴儿车提供了位置，大大促进了这一行为的普遍性——有骑着赛车来锻炼的，带着孩子来绕圈儿的，但是毕竟还是少啊。活人对死亡是有忌讳的，任何民族、任何国家或多或少都有些忌讳，不愿提起、不愿看到，更不愿没事到坟墓密集的地方转一转。倒是一些老年人没有什么恐惧感，很坦然地来为亲

来墓地玩的老人和孩子

人上坟；他们是这墓地里除了园林工人以外人数最多的一个群体了。老人们一般都穿着春天里穿的浅黄而近于白的风衣，每根头发丝都洗得干干净净，表情严肃，没有言笑。他们或有蹒跚地找到自己亲人的墓地，把旧花去掉，把鲜花摆上。每一块墓地都有一个大大的筐，用来装被替换下来的花，每块墓地还都有一个带水龙头的水池，可以往花上淋水使其产生含苞带露的效果。有的还要给墓地周围除一下杂草，跪在那里干活儿——德国人一般都避免蹲的姿势，就像中国人一般都会避免跪的姿势一样——挥汗如雨，很投入地干着，像是忘了这是来上坟。除了鲜花以外，摆在墓前的还有一种红色的蜡烛，一种造型很小巧的长明灯样的东西。一切都是默默无声的，没有哭泣，也没有哀伤，有的只是平静，尽量是和死者所拥有的平静一样的平静。在这广泛的平静之上，只有鸟鸣的声音，花开的声音，还有那些躺在婴儿车里的孩子们偶尔的咿呀语声。

任何国家的墓地都是活人受教育的好地方，是一个人活着的时候可以看见死亡，遥想（或者就是近想也未可知）死后景象的最佳地点。任何墓地都可以被列为“爱生命主义教育基地”。墓碑上通常只有生卒年，这两个年头之间就是那个现在已经躺到了墓碑下面的人曾经的生命长度。八九十岁，六七十岁，四五十岁，什么岁数的都有，甚至三十几岁，二十几岁，十几岁，几岁，也都不罕见。

德国的墓地里有一个共同的特点，1945年前或者就是1945年集中死去的人非常非常多。

有的只有一块简单的格式统一的浮出地表一点点的墓碑，有的则相反，是非常讲究的。这样讲究的墓地上，一般都雕刻着真人大小的逝者塑像，有的简直就是生人场面的雕刻版的再现：比如一个家庭在战争中失去了两个孩子，两个孩子的雕像都被完整地刻画了出来，而哀伤的母亲向着他们无助地伸出双手的形象也被立体地刻画了出来。

两个儿子的雕像矗立在父母躺在地面上的小石碑之上，两兄弟长得很像。都死在1943年左右，一个二十二岁时死的，另一个三十岁时死的，死于俄罗斯。这个现在已经彻底不存在了的家庭，就是一部德国二战史。他们曾经的欢乐和痛苦如今都已经烟消云散，他们曾经的父母之爱、儿女情长也都永远成了过去。两个头部雕像的鼻子都被人不知出于什么目的给凿掉了。这些残缺了的石像和石碑是曾经有过这样一个家庭的唯一的痕迹了。被湮没和被遗忘是这个世界上绝大多数人的宿命，想被记住，想被提起，想让后世的人清晰地看见他们生时的欢笑与悲哀，都永远徒劳。好在他们曾经的生活地域是德国，是因为经济上的富裕和文化传统上的深厚，而将一切都有余力保护着的地方。否则的话，他们家在这世界上最后的这点痕迹可能早就不存在了，至少丢掉的绝不仅仅是鼻子。

不管有没有立体雕塑，所有的逝者几乎都只有一个简单的名字和生卒，其余的在人间的一切，都不着一字，也都不必说。这其实就是全体人类共同命运共同特征的总结，你作为你，在这个世界上的特殊性其实就只是一个名字和生卒年月而已。

德国的风景与中国

在德国，首要的任务是学习德语。学习德语就要尽量让德语占据自己更多的时间，这种情况虽然一直持续着，但是效果有限。自己在德语使用的过程中出过很多笑话，举例如下。

1. 一次，老师拦住我，让把笔记本电脑交上去格式化。我说“KEIN VISUM”（没有签证），大家都笑了。病毒是“VIRUS”，“VISUM”是“签证”，两个词长得很像。

2. 那一天去另外的宿舍区去找同学，通过门房到了电梯门前，正好有一个男的也准备上楼，他问：“WAS MACHEN SIE？”（您干什么？）我回答：“EINE FREUNDIN SUCHEN。”旁边站着的一个女的马上就笑了。后来我琢磨了很长时间，才逐渐明白，我把“朋友”念成了“女朋友”，把“拜访”（BESUCHEN）错用成了“寻找”（SUCHEN）。于是我的回答就成了：“我来找个对象！”

3. 一次组织去旅游，到了目的地以后给找了个导游，导游跟我们说有“EIN KILOMETER（一公里远）”，我马上接了一句：“EIN EURO？（一块钱？）”

4. 这一天好不容易熬到了下课，冲到下面推车子，正好碰上在这里实习的两个女学生也在推车子。其中一个我是认识的，我们刚刚到达马格德堡的时候是个周末，就是人家拿着本子在门口迎接我们的。她笑着对我说：“FEIER ABEND。”我一下懵了，今天是什么节日？没有听说啊，就又追问了一句“FEIER ABEND？”人家看我是不明白也就不多说了。后来我还问别的同学，说今天是什么节日？怎么德国人说要庆祝节日呢？后来才逐渐明白，那句话根本不是“庆祝节日”，而仅仅是“下班”的意思。

5. 在火车上检票员让我在周末票上签字，我比画着说：“UNTERRICHT（上课）？”他笑了，说：“UNTERSCHRIFT（签字）。”

6. 在汉堡郊外沿着易北河向入海口骑行的时候，自行车后带没气儿了。于是就地补胎。这时候过来一个小伙子，关切地问需要不需要帮助，我举了举手里的补胎工具笑着道了谢，说，我有“FLUGZEUG”（飞机）！实际上我是想说“WERKZRUG”（工具）。他大概感到有点匪夷所思，便若有所思地骑车走了。我是从他的表情上判断一定是自己的德语出了什么问题了，很长时间以后才想明白，不禁自己大笑起来。

在德语学习的过程中，看的、听的、写的都是德语，用的也尽量是德语，时间长了就深切地感到了国外生活还有一大功能，那就是自己的语言，自己的母语的“陌生化”。因为隔离，因为进入到了另一种完全不同的语境里，更让自己看清了汉语。就像人种一样，对比之后才更明确了自己亚洲人的、中国人的特征。那种在国内的时候没有怎么意识到的黄皮肤黑头发，当然也还有西方人种所少有的轻捷灵活。

汉语在比照之下才被发现一直是自己不自知地使用着的母语，这个事实在外语的环境里被真真切切地体会到了。这种情形，在萨尔山区的那个小镇上的那个寂寞的周日下午遇到的那个徘徊着的河南的年轻的厨师，在他又能使用汉语的时候所表现出来的无限的兴奋之中，也可见一斑。

在德国生活，汉语表达、汉语阅读、汉语写作突然都拥有了别样的意味；尽管哪一样其实都比在国内的时候几乎要少了很多，但也唯其机会少了，所以才更显得具有了某种事情之外的仪式气息。以阅读来说，喜欢书，特别喜欢书，书痴一样地将随身携带的几本汉语书翻来覆去地读，这种情况一般容易在什么样的环境里产生呢？在自然环境特别好的地方，或者自然环境特别坏的地方，都容易产生这种人。环境特别好，感触特别多，要表达对自然的爱，就要从书里获取资源；环境特别坏，外面实在无处可去，也只好沉浸到书里的广阔世界去里了。就像我们的摄影者完全是不自觉地会将镜头对准微观的东西，一朵花，一束草，不是因为他们天生对这种一花一叶有特别的兴趣，而是因为实在不能把镜头拉开，只要稍微拉开一点点，已经被不敢恭维的整体环境就会显现出来。他们于是只好去以微观的东西为对象。同样，在那种环境里，无心利禄的人，没有机会置身自然，只好全身心地投身到书本里了。

这样一个人在汉堡生活的日子里，往往会因为阳光太好而无法安心在屋子里写东西，但是却又没有明确的外出目标的时候，或者是阴雨天的时候，才能看看汉语的书，用汉语写写东西，或者用收听汉语广播或者下载的汉语节目，来作为做饭吃饭的时候的一种习惯性的背景享受。

这一次的节目说的是汉乐府《陌上桑》。自然是老调，说衬托罗敷的美是靠着周围人的反应来写，云云。罗很机智，说自己的丈夫官儿更大，调侃了自以为是的地方官。听着听着，突然有些想法：这个很原始的故事为什么以一个地理的场景为题目呢？这种画面感很强的词所代表的景象，是故事发生的地点和背景，以之为名，有相当的确实性，更有美感。不过，如今又有几个人能有幸目睹过那样的古代稀松平常的地理的同时也是生活的场景呢？正是那样的地理的同时也是生产的生活的场景吸引着自己啊！在我们那，大自然已经疲惫！而在德国虽然还有大自然，但是没有了那样的具有中国人的生产生活的味道的场景。他们自己是很少从事纯粹的农业生产的，几乎所有的农产品都是进口的，农民已经是一个过去的工种了。在德国的乡间盘桓，农业生产进行中的场面和味道是十分难寻的，所到之处所见之人，无非是牵着狗寂寞地散步的人，戴着在我们看来似乎有些小题大做的自行车头盔的锻炼的人。好不容易有个劳动者，还是在自家的花园里的锄草者，无论如何也是找不到中国田野里那种被精耕细作以后散发着肥料的味道的大地上的黄昏的。当然这种寻找本身就是荒唐的，怎么能在德国找到中国的乡村的味道呢。但是，但是这种寻找又是一种本能，一种抑制不住的行为。

一种愁思，一种无根的浮飘的晕眩，强烈地袭来。一首古诗，引发或者说是更促进了这种感觉的发酵。在什么样的环境里会有什么样的思想，会想什么样的事情，按说这是没有十足根据的判断，不过从自己的经验里来说，确实还是有这种倾向的。思想本是自由的，并不受你身处何地的影响，身在中国可以想象原来在德国的生活；身在德国也可以回想原来在中国的生活。然而总的来看，在德国时中国化的思维多少就会迟钝一些，不及在国

雨过天晴的日子

内时这么“才思泉涌”；在国内，坐在电脑前面也会有在德国时绝对不会出现的那么多关于儿时、关于过去、关于哪怕是最普通街景的那么多感触和怀想。

个人住到山巅的小屋里，和住在热闹大都市中，所思所想注定是会有所区别的。这几乎是不以人的意志为转移的。所以说写作并不是一个什么绝对安静的地方的专利，在什么地方就进行

什么样的写作，这才是写作的自然。

那一天，突然而至的雨雪和冰雹之后，是雨过天晴的阳光，是最标准意义上的明媚，是明媚这个词所从来之的那种自然现象的标准。在这样的明媚里，还没有长芽的树枝纵横交错地编织着自己的影子，投身在雨露晶莹的河边小路上。面对这幅小景，突然就想起了在中国，在自己的文化圈子里漫游的时候的所见，同样的树枝却有不同的质感、不同的远近距离，蹲下来同样可以触摸，站到那影子上去的时候同样影子会爬满自己的身体，不过分明已经有一阵没有任何预感的心痛划过。

德国的风景里没有自己灵魂的位置，风景只是风景，没有温度，像是画，像是艺术品，即使自己已经身处其间，即使可以触摸可以呼吸可以自由地驰骋。德国的春天很美，植物很多，变化很多；花朵很多，颜色很多。不过，德国的春天显然没有中国特别是中国北方的春天来得那么动人，就如在沙漠里的一点点水要比河流纵横的地方的一大片水更动人一样。

在德国的自然里行走，再回看国内的景象，想那时候对着微观的一点点自然景象比如一朵花、一棵树、一片叶子拍照的情景，实在可怜。在春天里，在意识到花开的时候，经常会漫无目的地骑车出去，走啊走啊，每一个方向，每一个能够到达的地方都已经到达过了，每一个有春天痕迹的景象都已经被拍摄过了。自己还是一味地走啊走，只是想着行走在春天里，不想在春天的时候把生命那么随便地就掷在房间里。即使有一树桃花也是不乏尘土的，即使有一片梨树也是笼罩在雾霾中的，可怜的春天在还没有被寻找到的时候就已经匆匆而过了，一下到了一种人在户外几乎无法忍受的阳光下，也就不得不结束在白天在上午进行的漫游了。寻春的短暂旅程只好就此无奈地结束，年年如此，岁岁无新。当然也是有收获的，总会在个别的角落里收获感受，收获诗句，收获文章，收获仿佛偷来的诗意存在瞬间。

那时候，经常遥望着每一个角落都已经再熟悉不过的远方，想象自己是不是有可能有一天会远远地离开这一切，到达一个一切都是全新的地方，那里有足够多的新鲜，足够多的自己从来没有到达过的地方。现在，如今，这个理想已经在不是很经意的一段人生过程之后实现了，实现了反而不能被自己经常很有意识地感觉得到了。

应该说，在德国的春天里行走着的时候并不像在中国的时候那么身心感受强烈，国内的环境里，春天无疑是一个显得特别美好的季节，而不去郊外寻找，在城里你几乎是看不到春天的痕迹的，所以才有了寻春的事情。在德国，人居与自然结合得很好，而且一年四季大自然都以非常适合人类生存的面目示人，在春天的时候人们也觉着很好，但是绝对不会有在国内北方的那种在绝望里突然看到了希望的老夫聊发少年狂样的兴奋。所以德国没有专门的踏春之说，也没有集体踏青的清明节气。

然而作为中国人，在德国的春天里行走着的时候还是会突然就想起在中国的春天里寻春的景象来：国内一个春天的上午，骑车到西北方向20公里远的李村村外，拍那些高大的泡桐。那时候泡桐树上正开着或者将要开着甜蜜的紫色花朵，在北方一向枯寂的平原上突然有了这么一树一树开满了花儿的大树，实在是一种罕见的景致。一年之中也只有在春天的这么十几天时间里有这种景象，站在村边上拍照的时候，镜头里出现了一家几口人正在地里劳动的景象。两个穿着颜色鲜艳、质地粗劣校服的中学生和他们同样穿着这样校服的母亲，都躬着腰在地里劳作。面对举着镜头的我，他们，孩子们显然是突然意识到了自己正在做的和别人正在做的事情之间的距离，很不好意思地低下了头。

生存状态的差距被这样非常直观地呈现出来的时候，自己也感到不自在，匆匆地离开了。且不说财富，只在拥有闲暇这件事情上的差距就使得这样的不期然的对比具有了很让人不好意思面对的性质。整个社会的这种“发展中”的不均衡状态是长期存在的，是不管任何季节都会存在的一个事实，寻春路上的这一瞬不过是为这种对比提供了一个特别明确的例子而已。

又一个春天，在石津灌渠边上拍水库里放出来的水与水边的柳树新绿时，不远的地方，从一家围墙很是破烂的厂子里出来一群打工仔，实际上只是些约摸十四五岁的孩子。他们携肩揽腕地站在那里，嘻嘻哈哈地说笑着，同时又很羡慕地严肃地望着我。身上的工作服上满是劳动的痕迹，脸上清楚地写着羡慕和向往，那种期望着能在某种程度上改变自己的表情，给人留下永远的印象。这里大约是一个养鸡场，每个孩子都很瘦，因为还是孩子，也因为吃的东西很简单；工作服下面的衣服都是那种很时髦或者说是很儿童的，裤脚上缀着花的牛仔裤。他们还没有经受人生的折磨，还保有孩子式的纯洁。不过，不出一年两年，接踵而至的各种各样的人生事件就会把他们变成成年人。

一个朋友从邮箱里寄来几张照片，其中两张居然是以前我寄给过他的，显然是没有更多的谈资和材料可以传递。另外两张则是他们最近的合影。合影的场合自然是饭馆了，不管男女，一个个都变得臃肿了，普遍有了肥头大耳之相，脸上泛着一层长期精神生活缺位、长期为现实考虑的油光。尽管他们在合影的瞬间里都努力让嘴边上的肌肉上挑，但是眉宇之间的某种缺失却更显得确定无疑。那饭馆豪华的装修和那桌子上可以想象的珍馐美味对他们来说是一副无所谓的状态，对现在身处异域的我来说倒是颇有吸引力的。不过我也明白，一旦坐到那样的场合里去了，吃了那样的饭，现在这种纯净得多的心境也就没有了。很多宗教都戒大吃大喝，是有生理学及心理学上的道理的。在一种大吃大喝的状态里，人将很容易沦为物质的奴隶，容易沦为行尸走肉，至少会比较容易因为脑满肠肥而无所事事，而昏昏欲睡。

在汉堡的春天里，这样关于国内生活的信息被传递、被回忆、被咀嚼、被翻来覆去地咂摸、颠来倒去地冥想，总让人在不出行的时候，在骑车的空隙里陷入若有所思之中去。

那一天在汉堡郊外骑车回来，下午四点多睡下，八点多醒来，昏昏沉沉。外面因为阴着天而正渐渐入夜。屋里屋外一片死一样的寂静，这样的时刻，最难将息。坐在床上，重新意识到自己身在汉堡，孤悬海外的处境，一种无法排遣的愁绪猛地袭来。

挥之不去的纠缠，让人无所适从。没有网络，没有广播，没有了习惯性地将时间不知不觉地打发掉的麻醉方式，进入到所谓时间的煎熬之中。人在成年之后实际上一直在自己给自己培养出各种各样的习惯来，而习惯就是自己对生活的适应。对生活的变化不再敏感，不再彷徨，不再调整，只一味地让自己以不变应万变地轻松或者叫僵化地去对待周围的一切。这种对待方式很容易就把时间给没有感觉地“忽略”掉了。让自己不再像年轻的时候那么痛苦，不再像寻找与定位的时候那么焦躁，当然也不再有重新建立别样生活的兴趣。换个样生活，对成年人来说是不容易主动去实现的。年轻人则不然，他们常变常新，一旦落定也就步入了成年之列。

在这样的时刻里，自己突然失去了再待下去的耐心；人言：如果你内心不宁静的话，你就一无所有。这句很平常的话，突然击中了自己。具有一种魔咒一样的力量。来德国以后内心其实一直是不宁静的，是不是意味着自己在这一年时间里都一无所有呢？这样的判断固然是简单化了一些，毕竟专业进修的收获是有的，地理的美学的收获还是有的，经历还是有的（只要活着就有经历，这是一种对自己的生命时间非常低的要求啊），但是继续学习下去还有什么意义吗？已届不惑之年，自己的立足点，内心的立足点在哪里？

这种情绪在和国内的亲人交流的时候会使人突然变得非常动情。因为突然会意识到，如果不是还能在电脑上通通话，那这种人地两隔、音信断绝的状态和阴阳两隔又有什么区别呢？我出国以后，父亲对家人说：我不说儿子出国的事，我不告诉他们我儿子不在我身边。我也曾在QQ里告诉儿子，奶奶就永远不会在某一天在电脑上出现，给你打字，和你语音聊天了；所以我们还活在世上的亲人之间要多联系，将自己的哪怕是琐碎的事情及时地告诉对方……

算着日子，盼着离开的那天！景致再好，人还是不安定，不能彻底安下心来。今天是2007年的4月16日，再有一个半月离开汉堡，然后再过20天就离开德国了！相比以前一算还有七八个月的时候的那种因为漫漫无期而感到的绝望，现在已经有了透亮的感觉，找到洞口的感觉。所谓不正常的生活，一个重要的标志就是：经常会一个人计算，还有多少多少天就可以结束了；已经熬过了多少多少天，那是以前的想法，现在的想法都是向着结束的。每次看到当天的日期，特别是回顾已经过去的多少多少个在德国的月份的时候，常常有一种胜利感，一种终于熬过来的成就感，一种距离即将回家团圆的日期越来越近的幸福兴奋感。德国确实给人惊喜，给人以自然的享受和人文的冲击，但是多数人还是无法将自己完全融合到这种很美但是始终与自己有很远的距离的世界里去的。想想经历过的夏秋冬三季，看看正在经历着的春天，它们永远都是你虽然能置身其间，却永远不属于你的异界。永远好像都隔着一层玻璃，一层看不见摸不到的墙，让你永远都无法像在自己的家乡那样对每一个细节都有最最充分的臧否的权利。

将近一年的时候，重新到了一种渴望改变、渴望回归的状态里，一切的一切突然都有了一种不知不觉中自己给自己的背景：那就是对安全地从国外回到中国以后，再“无事”以后，可以安静下来以后的平静地写作的日子的想象。那样的一种气氛是自己在颠簸中所期望着的，正如在平静中会对未来某一天的远离的日子进行想象和憧憬一样。

有意思的是，当时自己几乎完全没有意识到，在回到国内以后，对于德国生活的回忆又成了自己魂牵梦绕的事情。不仅自己在德国漫游的经历屡屡被忆及，而且德语的顺耳与亲切实际上是在远离德语环境以后越发地变得强烈起来的。一旦在偶然的机会里再次听到哪怕是只言片语的广告或者歌曲、游客的话语或者网络上的广播，都会从心底里油然而生地出现一幅清爽湿润的空气里优美的田园画卷。

德语这种语言给曾经熟悉它、曾经在它的环境里生活过的人留下深刻的印象，既来源于语言本身的独一无二的韵律节奏，更来源于与这样的语言相伴的德国的优美的自然环境、高度文明的人文环境。语言和语言所代表的记忆，一下就唤醒了自己在德国的美好记忆。

这也再次印证了无数宗教与人生哲学都充满了经验气息地做出过的判断：不论文化上的情感上的位置如何，安详于当下，只将对于过去的思念、对于未来的期望作为审美的享受，才是最正确的选择。

告别汉堡

在离开汉堡的前一天，最后一次骑车到周围经常经过的村镇和森林小径上走了走，带着一种告别的心情，用一种以后大致上可以说是永远不会再见的依依不舍，最后一次饱含深情地对一切

汉堡市中心的湖畔盛景

植被道路做着实际上是无以表达的审视。在夜色里回到宿舍里，将一应早已经收拾好了的东西又做了一番检查和整理，睡下以后就只待黎明了。黎明就意味着告别发木森，告别住了三个月的汉堡，告别自己在德国的四季中的绝大部分时间段落，进入到最后不足一个月的欧洲时光里去了。在德国，这样的依依惜别，在刚开始的几次，从萨尔布吕肯到晁桃、从晁桃到马格德堡、从马格德堡到汉堡，表现并不严重，都因为对下一个目标的向往与自己还会在德国待很久的想法给冲淡了。而到了告别汉堡的时候，这些因素基本上都不存在了，神奇的德国四季也即将结束了，不舍之意开始占了上风。不过，等真正离开的时候，这种“不舍”也就很快为现实的诸多问题所冲淡，甚至完全顾不上了。

在最后离开汉堡的那一天早晨，坐早班的地铁去赶火车，推着自行车带着大行李背着双肩挎，举步维艰。上地铁的时候就找了一个人最少的车厢，在最前面紧挨着驾驶室的地方。车开了几站以后，到了一站，女司机突然开了中间的门走了出来，对我说了一句：这里不能放自行车，你到后面的车厢去！

这大约是她们的规定，但是这一天这里的人并不多，往来并不怎么受影响，主要是我行动不便，挪到后面的车厢去非常吃力。但是她一点通融的意思都没有。我只好挪。列车就那么停着，等着我背上双肩挎，把大行李架到自行车后椅架上，再推着车子向后倒，退出去以后再找另一节能容纳下我的车与行李的车厢。因为带着大行李上不去，还要把行李从车子上搬下来，先把车子搬上去，再搬行李。整个过程让列车多停了最少一两分钟。在这个过程中自己实际上已经做足了思想准备，就是她在我下了车而还没有再上车的时候突然启动，把我甩下扬长而去。但是这种情况终于还是没有在这个德国女司机身上发生。

执行制度，无可厚非，但是具体面对着一个拖着大行李行动不便的外国人的时候，她内心深处是不是有发泄的成分，那就不得而知了。至少可以说，僵硬地执行制度，这已经是很多人的一大特征。

而这不过是仿佛注定要周折的一天的开始，一个接着一个的问题在随后的旅程中令人挠头地出现。确乎形成了一种颇具考验性质的艰难的旅途。

汉堡作为一个有着漫长的商业历史的码头，“算计”甚至

“攻击”之类在普通德国人身上已经很难见到的“不良品质”，还是能在一些人身上不期然地就显露出来的。比如实习时遇到的那个小老板，就是一个很有这方面特点的人。他有中国女朋友，办着汉语的杂志，却又显然对中国人持有一种不那么友好的成见。他说话的时候一直瞪着眼，放射着一种“我这么说你还不懂、还不执行、还想分辨”式的榆木疙瘩味道。不懂得要获得人心才可能获得真诚的回报的最普通的道理，一味地要求别人付出，按照他要求的模式付出。

在汉堡期间还为朋友代收过一次欠款，准确地说是对方早就承诺要付出的款项。我多次联系他，他每次都支支吾吾，表现出那种欠账不还、该付不付、能拖就拖、没理搅三分的人的嘴脸。当然最后还是通过邮件的反复沟通，终于将这他应付的钱要了回来；结局还是不错的，或者说人家还没有到“真坏”的程度吧。城市大了，人口多了，什么样的可能性都是存在的。这一点也不奇怪，当然也更是和所谓的城市性格没有什么关系。

实在没有想到，在很有些依依不舍地告别汉堡的时候开始说起在汉堡经历的负面信息来了，不过写汉堡的经历，如果不把这一段感受写上，肯定也不能说是完整的。

汉堡远去了，越来越远。在以后它距离自己越来越远的过程中，一直在捕捉任何关于它的消息，哪怕仅仅是出于汉堡的说唱歌手的摇滚歌曲。在他们那些关于成长于汉堡的词句之间，遇到某些自己曾经熟悉的景象和事物的时候，也就不禁会会心一笑呢。

柏林廿日

一次成功的运筹学实践——勃兰登堡骑行

离开汉堡，预定要坐的那趟车停驶了。第一趟车变了，后面在哪里倒车，在几站台上车之类的也就跟着失效了，自己原来那个紧凑的运筹计划可能失去了实现的机会！

赶紧去售票机上看还能改什么车？自行车和行李就直接放到站台上，就那么扔着了。这是再次于紧急的时候不做最妥善的安全处理的情况了，好在德国的治安状况很好，没有人动你扔在那里的东西。时间紧迫，不容多作选择，先上了一趟比刚才那趟稍晚些的火车。显然，有很多准备坐原来那趟车的人都上了这趟车，但是这一点也没有让大家抱怨或者愤愤不平，车厢里依旧是那种公共场合里的安静，德国式的安静。

但是火车只走了一段大约半个小时的行程以后就不走了，这在行程表上是没有的。原来是临时决定让换大巴，是火车站给配的大巴，两辆大巴就基本上把一火车人都拉走了。这是德国火车站经常有的一种情况，前面修路，便改汽车接驳。不过自己因为是又有自行车又有大行李，所以倒车非常困难，自行车装进汽车

全部行李

的行李箱就很难，因为一个行李箱是装不了几辆自行车的，这时候突然就有了那种我们熟悉的因为资源稀缺和人员众多而来的紧迫与压力感，这种紧迫与压力感导致的焦灼是德国人所不能体会的，他们依旧有些迟缓地下车上车，所以自己的自行车是先进了行李箱的一个。因为在来回搬运自行车和行李的时候用力过大过猛过急，两臂上那些平常缺少锻炼的肌肉在随后的日子里疼了好长时间。

这样坐了一段大巴到了一个火车站以后又上了火车，上了火车以后又倒车，每次倒车都是对自己胳膊上的肌肉的一次考验，经常是不能一次性地将全部行李都倒到另一个站台上，而要分批次地一次次地倒，在倒的过程中又对置于无人看守状态的行李有一种巨大的源于过去的习惯的担心，所以就很急，很容易用力过猛……好在一路上都有惊无险，每次倒车行李也都安然无恙，每

勃兰登堡街景

次倒车也都赶上了。不过，最终到达柏林的时候已经是下午四点左右了。

因为要充分利用自己买的从汉堡到柏林的那张周末票，所以到了柏林以后乘坐大巴找到宿舍，放下行李，立刻就又返回了车站。将下车的时候放在车站外面的自行车推上了火车。人还用那张周末票，车子也已经有一张一天都有效的车票了，人和车子都是可以继续旅行的。最妙的是，所有的行李都不必携带了，随身只有一个小包，轻松无比。

火车开往自己从未涉足的勃兰登堡州。这个旅程安排是只属于自己的最充分利用时间和车票的方式，其本身就已经充满了运筹学意义上的实现了最经济、最充分的成本利用的兴奋，更何况还有沿途的美景可以在骑行过程中做尽情地欣赏！简直是想一想就感到快乐的事情，所以一路上坐在火车里就一直在看路边的风景，想象着一会儿向回骑车的时候的景象。这样的运筹学实践当然完全得益于德国的火车制度、灵活多用的周末票和允许携带自行车的人性化制度设计，只有这些因素全部加起来才使这样骑车单程不算远，但是来回合起来就在一天之内比较紧张的旅程，有了成行的可能。德国人的幸福体现在整个制度设计的各个方面，仅仅是这样一个火车制度，不仅上下车不用检票，没有烦琐的安检，而且最充分地考虑了乘车者的自由度，让人在这样的制度里总是能时时自发的感叹其提供的幸福的巨大可能性。

这样在勃兰登堡下车的时候，就已经有了相当的喜悦感甚至成就感，买了食物，转了市区，立刻就开始了返回柏林的骑行。在离开汉堡的时候，这个计划实际上只是隐藏在自己心里的一种想法，要根据行程的顺利程度和体力的情况来机动性地判断执行与否。因为旅途中的多次倒车，这个计划一度在心里搁浅，想着如果能用一天的时间顺利到达柏林大约就已经是很高的成就了。没有想到好事多磨，一切困难最后都化解掉了，都闯过来了。最原始的计划、最充分的计划还真就被落实了！这就使得到达柏林以后立刻又离开的柏林的旅程，充满了由衷的欢欣。一路上都被这样的欢欣鼓舞着，情绪愉悦而振奋。

勃兰登堡（BRANDENBURG）和随后到达的波茨坦（POSTDAM）的建筑都很陈旧，尤其是勃兰登堡更有一种前东德地区特有的冷清，虽然那种杨树下的长椅也不无温馨、虽然也有玫瑰花匝地的幽静、虽然也不是一个人都没有，但是包括那种沉

水网密布的勃兰登堡郊区

重而颜色黯淡的墙壁和那种石头铺就的路面大部分都为来回两组铁轨所占据的状态，给人的感觉就是阒无人迹的冷清。拯救了这种无可救药的冷清的是水（有一组铁轨居然是伸到水里去的，似乎是为了船舶进出水域准备的），河流湖泊加上森林为这里营造了一层可贵的洋气。所以要在这里用“洋气”这个词，就是因为这里虽然也在西方、也在发达的德国，但是因为历史的原因而普遍笼罩着一种土气，或者说是在旅行者的头脑里有一种这里会比较土气的先入之见。这层洋气的主要来源是空气中缓慢飘浮着、流动着的一层水汽。它使空气湿润，使破旧的城市有水彩画一样的氤氲感。

在河汉纵横的水边上，看见一位爷爷带着孙子坐在那里玩耍。爷爷很耐心，孙子很乖巧。一老一小，和眼前的水域植被构成了画面一样的审美效果。这样的景象在德国并不多有，所谓含饴弄孙，更多的是中国传统里的东西；在德国带孩子的一般都是父母，是保姆。所以也就驻足多看了几眼，甚至给他们远远地拍了照。人类的亲情甚至连形式上都是一致的，尽管不同民族都有自己的特点，但是人性的共同之处使处于家庭的、亲人气氛的温馨状态里的画面，天然地对他人，特别是远离自己的亲人的人具有一种强烈的感染力。

骑车离开勃兰登堡向柏林出发的时候实际上已是黄昏时分了，不过德国的夏天，黄昏是非常漫长的。往往到了夜里十一点的时候天才会真正黑暗下来。不宽的小公路只容对向单车道行驶，自行车道单独隔离出来，也能享受到这公路边上一直绵延着的巨大的老树们的阴凉。在一条路面很平常，行驶标线也非常清晰，还跑着现代化的车辆的公路两侧，居然都是这样粗大古老的树木投下的浓重的阴凉！顺带着连阴凉之外，正被阳光照耀着的广袤的草地也都跟着将温度降了下来。显然历次公路修整都没有增加马路的宽度，都保持了马路两边的护道树的历史完整性，都没有砍过树。而因为公路两侧并非直接就是庄稼地，所以也不存在树木的阴凉影响庄稼的收成的问题。

六月初的德国，平原上的麦子还碧绿着；碧绿的麦田中点缀着数量众多的红色虞美人花，在麦田的一片碧绿里点缀上了繁星一样的红花。这种不将麦田里的花完全除去的农作方式难道又是为了大地的审美？如果不是的话，那怎么解释呢？后来注意到，在很多绘画作品里，这样的点缀着虞美人的红色花朵的麦田都是

从勃兰登堡去柏林的路上风景

历史上各个时期里德国和欧洲大地上的一贯景致，这是他们的传统。正如国内为了提高麦子的产量而将任何混杂在麦子里的杂草和野花全部除去而后快的传统一样，仅仅是他们的传统。与红花给他们带来的审美传统相比，麦子的产量上的那一点点区别是完全可以被忽略的。

从勃兰登堡向柏林走，沿途都是平原，都是开满了虞美人的红色花朵的绿色麦田。城镇上空的教堂尖顶是地平线上唯一的旗帜一样的突起，远远地就在昭示着道路前进的方向。经过这些陈

人迹稀少的波茨坦街头

旧的村庄小镇，花木扶疏的胡同和街道里有很多让人看上一眼就很想拐弯走进去的小路，那些小路经过一户户安静的人家，通向田野深处的森林湖泊，通向更加广袤无垠的麦田。不过自己现在不能随意拐，总归是要有一个大致的方向的，向东、向柏林才是正道。那些属于漫游的枝杈路径，今天，这时候，就不得不放弃了。日后在柏林郊外时间充裕的漫游过程中，大约是可以沿着任何一条这样自己感兴趣的路径走下去，走下去很远很远的。

德国的田野，还保持着原始的、农业社会的，甚至是欠发达的农业社会的田野的风貌，没有被过于精细过于贪婪的耕种全部占有，也没有被人类的建筑所毁灭。所以起身之间，便是在德国的大地上骑车的时候一种最基本的也是最难能可贵的享受。

在一处有红绿灯的路口上，与同样在等灯的全副武装的骑车者搭了搭话，确定了一下方向。他显然是在以骑车的运动方式，要在黄昏的凉爽里骑出去多远多远，然后再折回来。

路边大树下又出现了那种自由取货的无人摊位，一般都是鸡蛋和蔬菜，一盒盒一捆捆，标明了价钱，如有取用将相应的钱款投入到旁边的钱箱里即可。1.5欧一盒鸡蛋，1欧一捆蔬菜，醒目的标牌和更醒目的商品，就那么静静地摆放在大树浓荫下的小桌子上。安闲地等待着买主，等待着从此路过的人。

重新进入到周围水域面积越来越大、越来越多的地带以后，也就距离波茨坦不远了。从地图上可以知道，整个波茨坦像是位于一处由河流、湖泊、湿地组成的水的十字路口的正中间。进到城里的时候，天已经昏暗到了近乎黑夜的程度。在市区里骑车转着，看到的景象远不是以前来旅游时转那些巍峨的宫殿，和须仰视才能看到全貌的英雄雕像的感受了。在大名鼎鼎的皇家花园之外的这座古老而破旧的老城，经历了太多的历史，早就变得衰老而近于腐朽了。不过，终究还是纵横的水系与遍布的绿地森林、花园水榭为这个历史悠久的老城带来了舒畅的呼吸与湿润的宜居之意。这时候作为鼎鼎大名的柏林卫星城，波茨坦以人迹稀疏的舒朗与地广人稀的乡间风格，显示着自己的独特与价值。

颇有人气的生机在夜色里出现。火车站附近的水边上，一条很大的船上正在举行盛大的晚会，年轻人鱼贯而至，欢声笑语音乐阵阵。因为事先已经去火车站查看了车次，最后一趟车要在夜里十点才到，所以也就心安理得地坐在邻水的水泥台子上，面对着这艘热闹的游船，喝着酒吃晚饭了。

身后高几级的台阶上，几个女孩冲着我打招呼，要酒喝。我举了举纸盒装的葡萄酒，她们明白不是啤酒，也就不要了。这样要酒喝的事情，在国内大约也是很难想象的，尤其是女孩向陌生男人要酒喝，那基本是快属于“艳遇”了。然而这在德国却一点都不奇怪，人家就只是想喝酒了，没有钱或者不愿意去远处买，于是便就近向有酒的人要，一方面可以有免费的酒喝，一方面也是人和人交流的一种很自然的方式；大致相当于要烟抽，或者对个火儿抽烟。在物质基本满足已经不是问题的社会里，这样近于乞丐的讨要反而就只是一种发乎性情本身的自由之举了，人们并不见怪。其情形比之在萨尔布吕肯的时候在公交站上偶尔遇到的那种要一块钱坐车的人，有相近之处。虽然有点出乎意料、有点超乎常人，但是也未必就可以在意识上将讨要者一律打入另类的冷宫。

船上的晚会声将河道上粼粼的波光震颤得也有了音乐的节奏，初夏温暖的夜色里，微凉的空气里弥漫着和暖的人间气息。无论是葡萄酒还是面包夹撒拉米（SALAMI）肉片，这时候在我奔波了一天的身体里都开始了纵情的发酵。这样异国的夜晚，这样自汉堡而柏林，又从柏林到了勃兰登堡，再从勃兰登堡骑到了波茨坦，然后坐在河边的情形，想一想还真是有几分令人激动的神奇！人生中能够在一日之内经历如此之多的事情，其实并不多有啊；意识到正在经历其间，愈发能体会到弥足珍贵的幸福。在德国的一年之间，每每会有这样在经历的当下就会被深切地感受到的惜福，这实际上就是所谓“人生的极致”或者酒神一样的“高蹈”状态了！对于自己来说，在从来没有到达过的地方的骑行才最容易让人臻于此境。这也就是有意无意地热爱骑行，热爱在德国骑行的一个重要原因。

一道街一片森林一条河

刚到柏林，就意外地发现了在德国大约只有柏林才会有的那种“难得的爽朗”。第一天到柏林，地铁里两个着制服的男女为刚刚上车的旅客让座，一个男乘客不肯坐他们让出来的座位，那个制服男就一本正经地拿出随身携带的“条例”来，找到那一条职工要为旅客让座的规定大声地朗读出来。这种做好事还找出了文字根据的情形，很有喜感；那顾客在大家的笑声里不好意思了，只好坐下；就像他们在纠正他的一个错误。这时候，笑声洋溢在整个这半截车厢里，洋溢在每一个互为陌生人的德国人的眼睛中。

这样的情形在德国是极其少见的，不凑热闹、不苟言笑、尽量保持自己的独立性，这是德国人在公共场合的习惯，不将自己的情绪简单地敞开给陌生人也是大家普遍的行为规范。大约还是得益于这里是柏林，得益于柏林见多识广、外国人众多而社会风尚很是开放，得益于社会更加宽容、人们性格也较为活跃的整体气氛。

柏林是德国国际化程度最高的城市，不仅是它的历史，它的建筑，更是它的人。柏林人对外国人的宽容度在本国之内应该是最高的，一般不会有那种冲着街头经过的外国人呼喊的小孩子，也不会有因为你是外国人而蒙受的异样待遇。外国人在柏林更有自由感，更像是在一个人人平等的国际化的大舞台上。

在这样国际化的大舞台上，一种真正的和谐，一种人与人之间真诚的和平与尊重，会体现在生活场景中最寻常的细节之中。一个高大的女子骑一高大自行车，后筐一物掉地；前面迎着她骑三轮的马上告诉了她，她刚一回头，后面步行的三个人中的一个，已经捡起来举着送了过来；不管前后，大家脸上都挂着最真实的微笑。而这一幕的背景就是柏林的勃兰登堡门侧的无名牺牲者的墓地，是柏林市中心的位置。

和无名牺牲者墓并列的勃兰登堡（BRANDBURG）门自然更是柏林的中心，在门前的夏夜里，游人始终不断。所有到达柏林的人不论来自何方，都会仰着头在门前驻足，都会在刚刚能看见这林边的大门的时候就生出一种进入了旅游区的兴奋。

也有那种路静人稀的时刻，这门柱间漫长的历史在突然的安静里仿佛露出一抹久思以后的微笑。当年希特勒的部队雄壮地从这门柱间走过，当年柏林墙倒塌以后东西德的人们在这里潮水般地涌向对方……

柏林的市中心有一条施普雷河（SPREE）河将一系列美景串联了起来；有一条大街——菩提树下（UNTEN DEN LINDEN）大街，将一系列至今仍在使用的古建筑串联了起来。以这一条河和这一条街为线索，就可以将柏林市中心的景点一网而获。

菩提树在中国人的印象里是神树，是罕见的与佛祖释迦牟尼有关的遥远年代里的珍稀树种。如果谁珍藏着一片菩提树的叶子，也都会被视为稀罕的珍宝，争相去观看甚至膜拜。不过在德国、在柏林，菩提树却是一种郁郁葱葱到处可见的绿化用树。菩

洪堡大学门前的书摊儿

提树下大街两侧更是粗大的菩提树鳞次栉比，茂密的树冠在街道上投下连续的阴凉，干干净净、清清爽爽。

在菩提树大街核心位置上的洪堡大学，没有因为自己寸土寸金的核心地理位置而被拆迁，反而成了柏林众多景点中一个重要的组成部分。与巴黎塞纳河边上的旧书摊一样，出人意料的是洪堡大学的门前居然也被旧书摊给占领着。学生和游人从容地在大学的门口摆放在桌子上的一排排旧书中搜寻着自己感兴趣的书，那些硬脊的旧书，每一本都似乎和身后那古意盎然的洪堡大学的楼宇建筑有着千丝万缕的联系。看了旧书，随便就可以进入校园，因为校园是没有围墙和警卫的，如在大街上一样，人员车辆都可以自由进出。德国从幼儿园到大学，所有的学校都是这样没

柏林歌剧院

有围墙的传统设计，对社会及他人完全敞开着胸怀。

洪堡大学对面的柏林大剧院，至今还在演出。夜里盛装的人们驱车而至，入场前和幕间休息的时候，笔挺地站在门口客气地互相说着话。俨然是古代景象的延续，大家从表情到举止、从服装到姿态都罕有什么现代性。这样来看戏的场合，实际上是显示人之为人的特殊性的时刻，带有相当的表演性质。是每个人以什么样的面目来呈现在公众视野里的一种老派的展示手段，也是柏林人生活品位的一种古老传统的显现方式。

在这一带，马路两侧由教堂、博物馆，还有施普雷河，还有菩提树下大街本身所构成的自然与人文的小环境，最能体现柏林的深厚历史与纯美自然相和谐的美妙。这里适宜小坐、野餐、盘桓，或者只是安详地面对。

在这里，在施普雷河分叉形成的河心岛上，有一系列的十几个博物馆，占到了整个柏林一百多个博物馆中的十分之一强。这些博物馆，有的专门收藏着非洲与希腊的古老遗存，让人震撼的是博物馆里甚至是将一座希腊古城整体搬迁到了这里！有的是德国历史的专题展览，详尽地罗列着德国各个历史时期的图片和实物；对于纳粹时期的种种丑恶历史事实，一点都不避讳，都大大方方地予以展示，体现着德国人对历史的一种客观理性的普遍认知。德国科学技术博物馆，装满了各种各样的飞机和火车头实物，连房顶上和院子里也都是；德国电影博物馆，红色外墙的大屏幕一到了晚上就会不断播放着各个历史时期的电影，偶尔会有人站在路边上饶有兴致地看上一会儿……任何一个博物馆仔细转的话都会是一整天或者多半天的行程。所以当利用世界博物馆日的一天免费时间，将全部博物馆都走一个遍，也就只能是走马观花了。

在走向博物馆岛和在岛上各个博物馆之间穿行的路上，夏天的花朵盛开在古老的石路两侧婆娑的灌木之间，带着油脂味道的花香弥漫在空中，人们不疾不徐，款款而行；柏林人、来自世界各地各种肤色的人，形成的这种沿路景观，让人很是着迷。大家普遍悠闲而有情致，呈现出一种在享受生活、享受生命的微笑样貌。互相之间的善意与理解也就格外多，真仿佛是一幅世界大同以后的风貌了。人类的世界，还能在什么样的地方会呈现出这样一种集体的和谐来呢？

集中参观博物馆使人感觉自己重回了年轻的时候，实际上即便真的年轻时也是没有什么机会这样集中地看什么博物馆的。一个国家一个民族，真正的强大与富裕其实更应该体现在这样的与国民普遍的精神生活相关的细节上，钱要花在这样的设施建设与管理上，让民族的后代可以享受藉此登上更高台阶的精神性影响。

在柏林的二十天里，充分注意到了柏林丰厚的博物馆展览馆资源，不仅利用世界博物馆日看了比较著名的博物馆，还在柏林美术馆新馆看了印象派画展。美国人收藏的法国印象派画作，拿到了德国来展览。在德国新美术馆宏伟而现代的建筑之内，经过安检进入秩序井然的参观大厅，人虽然多，但是却很安静。这个颇具国际性的展览，凭着学生证也是可以半价的。

绘画之妙，在于细节，场面的细节和自然的细节。即使是一幅广阔的田园风光也是由这样被画家着意过的细节组成的。以这样的捕捉细节的心态来观赏印象画派作品的时候，就会发现，这种源于户外写生的现代画派，只不过是相对于古典的刻板光影透视学来说是新潮，是现代派，实际上它们还是不折不扣的具象主义。只不过在画法上更看重人眼睛的感觉，将那些碎片化的色彩做了更贴近真实的演示。

相比之下，在德国美术馆老馆里展出的作品都是德国历史上各个时期的古典绘画，宗教题材占了很大分量。绝对写实，绝对具象，绝对戏剧化，好像古人都是在冲着台口的方向也就是观看者，在做无声的表演。最初看的时候很能给人以震撼，在我们没有精雕细刻的写实绘画传统的国度里，欣赏到这样的绵延了上千年的油画作品的机会是不多的；但是看多了以后，画法的雷同和戏剧性场面的雷同很快就让人疲劳了，身体的疲劳和审美的疲劳几乎同时到来。看看展室还一个挨着一个，作品还一溜又一溜，真是有些气馁。加上闭馆时间接近，只能走马观花地了解一下，快速地看一下。在短时间内看规模如此庞大的展馆，真比干体力活还累人。

在美术馆外的广场上喝啤酒，原始的没有油漆的木头桌椅，面对马路和广场，在夏天的黄昏里，在德国完全没有炎热只有舒适的夏夜，这样一人一杯啤酒，给你提供了一个比较好的观看与被观看的角度与位置。这就是人们选择街头酒桌边上坐定了，舒展着双腿享受时光的一个重要的原因。

在即将告别柏林、告别德国的这些夏天的夜晚里，我们在街头、在中心森林中，在亚历山大广场和大教堂草坪上，多次这样喝到深夜、喝到凌晨，真正体会到了一种纵情的欢欣。柏林的夏夜，是和这样的痛饮的狂欢记忆紧密相连的；再无莱比锡时期的情绪低迷，再无马格德堡时期的状态压抑，夏天的美好与舒展，在柏林体现得非常充分。一个城市是有一个城市的气质的，它的历史和建筑、气候和平均气温，居民的普遍行为模式甚至表情都是这种气质的重要组成部分。这种气质在相当程度上影响着每一个人的状态，左右着每个人的观感和情绪。

这才理解德国人、柏林人为什么那么喜欢夏天，他们的夏天和我们的夏天完全不同；没有灼人的热浪，只有宜人的清爽，没有无处藏身的酷暑只有适合户外活动的温和。冬无严寒夏无酷暑，而且春秋漫长，德国的确是上天垂青的地方。

柏林市中心的森林

柏林的城市中心，实际上不简单的是菩提树下大街上那一连串古建筑组成的历史街区，不只是各国使馆和五星酒店，同时还是勃兰登堡门外那一大片位于市中心的广袤森林。

这座森林尽管经历了德国历史上的诸多重大事件，里面还有古人的诸多纪念性设施，但是整体上却依旧保持着原始的森林模样，甚至于现在的森林经历了时间的年轮之后，只是比过去更高大茂盛了。森林中的路面没有硬化，野兔在林间吃草，甚至还有狐狸、野鹿轻巧地在林木之间穿行。在城市中间有一条河的城市、有一座湖的城市并不少见，但是这样在市中心还有一片几乎可以说是原始森林的城市，世界上除了柏林还有哪个呢？林中有河流有湖泊，草地更是一种常态的空间存在方式。德国人在草地上打球看书闲坐小聚，有的人从车上搬来全套的桌椅和炊具，小狗伏在脚边，俨然将这里当成了自家的后花园。享受生活，安静地面对；让自己静止下来，面对自然面对古迹，这是欧洲人进入自然、进入历史、进入文化的一种方式。

从这柏林市中心的森林里走出来，走到阳光下，才意识到皮肤上已经有了一层森林的凉气。森林已经从里到外将整个人都洗了一遍，你已经有了和森林一样的清爽和纯净，有了森林静默的伟岸与大美不言的安详。这是只有在森林里散步，在森林中长时间驻足盘桓才会有的一种享受，是森林吸引人的一大原因。

这里所说的森林一定是有相当规模而又完全保持着森林原始意味的地方，落叶和已倒下的树都被原样保持着，除了防火之外，人类对森林的影响全部降到最低的程度。这样的森林气息与意味，不是一般的城市公园里那样几棵移植来的树所能形成的。

夏天的傍晚，在这城市中心的森林里野餐就成了一大享受。去超市买回来的烧烤袋是只要一拉就可以出现烧烤效果而不必出现明火的，这避免了失火的危险；喝着纸盒装的葡萄酒、弹着吉他，三五个人尽情地在林间草地上享受着生命中这又一段美妙的时光。

栗树下的晚餐。在大橡树林里转着拍照的时候脑子里突然涌现出了这么一句，是一本莫洛亚的法国短篇小说集，而且不是橡树下而是栗树下。之所以会在林子里想起了这句话，是因为以前的阅读中的印象在现实里自认为找到了对照。非常善于刻画日常生活、总是能将平淡甚至乏味的日常生活写得有声有色的天才传记作家莫洛亚，在那本短篇小说集里所描绘的，就是眼前这样一派人与自然和谐的生活场景里的诸多意味深长的细节。

市中心的森林是人们休闲最近便的地方

在阅读中的想象在很大程度上就是现在眼前展开的场景，不是所有的想象都能找到现实中的对照物的，尤其是在外国文学的阅读过程中，所有的想象我们都已经习惯于与我们阅读者间隔遥远。这种遥远是空间上的更是时间上的，二者都遥远到了这一辈子绝对不可能看到的程度。

在现实里望见了想象，意识到自己就在原来想象的情境中，这样的幸福在一个人脱离了儿童时代以后就变得越来越罕见，直至彻底不抱任何奢望，而似乎这种想象和现实的对应关系从来就不存在一般。在德国的这一个四季中，能出现这样的心理状态，能找到这样久已远去的内心享受，实在是罕见的幸福。

大家在草木洁净的森林大树下，吃喝与弹唱，视野之内再无他人。从本质上说，我们享受的与我们讴歌的，都是这个能让我们置身其间的美妙环境，都是柏林市中心的大森林里这样几乎是

施普雷河上的游船

可遇不可求的情境。

这样的场景与感觉之所以令人珍惜，是因为有一个大家公认的潜在事实，那就是在我们自己的家乡，我们其实是极少有这样的环境与氛围来进行这样的野餐的。不管居住在南方北方，别说是市中心，即便是郊野之中也早已经很难找到这样参天大树组成的浩大森林来让人很方便的步行着就能到达，步行着就又能回去。这样能将野趣盎然的生活、与大自然融为一体的生活直接和自己在城市里的生活连接起来，将大自然变成自己城市生活的有机组成部分的栖息环境，将最充分的现代化与最原始的自然气息结合得天衣无缝的状态，也只有在柏林、在德国，才能如此完美地实现。

柏林市中心的一条街、一座森林之外，还有一条河——施普雷河。

施普雷河蜿蜒着穿越柏林，为这个大都市连缀起了一条极浪漫的丝线。施普雷河自东南方向进入柏林，穿起了一系列的重要景点，而出了城区以后的第一颗明珠就是被称为夏洛腾堡的皇宫。

皇宫本身不是德国人日常休闲的地方，皇宫外的花园才是他们的大公园；这里又包含两个风格迥然的区域，靠近宫殿的是那种欧式的一切植被都经过严格修剪的几何造型的园林。而更远一些的森林湿地则完全保持着原始的样貌，那种草木高低错落，草本灌木、木本乔木从地皮上一直到高空中，形成了从上到下的完整的、蓊郁的、绿色的纯自然景致，甚至还有倒下来的树枝树干的原样放置，都很让人疑惑；疑惑这里难道真是一处皇宫的后苑，是一处位于市中心的所谓旅游胜地。没有围墙，没有门票，大家出入自由，行止随意，完全像是置身大自然中了。这是柏林人的又一处休闲之所，比之市中心的大森林而言，虽然树木普遍没

夏洛腾堡

有那里高大，但是杂花生树的原始样貌却是有过之而无不及的。

有一次，骑车向西穿越柏林，到了接近斯潘道（SPANDAU）的地方，又返回到市区的夏洛腾堡。在飘飘的小雨中，于皇宫后花园的白色长椅上吃饭。这一片开放式的古代宫廷，园林与古建筑完美结合着；妙在人们随时可以自由出入，跑步、恋爱、阅读、散步的人，铺一块布享受户外一卧的人，他们共同编织出了一种欧洲的节奏，有点散漫，很多从容。大家着装一丝不苟，行止却全在乎个人。旁边蓦然一位夏装女子款款而至，寻一白色长椅端坐读书，心无旁骛、全神贯注，完全像是来自宫廷深处的什么历史时刻。

在不断聚集的乌云下，在闪电里，在刮得越来越大、越来越没有规律的风中。她们、他们、她、他，依然我行我素，悠然自得。这是柏林人对夏天的爱与享受的方式。

夏洛腾堡的细雨中的这副景象给人的印象深刻，以至于在自己随后沿施普雷河回到市中心、回到宿舍的骑行刚刚开始的时候，就已经有了后悔的情绪。那样的雨，连在外面读书的柏林人都不怕，自己何必要躲开呢，何不继续享受那样一种古今结合、城市与自然集合的唯美的气氛呢！

以这样抱悔的心态回到宿舍，已经是夜里九点多了，但是天依然还亮着，就又出去，再至施普雷河边。这回向东走，直至夜色浓厚了才沿着波兹坦大街返回。彼时已经是夜里十一点了。

溯施普雷河上行，以夏洛腾堡为尾，倒推着进去市区，顺着河走，或者坐上河中的游艇，就能进入以火车站为首的柏林最为繁华的地段。火车站前的河岸上，一片片的裸晒者与游船上的人互相观看着、打着招呼，更有那种一辆单车一本书的河坡柳树下斜卧的女子，成为不与众人为伍的单独一景。河的流动、河的光影、河的气息，为建筑、为树木、为鸟儿、为两岸的人，点上了生命的轻盈之色。

这种在德国司空见惯的美好，最让人感觉吃惊的地方不仅仅是它本身的和谐，而更是其地理位置的特殊：火车站广场前！这在我们的印象中无论如何都会是断无休闲之享的熙熙攘攘人流如织的所在，居然在德国、在柏林演化成了如此悠闲恬美的场景。这就是最时髦的现代艺术，是人们诗意地在柏林这样的大都市里栖居的一个直接明证。真正打动中国人的正是这样一种与他们自己的经验反差过于强烈的对比。

逆施普雷河而上，由西向东，不断地经过一座座或者古老或者现代的桥。这些桥有的是红砖结构，有的是石头建筑，有的是不锈钢的轻巧造型，年代相去甚远，但是都有一个共同的特点：实在实用。沟通两岸，上可行人走车，下可过船。即便是到了现在河面上已经普遍使用最为现代化游艇的时代了，这些大大小小的桥也依旧非常适用、好用。

施普雷河经过火车站，不断地穿过一座座桥，串联起了一系列的古今建筑；有着玻璃圆顶议会大厦，完全是现代风格的体育馆，有着铜锈般的蓝色穹顶的柏林大教堂，像只穿着一个糖葫芦的柏林电视塔，造型各异，但体型无一例外都很庞大的博物馆群。这条沿着施普雷河的市中心线，既可以步行游览着漫行，也可以坐上游船，从河面上匀速驶过尽情观赏。坐在船上，沿岸建筑和游人都可以毫不费力地纳入自己均匀移动着的眼帘。绿树浓荫下，河

穿越柏林的施普雷河河畔是天然的条状公园

边的露天咖啡座和餐馆高朋满座；绿草地上孩子们追逐嬉闹；以古老或者现代的著名建筑为背景的小路上，情侣并肩而行……

施普雷河水在游船经过的时候荡起有力的波澜，将停靠在岸边上的一长溜私家游艇拱起又放下、放下又拱起。游船到了博物馆岛施普雷河分汊的地方也就掉头回行了，再向东的河边风景就不是游船线路上的观赏对象了。离船上岸，继续步行或者骑车沿着施普雷河走的话，前面依旧是美景不断；而且因为不再有大规模的游客打扰，所以还更能体现施普雷河畔柏林人真正的休闲方式与场景。

柏林，至少是沿着施普雷河的部分的柏林，始终存在着一条可供人步行或者骑车的慢行系统；这是一条由林荫与水系支撑着的步行系统，是一条观赏最真实的城市风景的绝佳小路。

这条小路转折于林荫绿地广场之侧，与河水的距离总是很

施普雷河刚刚进入柏林的地方

近，与柏林人傍水而居的休闲状态融合在一起。河边的不高的楼宇上，一般都是不封阳台的。阳台上都种着可以直接享受天光云影的花，还有圆形的电视卫星天线。楼下的大树与河边的灌木形

成一种树影婆娑的气氛，在这样的气氛里，常有独行的男女将自行车平放在地上，自己也以自行车的姿势躺在河坡上晒太阳；更有人坐在桥栏上看书，支着户外椅阅读。也有些赤膊者，擎着一瓶酒在河边用酒精讴歌着自己的生命。河堤上的固定长椅一般都是面向河水而背向道路的，这样的安排充分注意了让从小路走过的人不打扰坐下来的人。

这样一边走一边看，不禁就会感叹：这样可以沿着河目睹最真实的柏林人的休闲状态的傍晚，这样在异国他乡迥异于自己的生活环境里慢慢走过的情景，实在并不多有啊。

柏林什么地方最美，每个在柏林生活或者游览过的人，大约都有属于自己判断。我以为，施普雷河在即将进入柏林城区的时候，在经过两个巨大的立在河中央的纸片人雕像之前的那一段，是柏林最美的所在了。也就是柏林东南郊的著名的阔伯尼克（KOEPNIK）和柏林之间的这一段河道两侧，最美。在德国见过很多很多人们在河边休憩的美好景象了，但是这一段施普雷河，给人的印象最为深刻。

这一段的河边，不仅有沿着河的自行车道、行人道，还有大片的草地森林，有河面上往来的船舶，有河对岸的教堂村舍。人们在河边运动，打球踢球奔跑玩耍；情侣双双躺在草地上，踉踉跄跄的娃娃举步维艰地蹒跚着，腿脚利索的半大孩子风一样地追逐着，推着婴儿车的年轻父母则有一份仿佛是青春期刚刚结束以后的优雅从容；把自行车随便往地上一扔就地躺下看书的，一般都是单人而至的年轻人；成群来的，聚在一起喝酒唱歌，烧烤的青烟在静谧的草尖上掠过，和着他们吉他伴奏的歌声，袅袅地飘荡……德国人对个人自由是充分尊重的，你爱干什么，绝无人干涉，当然前提是你也不能打扰别人。在尊重他人权利基础上的自由，在这美丽的施普雷河边的傍晚，形成了一种人与自然、人群与自然和谐相处其乐融融的美。

施普雷河边这样的人间至境的场景，在夏天的傍晚日复一日地演出着，人们乐此不疲地享受着生命和季节，享受着人生中这样弥足珍贵的时间段落。谁都不愿意时间太快地过去，季节太快地就为秋凉所驱，施普雷河水太快地流淌而去；即便是夕阳西下以后河水之上粼粼的彩色波光还依旧有着多彩的缓慢，在橘红黛青之间做着波峰波谷的微妙腾挪，在绸子布一样的温柔里仿佛时时刻刻都能望见你自己沐浴其间的脸。

在逐渐暗淡下去的天光里，静静地面对平稳地流淌着的施普雷河。如绸的水波将对岸的教堂墓地和小楼映到水中，一起晃动着。这就是德国的生活，是自己最后体验的机会。为了这样的机会，任何人情的或“组织上的”时间安排都必须给这已经接近最后的享受让路。

在柏林的短短二十天里，自己无数次到达这里，骑车来过，徒步来过，每次来都流连忘返，都会在夜深以后才恋恋不舍地向回走。欣赏风景，欣赏在风景里享受生命的人们；明确，再次明确人还是可以这样生活这样享受……

对于德国人来说，四季都是享受；尤其是我们所惧怕的夏天，更是享受的重点。德国这一方土地夏无酷暑冬无严寒，实在是上天垂青的地方。而德国人的生活方式又恰恰很好地适应了上天的这种赐予，在大自然的怀抱里尽情地舒展与享受之余，还时时处处都在由衷地爱护着自然中的一切，让自然中的一切都能永续绵延，一个四季一个四季地这样不发生太大变化地永远轮回下去。这是他们的环保意识之发自肺腑、之源于赞美与爱的成果。

从各个方向穿越（DURCH）柏林

早就知道在德国的最后一个月时间（笼统地说是一个月，实际上只是二十天）将在柏林度过。脑子里也早就安排了一个规划：充分利用这不到一个月的时间，抓紧课余的每一分钟，骑车做四面八方各个方向的柏林穿越，东南西北、东南东北西南西北，八个方向都走出去几十公里，获得一个广阔而立体的大柏林印象。这个计划很切实地从第一天就开始了，利用周末票在到达柏林的当天就带着车子去了勃兰登堡，然后骑车经波茨坦回到柏林，等于是首先有了从西南方向穿越柏林的经历与印象。

从此之后，除了那些因为时间关系而不能远行的零星时间被用到柏林城里之外，其余所有的有相当长度的骑行，其方向就都按照这个以柏林为中心向着四面八方开花的规划，被一寸光阴一寸金地执行起来。由此获得的柏林的整体印象，由四面八方的无数细节联合起来组成的整体印象，果然要比仅仅有市中心那些景点意思的地方的印象要丰富很多。至今说起柏林，自己脑海中出现的就不仅仅是勃兰登堡门、菩提树下大街和施普雷河，更有柏林周围各个方向上的郊外的麦地、村庄、古堡、林荫大道和蜿蜒小径、婆娑树林、如绸湖泊、柏林墙小路和碉堡；还有隐在各种不起眼的地方的纪念碑、墓碑与雕塑、村村镇镇上数量众多而造型各异的教堂；还有天空中流动着的低低的云彩，它们徘徊过隆起的丘陵山脊的时候那种天与地近在咫尺，似乎只要你爬上去就可以摸到它们雪白的边缘的景象……这些景致并非泛泛地存在，它们都拥有只属于自己的地理格局，都按照自己独特的方位存在于柏林郊外的各个方向上。它们的特异性，构成了整个柏林在自己头脑里形成的立体印象的一个个支撑性的元素。

菩提树下大街穿过勃兰登堡门向西，大约相当于柏林的中轴线，即便两边不是很对称，但是这条线是柏林的最核心的一条街却是无疑的。骑车顺着这条线向西走，刚刚穿过柏林市中心的森林地带，宽宽的马路上就出现了一溜专门开辟出来成为跳蚤市场的地方。显然，这个市场的主题是个人创作的艺术品：布艺、雕塑、篮子、剪纸等，而占比最大的美术作品则以商业风格的绘画为主，包括装饰画、广告画和卡通画，总之是有可能被普通顾客买走的画。卖的是艺术创造，摆摊的人也都是些有艺术范儿的人；有在这样的季节里还系着围巾的，有笔挺地站在那里抱着双肩欣赏自己的作品而完全忘记了这是在市场上摆摊的，还有干脆就一边创作一边销售甚至是以全神贯注的创作为主，对于身边走

艺术品集市

过的顾客不闻不问的……这位于柏林市中心大街一侧的临时市场上，不管是买的还是卖的，人人都很干净整洁，与周围的环境非常一致的一尘不染。

沿着这条线向西，经过夏洛腾堡再向西，有希特勒时代为柏林奥运会修建的体育馆。因为当时中国的奥运梦实现在即，所以经常有载着国人的大客车到达，下车伊始，人们便在那宏伟的体育馆前的巨大广场上举着相机纷纷拍照。旅行社总是能选择这样只需要在广场站一站、照照相就可以走了的景点，使自已不产生费用，还能满足旅游者的好奇。跟团的旅行者所看到的只能是这样的景点，而不能自由行止，不能望到没有景点的普通街区里的景象，更不能看到郊外的茂盛的森林和蜿蜒的河流湖泊以及点缀其间的神仙居所一样的村庄民宅。

路上遇到一大批骑车游行的人，没有横幅，没有标语，也不喊口号，就是一群人骑车浩浩荡荡地从马路上通过。有穿着绿色制服的警察骑摩托车在旁边跟随。用自己的声势浩荡来表达自己，这是柏林人游行的一种“安静的行动”的方式。后来在柏林又陆续见过多次，要么统一骑车，要么统一服装，要么统一发型和打扮，其特点都可以用这种“安静的行动”来概括。而他们的目的和诉求自然会有报纸网络之类的媒体来报道，由是造成舆论影响，也就达到了示威与宣传的目的。警察在这样的游行过程中往往更多地充当着保护者和维护者的角色，很少直接干涉。他们的任务就是防止有人趁乱违法，如果没有违法，就只能跟随。

继续向西，逐渐离开市区，经过很多小路，很多转折，一会儿顺着河堤，一会儿又沿着红砖的高墙下逶迤前进的自行车道，最终抵达柏林这个方向上的郊外，进入到森林草场越来越多的西郊，进入到柏林郊外的田野与村庄之间。在郊外这样有着无数细节的大画幅里，骑车顺着任何一条道路笔直地走下去，或者随便转个弯，不管怎么走，都会有森林、有小径、有湖泊、有草场，有一处处充满了画面感的光影交错、植被纷披的美景。这样的美景随着你的车轮而不断更新，走不完就看不完，看了一个地方还想着下面一定还有什么地方，而果然下面就真有了什么地方……

经过柏林特格尔（TEGEL）机场到了亨宁道夫（HERNNING-DORF），街头有些雕塑，一个男人正与一头野猪搏斗的英雄雕塑，大约属于本地传说之类；但是另外一组雕塑非常扎眼，那是一家有老有小的裸体形象，都极其瘦弱，胳膊腿都瘦成了木棍的样子；互相搀扶着，有的形象则是躺在、坐在地面上起不来的。这样的雕塑被安放在这里，是因为二战时期，1940—

反映当地集中营历史的雕塑

1945年，这里是有过一个著名的集中营，叫作亨宁道夫劳动营（ZWANGANGSARBEIT IN HENNINGDORF）。无数黑暗惨痛的人间悲剧，就集中发生在这个现在看起来一片平静柔和的被叫作“村庄”（DORF）的地方。这个集中营是片老式的红砖工厂样的建筑群，今天看起来也不无阴森。

在这样田野和村镇之间都是大面积的草地沼泽的地带走过，地平线上常有树冠组成的绿墙，预示着那边有森林。的确，从柏林略向西北方向一点的亨宁道夫到柏林正西的斯潘道（SPANDAU）之间，是大面积的斯潘道森林。这里还是施普雷河与哈维尔河汇合的地方，水网密布。穿行林木水道之间，林荫蔽天，草径幽深，即使是夏天也是一片带着寒意的不尽清凉。

斯潘道的柏林墙附近的森林草地上有一个十字架墓碑。上面写着时年20岁的阿道夫·菲力浦（ADOLF PHILLIPP），在1964年的5月5日因为试图在这里越过柏林墙而被射杀。十字架是非常粗壮的木头，新刷过的油漆，没有一点点历史的痕迹，应该是最近这些年才竖立在这里的。竖立它的人，不知道是这位牺牲者的亲属还是政府。和德国的很多纪念碑一样，这个令人惋惜的年轻人的十字架上也只写上了事实，此外不着一字。历史的车轮碾碎个体的生命，尽管无声无息，但是却永远都对后来者有着巨大的震撼力。

在一棵枯树下堆着些使用过的烧烤盘、食品的塑料包装、白色泡沫盒子之类的垃圾，树干的根部被熏黑了一块，显然是烧烤的痕迹。树干上被贴上了一张电脑打印的A4纸，上面写着一行大字："MUSS DAS SEIN？"意思是，必须如此吗？这显然是在批评随意扔垃圾。没有罚款的威胁，没有脏话诅咒，就是这么一句反问。

从大城市出来，走到郊外能看见麦田的地方，在很多国家都是不易的。即便是在人与自然结合得非常好的德国，在首都柏林这样的大都市周围，走到旷野之中来也需要很长很长时间。郊野之美，是人类原始记忆中最根本的美，而郊野又是现代社会中越来越稀缺的资源，德国城市市区之内虽然已经将自然与人文结合得很好了，但是像柏林这样的大都市，到了郊外之后还是能获得一种城里所没有的郊野感受。

等后来走的地方多了以后发现，柏林的西北方向可以说是柏林郊外比较美的地方，特别是柏林外围的柏林墙小径（MAUER WEG），也就是原来的柏林墙拆除以后，变成了步行和自行车道

这条小路就是原来的柏林墙

路的地方。这条道路在原野上起伏，两侧有森林，有水面，有高坡，麦黄时节，倾斜的麦浪中点缀着或疏或密的红花紫花。常有骑车郊游的夫妇，驻足树下，采摘，野餐。

郊外麦浪将熟的微黄中点缀着德国农民似乎并不介意的千朵万朵的红花儿、紫花儿。紫花是薰衣草；问过一对正在田间摘花的德国夫妇，说那红花叫MOHN，也就是我们所说的罂粟属的虞美人。

田间耕作，在生产的同时还要审美；不用杀草剂，不将地头垄间的花草除去。原因真是如此吗？抑或仅仅是一种多年以来形成的习惯？凡事总要将美观问题考虑在内，这是德国人、欧洲人生活的一个重要特征。小径边上，靠着大树有木梯伸到树冠下，在那里钉了一把简易的木椅，那一定是一个观赏这片开满了虞美人花的起伏丘陵的好位置。

在这里，向一位岁数不小了但是样貌非常优雅的女士问路。在德国问路实际上并非一定是不知道路了，很多时候只是想和人家说说话。在这种想交流或者想进行语言训练的情况下，问路就是一个最好的由头了。至于向什么样的人问路，一般也是有规律的。至少是看着舒服的，看着态度悠闲有耐心和你说话的人。有人分析从心理学上说向别人问路实际上是一种降低自己的位置的行为，这一点在本国人之间也许会是比较明确的，但是这在外国人和本国人之间也就因为语言与文化的隔膜而变得不那么重要了。本国人必然是地理情况和语言文化状态的熟悉者，外国人必然处于弱势；即便不问路也是如此。所以问路也就不显得另外又丢失了什么了。何况自己在德国骑行的过程中还屡屡有过被德国人问路的经历呢！

她很惊讶我能骑车到达这样的地方，这种惊讶里带着很大的怀疑成分，怀疑我不是短期的学习者，而是长期居住在德国的人。到郊外骑行，大约是外国人无暇参与的几项只属于德国人自己的活动中的一种了。尽管柏林是德国城市里外国人比例最高的地方，但是在郊外骑行的路上几乎没有见过外国人，外国人在柏林市里转还都转不过来呢，郊外的纯粹自然景色就排不到他们无论怎么长都依旧属于短暂的旅程中了。只有长期居住者，只有柏林人自己才能这样有充裕的时间将自己的休闲与运动范围扩大到城市的郊外。所以在自行车道上骑行的，基本上都装备整齐的本地人。有老人车队，有全家出游的，大人大车小人小车，其中也不乏不紧不慢的独行者。

不过，听了我不那么流畅的德语她大概也就有些相信了，她

柏林北郊的田野

的怀疑主要是基于这里还从来没有外国人骑车而来的事实的。她询问了我的国籍之后说，她儿子在日本工作，她刚刚去过日本，去看她儿子。她不大喜欢日本人，形式上很礼貌但是实质上很虚伪。她的这个观点一下拉近了我和她的距离。她告诉我，脚下就是原来的柏林墙，当年她的同学就在这里站岗。她在几十年时间里从来没有到墙的这一边来过，一直到柏林墙倒下。

离开柏林市区何以在这里又能遇到柏林墙？原来西柏林是一块完全被柏林墙包围起来的飞地，当年西柏林与外界的交通只有依靠飞机，陆路是完全不通的。现在我骑车从原来西柏林的位置上出发，向任何一个方向穿越柏林都能遇到原来柏林墙的遗址！当这样一个理论上的事实被自己用骑车而行的实践体会到的时候，印象是极其深刻的。

以上去的是柏林西郊和西北郊的经历和感受，下面是柏林北郊的观感。

骑车向柏林正北出发，经过一个具有明显东德色彩的高大风格的巨大拳头雕塑，奔东北方向上的伯恩垴（BENRAU），基本路线是先过正北的潘考（PANKOW），然后折向东，进入柏林东北方向的广袤地带；过漂亮森林（SCHOENWALD）和顺垴（SCHOENOW）附近的柏林顺恩海德（SCHOENHEIDE）国家公园。

这个方向的柏林郊外，是非常平整的平原风貌，纵横的道路穿插在广袤的麦田之间；与中国的平原相比，庄稼相似，但是树木植被要多很多；那些貌似无用的树木点缀在麦田中间，一直保持着自己的一片不被人类耕作的土地，形成一条条绿色的墙或者绿色的岛。这些并不直接有用的绿岛是野生动物的乐园，各种鸟儿的栖息地，同时也是平原单调风貌的必要补充，非常符合美学的变化与起伏的原则。对于自己这样一直生活在山前大平原地貌上的人来说，能在柏林北郊置身于这样广袤的平原景观之上，内心里是充满了一种由衷的喜悦的。

山与海都以自己巨大的形状时时刻刻提醒着人们自然的庞大的存在，而平原往往容易让人产生错觉，仿佛自然是不存在的，这世界生来就是人类的无边无际的舞台。这是平原上的人在没有

这个节日里小镇上的人们多着古装

见到山与海以前的一种美好的错觉。他们一般都会喜欢山喜欢海，但是经过了山与海的对照以后，他们又会格外怀念广阔无垠的平原。

忘情地在平原上走着，走着走着就到了刚才经过了一次的伯恩垴。发现刚才经过的时候这里过集式的熙熙攘攘中，果然是有些异样的。很多人都穿着古装，不仅街道上走着的人是古装，连卖东西的人也是古装。猛一看人人都是长袍大袖的，而实际上多是麻袋片质地的简陋服装，一裹一系便成了上下连体的衣服了；有的人还拿着或背着刀剑，连做买卖的人也不例外，逛街的人也是如此，俨然回到了德国的古时候。

正如中国人的古装很吸引西方人一样，西方人的古代装束也令我感到很有意思。一个民族穿上过去的衣服就可以将时空顿时扭转回这个民族几百上千年的过去，尤其是在德国，在伯恩垴这样所有的古建筑、古街道几乎都被完好地保留着的地方。与几百上千年前一样的建筑环境和自然环境中的古镇人的后代，一旦再穿上那个时候的衣服就让整个时空顿时都有了逆转回去了的感觉。不过，伯恩垴的老水塔现在披上了由上而下的巨大彩旗，赫然写着欢庆节日的大字。等于提示人们，这环境中的一切不过是一次现代人的“热闹”而已。

这种兼有纪念与表演甚至是狂欢节性质的本地节日，因为独特的古装要求而让所有没有穿古装的人反而觉着自己成了另类。加上阳光十分强烈，在古镇里人们非常罕见地都向着有阴凉的地方躲避，所以我只是慢慢地推着车子走了走，吃了点东西，然后为家人买了两个项链坠儿，并未久留，转了一周就向回走了。这时候，陆续还有很多人从火车站那里到达，古装者众。

自行车开始出现特别严重的问题了，链子总是掉，总是蹬空，档上的弹簧不行了。车子快不行了，最后十几天时间看来很难坚持下来了。这样小心的骑车自伯恩垴返回柏林市区的路上，在白湖（WEISSER SEE）边吃饭。白湖就在街道边上，湖边就是横平竖直的街道，但是这一点也没有影响湖水的洁净，它像那些森林边的湖泊一样干净，没有任何污染。

湖中，总是有很多人而来野泳。柳树下草地上有白花花一片晾肉的人。其中不乏穿着三点式的年轻女泳者，她们从脱衣服到下水，都不避人，显得非常自然随意。游累了，光腿坐在湖边的大树树荫下休息说笑，像是油画上的景象。这样的风习早为社会所接受，大家见怪不怪，绝无直接的围观。这是社会长期文明的

白湖边的游泳者

一种后果，不特别以装束、以对身体的遮掩为意。

白湖像所有德国的水系湖泊一样，水质也是非常清澈的。湖岸不硬化，水草和植被保持原始状态，既是人们游泳和休闲的地方，也更是野生动物们的天堂。在水中和人们一起互不相犯的泳者就还有天鹅和野鸭、鹡鸰与河鸥，还有各种各样的鱼。

坐在树下的阴凉里吃东西，写笔记。身边两位刚刚从水里上来几乎全裸的年轻女子，遇到了另外一位过路的姑娘，然后其中一位开始将这位路过的人介绍给自己的朋友。于是两个陌生者初次相见的礼仪就开始了：都保持着站立的姿态，伸出手来相握，不停地微笑、不停地点头，那种周到的礼节和客气的言语，一如她们都穿着古代的盛装一般，至少不是这样正有湖水顺着光滑的皮肤滴滴答答地落下来的样子。

从柏林北边回来，在勃兰登堡门前树林下的长椅上坐了一会儿，回到宿舍，洗澡以后躺下，回味着这一天的行程，窗外是雨后的柏林上空那永不停息的嗡嗡嗡的车声。

以前经历过的情景，如果不是再看照片的话，便都沉没到了记忆深处，呈现为一种模糊的碎片状态，成了遥远的记忆盲区里的幽暗部分。而再看到照片的时候便像是突然回忆起了梦境中的场景，一切都已经非常恍惚，唯一能确定的就是以前曾经耳闻目睹过。

比如柏林那一座园林边上的婚礼场景，那像是一个带公墓的教堂，又像是一个公园，树木茂盛而墙壁古老，一座青铜的古人雕像脚下是用众多各个历史时期的墓碑组成的围墙，而小路上正行走着一行西服婚纱的男女……那是骑车向着柏林东南方向行进的路上所见的情景，那一次是溯施普雷河而上，出柏林而去。

城市里街道分叉的地方，常见青铜雕像。雕像基本上是两种人，历史上的英雄和文人，还有个别在历史事件发生地倒下的人。他们以青铜的半身抑或整身像矗立在街道中央的绿地上，跨着战马昂首挺胸也好，垂着目光若有所思也好，都已经沉没到历史的尘埃深处，所有的在他们身边的人、正在看着他们的人似乎比他们都至少有一个优势，那就是自己还活着，还有各种各样的生活的机会，还有选择的可能。尽管这样可以选择的可能往往不如人意，真正走下来，多数人依旧与古代的英雄或智者的生命质量相去甚远；但是这并不妨碍凝望着塑像的人有属于自己的优越感，这种优越感就是可以继续享受阳光，继续呼吸着纯净的空气在天地之间驰骋纵横。

从柏林市中心向东到了这里，已经是柏林东站附近了。这里还有很长一段被保留下来柏林墙。高大但是并不很厚的水泥板墙上，满满的都是涂鸦。涂鸦占满了的柏林墙保持着过去的诸多痕迹，黑暗丑陋的锈迹斑斑点点，是经年的日晒雨淋的结果，是多年被沉重的目光所凝视的积淀。这样的墙下，正有在柏林比较少见的骑车带人者歪歪扭扭地慢慢走过，两者互为背景，都可以算是前东德的旧迹了。然而仔细看就会发现，那骑车男人带着的女人后背上有一把小提琴，这显然又不是历史深处的一幕的完全重演了。场景也许变化不大，人却已经天翻地覆。

这里的高墙大屋都非常陈旧，沾满了历史的尘埃，与新修道路的整洁、平展、鲜艳形成了强烈对照。很多地方都让人感觉，像是正藉着那崭新的道路深入到历史深处一般。

逐渐的建筑稀疏了下去，路边的森林水系多了起来。在德国成熟的城市设计里很少出现的横过马路上空的管道，其修饰的方法居然是在上面塑了一条大蛇，吐着信子的大蛇，给人的印象极深。这显然是对原东德的城市设计的一种弥补手段，其风格大约可以归入现代的黑色谐趣。

戴着钢盔的水塔

如果说东德的建筑在一定程度上还可以用涂鸦和雕塑来进行修饰，那历史更早的很容易被中国文化的目光看出阴郁与沉重的钢盔水塔，在德国人看来似乎便无须装饰了。水塔戴着一个德国钢盔，本身就像是个纪念碑，纪念德国历史上戴着这样的钢盔的那些遥远年代。在中国文化里，从来不曾有对水塔这样高大的建筑动什么文化脑筋的时候。这大概源于德国人充分利用建筑的一切功能的传统，源于他们对生活进行装饰的习惯。

柏林东郊有很多工地，工地虽然围挡着，但是导致街道景观出现的凌乱与简陋，已经让人看着有点眼熟。在一个十字路口的过街的人行横道边等着过马路，看见一根电线杆子上一层层的广告都飞着，像是柱子本身破了一般；尽管这一点也没有影响到旁边过马路的人严格地按照红绿灯的指示行止，但是毕竟有了一点点好像不应该给外国人看的破绽；这样需要进行掩饰破绽的经验，曾经那么耳熟能详。

继续沿施普雷河向东南走。水边风光无限，森林河流鲜花野草，一派自然和谐的景象，每一样东西都在不受打扰地享受大自然中它自己应该在的位置上的应该有的生命历程；一直绵延到KOEPNIK都是如此。

在德国，一座森林，一个湖，一条河，细节都太丰富了！你可以反复盘桓其间而不烦，常看常新，总有新的发现；随便走进去，靠过去，就可以让自己恢复到儿童时代那种对一切都很有兴趣的求知状态、自然之子的状态。

沿着一条河，一条有自然流水的河，你可以永远走下去，只要时间和精力足够的话，这种沿着它向前、和流水一起向前的事业就似乎永远可以进行下去，直到你忘记了你在跟随一条河前进这件事情本身。

这个方向是原东德的地方，因为始终有施普雷河伴随着，所以风光旖旎的情状与原西德那一边的情形并无多大差异，甚至风貌还更原始一些。不过，路过村镇的时候明显会感觉到建筑要破旧一些，显示出来的富裕程度与富裕所持续的历史长度都有不同。东德时期的那种简陋的红砖建筑比比皆是，横跨在施普雷河上的桥梁也多有失之于简单而至于简陋的普遍问题。那个时代的那种将人力物力集中于某些个别的窗口展示地带，而将广大的普通地区偏僻地区做花钱最少的最简化处理的普遍问题，哪怕你只是这样浮光掠影地骑车一走，也会感受良深。

即便如此，有历史痕迹的建筑之间的草木花朵也依旧鲜亮干净，一尘不染，没有一点点垃圾。路边的花朵，像是附属于建筑本身的固定装饰一般，和建筑融为一体，使再过时的建筑也有了生机。

德国的花贵在多处在一种野生状态，玫瑰在五六月间的乡野中盛开，花朵虽小，枝也不及花园中的成型，但自有一番完全出之自然的蓬松舒展的自在与清香。

在这样的花朵陪伴下，向每一条岔路上都走一走，不放过每一条岔路。这是长期的自然审美漫游过程中总结出来的一条经验。每次按照这条经验获得了意外的惊喜，在自己已经很熟悉的道路上的一个不起眼的岔路上发现了美景的时候，心里都会非常感激，感激自己总结出来的这条规律。

柏林南部因为没有河流湖泊所以相对风景要平淡一些，不过经过机场到了DIEDERSDORF，附近的森林还是很有玩头的。事后回看，当时只是骑车走走看看，偶尔坐坐，也堪称幸福的享受了。在一个到处都是森林湖泊的城市郊外漫游，无论如何都是以后再也难得的经历。

多次穿越过柏林，抵达过它各个方向的郊外以后，对德国首都的一种普遍生活状态已经有了由众多细节组成的一个总体印象。虽然整个柏林都很干净，都可以说是一尘不染，空气湿润宜人，但是除了市中心以外，绿地也并不是太多，当然郊外并非如此。不过，从市中心到郊外之间，广大的城市区域却基本都是狭窄的街道和连专门的自行车道都没有的道路，自然还有路边上拥挤的楼群。与我们以前的城市观感不一样的是人比较少，基本不堵车，绝无沿街叫卖的景象。

当我把柏林各个方向都骑车走了一遍以后，立刻就感觉到了无聊和再多待一分钟也不能忍受的躁动。这并非是因为柏林已经不能吸引我了，而是人在处身非定居地的旅游点的时候经常会有的一种状态：一旦新鲜的地理环境和人文环境变得熟悉了，甚至就只是被自己走马观花地粗粗地走过一遍了以后，就再也没有那种因为最初的新鲜感而来的愉悦与陶然了。审美情绪一下消解到了零。这实际上并非这个刚刚被你转过的地方不够好，而仅仅是你已经习惯了寻找新的更美的或者是还没有到达过的地方的冲动，而满足那样的冲动就是继续前进，继续到新的地方去探索。但是，在柏林，在德国，一年四季的轮回已经告一段落。一切都将成为永远被回味着的记忆财富，至少暂时将不会再有机会去探索另外的崭新的地理风貌了。

在柏林进行有意识地各个方向的穿越之间，也经常利用一些边边角角的零碎时间在市区里任意而行，不受方向限制，尽量走那些没有走过的路。这样的漫游的确能有很多不期然的收获。

某一次骑车沿河向西，走着走着一回头，突然发现了去年12月份自己来柏林办完护照延期的事情以后，等着搭车的那个桥附近的WESTLAND BAHNHOF。红砖的颜色，川流不息的车流和人流，一切都没有什么变化，而时间已经过去了半年，这种地理上的不期而遇着实给人以兴奋。没有多走的经历，就不会有这种不期而遇的机会。

从柏林出发到达的外地

因为要回国了，中间只剩下区区两个周末，第三个周末就要启程。所以大家再从柏林出发去外地的热情已经远不似在别的城市的时候那么热烈了。当然也正因为要回国了，以后再想像以前那样利用一个周末就可以到德国的什么城市或者景点里去走一走的机会即将彻底消失了，所以也就危机意识很强地、时间利用很充分地走了几个地方。

自己在柏林的二十天里，除了郊外的一般性的漫游之外，正经坐车出去旅游有两次，向东南去了一趟科特布斯（COTTBUS）和施普雷森林（SPREEWALD），向西北去了一趟莫里兹湖。这几个地方都给人留下了极其深刻的印象，因为它们绝对是独一无二的。

去科特布斯是最后一次凑成了使用周末票最为经济的五人出行小组，一个人只要出五六块钱就可以乘车一整天，来回的全部火车和公交费用全部在内了。大家都很珍惜，坐在车上有一种以后再也不可能这么坐车了，至少是再不能这几个人一起坐车了的情绪。这是一种告别的情绪，是在告别在德国的一年，告别德国的四季。任何一件事情，任何一件当你意识到它将在你回国以后就不可能再出现了的事情，都会突然勾起我们这种被称为离别的情绪。好在人多的时候，大家可以用说说笑笑来迅速化解掉这样离别的惆怅，不至于让它自顾自地发酵成不可收拾的状况。

在科特布斯火车站下车的时候，很自然地帮一个德国女子提大箱子出了站，先是从站台上下来，再是从通道中出站。她有些羞涩地道谢，我告诉她我妻子在德国多次被德国人帮助过，我当然也应该帮助这里的人。她应该是听懂了，更加不好意思地笑了笑。

出了站，科特布斯街上人迹寥寥，因为是周末而空空荡荡。城里的水塔虽然不高，但是却戴着一个金光闪闪的帽子，帽子既像是钢盔又像是古代宫廷里扣住餐桌上的食物的精致罩子，非常独特。

市中心的道路都是过去那种竖立的石块铺就，石柱中两列有轨电车的铁轨占据了大部分空间，骑车人或者汽车只能走这两列四根铁轨之间的缝隙。这在很多德国城市都是一种常见的现象，是古老的交通系统至今仍在使用、仍在发挥效力的痕迹；不因为铁轨影响路面的观瞻而被轻易去除，不因为新的交通方式的兴起而轻易去除，这是德国人的用物方式。不仅是交通，在别的方面也多如此。比如早已在中国销声匿迹了的录像带在德国还一直有租借点，而当时已经开始走下坡路的DVD则是德国和整个欧洲社会一直保持到今天仍在使用的重要音像媒介。

古老的科特布斯，既有传统建筑的古风凛凛，也有原东德的破败痕迹，而作为人居之地，其舒适与优美却一如德国的任何地

通往郊外皇宫的林荫道

方。作为上游城市，美丽的施普雷河同样在这里为城市提供了休憩与观赏的美景。

科特布斯东南郊外的林荫大道非常漂亮。作为护道树而能那么粗大的实在是少见；两行护道树所组成的树荫形成了一个黑色的胡同，即便在骄阳灼灼的正午时分，树下也是一片幽深的清凉。其实，在科特布斯能于这样一排古老的护道树下站定了待上一会儿，便已经完全不虚此行了。我们在树下长椅上坐着吃了随身带着的盒饭，喝了水，遥望了一会儿正午时分亮闪闪的远方，都已经很是满足。

至于顺着这条难得的林荫道所到达的森林草地之中的皇宫，则显得富丽堂皇有余，而并不能予人以真正季节中如大树下边那样舒适的抚慰了。在周围一片宜人的绿色中，皇宫雪白的建筑犹如投放到自然怀抱里的神仙府邸，好看但是有着一种向外的拒绝力。然而所有的参观都是免费的，宫殿与森林草地之间完全

森林中水系纵横

敞开，没有围墙。德国的传统就是不给建筑搞什么围墙，不仅政府、学校、医院没有围墙，连企业公司也没有围墙，甚至总理府也只是在草地上竖立起了一圈透明的高网而已。离开科特布斯坐上火车，向柏林的方向回返，在下午四点多到了吕本，这里就是著名的施普雷森林所在地。

施普雷森林是施普雷河遇到一片森林之后所演绎出来的奇妙的穿越景观，也可是说是一片森林中的湿地。属于极其罕见的一种独有地理景观。高大的树林中，河道纵横，窄窄的道路往往需要根据河流的走向随时调整自己的走向；桥梁很多，因为河上要走船，所以桥梁多为高高隆起的拱桥。我们有人帮一个老太太把自行车搬上木桥，再搬下木桥。再回头要帮老头的时候人家无论如何也不让了。这对老夫妇道了谢和我们告别，重新骑上车，继续在森林水系之间进行属于他们的畅游。

这罕见的森林湿地或者叫作森林水系景观，在自己的经验里是完全空白的，所以施普雷森林也就是施普雷河森林给我留下的印象极其深刻，它像是画出来的梦：水在林中流，船在水上傍着粗大的树干游走，而且一切都笼罩在阴凉树冠之下，树冠树冠相连，组成了无边无际的水上凉棚；只有树叶之间镂空的地方阳光洒下散碎的光柱来，时时照亮行船过后激起的涟漪。同时享受森林与河水，在树冠的云盖下船行漫步，这样的诗意，这样对多数成年人来说都早已经是想都不敢想的诗意，竟然就这样不期然地在眼前实现了。

夏季对于德国人来说是一个非常美好的享受季节，因为夏天的时间长，假期多，还因为可以展开各种各样只有在夏季才更适合的运动。比如这施普雷森林中的皮划艇，男女一划，悠然于森林下的河道里，既有夏天的清凉还不晒，非常惬意。整个森林河道里，除了游船之外就都是这样私人的皮划艇运动爱好者了。有的是夫妻或者情侣，有的是集体的五六个男女，不过因为河道不宽，大型的皮划艇比较少，更多的还是两人一艇的。两个人前后而坐，四根桨有节奏地上下翻飞，皮划艇在水面上无声地快速滑行，树影水波之间，乐趣盎然矣；不用直接去划，只在岸上观赏也已经感觉如沐春风了。实际上，这种沐浴夏风的运动比春风之沐是更令人悠然陶然的。

这时候，不仅坐在游船上的人们都擎着一瓶啤酒，就连划船的艄公也拿着一瓶啤酒。这大约是世界上仅有的一种驾驶交通工具而允许喝酒的场合吧，因为河道很窄，随时可以从船上跨步

风云万里的WAREN

森林环绕的莫里兹湖

到岸上，而船要翻的话也似乎不大有翻身的空间，河水也不深，所以一向严谨的德国人在这样的时候也就不再坚持不饮酒了。船上的游客和岸边上坐在桌边赏景的、近在咫尺的人们互相打着招呼，互相敬着酒，一派其乐融融的浪漫情景。在这样的极乐状态里，自己一时之间就着酒劲就开始又唱又跳，后来干脆翻起了跟头。这样忘形的欢乐，大约也只有在情景交融的施普雷森林才有机会实现吧。

回国前最后一个周末，我们同学三个人去了柏林西北方向百公里之外的瓦衡（WAREN），游览了德国水域面积非常大的湖泊莫里兹湖。这是此次德国一年的生活中，最后一次使用周末票，也是最后一次乘火车了。

莫里兹湖广袤如海，很难望到对岸，而岸边大多掩映在森林

湖畔的森林路径

中。从如海的湖面上吹来的风非常强劲，让树木和植被都向着一个方向倾斜着，将风的方向画了出来。这样草与树都被风所吹拂着变成某种统一的姿势的场景，使人很觉着有趣；便不可遏制地越走越远，将时间彻底忘记了地深入到了湖边郁郁的林莽之中。

一对恋爱中的男女并肩坐在湖水边，每次浪涛上来似乎都将要够到他们的脚；一个栈桥上有个小伙子在垂钓，收获多多，却有着他这个年纪的人不应该有的沉默；一对老夫妇骑车在湖边的森林小径上骑车而过，向我们咨询了一下方向，然后带着满足的笑容迤逦而去。

在湖边的一个木头亭子里布满了到此一游的涂鸦，其中自然少不了汉语的字迹。湖边的森林深处有一处建筑群落，完全掩映在树梢之下，走近了才看清，是一个残障人疗养院。肯于将非营

最后的天光里的瓦衡火车站

利的机构建立在如此美妙的自然环境中，让人肃然起敬；当然也是因为法律规定在这样的地方除了这样的公益机构外，再不能建设别的设施。而且很可能这样的机构也是因为历史原因才在这里得以保存下来，在自然保护区里进行新建的可能性不大。德国的自然风貌之所以如此原始而诱人，一是因为底子好，传统如此；再有就是保护得好，有着严格的法律保护措施。

在林下撅了树枝做筷子将巧克力酱抹到面包上吃了晚饭以后，才意识到其实时间已经很晚了。太晚了的话，火车就不知道还有没有了。于是赶紧向回走，而一向回走才发现我们已经走出来太远太远。一个骑车锻炼的德国人一直陪伴着我们，他知道我们在向回赶火车的时候就一直陪伴着我们走；他也完全和我们一样沉浸到了能不能赶上火车的担心里去了。他为我们指示着最近的路，说着话，一直到终于能看见火车站了才离开，说和别人有约，不能继续陪着我们了。还好，五十分钟以后还有最后一趟回柏林的火车。

经过这一通两个多小时的疾走，大家都有些疲惫了。坐在站台上安静地等待着在德国最后一次乘坐火车经历的到来。告别德国的火车，让人很是惆怅。德国的火车乘坐制度实在方便而实用，着实让人留恋。

最后的仪式

也许，正是因为柏林风景的风姿绰约、柏林生活的丰富多彩，让在柏林的这最后一段二十天里的课程，对于学生和老师来说都已经是一种“煎熬”了。大家的普遍心态是既归心似箭又恋恋不舍，户外活动时间大大增加，所以上起课来便经常犯困。在上课的楼道尽头，是厕所；在那里碰到一个隔壁上课的非洲同学，问了一下他们课上在讲些什么？PROJECT（课件）？他一耸肩，SEHR LANGWEILICH（太无聊了）。这句我们也经常说的话，从一个非洲同学嘴里说出来的时候不知道为什么就显得不那么无聊了，还充满了喜感。

不同肤色不同国度的人，都讲着结结巴巴的德语、都以德语作为互相交流的唯一工具的时候，实际上这种喜感就已经存在着了。这从根本上说还是源于对英语作为公共语言的习惯已经深入人心，突然都用起德语来就显得有点怪异甚而至于滑稽。不过，当世界各地的学员们都很自然地用德语交谈起来的时候，实际上也正是德国的教育者们最感到欣慰、最有成就感的一刻了。他们付出的努力，终于开始显现成果了。

教学本身传授的知识和内容自然是有意义的，但是如果换成本国语言的话，那些东西可能掌握起来要相对容易。所有问题的重点，其实主要还是德语的运用。当一年临近尾声的时候，当世界各地的学员不约而同地使用着德语交流的时候，恐怕连学员自己也应该意识到德国人教学的科学性了。那些立足于教学内容本身的课程设置都是形式，一切的核心就是在教给你语言、让你熟悉这种教学方式以及所有这一切背后的文化所代表的思维方式、管理方式与行为方式。

即使到了最后要离开德国的阶段了，学校和老师还一丝不苟地坚持着原有的教学模式与规范。只有每天下午四点到夜里十二点的八个小时是属于学员自己的，是属于柏林这个城市的，是属于自由的。在德国，除了节假日，一整天都属于自己的机会并不多。

这段时间里，同学之间的聚会也很多。凑在一起唱歌、喝酒、吃饭，将各自从国内带来的不可能再带回国的茶叶、方便面，甚至是咸菜之类的好东西贡献出来分享，成了一种节日状的狂欢。这样的狂欢既在宿舍里进行，也在勃兰登堡门前的森林，在柏林大教堂前的草地上，在施普雷河边的树荫下操办，每一次都连同环境一起，给人留下了深深的印象。

有一件事是大家都需要去办的，那就是到大使馆办理留学生证明。在德国也很简单，不怎么需要大费周折。

到了还有十天就回国的时候，自己的自行车终于罢工了。几次努力，试图把这陪伴了自己将近一年的车子修好，但是终于还是无法将最内圈的齿轮摘下，宿舍门房（REZEPTION）的人在地图上给画了在哪里有卖机油（WASCH BENZIN）的。借了别人的自行车去买，人家只有6L装的一大桶的，不零售。也就只好作罢放弃了。其实这辆当初在萨尔布吕肯用五块钱买的自行车，质量是非常过硬的；最后坏在轮盘齿轮油泥太重并且无法清理所致的不能自动回转，也不是车子本身的问题，是使用中的常规保养问题而已。它陪伴着自己走过了那么多德国的城市与乡间，实在不忍就这么随便一扔，于是便将车子的真皮座位摘了下来，带回了国，作为永久的纪念。

大家只有到了要回国的时候才如此集中地进行采购，到处找商店，互相传递哪里能买到什么什么的消息。也因此集中发生了很多采购的故事。有的人到商店里一下买几十把瑞士军刀，一下将人家的全部库存都清理了，使德国人非常吃惊。有的人买菜刀也一下买五把，店员都不敢相信这是真的。他们还不大能理解中国人要集中买同一样东西是拿回去送亲戚朋友的，而并非只是自己消费。

我和另一个同学遇到过这样一件事情：那一天去柏林北部的一家MUELLER商店买护肤用品和玩具，骑车走着走着，身后很远骑车追上来一个一老妇，愤曰：我如果在你们的国家就遵守你们的规则！转弯要打手势！

这样的指责让我们有点莫名其妙，因为刚才我们一直在直行，始终没有转弯。听了我们的解释，她似乎并不满意，气呼呼地走了。我们也只能用很德国的姿态耸耸肩了。如果不是语言本身有什么误解的话，就一定是她看错了，或者我们没有意识到。在德国，违反了交通规则、公共秩序这样的事情，往往出来找你说事的并不是警察，而就是身边的普通人。这样的公开指出的管闲事实际上很管用，会时时处处让人意识到自己的行为是不是符合公共场合的规范与气氛。

终于到了举行毕业式而以后不必再上课了的那一天。一位德国的女议员笑容可掬地给大家一一颁发证书并一一合影留念。感觉她那种官员式的微笑之中还是源于德国公共文化的普遍善意，与那种纯粹的形式主义应付，似乎还是有所区别的。以至于自己在和她握手和说话的时候所表达的，也有相当程度的真情实意：感谢德国，感谢你们!

毕业典礼之后和老师们合影留念，然后就是收拾东西装箱了。收拾行李到最后一件背心都放不到箱子里去了的程度；不得不扔掉很多还完全能穿的裤子和鞋，尤其是鞋，太占分量。在和那些陪伴了自己整整一年，穿着他们走遍了德国的衣服与鞋告别的时候，还真是很有点伤感的。折叠好，擦干净，摆放在那里。给它们拍了照。这自然也属于与德国告别的仪式之一吧。

利用最后一个下午，漫步来到火车站广场上。在施普雷河边的水泥台子上，在窄窄的墙顶上，看见一个正在尽情舞蹈的德国女孩。中国人的第一判断是这人神经一定有问题，其实在欧洲这样一个非常崇尚个人表达、个性表达，整个社会都给个人表达和个性表达留下了巨大的空间与宽容度的地方，这样貌似“不正常”的人和事，只要没有妨碍到别人，大家都会以一种欣赏的，至少是平和的目光来对待。何况这女孩的舞姿还很潇洒、很美!

在火车站前舞蹈的女孩

艺术一旦离开舞台回归到了生活里的时候，往往比在舞台上去被有计划地观赏的时候更能打动人。因为她更像是从生活里生长出来的，而不是被有计划地训练出来的、导演出来的东西，更接近艺术之为艺术的本意。

那女孩注意到了我们对她的注意，便妩媚地一笑，继续自己脚下惊险的舞步，在窄窄的花坛边缘的水泥框子上踮着脚尖辗转

柏林火车站前的草坡

腾挪着。那条窄窄的水泥框子是有着上高下低的坡度的，即便是站在上面不动，要掌握好平衡也是一件很不容易的事情;而高的地方距离地面有四五米，还是很危险的。

这天黄昏的时候，作为对柏林的告别，再次来到了柏林东南施普雷河边，那被自己判定为柏林最美的地方。坐在施普雷岸边，再次面对河水、再次面对河对岸的教堂和教堂所矗立其中的树丛与树丛中的村庄。这实际上已经是自己在柏林、在德国一年最后的这样的机会了。这样的理性判断，让人顿感唏嘘惆怅。实际上整个在柏林的二十天里，几乎每一天的每时每刻都处于一种将要与德国告别，德国的四季将要成为自己的回忆的依依惜别之情中。每一天每一刻都在和柏林告别，和德国告别，和自己这注定将要铭记终生的一个四季轮回告别。

在第二天乘上大巴开往法兰克福机场的路上，德国的团云在低低的空中迎面而来，丘陵起伏的大地上公路迢递而去直达天边的景象最后一次呈现在眼前；终于忍不住又在最后一次停车休息的时候奔到田野边上举着相机去拍照了，一如刚刚到达德国一般。很难想象，眼前的一切都是最后一次出现了。然而这个理性判断出来的事实虽然让人难以相信，却又无可奈何。

就是这样，在现代社会的旅行工具早就进入了喷气飞机的时代的情况下，头一天还在施普雷河边徜徉，在前往法兰克福的高速公路边上举着相机照一团一团在大地上投下运动着的影子的云彩，第二天就已经经过坐飞机的时空转换回到了国内，回到了即将进入暑热之中的的国内。这种没有过渡的转换对于我们这些已经在德国生活了一年，已经习惯了欧洲宜人的天气和同样宜人的文化人际环境的人来说，实在是有点残酷：一下子，一切就都成了回忆。遥远的，遥不可及的，不再回来的回忆。当然，某种意义上说也正是这种对于大多数人来说的不可重复性，决定了大家普遍的德国情结的持久与强烈。

如果说当初去德国的时候有一个适应过程，主要是熟悉那里的生活规矩和生活模式的话，那么回国实际上也有一个重新适应的过程，那就是将在德国的环境状态里已经自然而然的东西彻底忘掉，明确自己现在已经回到了国内，回到了几十年以来一直环绕着自己，不过是刚刚被掐断了一年时间的属于国内的气氛里来。气候不那么湿润了，眼前的车多人多了，绿色少了，陌生人见了面哪怕是狭路相逢也不会点头致意了……应该说这后一个适

告别德国，告别这让人留恋不已的大地和天空

应过程虽然落地无声，但是对于每个人的内心深处来说都会有一种强烈的震撼：我们和人家的总体差距还有那么大。不单是物质上的差距，更主要的是环境上的，气氛上的。

结束了，一个四季轮回随着时间永远沉没了，但是它对每一个经历过的人的影响却是永远也不会消失的。现在这些叙述，不过是将那种“言必称德国”的话语给梳理了一下，相信经过这次梳理和总结以后，就不必再那么频繁地逢人便讲德国了吧。

跋：复活的呼吸

几乎在德国生活过的中国人都或多或少会有一种德国情结，这固然是因为个人生命中一段生活的记忆，其实更主要还是因为德国社会的秩序与良好的自然风貌给人留下了难以磨灭的印象。能有机会接触保护得这么好的大自然，能经历真正的春夏秋冬，春天和秋天都有正常的长度，一点一点的细节无一遗漏地展开，没有沙尘暴，没有雾霾，也没有酷暑和酷寒；一年四季雨雪不断，空气总是湿润清新，天上永远有云儿朵朵。这是一种最大的幸福。德国一年，除了语言学习与上课所学，至少已经给了我们享受这样最大幸福的机会。

这个印象使人相信在这个星球上确实是有堪称理想的人类生活之境的，而幸运的是自己居然还有过在那样的理想之中真实地生活的经历！所以以后再遇到与那段生活有关的只言片语、再遇到有德国痕迹的任何东西，甚至包括一首歌和一张小小的明信片，都会心仪不已，都会不由自主地激动起来。

即便偶然在网络上听到德国电台上的广播，甚至连广告声都那么亲切，那种配着简单轻快的节奏和急速而清楚的德语的广告，直接让人想起自己在德国的日日夜夜，想起那些硬着头皮努力记单词、努力弄懂每一句话的时刻；想起听着这样的声音度过的夜晚。

不过在时隔多年之后，真正拿出大量的时间来集中书写关于德国一年之间的种种经历、游历与感受，写着写着自己也有了疑惑：这种审美的文字，这种记述遥远的行程的文字，现在被自己这样一直地书写下去的表象意义之下的潜在意义，或者说真正意义是什么?

可能除了审美记忆的回味之外，更多的还是对当下生活的逃离；不说其他，只就自然环境而言，追溯过去的美好，描绘曾经经历的异国他乡的蓊郁的森林、一尘不染的天空、迢递蜿蜒的道路、滚滚来去的江河和碧波荡漾的湖水，描绘人家的四季，让自己一次又一次地沉浸到本质上属于别人的春夏秋冬里，从根本上说还是对现在的春夏秋冬的抱憾，是对纯正自然纯正四季无限回味与向往的自然流露。

这些年里，初到德国的国人，往往并不是被人家高科技的东西所吸引，而多是被人家保护得非常好的大自然所陶醉：清新的空气、朵朵的白云、高大的森林、清澈的河流、见人不躲不惧的天鹅、会追着人要食儿的鸟儿，无一不是早就远离了我们日常生活经验的最美好的东西。德国人对环境的保护，既有传统的原因，也有发展之后的科学理性的原因。

在污染越来越严重的工业社会，甚至只是在翻阅人类既往历史的时候也已经会发生这样的感叹了：只要是在纯净的空气里展开的人类活动，不论喜怒哀乐，就都可以说是美的。在德国那样每天都陶醉在美景与发现美景的快乐之中的长久的兴奋，竟是一去不复返了。

也许正是在这种情绪的影响下，自己才会对赴德国一年的总体感受有了这样的结论：德国的环境，对于中国人来说不啻是唐诗宋词。到唐诗宋词里徜徉了一圈，这是一个中国人到德国最基本的同时往往也是最大的收获。中国人到欧洲，越来越成为一种回归自然、回归古代、回归审美的人类栖息之境的旅行；欧洲那种高度发达以后的回归选择，昭示着某种未来的方向。

人生一世，能在纯正的大自然环境里生息，按说应该是一种最基本的福祉，但是现实社会的发展却告诉你，那既已是无上的福分了。现代社会里的大多数人是没有这种地球赋予人类的最基本的福利的，意识到这一点并且努力将自己曾经身在其中的幸福记录下来，不仅可供自我回看，也可能于他人有所提醒，也许是自己这一番书写的全部意义所在了。

德国四季的细节以未被污染的方式空前繁复地被自己捕捉到、感觉到，气息和颜色、氛围和情绪，经常都是在不期然中击中自己，让自己感动并铭记的。那种诗情焕发的陶醉，不仅当下令人动容，即便是过去了这么多年以后也依旧会在偶然被触及的时候、偶然想起甚至进入类似感受之中的时候，而不禁突然陷入那真切的美妙之中而不愿意自拔，在一种要流泪的陶醉里沉湎不已。

德国的一年，逐渐使自己脱离开了已经麻木了的成年人的生活，重回学生时代，这不仅是在形式上，更是在内心里。既有的东西突然不再能心安理得地支撑自己的信念……而从德国回来以后，不知不觉地就又失去了那种在优美环境里刚刚养成的好感觉、好习惯，连带着那种与陌生人打招呼并露出善意的微笑的做法也很快就被摒弃掉了，慢慢地重新回到了那种视周围为无物的普遍习惯里去了。

所以从表面上看是因为现在的雾霾才让人回忆蓝天白云的德国的，其实还有一个更深层的原因：现在的生活和工作状态日复一日，渐渐麻木，反倒是在德国学习生活更有明确的目标和方向。

人其实一生都在追寻者某种可以投身其中的“伟大瞬间”。对自己来说，到达一个没有达到过的地方，在全新的风景里漫游的时刻就是这样伟大瞬间了。而在德国的一年四季，都是这样伟大的瞬间；也就是说有整整一年时间，整整四季都是由这样伟大的瞬间组成的。想一想就可以明白这是多么激动人心的一年了，想一想就可以明白这样的一个德国四季的轮回为什么会在自己这里成为刻骨铭心的记忆了。

早晨出门的时候第一口呼吸，是否感觉到清新宜人，是否有一股让人不由自主地就会深深地吸上几口的甜丝丝的味道，实在是生活与生活最重大的区别之一。当下的污染依然严重，很难再感受到这种出门以后第一口的清新呼吸了，而关于这种美好呼吸的记忆，除了遥远的童年里的模糊印象外，几乎就都是在德国的时候的情形了。每一个早晨都能呼吸到这种令人喜悦的空气，都能在每天早晨一出门的时候就感到生的乐趣，就有一种庆幸与感恩的心情洋溢起来——感恩自己生在天地间，感恩自己还活着，感恩自己能在这样的天地之间活着，可以自由地享受这种上天赐予人的美妙无比的好空气。喜悦与兴奋都不需要理由就已经盈满了整个身心，理智判断也许要说所来无由，但是不管有没有理由它都已经是确确实实的事实了。这种经由本能而来的喜悦与兴奋比理智更真实。

所有关于德国的记忆，不管是什么内容，不管是一去一回的大事件还是在那里的日日夜夜中的小事情，都始终有一种总的气氛笼罩着。那是一种由透明的空气和舒展的植被、不被打扰的呼吸、能见度极高的视野与原始的阴晴雨雪共同组成的，适宜人类生存的那个地球环境所拥有的美好氛围。

所以细致地描绘在德国的几乎每一天，只因为那是在环境优美的异域里极其珍贵的记忆，这些记忆是不能被重复的，过去了就成了永远的过去；那些永远逝去的在德国的日子，显得特别值得留恋了。也许只有这样尽量详细的记录，才更能唤起自己对曾经在那样纯净的自然和良好的社会中度过一个完整的四季的无边喜悦，让人在重温之中收获很难再有的美好。

这也就是为什么必须要在中国才可能写《德国四季》的原因了，正如在德国的时候才更多的想念中国一样。不在一个地方，那个地方的不好往往就会被屏蔽，那个地方的好往往会被放大。德国的四季优美如画，但是没有家，不是家，文化和语言的隔膜还使人常常陷于孤独；中国则有德国没有的一切，但是却没有德国的景色和环境，没有德国的设施、规则的科学与完备。这种悖论状态决定了书写的相对性，对另一种状态的持续书写的兴致，其潜台词或者说其动力经常是对现状的修补与矫正之念。

正是在这样的意义基础上，在本地污染一直很严重的情况下，对于《德国四季》的书写就一再地成为自发的内在动力。不过自己还是力图克服掉这种具有某种功利意味的相对性，努力还原德国四季中的真实情形，不唯美的好的要写，令人遗憾的负面的东西也不回避。

也看过不少人出国回来以后写的文章和书，尤其看了不少记述去德国的经历的东西。发现很多时候，当写作者自己还在津津有味地讲述在异国他乡的所见所闻的时候，实际上已经陷入了个人主义的观光记录的陷阱，已经扫掉了大多数读者继续阅读下去的兴致。怎样既能将国外的观感说出来又尽量避免这种自说自话的自以为是的窠臼，就成了自己在书写的时候一直萦绕在心头的症结。

既要有个人性，有个人的视角，不人云亦云的观点和态度，又一定要避免将私人化的偶然性的情绪或者问题带到文稿中来；既要有主体的活力，充分地显示激发了自己的观感，又要将叙述的独特性限制在有节制的行文规则里面，不泛滥，不重复。

关于德国的回忆是支撑着自己一直将《德国四季》完整地书写下来的不竭动力，如果不是由衷地、发自肺腑地对身在德国的每一天的不尽回忆，只是作为任务来将这样一本书写下来，那是很难完成的。旅行容易，写旅行难。在旅行中获得感受容易，而将感受转化成不重复、不令人生厌的文字更难。

写作是一件很较真儿的事情，当年虽然印象极深，但是对于具体名字和方位已然模糊了的记忆，都需要一板一眼地坐实。这就需要研究，研究地图，研究当年的笔记和照片，以确定当年的行程轨迹。只有将方位与轨迹确定了，那些具体的细碎感受才有了被安放的恰当位置，书写才不至于晕船一样的含糊。这实际上是在将整整一年时间里的所有行程做一次多年之后的大总结。这个任务如果不是有一直持续地对于德国的兴趣，是很难被一直坚持着认真完成的。

持续了一年多的《德国四季》的写作，既是美好的重新经历的过程，也是一个相当艰难的梳理与审视的过程。将风景与地域的观感诉诸文字，而又尽量言之有物、不空泛乏味，洵非易事；比想象中的要不流畅、要艰涩，甚至多次出现无论如何都难以为继、写不下去了的情况。

感受是一回事，将感受有序地记录下来是另一回事，而秩序化的语言在原生态的感受面前从来都是笨拙的，信矣。

另，同时写的另外两部关于德国的书稿为《沿着莱茵河骑行》和《茵波梦影：在莱茵河拐弯儿的地方》。